Betreff: MORD!

Claudia Platz

Betreff: MORD!

LEINPFAD
VERLAG

Umschlag: kosa-design, Ingelheim
Layout: Leinpfad Verlag, Ingelheim
Lektorat: Heidrun Immendorf, Angelika Schulz-Parthu
Druck: TZ Verlags & Print GmbH

Leinpfad Verlag, Leinpfad 5, 55218 Ingelheim,
Tel. 06132/8369, Fax: 896951
E-Mail: info@leinpfadverlag.de
www.leinpfadverlag.com

ISBN 978-3-942291-42-2

Inhalt

DONNERSTAG, 18. OKTOBER 20..

Eins

Zeit seines Lebens hatte er Fische gehasst – gleich in welcher Form, ob tot oder lebendig. Er verabscheute den fischigen Geschmack, die glitschigen Leiber, die ausdruckslosen Gesichter mit den lidlosen Augen, die schmallippigen, nach Luft schnappenden Mäuler und ihren tranigen Geruch. Das war auch der Grund, warum er Meere und Seen mied wie der Teufel das Weihwasser. Er fürchtete nichts mehr als eine zufällige Begegnung mit deren ekelerregenden Bewohnern.

Deshalb empfand er es als Ironie, dass ausgerechnet jetzt, während seiner letzten Sekunden auf diesem Erdball, zwei überdimensionierte, glotzäugige Fischskulpturen ihre Geringschätzung in Form von Wasser auf ihn hinabspien. Diese Geste offenbarte eine Verachtung, die er, Paul Meyerbrinck, angesagter Krimiautor, nicht verdiente, schon gar nicht, während er starb. Noch pumpte sein Herz Blut durch seinen Körper, aber mit jedem Schlag schoss eine kleine Fontäne aus der klaffenden Wunde seiner zerfetzten Halsschlagader und ergoss sich in das Becken.

Zu seinem eigenen Erstaunen spürte er praktisch keinen Schmerz. Lag das am Schock oder an der Situation, die ihm so unglaublich surreal erschien? Die Messerattacke hatte ihn völlig überrascht, sodass er keine Zeit gehabt hatte, den tödlichen Stoß abzuwenden, geschweige denn um Hilfe zu rufen. Erst als er in den Brunnen gestoßen wurde und das eisige Wasser seine Kleidung durchdrang und wie Nadeln in seine Haut stach, erkannte er die Unausweichlichkeit seines Schicksals.

Meyerbrinck empfand sein Dahinscheiden nicht nur als entschieden verfrüht, sondern vor allem dessen Umstände als äußerst empörend. Er, der den großen Auftritt und pompöse Inszenierungen liebte und dessen Lesungen immer zu dramatischen Events gerieten, verstarb von seiner Umgebung völlig unbeachtet zu nächtlicher Unzeit in einem popeligen Brunnen einer nicht sonderlich bedeutenden Stadt. Diese Herabsetzung stellte an sich schon eine Beleidigung dar. Doch die Tatsache, dass zwei grässliche Fischmonster ihm beim Sterben zusahen, vervollkommnete den Zynismus seines Ablebens. Die Gegenstände verschwammen vor seinen Augen. Im Licht der Straßenlaternen erschienen ihm die steinernen Figuren wie bedrohliche Wächter am Tor zum Jenseits.

Mit dem finalen Herzschlag wusste Paul Meyerbrinck, wie der Tod sich anfühlte.

Zwei

Vorsichtig drückte sie die angelehnte Tür auf und schob sich leise durch den Spalt. Der Flur dahinter war dunkel. Sie knipste kurz die Taschenlampe an und leuchtete die Umgebung ab. Ihr entging kein Detail, und sie prägte sich die Einzelheiten genau ein. Der Weg war ihr unbekannt, aber die Geräusche gaben die Richtung vor. Vom Ende des Ganges drangen das Stöhnen eines Mannes und das Knarzen eines Bettes. In einigem Abstand blieb sie stehen und lauschte. Eigentlich klang es wie zwei Menschen beim Sex, dennoch fühlte sie, dass etwas nicht stimmte.

Was tat sie eigentlich hier? Es war nur ein Verdacht, der sie in dieses Haus geführt hatte. Ihr Unbehagen verstärkte sich und sie war versucht umzukehren. Das leise Wimmern der Frau, das nicht so recht nach Liebesspiel klang, hielt sie fest. Es bestärkte sie in ihrem Entschluss nachzusehen. Über Wochen hatte sie ihn observiert, gehofft, er würde ihr einen Grund geben, ihn wieder zu verhaften, aber er ließ sich nichts zuschulden kommen. So waren ihr die Hände gebunden.

Das Keuchen erstarb. Eine Ruhe folgte, die Feindseligkeit ausströmte. Nackte Füße bewegten sich durch das Zimmer, schienen auf sie zuzukommen. Worte voller Hass zerschnitten die Stille. Das Wimmern verstärkte sich zu einem verzweifelten Schluchzen.

Sie hatte inzwischen die Tür erreicht, unter deren Spalt sich ein schmaler Lichtsaum abzeichnete. Als ihre Hand das kühle Metall der Klinke berührte, zuckte sie zurück. Sie hatte Verstärkung angefordert, aber die Kollegen waren noch nicht eingetroffen. Die abgehackten Sätze waren nun deutlicher zu verstehen. Der Mann wiederholte stets dieselbe Phrase. „Verführerisches Miststück! Dich mach ich kaputt. Du bist an allem schuld!" Seine Stimme wurde immer höher, steigerte sich zum unangenehmen Diskant. Die Frau schrie laut auf: „Bitte nicht! Ich kenne Sie doch gar nicht".

Sie öffnete das Holster und zog ihre Waffe hervor. Die Taschenlampe steckte sie ein. Im Zimmer fiel ein Körper zu Boden. Sie riss die Tür auf, sah ein großes Messer in seiner Hand aufblitzen, als er es über seinen Kopf hob. Mit wutverzerrter Fratze näherte er sich seinem Opfer. Die junge Frau krümmte sich wie ein Fötus zusammen, versuchte ihren nackten Körper mit den Armen zu schützen. Mit angstverzerrtem Gesicht blickte sie zu ihm auf und flehte mit aufgerissenen Augen stumm um Gnade.

Karin hörte sich rufen: „Polizei! Lassen Sie die Waffe fallen!"

Er ignorierte sie, steuerte weiter auf die am Boden Liegende zu. Sie feuerte einen Warnschuss ab. Das Geschoss blieb in der Holztäfelung der Decke stecken. Nun trennte ihn nur noch eine Armlänge von dem Mädchen. Karin zielte auf seinen Körper und schoss erneut. Blut spritzte. Jetzt drehte er sich um, registrierte die Kommissarin, die ihre Pistole noch immer auf ihn richtete. Ein erstauntes Grinsen huschte über sein Gesicht, während er zusammenbrach und sein Opfer unter sich begrub.

Karin Weber unterdrückte einen Schrei und wachte auf. Sie saß aufrecht in ihrem Bett. Ihr Herz hämmerte gegen ihre Rippen, als wolle es sich seinen Weg durch den Brustkorb ins Freie bahnen. Sie ließ die Arme sinken und atmete auf. Die starren Muskeln entspannten sich und sie bekam einen Schweißausbruch. Zitternd senkte sie die Hände, fuhr sich mit der Zunge über die trockenen Lippen und schaute auf Edgar Frentz, der neben ihr schlief und gleichmäßig atmete. Heute Nacht hatte ihr Schrei ihn nicht geweckt.

Erschöpft legte sie sich hin und starrte an die Decke. Dämmriges Licht drang von draußen herein und führte ein Schattenspiel auf. Ihre Atmung und ihr Herzschlag normalisierten sich. „Nur ein Traum!“, beruhigte sie sich. Aber er war so verdammt real. Seit dem tödlichen Einsatz verfolgte sie dieses schreckliche Erlebnis. In den ersten beiden Jahren danach träumte sie nur gelegentlich davon. Doch die Abstände verkürzten sich und in den letzten Wochen suchte dieses Schreckgespenst sie regelmäßig heim. Sie drehte sich zur Seite, zog ihre Knie bis auf die Höhe des Nabels und legte ihre gefalteten Hände unter den Kopf. Sie war es leid. Wann hatte das endlich ein Ende?

Drei

Es war noch vollkommen dunkel, als sich die Sprechstundenhilfe mit tippelnden Schritten dem Fußgängerüberweg am Fischtor näherte. Die vergangene Nacht war kalt gewesen und kündigte den bevorstehenden Winter an, auf den sie liebend gern verzichtet hätte. Sie schlang die Arme um ihren Körper, um sich warm zu halten, doch es nutzte wenig. Sie fror weiter, was auch an der unchristlichen Uhrzeit lag, zu der sie unterwegs war. In zehn Minuten musste sie die Tagesklinik am Brand aufgesperrt haben, dann trudelten die ersten Patienten für die ambulanten Eingriffe ein, die sie vorzubereiten hatte.

Wie üblich kam sie vom Rhein und ging durch die kleine Parkanlage, an deren Ende ein Brunnen stand. Noch führte er Wasser, aber mit dem letzten Oktobertag würde er abgestellt werden. Sie fand ihn nicht sonderlich kunstvoll, hegte aber eine gewisse Sympathie für ihn. Die Mainzer nannten ihn liebevoll „Quellkardoffel un Hering", und er verdiente diesen Kosenamen zu Recht. Die beiden Wasser speienden Fische tanzten auf großen Kugeln, die für Kartoffeln zwar viel zu rund und glatt waren, aber dennoch dem Betrachter diese Gedankenverknüpfung nahelegten.

„Scheißkälte", zischte sie in ihren Schal, während sie versuchte, sich warm zu zittern. Der Anblick des sprudelnden Nasses brachte sie noch mehr zum Frösteln. Unvermittelt stutzte sie und blieb verwundert stehen. Irgendetwas schien ihr heute Morgen anders als sonst. Die Fontänen plätscherten munter vor sich hin und es dauerte einige Sekunden, bis sie begriff, was sie irritierte. Das Wasser war nicht klar wie sonst, sondern schimmerte rötlich im Schein der Straßenlaterne.

„Mer habbe doch noch gar net Fassenacht!", murmelte sie

laut, nur um umgehend festzustellen, dass die ungewohnte Einfärbung eigentlich ganz hübsch aussah – vorausgesetzt, man mochte Pink. „Jetzt fehld nur noch die richdisch Beleuschdung, dann wär's en nette Beidrach zur Luminale", bemerkte sie mit leichtem Grinsen.

Sie trat an den Beckenrand und warf einen Blick hinein. Der kurze Anflug von Heiterkeit verflüchtigte sich und ihr Lächeln erstarb. Da lag ein Körper. Für den Bruchteil einer Sekunde hoffte sie, jemand habe sich einen Scherz erlaubt und eine Schaufensterpuppe kunstvoll platziert. Aber ihrem medizinisch geschulten Auge fiel sofort die Verletzung am Hals samt durchtrennter Schlagader auf. Ohne es zu merken, entglitt ihr die Handtasche. Sie schrie ihr Entsetzen hinaus und rannte auf die angrenzende vierspurige Fahrbahn, in deren Mitte sie – blind für die Gefahr – erstarrte.

Das Taxi, das auf sie zusteuerte, kam gerade noch rechtzeitig mit quietschenden Reifen zum Stehen. Der Fahrer präsentierte ihr den Mittelfinger und brüllte so laut „Dumme Kuh", dass man es selbst durch die geschlossenen Fenster hören konnte. Sie kreischte: „Da liegt ein Toter!" und deutete auf den Brunnen.

Der Fahrer ließ Anzeichen von Verunsicherung erkennen. Er senkte erst den Finger, dann die Hand, schaltete schließlich die Warnblinkanlage ein und stieg aus.

Vorsichtig ergriff er den Arm der hysterischen Frau und führte sie auf den Bürgersteig. „Mädsche, du bleibe jetzt hier schtehe, sonst komme Auto un fahre disch dod!", übertönte er sie. Sie verstummte, nickte, deutete aber weiterhin auf das Becken. „Isch gugge nach!"

Sie folgte ihm mit ihren Blicken und hörte wie durch Watte das Hupen erboster Autofahrer, die sich über das Taxi ärgerten, das die Straße ohne ersichtlichen Grund blockierte. Als der Fahrer die Leiche sah, schüttelte er betrübt den Kopf und zog seine Mütze, um dem Verstorbenen Respekt zu zollen. Im Gegensatz zu der jungen Frau war ihm der Tod nicht fremd. Zu Hause in Serbien hatte es in diesem Krieg, in dem Freunde und Nachbarn wegen ihres Glaubens zu Feinden wurden, viel zu viele Leichen gegeben. Er machte kehrt, fuhr sein Auto auf den Bürgersteig, öffnete die Beifahrertür und drückte die junge Frau auf den Sitz. „Du bleibe, isch rufe Polizia", befahl er ihr und sie fügte sich.

Über Funk verständigte er die Zentrale, dann setzte er den Notruf ab. Kurz darauf ertönten Polizeisirenen und blaublinkende Lichter erhellten die Dämmerung. Zwei Streifenwagen kamen in unmittelbarer Nähe zum Stehen. Ein Beamter entnahm dem Kofferraum des Streifenwagens ein rotweißes Absperrband und riegelte mit einem Kollegen großzügig den Bereich um den Brunnen ab. Eine junge Polizistin trat ans Taxi, um die Insassen zu befragen, erkannte aber, dass die junge Frau nicht ansprechbar war. Sie nestelte nervös an ihrem Schal und murmelte gebetsmühlenartig: „Isch muss aufschließe. Die Patienten waarde doch schon."

Dafür wirkte der Fahrer umso aufgeräumter. „Schock!", stellte er fachmännisch fest. „Sie gefunden Leiche und renne auf Schtraße. Isch wolle heim von Nachdschichd, grade noch bremse reschdzeidisch. Schaue nach, warum se schreid, finde Dode und rufe eusch."

Die Polizistin nickte. „Das haben Sie gut gemacht! Ich glaube, sie braucht einen Arzt. Ich bestelle wohl am besten eine Ambulanz und Sie warten bitte, bis wir Sie nicht mehr benötigen", was dem übermüdeten Fahrer ein resigniertes Ächzen entlockte.

Er setzte sich wieder hinters Steuer, brachte den Sitz in eine bequemere Position, schenkte seiner Beifahrerin einen kurzen Seitenblick, um sich zu vergewissern, dass es ihr den Umständen entsprechend gut ging, und verschränkte seine Arme über dem Bauch. Nur wenig später war er eingeschlafen.

Vier

Karin Weber hatte sich unruhig hin und her gewälzt, ohne noch einmal Schlaf zu finden. Vorsichtig schlug sie die Decke zurück und stand auf. Sie schlich ins Bad und machte eine Katzenwäsche. Rasch zog sie sich an und steckte ihr langes kastanienbraunes Haar hoch. Sie hoffte immer, sie sähe jünger aus als neununddreißig, aber der Blick in den Spiegel sagte ihr, dass das zumindest heute Morgen nicht der Fall war. Die unregelmäßigen Dienstzeiten mit etlichen Sonderschichten begannen ihren Tribut zu fordern. Sie akzeptierte diese Tatsache nur ungern, aber es ließ sich eben nicht ändern. Vielleicht lag es aber auch an diesen verflixten Träumen, die immer intensiver wurden und sie zunehmend belasteten. Wenigstens hatte sie keine Gewichtsprobleme, denn seit Jahren trug sie dieselbe Kleidergröße. Sie legte Make-up auf, betonte die Lider mit einem zarten Violett, das das Grün ihrer Augen zum Leuchten brachte und betupfte die Lippen mit pastellfarbenem Lipgloss.

Dann verließ sie die Wohnung auf Zehenspitzen und schlüpfte erst vor der Tür in ihre hochhackigen Schuhe. Das Outfit, das sie gerade trug, war nicht nur wegen der mörderischen Highheels dienstuntauglich. Auch ihr Kleid entsprach nicht gerade der Tageszeit. Gestern Abend war sie mit Edgar schick essen gewesen und dementsprechend herausgeputzt. Eigentlich hatte sie nicht bei ihm übernachten wollen, aber es war eben doch anders gekommen. Bis zum Dienstbeginn blieb ihr noch über eine Stunde. Wenn sie sich beeilte, konnte sie schnell nach Hause fahren und sich umziehen. Auf dem Weg nach unten klingelte ihr Telefon. Die Melodie hallte im stillen Hausflur und begleitete das Klappern ihrer Absätze. Ein Blick auf das Display machte ihr klar, dass es mit dem Kleiderwechsel wohl nichts werden würde.

„Guten Morgen, Frau Weber. Es gibt einen Mord. Männliches Opfer, liegt in Quellkardoffel un Hering“, teilte ihr die müde Stimme einer Kollegin vom Kriminaldauerdienst mit.

Karin hielt irritiert inne. Das war doch absurd! Hering und Pellkartoffel waren ein beliebtes Gericht auf den Speisekarten vieler Mainzer Weinstuben. Wie konnte da ein Toter drin liegen? Mit dem Gesicht im Teller? Erstickt im Sahnequark?

Aber ihr waren manche Stadt-Interna und sprachliche Besonderheiten des Mainzer Dialekts nach wie vor ein Buch mit sieben Siegeln, obwohl sie seit Jahren hier lebte. Es hatte nämlich seine Zeit gedauert, bis sie wusste, dass „Andau“ nicht nur der Name einer Kneipe ist, sondern den Gully bezeichnet, „Schnudedunker“ hingebungsvolle Weintrinker sind und eine „Bibbesnexern“ eine Frau mit mangelhaft ausgebildeter Sexualmoral ist.

Sie täuschte einen schlechten Handyempfang vor, um ihr Unwissen zu verbergen. „Äh, wie bitte? Ich habe Sie nicht richtig verstanden. Wo liegt der Mann?“

„Ei, in Quellkardoffel un Hering, dem Brunnen am Fischtorplatz.“

Karins Irritation dauerte an, auch wenn ihr jetzt die Bedeutung des Begriffs dämmerte. Ihres Wissens betrug der

Wasserstand nicht einmal dreißig Zentimeter. Jeder Mensch, der einigermaßen im Vollbesitz körperlicher und geistiger Kräfte, also weder besoffen noch zugedröhnt war, ertrank nicht einfach in so einer Pfütze. „Todesursache?“

„Anscheinend verblutet.“

„Aha“, meinte sie leicht genervt angesichts der zähen Auskunftsbereitschaft ihrer Kollegin. „Gibt es nähere Details?“

„Verletzung am Hals. Kriminaltechnik ist unterwegs.“

„Okay, ich mach mich auf den Weg. Ist Kollege Stockwinkel informiert?“

„Nicht direkt.“

„Er geht mal wieder nicht dran?“

„So in etwa. Ich habe ihm aber auf den AB und die Mailbox gesprochen“, sagte die Beamtin vom KDD.

„Ich kümmere mich darum.“

Als sie ins Freie trat, traf die Kälte sie wie ein linker Haken. Während der Nacht hatte es einen ziemlichen Temperatursturz gegeben, denn gestern Abend waren es noch milde fünfzehn Grad gewesen. Nun herrschten gefühlte null Grad. Sie zog den Mantel enger um sich und lief, so schnell es ihre Stöckelschuhe zuließen, zu ihrem goldfarbenen Audi Coupé aus den Achtzigern. Im Laufen wählte sie die Handynummer von Samir Stockwinkel, ihrem neuen, jungen Kollegen.

Vor knapp vier Monaten war er aus dem Kosovo zurückgekehrt, wo er zwei Jahre in der „EULEX“-Mission mitgewirkt hatte. Seine Aufgaben dort bestanden überwiegend in Mentoring, Monitoring und Advising. Karin hatte zwar absolut keine Ahnung, was das im Detail bedeutete, tat ihm gegenüber aber so, als hätte sie eine sehr genaue Vorstellung von seiner ehemaligen Arbeit.

Sein Vorname klang ungewohnt und er verdankte ihn seiner Mutter, die Perserin war. Allerdings sah er mit seinem athletischen Körperbau und den gelockten blonden Haaren eher nordisch aus, was an den Genen seines Vaters, eines Österreichers, lag. Einzig die mandelförmigen, fast schwarzen Augen bezeugten seine persische Abstammung.

Alles in allem war er ein super Kollege und sie kamen gut miteinander zurecht. Es regte Karin nur furchtbar auf, dass er morgens oft nicht aus den Federn kam und sich immer ein paar Minuten verspätete. Er behauptete, ihm fehle die wärmende Sonne des Balkans, und der Lichtmangel der hiesigen Gefilde sei der Grund für seine ausgeprägte Morgenmüdigkeit. Karin hingegen glaubte, dass er schlicht eine Eule und keine Lerche und somit nicht zum frühen Aufstehen geschaffen war.

Inzwischen hatte sie ihr Auto erreicht, ohne ihn ans Telefon bekommen zu haben. Die Kälte der Ledersitze stach durch den dünnen Stoff. Sie spielte mal wieder mit dem Gedanken, einen wärmenden Sitzbezug aus Kunstfell zu kaufen, doch Edgar hatte das bisher verhindert. Als Liebhaber klassischer Automobile empfand er dergleichen als absoluten Stilbruch, auch wenn er sich hin und wieder selbst über eine fehlende Sitzheizung beschwerte. Mit den hochhackigen Schuhen konnte sie nicht fahren. Sie zog sie aus, legte sie vor den Beifahrersitz, startete und sorgte mit den Scheibenwischern für freie Sicht. Das Gebläse röchelte eher, als dass es pustete und auch die Heizung brauchte ewig, bis sie warm wurde. Im Vergleich zu einem modernen Auto konnte man nicht gerade von überragenden technischen Errungenschaften sprechen, doch da sie an ihrem Youngtimer hing, hatte sie sich weitgehend mit seinen kleinen Unzulänglichkeiten arrangiert.

Zitternd drückte sie die Kurzruftaste für Samirs Mobiltelefon und ließ es lange klingeln, aber es meldete sich nur die Mailbox. „Verdammter Mist", schimpfte sie, bugsierte den Wagen aus der Parkbucht und brauste los. Sie würde es gleich noch einmal versuchen.

Kommissar Samir Stockwinkel lag mit halb geöffnetem Mund auf dem Bauch und träumte von einem Schweinebraten mit Zimtkruste und einem Kartoffelgratin, die gemeinsam im Ofen vor sich hin brutzelten. Ein feiner Speichelfaden tropfte aus seinem Mundwinkel auf das dunkle Seidenkissen und hinterließ einen unschönen Fleck. Der wunderbare Essensduft überlagerte die abgestandene Luft seines Schlafzimmers und er schloss schmatzend die Lippen. Die Backofenzeituhr piepste laut und verkündete das Ende der Garzeit. Sie schaltete sich nicht wie üblich nach einer Minute aus, sondern klingelte penetrant weiter.

Samirs Unterbewusstsein beschloss den Lärm zu ignorieren. Doch der Wecker erwies sich als ausdauernder und allmählich dämmerte ihm, dass der Alarmton nicht aus der Küche, sondern von seinem Beistelltisch direkt neben dem Bett ausging, wo sein Smartphone lag. Nachdem er die erste Stufe allmorgendlicher Betäubung überwunden hatte, schaffte er es, sich auf die andere Seite zu rollen. Er zwang sich, kurz die Augen zu öffnen und sein Blick fiel auf das Display der Digitaluhr mit integriertem Außentemperaturfühler. Donnerstag, 18. Oktober, 6.49 Uhr, 5 Grad. Angesichts der Uhrzeit und der Kälte schloss er sofort wieder die Lider. Blind tastete er endlich nach dem Telefon und legte es auf sein Ohr. Unfähig, den Kopf zu heben, grunzte er undeutlich seinen Namen.

„Samir, ich bin's", hörte er Karin Webers aufgebrachte Stimme. „Wir haben einen Mord. Komm ans Fischtor, aber pronto und nicht erst in zwei Stunden! Ich bin gleich dort."

„Ja, Frau Hauptkommissarin", nuschelte er etwas deutlicher und drehte sich auf den Rücken. Noch im Auflegen entglitt das Handy seinen Fingern und fiel herunter. „Bin soweit", murmelte er, bevor er wieder wegdämmerte.

Karin schien zu ahnen, dass ihr Anruf nichts bewirkt hatte und rief ihn erneut an. Samir schrak hoch und rutschte fast aus dem Bett, als er den Boden nach dem Telefon absuchte.

„Ich wollte mich nur vergewissern, dass du nicht wieder eingeratzt bist. Sitzt du wenigstens schon?", flötete sie.

„Ich bin gerade dabei!", erwiderte er wahrheitsgemäß und schwang die Beine vors Bett.

„Gut, bis gleich also."

Samir stützte sich mit den Unterarmen auf den Oberschenkeln ab, verharrte einige Sekunden in dieser Position, bis sein Oberkörper erschlaffte, die Arme zur Seite rutschten und er in Zeitlupe nach vorn sackte. Als sein Kinn die Brust berührte, hob er den Kopf ruckartig an. Ihm wurde kurz schwindlig. Dann rappelte er sich auf und wankte ins Bad, wo er unsanft auf die klamme Toilettenbrille plumpste. Morgens war er unfähig, im Stehen zu pinkeln. In diesem Zustand körperlicher und geistiger Apathie schaffte er es gerade so, nicht das Gleichgewicht zu verlieren. An Zielen war da gar nicht zu denken. Dann lieber einen kalten Hintern. Er lehnte sich gegen die Wand und schnarchte wenig später selig vor sich hin.

Karin Weber hatte ihr Ziel beinah erreicht. Sie überlegte kurz, ob sie statt der Highheels die Gummistiefel aus ihrem Kofferraum anziehen sollte, entschied sich aber wegen der niedrigen Temperatur dagegen. Ihre Füße wären spätestens in zehn Minuten Eisklötze. Dann doch lieber die Pumps. An der Straßenabsperrung, vor der sich etliche Schaulustige eingefunden hatten, wurde sie durchgelassen und parkte am Straßenrand. Beim Aussteigen erfasste sie eine Böe, die vom Rhein herüberblies. Der Trenchcoat, das Kleid und die dünne Strumpfhose hatten dem frischen Wind nichts entgegenzusetzen und sie verfluchte den Umstand, bei Edgar keine Alltagsklamotten deponiert zu haben. Aber ihre Beziehung hatte diese Stufe noch nicht erreicht.

Sie entdeckte den weißen VW-Bus der Kriminaltechnik in direkter Fundortnähe. Die Kollegen von der Spusi trugen die übliche Schutzkleidung samt Handschuhen und Schuhüberziehern und sahen beinah aus wie die Seuchenbekämpfer aus amerikanischen Katastrophenfilmen. Martin Pfahl von der Kriminaltechnik suchte mit Hilfe einer grellen Lampe den Boden ab. Er war der größte ihrer Kollegen und stach mit seiner nicht zu bändigenden Mähne in Tizianrot normalerweise aus der Menge heraus, wenn er nicht gerade, wie jetzt, komplett in einen Overall gehüllt war. Vor allem wenn die Sonne schien, loderte sein Haar wie Feuer, und Karin fühlte sich dann immer an Rübezahl erinnert, auch wenn Martin nicht annähernd so bärbeißig war wie die Furcht einflößende Märchengestalt. Gerade stellte er eine Spurentafel mit einer Nummer neben einen tatrelevanten Fund und bedeutete seiner Kollegin Christina Weimann, ein Foto zu machen.

Karin Weber wartete vor dem Absperrband, das großräumig um den Fundort gespannt war. Sie wusste, wie sehr Martin es hasste, wenn jemand unaufgefordert in sein Revier eindrang und die vorhandenen Spuren durch Fremdkontamination unbrauchbar machte. Deshalb blieb sie brav stehen und wartete auf sein Zeichen.

Ein Kollege von der Bereitschaft entdeckte sie und setzte sie kurz ins Bild. „Eine junge Frau fand die Leiche und ein

Taxifahrer informierte uns. Wollen Sie mit den beiden reden? Wobei die junge Frau ziemlich unter Schock steht und gerade eine Beruhigungsspritze bekommt. Viel werden Sie von ihr nicht erfahren."

„Ist alles aufgenommen?"

„Ja, Sie bekommen das Protokoll nachher ins Präsidium."

„Danke, dann ist es nicht nötig, die Zeugen länger hierzubehalten."

Karin wandte sich nun wieder den Kriminaltechnikern zu. Anscheinend hatte Martin die Suche um den Brunnen beendet, denn er tauschte jetzt seine Sneakers gegen Gummistiefel und stieg ins Wasser. Seine volle Konzentration galt dem Becken, wobei er gleichzeitig auf die Wasserstrahlen achtete, denen er geschickt auswich. Christina stand davor und notierte alles, was er ihr zurief.

Da Karin noch nicht über die Absperrung durfte, blieb ihr Zeit, den eher ungewöhnlichen Tatort genauer zu betrachten. Dass der Brunnen Wasser führte, war keineswegs selbstverständlich, denn die Stadt hatte etliche wegen Geldmangels über Sommer stillgelegt, diesen hier jedoch nicht. Auch wenn er nicht gerade ein Highlight artesischer Architektur darstellte, sah er einigermaßen passabel aus. Die einander zugewandten Skulpturen und deren bogenförmige Wasserfontänen sollten wohl das ehemalige Fischtor der mittelalterlichen Stadtmauer symbolisieren.

Martin war das im Moment ziemlich gleichgültig. Ihn ärgerten die erschwerten Arbeitsbedingungen. „Wann wird dieses Ding endlich abgeschaltet?", brüllte er quer über den Platz.

„Wir haben versucht, jemanden auf dem zuständigen Amt zu erreichen, aber da ist noch niemand", beteuerte ein uniformierter Kollege.

„Probiert es weiter."

Die Zuschauermenge um die Absperrung wuchs beständig. Auch den Autofahrern entging nicht, was hier geschah. Der Verkehr auf der Rheinstraße wurde immer zähflüssiger und kam sicher bald ganz zum Erliegen. Zwei junge Beamte wurden abgestellt, um den unausweichlichen Stau zu verhindern, und winkten die Fahrzeuge mit mäßigem Erfolg weiter.

Als Martin Pfahl Karin entdeckte, rief er sie zu sich. „Ungewohnter Anblick: Frau Kommissarin im Kleid. Erscheinst du jetzt immer so aufgebrezelt zum Dienst?"

Karins Laune verschlechterte sich und sie kommentierte Martins Äußerung mit einem müden „Haha!" Sie verschwieg ihre Übernachtung bei Edgar, denn ihren Kollegen gefiel nicht, dass sie als Polizistin eine Beziehung zu einem Polizeireporter hatte.

„Wie sieht's aus?", erkundigte sie sich stattdessen.

Martin wurde sofort ernst. Er trat zur Seite und gab die Sicht auf die Leiche frei. Karin schauderte beim Anblick des Toten, ließ sich aber nichts anmerken. Seit sie vor knapp sieben Jahren im Dienst einen Mann erschossen hatte, fiel ihr die Konfrontation mit Mordopfern zunehmend schwer. Das Blut erinnerte sie an ihren Traum der vergangenen Nacht und sie vermied es, die Leiche anzusehen. Stattdessen hob sie den Kopf und schaute in den Himmel. Das getupfte Bleigrau der Wolken erinnerte sie an einen Zinksarg, was auch nicht besser war. Sie senkte den Kopf und betrachtete stattdessen ihre Schuhspitzen.

„Schnitt am Hals, der zur Verletzung der Schlagader führte. Den Spuren nach zu urteilen, geschah die Tat dort drüben, direkt vor dem Becken. Es gibt Blutspritzer auf dem Beckenrand. Der Mann wurde danach wahrscheinlich in den Brunnen gestoßen, wo er starb. Muss recht schnell gegangen sein. Aber ich bin kein Gerichtsmediziner, warten wir die Obduktion ab."

„Hat er so stark geblutet, dass sein Mörder etwas von seinem Blut abbekommen haben könnte?"

„Davon gehe ich aus."

Karin sah sich um. Samir glänze noch immer durch Abwesenheit. Dafür tauchte der neue Staatsanwalt, Wolfgang Schreyer, auf, die Aura unerschütterlicher Tüchtigkeit im Schlepptau. Sie mochte ihn nicht, er war ein eiskalter Karrierist, für den nur der Erfolg zählte. Meist gingen ihm die polizeilichen Ermittlungen zu langsam voran und er übte dann gern Druck auf sie aus.

Wie immer trug er einen dezenten, modischen Anzug, ein farblich genau abgestimmtes Hemd und eine schicke Krawatte. Sein dunkler Kurzmantel sollte wohl seine Hagerkeit überspielen, was aber nicht gelang. Der Hauch eines herben Aftershaves wehte zu Karin hinüber, was sie veranlasste durch den Mund zu atmen. Er musterte sie heute Morgen genauer als sonst und zog seine linke Augenbraue hoch. Sein Blick drückte Anerkennung aus.

Sag jetzt bloß nicht Falsches, schoss es Karin durch den Kopf.

„Ermitteln Sie heute allein oder ist Ihr Kollege Stockwinkel krank?"

„Er ist unterwegs", schwindelte sie.

„Viel dürften Sie zum jetzigen Zeitpunkt ja wohl noch nicht herausgefunden haben", stellte er in einem Ton fest, der ihr Untätigkeit unterstellte.

Karin ignorierte diese Spitze. „Wir haben den Toten eben erst gefunden."

„Halten wir es wie immer: Ihr Kommissariat informiert

mich, sobald ausreichende Erkenntnisse vorliegen. Ich bin bis gegen neunzehn Uhr in meinem Büro."

Innerlich verdrehte Karin die Augen. Warum vermittelte Schreyer nur immer den Eindruck, er sei der Einzige, der arbeitete? Ganz zu schweigen von seinen permanenten Verbesserungsvorschlägen zur Steigerung der Effizienz innerhalb der Polizeibehörde. Er nervte damit nicht nur sie.

„Das Procedere ist uns hinlänglich bekannt."

„Gut, dann hören wir heute noch voneinander", meinte er und machte auf dem Absatz kehrt.

„Wenn es überhaupt etwas zu berichten gibt", murmelte sie leise

Der Duft seines Rasierwassers blieb zurück, verflüchtigte sich aber rasch, was sie von Schreyer leider nicht erhoffen konnte. Die nächsten Jahre würde er ihnen wohl noch erhalten bleiben.

Zum vierten Mal rief sie Samir an: „Verdammt noch mal, schwing endlich deinen Arsch hierher. Unser überaus eifriger Staatsanwalt war schon da und hat sich nach dir erkundigt."

Karins Tonfall und die Erwähnung von Schreyer halfen Samir auf die Sprünge. „Was hast du ihm denn gesagt?", fragte er plötzlich hellwach.

„Ich habe behauptet, du wärst gleich hier. Also enttäusch mich nicht!"

Samir legte schlagartig eine ungeahnte Eile an den Tag. Er spritze sich Wasser ins Gesicht, hob die Arme und roch an seinen Achseln. Eine Dosis Deo musste heute Morgen genügen. Dann zog er sich an und fuhr mit einem Kamm über sein Haar. Den Dreitagebart ließ er stehen, der verlieh ihm die markant-männliche Note. Bevor er in seinen Mantel und seine Schuhe schlüpfte, steckte er noch einen

Kaugummi in den Mund. Das Auto ließ er stehen. Von seiner Wohnung in der Kapuzinerstraße bis zum Fischtorplatz war es nicht weit. Unterwegs legte er einen kurzen Stopp beim Bäcker ein und besorgte Kaffee und Butterhörnchen als Friedensangebot für Karin.

Fünf

Es hatte langer Recherchen bedurft, um den gebührenden Rahmen für Meyerbrincks Abschiedsvorstellung zu finden. Erst der Bericht, in dem etwas über seine ausgeprägte Fischphobie gestanden hatte, lieferte die zündende Idee. Auch wenn die Inszenierung seines Dahinscheidens purer Boshaftigkeit entsprang, verlieh sie dem Mord das erforderliche Quäntchen Sarkasmus. Da er den großen Auftritt zeitlebens geliebt hatte, durfte sein Tod nicht weniger spektakulär ausfallen. Schade nur, dass er die posthumen Würdigungen in den Medien nicht mehr mitbekam. Ihm hätte es sicher gefallen, die Schlagzeilen zu dominieren.

Dabei hätte es gar nicht so weit kommen müssen. Er hatte die Wahl gehabt. Doch statt Einsicht zu zeigen, war er stur geblieben. Dafür bekam er letztendlich die Quittung. Allerdings ließ sich sein Gesichtsausdruck, der eine Mischung aus Erstaunen, Ekel, Entsetzen und Verärgerung widerspiegelte, nicht so einfach verdrängen. Das Bild, wie er mit vor Furcht geweiteten Augen auf die Fische starrte und sein Blut, das sich im Wasser wie eine Corona um seinen Kopf ausbreitete, kam immer wieder hoch.

Sechs

Kommissar Samir Stockwinkel erschien kurz bevor die Leiche geborgen wurde. Er fand Karin hinter einem der aufgespannten Tücher, die den Toten vor neugierigen Blicken abschirmen sollten. Atemlos und mit entwaffnendem Blick bat er sie um Entschuldigung. „Sorry! Du hast was gut bei mir. Es kommt auch nicht wieder vor", versprach er.

„Ich merk's mir."

Er drückte ihr den Kaffee und das Gebäckstück in die Hand. „Genauso wie du ihn magst, schwarz ohne Zucker. Aufgrund der unmenschlichen Uhrzeit dachte ich mir, dass du noch nichts zwischen die Zähne bekommen hast."

Der Mann war ein echtes Phänomen. Vor zehn Minuten noch dem Schlafkoma nahe, sah er nun aus wie einem Modejournal entsprungen. Gestylt von den Schuhspitzen bis zu den Haarwurzeln. Zu allem Überfluss schien er noch nicht einmal zu schwitzen, obwohl er die Strecke hierher in voller Montur gejoggt sein musste. Sie kannte keinen Mann, der die Bezeichnung smart mehr verdiente als er. Der Anzug saß so perfekt wie die Frisur, das Hemd zeigte nicht die kleinste Knitterfalte und selbst seine Schuhe schienen frisch geputzt.

Karin wünschte sich allerdings, dass er mehr Wert auf Pünktlichkeit als auf sein Äußeres legte. Auch wenn sie ihm nicht länger böse war, wies sie ihn zurecht. „In Zukunft wäre es besser, du kämst deinen Pflichten nach, statt ewig zu pennen und dich deshalb zu verspäten!"

Samir ließ ihre Bemerkung unkommentiert. Er hielt es für unnötig, seine Gepflogenheiten zu diskutieren. Sie musste nicht wissen, dass er seine Klamotten abends für den nächsten Tag bereitlegte, um so Zeit zu sparen und länger schlafen zu können. Auch wenn es ihm heute leider nichts gebracht hatte.

Stattdessen gab er sich zerknirscht. „Ich bemühe mich wirklich, aber morgens komme ich einfach nicht in die Gänge."

„Ist schon gut. Wenigstens quatschst du einem um diese Uhrzeit kein Ohr ab. Gutgelaunte, dynamische Frühaufsteher à la Schreyer, die denken, jeder müsse genauso agil sein wie sie, sind mir ein Gräuel. Aber das ist keine Entschuldigung für dein Verhalten."

„Schon kapiert. Also, was liegt an?"

Karin setzte ihn ins Bild. „Er wird jetzt gleich herausgeholt."

„Noch keine Presse da?" fragte Samir harmlos, aber Karin sah darin eine Anspielung auf ihre Beziehung zu Edgar Frentz und reagierte verschnupft.

„Ich weiß sehr genau Berufliches von Privatem zu trennen. Edgar bekommt nur die Informationen, die die anderen Medien auch erhalten und das auch keinen Augenblick früher."

„So habe ich das nicht gemeint!", verteidigte sich Samir. „Es wundert mich nur, dass bei dem Auflauf noch keiner der Zuschauer die Presse angerufen hat."

„Wahrscheinlich hat sich das längst rumgetwittert und bald kursieren die ersten Fotos bei Facebook", stöhnte sie.

„Kann ich schnell überprüfen", schlug er vor und zog sein Smartphone aus der Tasche.

„Lass das stecken. Wir haben im Moment Wichtigeres zu tun."

„Okay. Ich werfe dann mal einen Blick auf das Opfer, in Ordnung? Du siehst übrigens scharf aus. Solltest öfter Kleider tragen."

Karin knurrte, sagte aber nichts. Sie hatte sich noch nicht überwinden können, den Toten eingehender zu betrachten und hoffte, dass es bis jetzt keiner bemerkt hatte. Stattdessen schaute sie ihren Kollegen an, der sich grübelnd übers Kinn strich.

„Ich glaube, ich kenne den Mann."

„Wirklich?", erwiderte sie verblüfft.

„Ja! Gestern Abend habe ich einen Kulturkanal gesehen und da war ein Porträt über ihn drin. Das ist Paul Meyerbrinck, Bestsellerautor. Ein Mann, auf den die Frauen fliegen, was er selbst gern betonte. Viermal geschieden und unzählige Affären. Hat gerade auf der Frankfurter Buchmesse seinen neuen Roman „Düsteres Land" vorgestellt und nimmt in Mainz an dem Krimifestival teil."

„Welches Krimifestival?", echoten Martin, Karin und Christina.

„Habt ihr das nicht mitbekommen? Es hängen doch überall Plakate, die die Mordiale bewerben. Heute Abend gibt es eine Diskussionsrunde über den Stellenwert des deutschen Krimis in den Medien. Ich glaube, im Frankfurter Hof. Außerdem finden jede Menge Lesungen statt und im Kino gibt es die Sneak-Preview eines Thrillers. Da drüben hängt übrigens ein Plakat."

Dass Samir Kulturfernsehen sah und sich in der Krimischreiberszene auskannte, war eine neue Facette an ihm und erstaunte Karin. Sie las prinzipiell keine Krimis. Meist stimmte der dargestellte Polizeialltag hinten und vorne nicht, was sie fürchterlich ärgerte. Sie hatte auch ihre Probleme mit den Ermittlerfiguren. Entweder waren sie generell bindungsunfähig oder depressiv, mit kaputter Ehe und zerrütteter Familie. In letzter Zeit rückten allerdings vermehrt alleinerziehende Mütter, die ständig an ihre Grenzen gehen mussten, in den Vordergrund. Warum gab es keine Kommissare mehr, die einfach nur ermittelten, ohne selbst zu sehr im Fokus der Handlung zu stehen? „Du bist wirklich auf dem Laufenden“, meinte sie anerkennend.

„Wenn man mitreden will, muss man sich eben informieren. Kommt eigentlich Doktor Waldner?“

„Ich habe ihn nicht erreicht, aber das ist auch nicht nötig. Die Spurenlage ist absolut klar“, erwiderte Martin Pfahl, während er die Temperatur des Brunnenwassers maß. „Es reicht, wenn Waldner ihn später auf den Tisch bekommt. Wir können den Toten jetzt bergen. Gibst du dem Bestatter Bescheid, dass er sich bereithält“, bat er Christina.

Wenig später lag der Tote auf dem Leichensack vor dem Brunnenbecken. Martin Pfahl durchsuchte seine Taschen und fand eine Geldbörse samt Ausweis sowie die Schlüsselkarte eines Hotels und eine verwaschene Kinokarte für die Spätvorstellung.

„Samir, du hattest recht, es ist tatsächlich Paul Meyerbrinck. Wo er gewohnt hat, müsst ihr allerdings selbst herausfinden, denn die Schlüsselkarte trägt keine Aufschrift, sondern hat nur ein Logo, das aussieht wie ein Veilchen.“

„Kein Problem“, versicherte Samir und hatte endlich einen Grund, sein Smartphone einzusetzen, um sämtliche Mainzer Hotels aus dem Internet abzurufen. „Wenige Meter von hier hat ein neues eröffnet. Es heißt Villa Viola. Der Name würde zu dem Logo passen. Wo wir schon einmal da sind, könnten wir gleich dort unser Glück versuchen“, schlug er vor.

„Gute Idee“, stimmte ihm Karin zu.

„Hier habe ich auch noch die Homepage unseres Toten: Jahrgang 1966, wohnhaft in Düsseldorf, geschieden. Hat insgesamt sechs Bücher veröffentlicht, wovon sein letztes alle vorherigen Rekorde bricht. Ein siebtes ist gerade im Entstehen.“

„Dann wollen wir mal Kontakt zu den Kollegen dort aufnehmen und sie bitten, seine Wohnung zu durchsuchen. Und während wir in dieses Hotel gehen, sollen sich ein paar Kollegen in den Wohnhäusern umhören, ob jemand heute Nacht etwas Ungewöhnliches bemerkt hat“, erteilte sie letzte Anweisungen.

Sieben

Marco Piazetti, Kriminalkommissar mit italienischen Wurzeln, saß in seinem Büro im Polizeipräsidium und hielt die Stellung. Für ihn stellten die unterschiedlichen Kulturkreise kein Hindernis dar, und er lebte eine Mischung aus deutscher Akkuratesse und italienischem Dolcefarniente. Mit seinen sechsundzwanzig Jahren war er einer der jungen Beamten des K11 und gehörte erst seit gut einem Jahr zur Truppe. Er hatte sich hervorragend in das Team eingefügt und bislang nichts von seinem Feuereifer eingebüßt, den er seit dem ersten Tag demonstrierte. Als erklärter PC-Fachmann und Technikfreak genoss er innerhalb der Abteilung eine Sonderstellung und avancierte binnen kurzer Zeit zur Anlaufstelle für sämtliche Hard- und Softwareprobleme.

Im Gegensatz zu vielen seiner Geschlechtsgenossen investierte er sein Geld nicht in Autos, sondern setzte auf ein Hightech-Mountainbike sowie jede erdenkliche Elektronik. So besaß er neben einer sündhaft teuren Stereoanlage samt Turntable und Dolby-Surround-System einen riesigen Flachbildfernseher mit integrierter Festplatte und Receiver, dessen Hintergrundbeleuchtung sich automatisch dem Fernsehbild anpasste. Mehrere Spielkonsolen unterschiedlicher Hersteller und zwei hochgerüstete Rechner, die er genauso regelmäßig austauschte wie sein Smartphone, gehörten zum Wohnungsinventar. Im Präsidium munkelte man, dass er seine Wohnung per Videokamera überwachte und von seinem Arbeitsplatz Zugriff darauf hatte. Beweise dafür ließen sich bis jetzt allerdings nicht erbringen.

Marco hatte von dem Toten erfahren, kaum dass er die Abteilung betreten hatte. Über die näheren Umstände des Mordes wusste allerdings noch niemand richtig Bescheid, nur, dass der Mann in einem Brunnen gefunden worden war. Da früher oder später seine technischen Fähigkeiten gefragt sein würden, rechnete Marco mit einem baldigen Anruf von Karin Weber oder Martin Pfahl und hielt sich deshalb bereit. Bis dahin tat er das, was er jeden Morgen als erstes machte: Er checkte seine E-Mails. Die Kaffeetasse in der Rechten, öffnete er mit der Linken per Mausklick seine Post. Die Abteilung hatte vier neue Mitteilungen, von der ihm eine besonders ins Auge stach. Sie war gestern kurz vor 22 Uhr eingegangen, hatte zwei Anhänge und kam von jemandem namens Bonnie, was Marco definitiv nichts sagte. Am meisten irritierte ihn aber der Betreff. In der Zeile stand ein schlichtes „M".

Zuerst überprüfte er die Mail auf Viren und als das „Okay" kam, klickte er den ersten Anhang an. Auf dem Monitor baute sich ein schwarzes Fadenkreuz vor blutrotem Hintergrund auf. Im Zentrum des Kreuzes stand eine „1". Marco fühlte sich stark an den „Tatort"-Vorspann erinnert. Dann öffnete er den zweiten Anhang und ein Foto mit einem toten Fisch erschien. Das irritierte ihn noch mehr.

„Da ist wohl ein kleiner Scherzkeks zugange", murmelte er laut. Aber er löschte die Botschaft nicht, sondern legte einen Ordner an, in den er die E-Mail verschob.

Acht

Viola Sommer stand an der Schwelle zum Frühstückszimmer und ließ ihren Blick durch den kleinen, salonähnlichen Raum wandern. Die Tische waren eingedeckt und das Frühstücksbüfett aufgebaut. Kleine Blumenarrangements waren dezent platziert, die Bilder an den Wänden erweckten den Eindruck von Distinguiertheit und die Leuchten setzten alles ins rechte Licht – es war perfekt.

Vor mehr als zwei Jahren hatte sie mit ihrer Schwester Heide die klassizistische Jugendstilvilla am Fischtorplatz von einem Onkel geerbt, der nach dem Krieg in die USA ausgewandert war. Sie kannten ihn zwar kaum und hatten sich nur ein paarmal gesehen, dennoch schien er Gefallen an ihnen gefunden zu haben, sonst hätte er ihnen weder das Haus noch die stattliche Summe vermacht, mit der sie das Gebäude wieder auf Vordermann bringen konnten. Anfangs überlegten sie, es zu einem Mietshaus umzubauen. Doch dann nahm die Idee eines kleinen, aber feinen Stadthotels, das sie gemeinsam leiten wollten, immer mehr Gestalt an, und da beide ursprünglich aus dieser Branche kamen und mit deren Gepflogenheiten vertraut waren, glaubten sie fest an einen Erfolg. Vor drei Wochen war nach einer 13-monatigen Umbauphase Eröffnung gewesen und das Konzept, ein Hotel für bestimmte Gruppen zu etablieren, schien aufzugehen, denn sie waren komplett ausgebucht.

Das verdankten sie in allererster Linie dem Krimifestival Mordiale, das dieses Jahr in Mainz stattfand. Alle Gäste der Villa Viola nahmen an dieser Veranstaltung teil. Den Auftakt machte am Abend ein Podiumsgespräch, an dem ein Autorenpaar, ein Schauspieler und zwei Medienleute von ZDF und SWR teilnahmen. Moderiert werden sollte der Abend von Friedrich Quellborn, einem Regisseur, der in der

Villa Viola Quartier beziehen wollte und sich für heute mit seiner Frau Sieglinde Sonnentau angekündigt hatte.

Die Erotikautorin Herlinde von Hachenburg, der Schriftsteller Roger de Liernais, der sich auf eine Kombination aus Science-Fiction und Krimi spezialisiert hatte, sowie Paul Meyerbrinck, um den ein regelrechter Hype ausgebrochen war, wohnten bereits seit gestern hier. Meyerbrinck war der mit Abstand prominenteste Gast. Mit seiner isländischen Romanfigur, dem schrulligen Polizisten Atli Sindrisson eroberte er gerade die Leser im Sturm. Das Buch kletterte die Bestsellerlisten hinauf. Es fehlte nur noch ein Platz und er übernahm die Führung.

Viola Sommer war schon sehr gespannt auf das illustre Völkchen, das während der nächsten Tage die Villa bewohnen würde. Ihr war sogar der Coup gelungen, kurzfristig eine Lesung in der schummrigen Art-Deco-Bar der Villa Viola zu organisieren. Drei Autoren würden am Freitagabend Auszüge aus ihren Werken lesen. Sie freute sich sehr darauf. Nicht nur, weil sie selbst eine begeisterte Leserin war, sondern weil sie sich vor allem Werbung für ihr neues Hotel versprach.

Die Sonne brach durch die Wolken und ließ die terracottafarbenen Wände aufleuchten. Violas Augen blieben an Suzann, der Servicekraft, hängen, die bereitstand, um die Gäste mit frischem Kaffee, Tee oder anderen Getränken zu bedienen. Die junge Frau wäre rein theoretisch durch einen Vollautomaten zu ersetzen, aber Viola und ihre Schwester legten Wert auf persönlichen Service und Kundenfreundlichkeit und hielten nichts von den nüchternen Frühstückshallen, die auf dem Vormarsch waren. Suzann verdiente sich mit dem Job im Hotel etwas dazu, da ihr eigentlicher Beruf sie nicht ernährte. Seit sie hier arbeitete, entpuppte sie sich als zuverlässige Kraft, auf die die beiden Hotelbesitzerinnen nur ungern verzichteten. Suzanns stille Schönheit erinnerte Viola Sommer an die Venus von Botticelli. Eigentlich war sie ein fröhlicher Mensch, der gern lachte. Doch heute Morgen schien sie abwesend und niedergedrückt. Sie kam Viola ungewohnt blass vor und sie fürchtete, ihre Angestellte könnte krank werden. Als sie sich danach erkundigte, zuckte die junge Frau erschrocken zusammen.

„Es ist alles in Ordnung. Mir geht es gut", versicherte sie zaghaft, schaute aber an ihrer Chefin vorbei.

Bevor Viola Sommer nachhaken konnte, erschien Roger de Liernais und nahm die Hotelbesitzerin sofort in Beschlag. Auf seine Gegenwart hätte sie im Augenblick liebend gern verzichtet, denn der Autor stellte ihre Geduld als Gastgeberin auf eine harte Probe. Ihm war nichts recht zu machen. Erst waren die Handtücher nicht weich genug, dann die Matratze des Bettes zu hart, der Ausblick auf den Rhein nicht wie erwartet – Platanen versperrten die Sicht – und die Minibar unzureichend bestückt. Viola Sommer ertrug seine Forderungen mit der Nonchalance langjähriger Erfahrung im Hotelgewerbe. Sie hatte versucht, ihn versöhnlich zu stimmen, indem sie ihm auf Kosten des Hauses eine Flasche Silvaner und rheinhessische Schmankerl servieren ließ. Diese Geste hatte bei ihm aber anscheinend nicht die erhoffte Entspannung erzielt, denn er steuerte mit finsterem Blick auf sie zu. Ohne ihr einen Guten Morgen zu wünschen, blaffte er quer durch den Raum: „Gibt es schon Frühstück?"

Viola Sommer, für die der Kunde stets der König blieb, lächelte auf Kommando, auch wenn es ihr bei ihm schwerfiel. „Guten Morgen, Herr de Liernais. Selbstverständlich. Bereits seit sieben Uhr. Sie sind der Erste und haben freie Tischwahl. Suzann bedient Sie. Teilen Sie ihr Ihre Wünsche einfach mit und sie wird sie erfüllen. Ich hoffe, Sie hatten eine gute Nacht?"

De Liernais nickte widerwillig. „Besser als erwartet."

„Dann wurde die Matratze Ihren Ansprüchen gerecht?"

Er hatte sich jedoch bereits von ihr abgewandt und ging weiter, ohne ihre Frage zu beantworten. Bei den Zeitungsauslagen blieb er stehen, nahm sich schließlich die taz und wählte einen Tisch am hinteren Fenster, an dem er das beste Licht hatte. Dann schnipste er mit den Fingern in Richtung Suzann, und Viola zog sich an die Rezeption zurück.

Kaum hatte sie ihm den Rücken gekehrt, verschwand ihr aufgesetztes Lächeln. Sie konnte Roger de Liernais nicht ausstehen. Er war ein aufgeblasener Wichtigtuer, der glaubte, jeder müsse in Ehrfurcht erstarren, sobald sein Name fiel. Er zehrte noch immer vom Ruhm seiner Romanfigur, die vor Jahren einmal Vorbild für eine Krimiserie gewesen war, die inzwischen aber längst nicht mehr ausgestrahlt wurde. Der Rest seiner Bücher dümpelte eher vor sich hin und war auf keiner Bestsellerliste zu finden. Auch die Verkaufsränge im Online-Versandbuchhandel überzeugten nicht, wie Viola nach kurzer Recherche herausgefunden hatte. Sein selbstgewähltes Pseudonym sollte ihm wohl den frankophilen Touch verleihen, aber sie fand es schlicht unpassend. Eigentlich hieß er Frank Hohlbein, so stand es zumindest in seinem Ausweis. Hohlkopf erschien Viola eindeutig zutreffender, denn mehr als heiße Luft produzierte er ihrer Ansicht nach nicht.

Sie schaute auf ihre Armbanduhr. Kurz nach acht. Yuri, der Azubi, müsste bereits da sein, aber er glänzte durch Abwesenheit. Seufzend registrierte sie diese Unzuverlässigkeit und ging die Liste der angekündigten Gäste durch, die bald ihre Zimmer beziehen würden.

Die Eingangstür öffnete sich. Ein Mann und eine Frau traten ein und steuerten auf die Rezeption zu. Laut Buchungsliste konnten das nur Sieglinde Sonnentau und Friedrich Quellborn sein, denn sie waren das einzige Ehepaar, das heute anreiste. Aber irgendwie passten sie nicht zu Violas Vorstellung eines Regisseurs und einer Kinderbuchautorin. Ihnen fehlte jegliche künstlerisch-kreative Aura, wie sie zum Beispiel ein Roger de Liernais vermittelte.

Beide grüßten freundlich und zückten eine Karte, die definitiv nicht nach Personalausweis aussah.

„Wir sind Kriminalhauptkommissarin Weber und Kriminaloberkommissar Stockwinkel, Kripo Mainz. Könnten wir den Manager sprechen?", bat Karin Weber.

„Ich bin eine der Managerinnen", lächelte Viola, ihre Überraschung verbergend, und nannte ihren Namen. „Was kann ich für Sie tun?"

„Kennen Sie einen Paul Meyerbrinck?"

„Ja. Er wohnt seit gestern hier. Ist etwas mit ihm?"

„Können wir irgendwo ungestört reden? Es handelt sich nämlich um eine ernste Angelegenheit", bat Samir mit tiefer Stimme.

Viola schaute sich hilfesuchend um. Yuri, der sie an der Rezeption vertreten konnte, war immer noch nicht da, und ihre Schwester würde erst gegen 14 Uhr kommen, um die zweite Schicht zu übernehmen.

„Ich kann den Empfang nicht allein lassen, sonst wären wir in einen der Besprechungsräume gegangen. Aber kommen Sie doch bitte mit in mein Büro, gleich nebenan. Es ist zwar etwas eng, aber wir werden schon Platz finden. Wenn ich die Tür einen Spalt offen lasse, höre ich es, sollte jemand nach mir verlangen", sagte sie und ging voraus. „Bitte setzen Sie sich." Sie deutete auf einen Sessel und einen Schreibtischstuhl, während sie sich einen Klapphocker nahm.

Bevor die Kommissare ihre Fragen stellen konnten, stürmte ein junger Mann ins Büro und plapperte aufgeregt los: „Tschuldigung fürs Zuspätkommen, aber der Bus kam einfach nicht durch. Die Rheinstraße ist dicht und es gibt einen Riesenstau bis über die Theodor-Heuss-Brücke. Ich bin am Kurfürstlichen Schloss ausgestiegen und den Rest gelaufen. Außerdem ist der Fischtorplatz abgesperrt. Dort wimmelt es nur so von Bullen. Muss irgendetwas Schlimmes passiert sein“, schloss er atemlos seine Ausführungen.

Karin und Samir verzogen keine Miene, als Viola Sommer sich für ihren Azubi entschuldigte und ihn dann belehrte: „Zunächst einmal ‚Guten Morgen ! Und von Anklopfen haben Sie wohl auch noch nichts gehört? Außerdem hätten Sie mich anrufen können.“

Yuri Petrov errötete bis über beide Ohren. „Verzeihung Frau Sommer und äh ‚Guten Morgen‘. Es tut mir wirklich leid wegen der Verspätung. Ich wollte Sie ja anrufen, bekam aber keine Verbindung, mein Handynetz ist nämlich abgeka…, ich meine überlastet“, korrigierte er sich gerade noch rechtzeitig.

„Yuri, wir werden noch an Ihren Umgangsformen arbeiten müssen“, seufzte sie. „Vertreten Sie mich jetzt bitte an der Rezeption. Ich möchte ungestört sein, wenn ich mich mit den beiden Kommissaren hier unterhalte.“

Yuris Rot vertiefte sich zu einem dunklen Burgunderton, als er hörte, wer seiner Chefin Gesellschaft leistete, und er verließ deutlich gesitteter den Raum.

Dann wandte sie sich den beiden Polizeibeamten zu. „Hat Ihr Besuch etwas mit dieser Absperrung zu tun?“

Karin Weber nickte: „Leider ja. Bitte beantworten Sie zunächst unsere Fragen zu Paul Meyerbrinck. Was können Sie uns über ihn sagen?“

„Er wohnt in der Frauenlob-Kemenate. Wir verzichten auf Zimmernummern und haben uns für die Namen berühmter Persönlichkeiten entschieden, die in Mainz oder Rheinhessen wirkten. Johannes Gutenberg, Anna Seghers, Carl Zuckmayer, Elisabeth Langgässer, Georg Forster, um nur einige zu nennen. Dass er Krimis schreibt, dürfte Ihnen bekannt sein?"

„Ja. Welchen Eindruck machte er auf Sie?"

Viola Sommer räusperte sich. Über Gäste zu reden war ein Tabu, aber unter diesen Umständen musste sie wohl eine Ausnahme machen. „Er ist freundlich, eloquent und besitzt gute Umgangsformen, aber er drängt sich gern in den Vordergrund."

„Haben Sie dafür ein Beispiel?", hakte Samir nach.

„Ja, gestern redete ich gerade mit Frau von Hachenburg, als er eintraf. Wir besprachen den Ablauf der Lesung, die morgen Abend hier stattfindet und bei der drei Autoren auftreten. Herlinde von Hachenburg, Roger de Liernais und Serena Hofmeister. Herr Meyerbrinck kam hinzu, unterbrach uns, riss das Gespräch an sich und schaffte es, dass sich alles nur noch um ihn drehte. Ich versuchte ihm, klarzumachen, dass wir gerade eine wichtige Unterhaltung führten und gab ihm zu verstehen, dass er sich doch etwas gedulden sollte, bis ich Zeit für ihn fände. Aber der Mann ist vollkommen egozentrisch. Er benahm sich, als sei er der Star des gesamten Krimifestivals. Frau von Hachenburg wahrte erstaunliche Contenance, bis er anfing, ihre Bücher schlechtzureden. Da gab sie ihm Contra, und zwar nicht zu knapp. Sie kann ganz schön scharfzüngig sein. Er zog dann beleidigt ab."

„Was schreibt sie denn für Romane?"

„Krimis mit erotischem Touch, was in meinen Augen gelinde gesagt eine ziemliche Untertreibung ist. Sie grenzen fast an Pornografie. Auch wenn ihre Romane nicht nach meinem Geschmack sind, treffen sie den des Publikums. Sie kann Säle füllen. Sex verkauft sich eben immer. Ich denke, dass unsere Lesung eine gelungene Mischung aus Erotik, Science-Fiction und mittelalterlicher Geschichte bietet. Obwohl es kaum Werbung gab und etliche Konkurrenzlesungen stattfinden, sind fast alle achtzig Karten verkauft. Mir gelang es übrigens, die Wogen zu glätten und den kleinen Disput unter Kollegen beizulegen", kam sie wieder auf den Zwist der beiden Autoren zu sprechen. „Was ist denn mit Meyerbrinck?"

„Ich fürchte, er hat letzte Nacht für immer ausgecheckt", entfuhr es Samir.

Karin Weber stöhnte auf. Nicht nur Yuri mangelte es an sprachlichem Taktgefühl.

„Ich verstehe nicht?"

„Was mein Kollege auszudrücken versucht, ist, dass Herr Meyerbrinck nicht länger Ihr Gast sein wird, denn er verstarb letzte Nacht. Genauer gesagt: Er wurde ermordet."

Viola Sommer wurde blass und strich sich nervös durch ihren dunklen Bob, der glänzte, als wäre er mit Schellack überzogen. „Das ist ja furchtbar. Und Sie sind sicher, dass er es ist?"

„Er hatte seine Ausweispapiere und diesen Hotelschlüssel bei sich. Er gehört doch zu Ihrem Haus?", erkundigte sich Samir und hielt eine kleine, durchsichtige Plastiktüte hoch.

Sie bestätigte es ihm. „Wie und wo starb er?"

„Damit gehen wir aus ermittlungstaktischen Gründen noch nicht an die Öffentlichkeit", antwortete Karin Weber. „Gibt es sonst noch etwas, was wir wissen müssten?", fragte sie.

Wieder rang Viola Sommer mit sich. Eigentlich hatte sie bereits zu viel gesagt, aber ein Mord stellte eine Ausnahme dar. „Paul Meyerbrinck war etwas eigen oder besser gesagt recht eitel. Als er die Anmeldeformalitäten erledigte, drückte er mir unaufgefordert sein neues Buch in die Hand. Er hatte es bereits signiert. Ehrlich gesagt, gefielen mir seine bisherigen Bücher bislang nicht sonderlich und ich hätte ihn nie darum gebeten. Seine Geschichten handeln immer von gescheiterten Existenzen mit ausgeprägtem Hass auf ihren Vater, was angesichts seiner Vita zwar verständlich, aber nicht sonderlich originell ist. Er hat sich bereits in jungen Jahren mit ihm überworfen", flocht sie ein. „Zudem habe ich immer bereits im ersten Drittel den Täter erraten und die Spannung war dahin. Doch ich habe meine Meinung inzwischen revidiert. Letzte Nacht las ich nämlich ein paar Kapitel. Der neue Roman unterscheidet sich deutlich von den anderen. Sein isländischer Kommissar ermittelt trotz der düsteren Stimmung auf unkonventionelle, manchmal sogar heitere Weise. Es ist recht spannend geschrieben und die Einblicke in das isländische Leben und die dortige Natur gefallen mir. Insgesamt wirkt es sehr authentisch, geradeso, als hätte er einige Zeit dort gelebt."

Karin Weber ignorierte Viola Sommers Krimirezension. „Wissen Sie, wie sein Verhältnis zu seinen anderen Kollegen war, die hier wohnen?"

Der Hotelbesitzerin entfuhr ein Seufzer. „Darauf würde ich lieber nicht antworten."

„Warum?"

„Weil ich Sie nicht zu falschen Schlüssen verleiten möchte!"

„Wir interpretieren das schon richtig", versicherte ihr Weber.

Violas Sommers Blick wanderte zur Tür, als wollte sie sich vergewissern, dass niemand lauschte. „Also, Herr Meyerbrinck und Herr de Liernais waren sich nicht gerade freundlich gesonnen. Sie diskutierten gestern Abend heftig, während sie an unserer Bar einen Drink nahmen, bevor jeder für sich zum Essen ging. Das war so gegen halb acht. Meyerbrinck meinte, die Bücher von de Liernais eigneten sich nicht zum Verfilmen und seien zudem haarsträubend konstruiert. De Liernais konterte mit Meyerbrincks missratenem Abstecher auf die Theaterbühne. Was diesen wiederum veranlasste, mit der geplanten Verfilmung seines Romans zu prahlen. Ich selbst war nicht dabei und erfuhr es von meiner Schwester, die es vom Barkeeper erzählt bekam." Bei der Erwähnung des Barkeepers erinnerte sie sich an die morgige Lesung. „Denken Sie, es wäre besser, die Veranstaltung abzusagen? Ich will nicht pietätlos erscheinen."

„Diese Entscheidung müssen Sie für sich treffen. Von unserer Seite spricht im Augenblick nichts dagegen", erwiderte Samir. „Falls sie stattfindet, komme ich vielleicht. Gäbe es denn noch eine Karte für mich?"

„Vier sind noch übrig. Ich reserviere Ihnen eine. Sie bekommen auch einen Stuhl ganz vorn."

„Ganz hinten wäre mir lieber. Da habe ich einen besseren Überblick."

„Sie fürchten doch nicht etwa, dass während der Veranstaltung ein Mordanschlag verübt werden könnte?", erschrak sie.

„Nein, machen Sie sich keine Sorgen."

„Ist irgendeiner der Autoren zu sprechen, die mit Herrn Meyerbrinck aneinandergerieten?", ging Karin Weber dazwischen.

„Frau von Hachenburg befindet sich auf ihrem Zimmer,

Roger de Liernais sitzt beim Frühstück. Der Herr ist allerdings mit Vorsicht zu genießen. Er neigt zur Misanthropie", bemerkte die Hotelbesitzerin spitz.

„Sie sagten vorhin, Meyerbrinck verließ gegen halb acht das Hotel. Hat ihn jemand zurückkommen sehen?"

„Ich weiß es nicht. Da müssten Sie den Nachtportier fragen. Aber er ist jetzt zu Hause und schläft sich aus. Er ist um 21 Uhr wieder hier und meine Schwester beendet dann ihre Schicht."

„Dann befragt mein Kollege die beiden heute Abend", entschied Karin über Samirs Kopf hinweg als Wiedergutmachung für seine morgendliche Verspätung. „Sorgen Sie bitte dafür, dass das Zimmer von Herrn Meyerbrinck nicht betreten und auf keinen Fall geputzt wird. Erst müssen die Kollegen von der Kriminaltechnik alles untersuchen. Und reden Sie auch mit niemandem über unsere Unterhaltung" bat die Kommissarin. „Wir wollen, dass die Zeugen unbefangen sind."

Samir zog sein Smartphone aus der Jacke und ging nach draußen, um die Spurensicherung anzufordern. Karin steuerte den Frühstücksraum an, als sich die Eingangstür öffnete und ein Paar hereinkam. Da sie von Viola Sommer wusste, dass alle Gäste Teilnehmer des Festivals waren, stellte sie sich vor und erkundigte sich nach ihren Namen. Dem Mann war die Ablehnung deutlich ins Gesicht geschrieben, aber er antwortete dennoch. „Ich bin Friedrich Quellborn, das ist meine Frau Sieglinde Sonnentau. Warum interessiert Sie das?"

Karin blieb ihm die Antwort zunächst schuldig. „Kennen Sie Paul Meyerbrinck?".

Friedrich Quellborns Miene verfinsterte sich noch mehr. „Erinnern Sie mich bloß nicht an den!"

Seiner Frau schien der unwirsche Ton zu missfallen.

„Du tust gerade so, als wäre er eine Persona non grata."

„Der Kerl ist ein rotes Tuch für mich! Natürlich musst du in deinem übertriebenen Gerechtigkeitswahn Partei für diesen Dilettanten ergreifen, statt mir beizustehen! Aber ich bin froh, wenn ich ihn nicht sehen muss. Sagen Sie nur, er wohnt auch hier? Dabei habe ich uns extra ein Hotel herausgesucht, von dem ich hoffte, er würde es nicht auswählen."

„Nicht direkt", wich die Kommissarin ihm aus. „Ich würde Ihnen gern ein paar Fragen über ihn stellen, da Sie sich ja wohl recht gut kennen."

Friedrich Quellborn schürzte die Lippen. „Ist das wirklich notwendig?"

„So leid es mir tut, ja!"

„Sagen Sie mir wenigstens, worum es geht?"

„Das erfahren Sie nachher. Wir werden Sie auch nicht lange belästigen", versprach sie und warf Viola Sommer, die hinter dem Rezeptionstresen stand, einen mahnenden Blick zu, der sie daran erinnern sollte, über den Mord Stillschweigen zu wahren. „Sagen wir in einer halben Stunde, hier unten im Frühstücksraum?

Quellborn schaute demonstrativ auf seine Uhr. „Wenn es sein muss. Aber viel Zeit können wir nicht erübrigen", betonte er gereizt.

„Ich sagte ja bereits, dass es nicht lange dauern wird", erwiderte Karin Weber und wandte sich Samir zu.

„Die Spusi ist bald hier. Ich habe schnell noch Roger de Liernais gegoogelt. Der Mann hat etliche Auszeichnungen erhalten, von denen ich noch nie gehört habe. Die Reaktionen auf seine Romane sind sehr widersprüchlich. Man bescheinigt ihm zwar eine außergewöhnliche Sprache, doch sind seine Plots nicht unumstritten. Viele bezeichnen sie als haarsträubend, aber Science-Fiction-Fans gefallen sie wohl."

„Also ein Cocktail aus Perry Rhodan und Krimi?"

„Keine Ahnung. Finden wir's heraus."

Neun

Marco Piazetti klickte erneut den Ordner mit der Fischmail an. Entweder erlaubte sich hier jemand einen dummen Scherz mit der Polizei oder das Ganze stank gewaltig. Er wusste nur noch nicht wonach. Sekunden später ging eine weitere Mail ein. Der Absender nannte sich Clyde, der Betreff war ein O. Jetzt dämmerte es ihm: Bonnie und Clyde, das amerikanische Mörderpärchen aus den frühen Dreißigern des letzten Jahrhunderts.

Wieder erschien das Fadenkreuz, doch dieses Mal zeigte es statt der 1 eine 2. Es dauerte, bis das Foto sich auf dem Monitor aufgebaut hatte und irgendwelche Blechteile sichtbar wurden. Piazetti brauchte einen Moment, um den Unterboden eines Autos zu erkennen. Da er in Autos nicht annähernd so bewandert war wie in Fahrrädern, gab er zuerst einmal den Begriff „Unterboden" in die Suchmaschine ein und landete zahlreiche Treffer, die ihm aber nicht weiterhalfen. Die Bilderflut war erdrückend, und da auf dem Ausschnitt auch nicht viel zu sehen war, beschloss er, Klaus anzurufen. Sein Freund hatte nach einer Lehre zum Kfz-Mechaniker das Abitur nachgeholt und war genau wie er zur Polizei gegangen. Seit Kurzem arbeitete er beim LKA.

Nachdem sie ein paar freundschaftliche Worte gewechselt hatten, kam er auf den Punkt. „Gleich bekommst du per Mail ein Foto von mir. Schau es dir bitte einmal an, und wenn du weißt, zu welchem Wagen es gehört, melde dich bei mir."

Der Rückruf kam prompt, aber ohne Ergebnis. „Frag mich nicht warum, aber der Unterboden vermittelt mir den Eindruck, dass es sich um ein älteres Modell handelt. Ich kenne mich damit aber nicht so gut aus, als dass ich das Auto anhand dieses kleinen Ausschnitts identifizieren könnte. Ruf doch die Zeitschrift Oldtimer-Praxis an, die sitzen hier in Mainz und wissen alles über Oldtimer."

Marco nahm den Rat seines Freundes an. In der Redaktion der Autozeitschrift war man sofort bereit zu helfen und sich so schnell wie möglich zu melden.

Marco starrte in der Zwischenzeit die E-Mails an, die er nebeneinander aufgerufen hatte. Die rätselhaften Anhänge und die albernen Absender waren schon seltsam genug. Aber der Betreff und die Fotoausschnitte waren alles andere als lustig. Wenn nämlich seine Vermutung stimmte, bildeten das „M" und das „O" den ersten Teil von MORD.

„Was soll das? Willst du mit mir spielen? Wenn das so ist, nehme ich die Herausforderung an und beginne mit der Suche", flüsterte er angriffslustig und seine Finger flogen über die Tastatur.

Es wäre doch gelacht, wenn er nicht den Rechner aufspürte, von dem die Nachrichten verschickt worden waren. Sobald er das herausgefunden hatte, würde er Samir und Karin informieren. Er könnte die E-Mails zwar auf Samirs Smartphone weiterleiten, aber er wollte, dass sie sich das gemeinsam anschauten.

Zehn

Karin und Samir blieben im Türrahmen stehen. Roger de Liernais saß am anderen Ende des Raumes. Die taz lag aufgeschlagen neben seinem leeren Teller. Hose und Rollkragenpullover waren in existentialistischem Schwarz, das Wollsakko dunkelgrau mit Lederflecken auf den Ärmeln, was Samir zu dem leisen Kommentar „Voll Retro“ veranlasste.

Karin lächelte bei dieser Bemerkung, sie hatte genau das Gleiche empfunden. Er erinnerte sie an die Sorte Uniprofessoren, die sich dem gewöhnlichen Plebs gegenüber gern gönnerhaft und großspurig gaben. Bei de Liernais würde es gewiss nicht anders sein. „Der gehört bestimmt zu den Typen, die nur dann freundlich sind, wenn sie sich einen Vorteil versprechen. Wetten?“, flüsterte sie.

„Da schlag ich gar nicht erst ein. Die Wette gewinnst du!“

De Liernais schaute missmutig auf, als sie an seinen Tisch traten und ihn in seiner Lektüre unterbrachen. Widerstrebend hieß er die Kommissare Platz nehmen, machte aber keine Anstalten, die Zeitung zusammenzufalten. Sie sollten gar nicht erst auf den Gedanken kommen, sie seien in irgendeiner Weise willkommen.

Karin zog als Reaktion auf diese Unfreundlichkeit die linke Augenbraue hoch und ersparte sich jedwede Höflichkeitsfloskeln. Männer wie ihn beeindruckte man am ehesten mit teilnahmsloser Forschheit. Deshalb fiel sie auch mit der Tür ins Haus. „Sie kennen Paul Meyerbrinck?“

Er rollte dramatisch die Augen. „Was heißt schon ‚kennen‘! Unsere Wege haben sich ein paarmal gekreuzt, auf Lesungen, Literaturveranstaltungen, in Workshops oder auch einmal in einer Talkrunde“, sagte er und fuhr sich mit seiner Rechten durch sein halblanges, leicht strähniges Haar.

Eitler Gockel, schoss es Karin durch den Kopf. „Was halten Sie von ihm?"

„Als Autor oder als Mensch?"

„Beides", antwortete Samir.

Während sich de Liernais in Erklärungen erging, musterte Karin den Raum. Er strahlte wegen seines Farbkonzepts und der bequemen, formschönen Möbel eine angenehme Atmosphäre aus. Hier zu frühstücken, war bestimmt ein Genuss. An den Wänden hingen ungewöhnliche Zeichnungen, die Karin auf Anhieb gefielen. Je länger sie sie anschaute, umso plastischer wirkten sie.

„Menschlich gesehen ist er ein selbstgefälliges Arschloch. Als Autor dagegen erstaunlicherweise recht passabel. Sein letzter Thriller „Düsteres Land" ist ihm ganz gut gelungen. Nicht, dass ich ihn gelesen hätte, dazu fehlt mir die Zeit! Aber er überraschte die Kritiker mit einem neuen Schreibstil und seinem facettenreichen Kommissar. Er soll Landschaft und Lebensweise der Bewohner Islands erstaunlich detailliert und wirklichkeitsnah geschildert haben. Ob das die Isländer auch so sehen, weiß ich allerdings nicht. Zumindest denkt Rest-Europa bei der Insel an Gletscher, Geysire, Kälte und einsame Straßen."

„Sie machen aus Ihrem Herzen keine Mördergrube."

„Warum sollte ich? Ist es nicht die Pflicht von Autoren, die Wahrheit auszusprechen statt Falschheit zu heucheln?"

„Dann können wir ehrliche Antworten von Ihnen erwarten", folgerte Samir schnell. „Erklären Sie mir doch bitte ausführlicher, warum er – um es mit Ihren Worten zu formulieren – ein selbstgefälliges Arschloch ist?"

„Daran gibt es nichts zu beschönigen. Er ist eben eins, mit allem Drum und Dran. Aber warum stellen Sie mir diese Fragen?", erwiderte er mit lauerndem Gesichtsausdruck.

Karin übernahm. „Weil er heute Nacht nicht weit von hier getötet wurde."

De Liernais' selbstbeherrschte Fassade bekam Risse. „Getötet sagen Sie?"

„Ermordet, ja."

„Und was habe ich damit zu tun? Bin ich etwa verdächtig?"

„Nicht im Speziellen. Jeder in seinem Umfeld könnte der Mörder sein, und Sie wohnen im selben Hotel. Da hätte für Sie durchaus die Möglichkeit bestanden, ihn zu töten, zumal die Mordwaffe leicht zu beschaffen war."

„Und was soll mein Motiv sein?"

„Er war doch deutlich erfolgreicher als Sie", behauptete der Kommissar.

„Dass ich nicht lache! Erfolg ist relativ!"

„Schlägt er sich nicht gerade in Ihrer Berufsgruppe vor allem in Verkaufszahlen und Bestsellerplatzierungen nieder? Meyerbrinck lag in beiden ganz vorn, weit vor Ihnen."

„Das ist doch kein Grund, jemanden zu ermorden", beharrte de Liernais mit leicht gerötetem Kopf. „Mir jedenfalls bedeutet Geld zwar einiges, aber eben nicht alles. Er hatte zum Beispiel nicht annähernd so viele Nominierungen für Literaturpreise wie ich. Ich bin kein Materialist! "

Samir glaubte ihm das nicht. „Das mag ja sein, aber in der Regel sind die doch eher gut fürs Renommee als für den Geldbeutel. Oder täusche ich mich? Wo waren Sie übrigens letzte Nacht?"

„Ich bin Ihnen keine Rechenschaft schuldig."

„Wenn wir Sie aus dem Kreis der Verdächtigen ausschließen sollen, müssten Sie uns schon antworten", belehrte Karin Weber ihn mit sanfter Stimme.

De Liernais räusperte sich mit gespielter Entrüstung. „Ich

habe gegen 18:30 Uhr eingecheckt. Danach war ich essen und habe in einer Weinkneipe in der Altstadt noch etwas getrunken. Gegen Mitternacht kam ich zurück und ging dann direkt in mein Zimmer. Der Nachtportier kann das bestätigen."

„Und was ist mit dem Drink an der Hotelbar?"

„Was soll damit sein?"

„Dort gerieten Sie und Meyerbrinck aneinander", stellte Weber fest.

„Das ist maßlos übertrieben. Wir hatten lediglich einen kleinen Disput. Er hat ihn regelrecht heraufbeschworen, indem er laut damit angab, was für eine Punktlandung sein Buch war. Da ich Prahlhänse nicht ausstehen kann, holte ich ihn auf den Boden der Tatsachen zurück und erinnerte ihn an seinen Flop als Bühnenautor. Das Stück wurde nur zweimal aufgeführt, weil es bei Kritikern und Publikum gnadenlos durchfiel. Meyerbrinck neigte zum Verdrängen und wurde nicht gern mit Fehlschlägen konfrontiert. Deshalb versuchte er, es mir mit gleicher Münze heimzuzahlen und bezeichnete mich als spleenigen Schreiberling, der nie was auf die Reihe bringen würde. Da wusste er noch nicht, dass ich mit meinem neuen Buch „Mörderische Sphären" bei Random House untergekommen bin und es ins Englische übersetzt wird. Meine Genugtuung will ich gar nicht verhehlen, aber es erscheint mir als Mordmotiv doch etwas schwach."

„Vielleicht, vielleicht auch nicht. Sie waren demnach allein und niemand kann Ihre Aussage bezeugen?", bohrte sie weiter.

„Genau. Sie können mir glauben oder lassen es bleiben."

„Einstweilen nehmen wir Ihre Aussage so hin. Sie verbringen den Rest der Woche in Mainz?"

„Ja, ich reise Sonntag ab."
„Dann sind Sie ja für uns greifbar."
„Wenn es unbedingt sein muss", erwiderte er verkrampft.
„Gut, dann wär's das für den Augenblick", seufzte Weber.
Weder Samir noch Karin entging, wie der Autor erleichtert aufatmete, als sie aufstanden. Nur Sekunden später flüchtete er aus dem Frühstücksraum und dem Hotel.

Elf

Er schälte sich umständlich aus seinem Schlafsack und zog im Sitzen Jeans und Pullover über. Seine Schultern und Hüften schmerzten. Die Nacht auf der harten Ladefläche seines Lieferwagens war trotz der aufblasbaren Isomatte nicht sonderlich bequem gewesen. Aber das war jetzt nicht wichtig. Er hatte einen Plan zu erfüllen und damit dieser gelang, musste er eben gewisse Einschränkungen in Kauf nehmen. Als er nach draußen ging um zu pinkeln, begann die dichte Wolkendecke aufzureißen. Die Sonne schob sich über den Horizont und trennte Himmel und Erde. Der schmale Lichtsaum vergrößerte sich. Gut, dass die Wettervorhersage recht behielt und es nicht regnete, sonst hätte er umschwenken müssen.

Sein Magen knurrte und erinnerte ihn daran, dass es Zeit war aufzubrechen. Er nahm das Fernglas und die Wasserflasche und ging zu dem japanischen Wagen, den er unter falschem Namen gemietet hatte. Den Parkplatz hatte er aufgrund seiner verkehrsgünstigen Lage gewählt. Von hier aus hatte er es nicht weit bis zum nächsten Internetcafé, wo er frühstücken und die E-Mail abschicken konnte, bevor er zu seinem eigentlichen Ziel aufbrach. Ausgestattet mit Basecap, Handschuhen und Sonnenbrille, machte er sich auf den Weg. Er wusste, dass Lutz Claasen sein Haus erst gegen zehn Uhr verließ. Ihm blieb also ausreichend Zeit für seine Erledigungen.

Während der Nacht war er schon einmal dort gewesen und hatte völlig ungestört seine Vorkehrungen getroffen. Claasens Auto stand von Frühling bis Herbst unter dem Carport. Da es keine Alarmanlage gab, war es nicht schwer gewesen, sich Zugang zu verschaffen, zumal er mit seinem Blaumann wie ein Handwerker ausgesehen hatte.

Die Zweifel darüber, ob seine Entscheidung richtig war, hatte er längst beiseitegeräumt. Claasen verdiente seine Strafe genauso wie Meyerbrinck. Für seinen Erfolg ging der Mann über Leichen, das rächte sich nun. Bald würde er selber eine sein.

Zwölf

„Du übernimmst Frau Sonnentau, ich Friedrich Quellborn", bestimmte Karin und setzte Samir noch rasch ins Bild, damit sie über den gleichen Wissensstand verfügten. „Er ist allem Anschein nach genauso wenig gut auf Meyerbrinck zu sprechen wie Roger de Liernais. Seine Frau hat ihn dagegen verteidigt, was ihm nicht gerade behagte."

„Ich lasse meinen Charme bei ihr spielen, das hat bisher immer funktioniert", grinste Samir breit.

Mit der akademischen Viertelstunde Verspätung erschienen die beiden auf der Bildfläche. Sieglinde Sonnentau blieb zwei Schritte hinter ihrem Mann zurück und wirkte wie ein eingeschüchtertes Kind. Sie hob beim Eintreten kaum den Kopf. Samir führte die Autorin an das gegenüberliegende Ende des Raumes, während Karin den Regisseur an einen Tisch bat, der sich außer Hörweite befand. Friedrich Quellborn schien es nicht zu passen, dass die Kommissare sie separat befragen wollten, und er versuchte, Karin davon abzubringen. Doch sie bestand darauf. Er schaute seine Frau ermahnend an, bevor sie sich setzten.

Samir Stockwinkel entging nicht, wie Sieglinde Sonnentau mit einer Mischung aus Unbehagen, Angst und Unsicherheit immer wieder zu ihrem Mann hinübersah, dieser aber die seelischen Nöte seiner Frau weitgehend ignorierte.

„Wollen Sie vielleicht einen Kaffee oder etwas anderes trinken?", fragte der Kommissar die Kinderbuchautorin.

„Nein, danke", antwortete sie mit leiser Stimme. „Ich habe bereits gefrühstückt."

„Gut, dann können wir beginnen?"

„Ja, aber darf ich zuerst erfahren, worum es eigentlich geht? Seit ich die Lobby betreten habe, empfinde ich die Stimmung hier etwas – wie formuliere ich das am geschicktesten? – angespannt. Oder bilde ich mir das ein?"

„Nein, das tun Sie nicht. Ich nenne Ihnen auch gleich den Grund, aber erst möchte ich ein paar Fragen stellen."

Sieglinde Sonnentau protestierte nicht, heftete ihre Augen aber fest auf die Tischplatte.

„Sind Sie mit Paul Meyerbrinck bekannt?"

Eine zarte Röte überzog ihr Gesicht, sie schloss kurz die Lider und zog scharf die Luft ein. Nervös spielte sie an ihrem Schal, der von undefinierbarer Farbe war. Abgesehen von ihrem schwarzen Haar erschien sie Samir wie eine einzige Komposition aus nichtssagendem Beige. Alles an ihr, die unförmige Kleidung, die praktischen Schuhe mit Kreppsohlen, ihre Haut, selbst die blassbraunen Augen wirkten fahl. Sie machte den Eindruck, als wäre sie lieber unsichtbar.

Dabei sah sie gar nicht mal so übel aus. Ihre Gesichtszüge waren ebenmäßig und ihre Figur akzeptabel. Der straffe Dutt verlieh ihr allerdings eine Strenge, die nicht so recht zu ihr passen wollte.

Ihre Antwort ließ auf sich warten, sie rutschte unruhig hin und her, während ihre Röte immer fleckiger wurde. Sie hob schließlich den Kopf, blickte hinüber zu Karin und ihrem Mann und schwieg. Samir wollte gerade seine Frage wiederholen, als sie antwortete.

„Ja", flüsterte sie rau.

„Wie gut?"

„Wie man sich unter Kollegen eben so kennt. Hin und wieder treffen wir uns bei Krimitagen oder auf anderen Veranstaltungen", behauptete sie mit gesenkten Lidern und rollte die Fransen ihres Schals nervös zwischen den Fingern.

So ganz kaufte Samir ihr das nicht ab. Seine Erfahrung sagte ihm, dass sie etwas zurückhielt. „Was können Sie mir über ihn sagen? Wie ist er als Mensch und als Kollege?"

„Ganz in Ordnung", bekannte sie und wiederholte das, was er teilweise bereits von Viola Sommer erfahren hatte.

„Seinen vier Ehen nach zu urteilen, ist er wohl ein Frauentyp?"

Wieder zögerte sie leicht. „Möglich. Es gibt immer Frauen, die auf Männer wie ihn stehen."

„Erklären Sie mir das doch bitte genauer."

Ihre Finger kamen zur Ruhe und sie gewann allmählich etwas an Selbstsicherheit. „Er gibt sich gern dominant, dass es schon fast ans Machomäßige grenzt. Ich habe ihn aber auch ganz anders erlebt und denke, er überspielt damit nur seine Unsicherheit", erläuterte sie und schaute wieder zu ihrem Mann, der im gleichen Augenblick zu ihnen herübersah. Schuldbewusst wendete sie den Kopf wieder ab.

Samir wunderte sich über ihre Einschätzung, wo sie doch behauptete, Meyerbrinck nicht übermäßig gut zu kennen.

„Warum stellen Sie mir eigentlich all diese Fragen? Was ist mit ihm?", erkundigte sie sich.

Samir räusperte sich. „Er ist bedauerlicherweise tot!"

„Was ist passiert?", kiekste sie erschrocken.

„Er wurde ermordet!"

Nun wich alles Blut aus ihrem Gesicht und sie schluckte mehrmals, bevor sie weitersprach. „Wie furchtbar. Aber wer tut denn so etwas?", flüsterte sie mit zittriger Stimme und kreuzte ihre Arme wie ein Bollwerk vor ihrer Brust.

„Genau das versuchen wir herauszufinden."

„Ich habe damit nichts zu tun, das müssen Sie mir glauben", presste sie leise hervor.

Merkwürdig, dass sie das dachte. Allein aus rein anatomischen Gründen konnte Samir sich nicht vorstellen, wie diese zierliche Frau, die höchstens einen Meter fünfundfünfzig maß, einem Mann von Meyerbrincks Größe an die Kehle gehen konnte.

„Sie sind heute erstaunlich früh angereist. Warum?"

„Wir leben in Hamburg. Momentan befinde ich mich auf Lesereise durch mehrere deutsche Städte. Gestern war ich in Wiesbaden. Die Veranstalter buchten ein Hotel, das nicht unserem Geschmack entsprach. Deshalb haben wir so gegen acht Uhr ausgecheckt", erklärte sie ihm.

Samir vermutete, dass die Unterkunft wohl eher ihrem Mann nicht gefallen hatte. Er bat um den Namen des Hotels, um das Alibi überprüfen zu können.

„Wie wurde er ermordet?"

„Das kann ich Ihnen im Augenblick nicht sagen."

„Ich verstehe."

„Gibt es noch irgendetwas, das ich über Meyerbrinck wissen sollte?", fragte Samir und ließ ihr Gesicht nicht aus den Augen.

„Nein", beharrte sie nach einem kurzen Zögern und wandte den Kopf ab.

Samir beschloss, es zunächst dabei zu belassen. „Gut, das wäre dann erst einmal alles. Wie lange bleiben Sie in Mainz?"

„Bis Sonntagmorgen."

„Sie wohnen die ganze Zeit über in der Villa Viola?"

„Ja", erwiderte sie und stand auf.

Samir schaute ihr hinterher, sah, wie sie hinaus in den Hof ging und sich an einen Tisch setzte. Mit fahrigen Bewegungen kramte sie aus den Tiefen ihres Rockes eine Schachtel hervor und zündete sich eine Zigarette an. Sie inhalierte den Rauch gierig und nahm einen hastigen Zug nach dem anderen und er überlegte, was wohl der Grund für ihre Nervosität war.

Karin hatte den Regisseur inzwischen entlassen, blieb aber solange sitzen, bis Samir ebenfalls mit seiner Befragung fertig war. An der gegenüberliegenden Wand befanden sich wunderschöne Bilder, die sie nun genauer betrachten konnte. Eins zeigte den belebten Marktplatz mit seinen Ständen aus der Vogelperspektive, das andere eine Collage markanter Mainzer Bauwerke, darunter die Theodor-Heuss-Brücke, den Dom, die Christuskirche und die Zitadelle. Sie waren nicht mit einem Namenszug, sondern nur einem verschnörkelten Kürzel signiert. Die Zeichnungen übten eine ungeheure Wirkung auf Karin aus. Sie schienen den Betrachter regelrecht zu hypnotisieren. Auch sie konnte sich diesem Sog nur schwer entziehen. Am liebsten wäre sie in das Bild gehüpft und ein Teil von ihm geworden. Bei Gelegenheit wollte sie Frau Sommer fragen, wo sie die Bilder gekauft hatte, denn sie konnte sich durchaus eins davon in ihrem Wohnzimmer vorstellen. Sie bemerkte nicht, wie Samir an ihren Tisch kam.

„Was sagt Quellborn?“, riss er sie aus ihrer Betrachtung.

„Das Gleiche wie de Liernais. Als er allerdings von dem Mord erfuhr, versuchte er zurückzurudern. Wenn du mich fragst, haben die beiden sich nicht riechen können. Ich konnte ihm noch aus der Nase ziehen, woher die Antipathie rührt. Quellborn war der Regisseur des Theaterstücks, mit dem Meyerbrinck floppte, und somit ebenfalls harscher Kritik ausgesetzt. Meyerbrinck gab ihm die Schuld, aber Quellborn vertrat die Ansicht, dass selbst der beste Regisseur aus einem schlechten Plot kein gutes Stück machen kann.“

„Also noch einer, dem Meyerbrinck ein Dorn im Auge war. Mal sehen, wie viele noch dazukommen“, resümierte Samir.

„Und was ist mit Frau Sonnentau?“

„Auch wenn sie beteuert, dass sie nur Kollegen waren, habe ich da so meine Zweifel. Ich spüre, dass da mehr Gefühle im Spiel waren und sie den Toten besser kannte, als sie bereit ist zuzugeben. Auch wenn sie keine Femme fatale ist, könnte sie für ihn geschwärmt haben. Immerhin hatte er einen Schlag bei Frauen.“

Karin betrachtete das Ehepaar, das im Innenhof inzwischen gemeinsam am Tisch saß. Friedrich Quellborn redete beschwörend auf die Autorin ein und sie drückte nervös die halb gerauchte Zigarette aus. „Es stimmt, dass sie unscheinbar ist und unterwürfig erscheint, aber schließe nie voreilig vom Äußeren auf den Charakter. Gerade solche Frauen können einen manchmal überraschen. Ohne ihren Mann tritt sie vielleicht ganz anders auf.“

„Hältst du eine Affäre für möglich?“

„Genau wie du, sonst hättest du nicht diese Andeutungen gemacht. Ich sage nur: Stille Wasser sind tief.“

„Jetzt klingst du wie meine Oma!“

„Das ist aber nicht gerade schmeichelhaft!“

„Ich habe nicht auf dein Alter angespielt. Ich kann solche Sprüche nur nicht mehr hören. Sie verfolgen mich seit meiner Kindheit.“

„An manchen Volksweisheiten ist aber etwas dran.“

„Belassen wir es dabei. Ich denke, die beiden haben nichts mit dem Verbrechen zu tun. Sie waren zur Mordzeit in einem Hotel in Wiesbaden“, fasste Samir zusammen.

„Das lasse ich Marco überprüfen“, sagte Karin. „Übrigens sind Martin und Christina inzwischen eingetroffen. Was hältst du von Aufgabenteilung, damit wir hier schneller fertig werden?“

„Viel!“

„Dann becirct du Frau von Hachenburg, während ich mich mit den beiden in Meyerbrincks Zimmer umschaue.“

„Ist dein Vorschlag nicht sexuell diskriminierend?“

„Iwo, das entspricht doch nur deinem Naturell, und außerdem habe ich wegen deiner Verspätung noch etwas gut bei dir.“

Dreizehn

Lutz Claasen musste um fünfzehn Uhr zu einer Besprechung in Köln sein. Außer seinem Freund Falk wusste niemand von diesem Termin, und das sollte auch so bleiben, bis alles in trockenen Tüchern war. Er hatte noch fünf Stunden Zeit, und da es heute zwar kühl, aber sonnig und trocken war, entschied er sich, den Oldtimer zu nehmen. Bald würde er den Klassiker in der beheizten Garage unterstellen, damit er den Winter fernab von Eis, Schnee und Streusalz verbrachte. Die schönen Tage in diesem Jahr waren gezählt und er wollte deshalb die Gelegenheit nutzen. Er entschied sich für die schöne Route durch das Wispertal, den Rhein entlang bis nach Koblenz, um dort auf die Autobahn zu wechseln.

Die Verabredung in Köln hatte sich kurzfristig ergeben. Heute Abend hätte er eigentlich an einem Podiumsgespräch unter dem Titel „Wie viel Realität tut Krimis gut?“ anlässlich der Mordiale teilnehmen sollen. Da er nicht wusste, wie lange sich das Treffen hinziehen würde, hatte er kurzfristig abgesagt, was er ehrlich bedauerte. Er hätte dieser Podiumsdiskussion mehr Realität geben können, als diese ganzen Krimifuzzis zusammen. Im ZDF lief kaum ein Krimi, der seinen Vorstellungen entsprach. Auf dem Lerchenberg ahnten sie noch nicht, dass sie ihn an die private Konkurrenz verlieren würden, denn er hatte alles streng geheim gehalten. Nur Maria, seine Assistentin, war eingeweiht. Er hatte ihr das Angebot gemacht, sie mitzunehmen, doch sie hatte dankend abgelehnt. Er hingegen war bereit, diese einmalige Gelegenheit zu ergreifen. Ihn lockte nicht nur die bessere Bezahlung, sondern auch der größere gestalterische Freiraum, den er sich für seine actionreiche sowie komödiantische Kriminalserie erhoffte. Das flotte, etwas andere Format hatte ihm auf Anhieb gefallen. Das Konzept war nach ein paar kleinen Änderungen, die er gemeinsam mit Falk, einem Drehbuchautor, vorgenommen hatte, perfekt. Vor einigen Monaten hatte er es dem Programmchef von RTL präsentiert, dem er es nicht lange schmackhaft machen musste. Im Gegensatz zu seinem jetzigen Arbeitgeber erkannte dieser das Potenzial sofort. Wenn alles gut ging, setzten sie beide heute Nachmittag ihre Unterschriften unter den Vertrag und brachten damit alles unter Dach und Fach.

Mit den Unterlagen und seinem Notebook verließ er das Haus und ging zu seinem weinroten Mercedes 220 Coupé, das unter dem Carport stand. Dann öffnete er per Fernbedienung das schmiedeeiserne, hüfthohe Tor seines Anwesens, ließ den Motor an, der wie eine Nähmaschine surrte, und rollte die Ausfahrt hinunter auf die Straße.

Er schaltete das Radio ein und aktivierte das Navigationsgerät an der Frontscheibe. Es war das einzige Zugeständnis an die Moderne, ansonsten stammte jedes noch so kleine Detail seines Klassikers originalgetreu aus den Sechzigern. Dann glitt er in mercedestypischer Eleganz die Hauptstraße entlang, die Augen strikt nach vorn auf die Straße gerichtet. Hätte er einen Blick in den Rückspiegel geworfen, wäre ihm womöglich aufgefallen, dass ihm ein Wagen folgte. Doch Lutz Claasen erfreute sich lieber an der blank polierten Motorhaube, deren Mittelteil sich zu einer chromglänzenden Kühlermaske verjüngte, aus der der blitzende Stern herausragte. Auch wenn er so tat, als bemerke er die anerkennenden Blicke der Passanten nicht, die seinen Benz gefällig musterten, entging ihm deren Bewunderung keineswegs. Irgendwann einmal würde er sich den Scherz erlauben und ihnen hoheitsvoll wie ein König zuwinken.

Er öffnete das Schiebedach und streckte ab und zu die Hand hinaus, um den frischen Fahrtwind zu spüren. Bei Hausen vor der Höhe bog er Richtung Wispertal ab. Heute waren erfreulicherweise wenig Motorradfahrer unterwegs, sodass er entspannter fahren konnte als nach Feierabend, wenn sie plötzlich um eine Biegung schossen und seinem Klassiker gefährlich nahe kamen. Dabei fürchtete er mehr um den Zustand seines Wagens als um die Gesundheit der Biker.

Er erreichte einen besonders idyllischen Abschnitt hinter Niedergladbach, den er gern fuhr, weil er besonders schöne Ausblicke bot. Der Wald begann sich gerade zu färben und explodierte in einer Mischung aus verblassendem Grün, sattem Orange und welkem Braun. Das Laub auf der Straße wurde beim Vorüberfahren aufgewirbelt, und er roch den erdigen Duft der sich auf den Winter vorbereitenden Natur.

Die engen Kurven auf der abschüssigen Strecke forderten seine ganze Aufmerksamkeit, denn Klassiker stellten größere Anforderungen an ihre Fahrer als neue Pkw. Aber er kannte sein Schätzchen in- und auswendig und fuhr dementsprechend defensiv. Noch ein paar Biegungen und er würde die Matzenmühle erreichen, von der es nicht mehr weit bis zur Landstraße nach Lorch war.

In einer scharfen S-Kurve musste er besonders heftig bremsen. Die Reifen quietschten ungewohnt und er hatte das Gefühl, der Wagen verhalte sich heute etwas schwammig. In der nächsten Biegung musste er erneut die Geschwindigkeit drosseln. Dieses Mal war er sich sicher, dass das Bremspedal nicht so reagierte, wie es sollte. Seine Hände begannen zu schwitzen. Er pumpte mehrfach und trat dabei ins Leere. Der Schreck beschleunigte seinen Herzschlag. Auf der abschüssigen Fahrbahn wurde der Benz immer schneller. Mit beiden Händen umklammerte er fest das Lenkrad und konzentrierte sich noch mehr auf die Straße. Als der Tacho siebzig anzeigte, versuchte er die Handbremse zu ziehen, aber auch sie funktionierte nicht.

Panik überfiel ihn, denn er sah keine Möglichkeit anzuhalten, ohne seinen Wagen zu beschädigen. Der Mercedes hatte ein automatisches Getriebe und somit entfiel die Möglichkeit der Motorbremsung. Fieberhaft hielt er nach einer geeigneten Stelle Ausschau, an der er ins Bankett fahren und ihn zum Stehen bringen konnte, ohne größere Schäden zu riskieren. Doch die Straße war ausgerechnet hier an beiden Seiten mit einer gut zehn Zentimeter hohen Begrenzung versehen, was ihm ein Ausweichen unmöglich machte. Wagte er hier einen Versuch, würde er höchstwahrscheinlich auf dem Dach landen, und das wollte er sich bei mittlerweile achtzig Stundenkilometern wirklich nicht vorstellen. Fahrer, die ihm entgegenkamen, zeigten ihm einen Vogel oder hupten laut.

Schweiß lief ihm über die Stirn und brannte in den Augen. Abwischen war unmöglich, denn er konnte nur noch mit Mühe das Lenkrad halten. Ein falscher Handgriff und es war aus. Der Grünstreifen und die Baumreihen flogen an ihm vorbei, ohne dass er Einzelheiten wahrnahm. Er passierte die schmale Einfahrt zur Matzenmühle. Bald würde er zur T-Kreuzung kommen, die auf die L 3033 führte. Dort hoffte er auf eine Haltemöglichkeit.

Immer schneller werdend, fuhr er mit einem Affenzahn auf die Einmündung zu. Ihm kam der Gedanke, den Wagen um 180 Grad zu wenden und so bergaufwärts zum Stehen zu kommen. Mit aller Kraft riss er das Steuer nach rechts, doch sein Manöver misslang. Der Wagen folgte der Beschleunigungskraft und schoss über die Kreuzung auf eine Lichtung zu, die im hinteren Abschnitt von Gebüsch begrenzt war.

Der linke Außenspiegel touchierte das Straßenschild, das Richtung Bad Schwalbach wies, und riss ab. Für einen kurzen Moment hatte Claasen das Gefühl abzuheben und leicht wie eine Feder zu schweben, als er über die Böschung hinausschoss. Sein kurzer Flug endete abrupt an dem einzigen größeren Baum, der dicht am Ufer der Wisper stand. In Ermangelung eines Airbags wurde sein Kopf zuerst auf das

Lenkrad, dann gegen die Kopfstütze geschleudert. Gleichzeitig barst das Blech und der Motorblock wurde Richtung Innenraum gedrückt. Claasens Halswirbel knackten, als sie brachen. Er verlor das Bewusstsein, noch bevor die Lenksäule seine Brust zerquetschte. Dort, wo der Gladbach sich mit der kleinen Wisper vereinigte, hauchte er schließlich sein Leben aus.

Vierzehn

Christina Weimann von der Spurensicherung öffnete Karin Weber die Tür zur Frauenlob-Kemenate. „Wir sind noch nicht ganz fertig, doch Sie können gern hereingekommen. Bleiben Sie aber bitte hier stehen", bat sie und deutete auf eine Stelle, von der aus Karin das Zimmer überschauen konnte. Es war großzügig geschnitten, lichtdurchflutet und gemütlich eingerichtet. Schaute man aus dem Fenster, bot sich ein herrlicher Blick auf den Rhein. Das Bett war unbenutzt, aber ein Schlafanzug lag auf einem der beiden Sessel bereit.

„Hast du an der Rezeption nachgefragt, ob in der Nacht hier angerufen wurde?", fragte Martin Pfahl seine Kollegin.

„In Zeiten des Mobiltelefons?" entgegnete sie skeptisch.

„Es gibt auch noch Menschen, die sich den Segnungen der modernen Technik verweigern", stellte er fest.

„Ich mach's gleich nachher. Apropos Handy, habt ihr seins gefunden?"

„Ja, er hatte es bei sich. Es ist bereits im Labor. Das Wasser hat ihm den Garaus gemacht, aber ich bat Marco, den Provider zu kontaktieren, damit er uns die Anruflisten beschafft. Du weißt, dass das in der Regel seine Zeit dauert, aber so wie ich ihn einschätze, bekommt er sie noch heute. Er will übrigens, dass du ihn anrufst."

„Eilt es?"

„Glaube ich nicht, aber irgendetwas gibt ihm wohl zu denken."

„Wenn es nicht so dringend ist, hebe ich mir das für nachher auf. Ich will sowieso spätestens in einer Stunde im Präsidium sein und kann dann direkt mit ihm reden. Habt ihr sonst etwas gefunden?"

„Nur den üblichen Kram wie Kleidung, Waschzeug und eine große, nicht angebrochene Packung Kondome", ergänzte Martin grinsend. „Er hat wohl Sex and Crime ziemlich wörtlich genommen."

„Tja, das gehört doch bei Krimis wohl zusammen", erwiderte Karin.

„Aber nicht unbedingt in unserem Metier", warf Christina dazwischen.

„Wie meinen Sie das?" hakte die Kommissarin nach.

Christina, die aussah wie die junge Barbara Auer, errötete. „Mein Beruf ist manchmal echt ein Beziehungskiller. Es ist immer dasselbe. Sobald die Kerle hören, dass ich Polizistin bin und Spuren an Tatorten sichere, treten sie sofort die Flucht an."

„Fallen Sie nicht gleich mit der Tür ins Haus, sondern umschreiben Sie Ihre Arbeit. Ich sage beim Kennenlernen immer, dass ich bei einer Ermittlungsbehörde arbeite. Wenn sie mich dann besser kennen, akzeptieren sie meist, dass es die Kripo ist", riet ihr Karin.

„Na, so wahnsinnig viele Beziehungen hast du aber nicht gehabt, zumindest seit ich dich kenne", bemerkte Martin nüchtern.

„Aber die haben mir gereicht."

„Danke für den Rat“, meinte Christina. „In Zukunft versuche ich es, aber manchmal rutscht es mir einfach heraus, dass ich bei der Kriminaltechnik bin.“

Martin sah gerade ein paar Papiere durch. „Stell dir vor, Meyerbrinck kam anscheinend ohne elektronischen Organizer aus und hat ganz altmodisch einen Kalender geführt.“

„Ziehe ich auch vor. Ich finde es völlig nervtötend, wenn bei einer Terminabsprache jeder so ein elektronisches Teil rauskramt und ewig braucht, bis er das Datum gefunden hat. Ich schlage die Seite auf und fertig.“

„Das ist ziemlich old school“, kicherte Christina.

„Aber effizient“, beharrte Karin.

„Am Samstagabend bei der Galafeier im Gutenbergsaal der Rheingoldhalle hätte Meyerbrinck die Goldene Feder verliehen bekommen sollen. Das scheint ein Krimipreis zu sein“, bemerkte Martin.

„Goldene Tastatur wäre eher zutreffend. Heute schreibt doch kaum noch jemand Manuskripte mit der Hand“, ertönte es unter dem Bett, vor dem Christina gerade kniete und darunterschaute.

„Steht da zufällig auch, aus welchem Grund diese Ehrung verliehen wird?“, fragte Karin.

„Nein.“

„Dann werden wir wohl bei den Veranstaltern nachfragen müssen.“

„Wird dieser Galaabend eigentlich abgesagt?“, erkundigte sich Christina im Aufstehen.

„Keine Ahnung. Angebracht wäre es schon, doch das muss die Festivalleitung entscheiden.“

In diesem Moment klingelte Karins Handy.

Es war Samir, der leicht panisch klang. „Frau Weber, ich bräuchte Sie dringend vor Ort und das so schnell wie möglich“, flehte er. „Elisabeth-Langgässer-Zimmer, derselbe Stock, drei Türen weiter.“

Karin wunderte sich, dass er sie siezte. Das klang ungewohnt förmlich, sie hatten sich nämlich bereits nach ein paar Tagen geduzt. „Ich bin gleich da! Wir sehen uns dann später zur Nachmittagsbesprechung im Präsidium“, verabschiedete sie sich und eilte davon.

Eine tiefe Vibratostimme, die an Zarah Leander erinnerte, bat Karin herein, nachdem sie angeklopft hatte. Beim Eintreten blieb sie abrupt stehen und amüsierte sich über die Szene, die sich ihr bot. Samir saß mit zusammengekniffenen Beinen neben Herlinde von Hachenburg auf einem Zweisitzersofa, das für die beiden viel zu klein war. Die Hände hatte er wie zum Schutz vor seinem Schoß gekreuzt, die Arme seitlich an den Brustkorb gepresst. Er versuchte möglichst viel Abstand zwischen seinen Körper und die rubenshafte Gestalt der Autorin zu bringen, was aber aufgrund des Platzmangels aussichtslos war. Herlinde von Hachenburgs rechtes Bein lag angewinkelt auf der Sitzfläche und ihr fleischiges Knie berührte fast Samirs linke Hüfte. Ihr rechter Arm ruhte lasziv auf der Rückenlehne, wobei nur wenige Zentimeter bis zu seinem Nacken fehlten. Er sah alles andere als glücklich aus und Karin wunderte sich, dass ihr ansonsten so forsch auftretender Kollege dasaß wie ein eingeschüchterter Jüngling.

Auf dem Tisch vor ihnen standen eine geöffnete Flasche Champagner und zwei gefüllte Gläser, von denen das eine einen roten Lippenstiftrand aufwies. Frau von Hachenburg war allem Anschein nach kein Kind von Traurigkeit und gönnte sich bereits am frühen Morgen Luxus pur.

Karin schätzte sie auf mindestens Mitte fünfzig. Auch wenn die dicke Schicht aus Make-up und Puder ihr Alter verbergen sollte, gelang es nicht. Ihre Falten wurden dadurch nur betont. Vor allem das verschrumpelte Dekolleté sah aus wie eine eingetrocknete Orange. Ein durchscheinendes rotes Etwas umhüllte ihre matronenhafte Gestalt und gab mehr von ihren üppigen Formen preis, als es verbarg. Karin fürchtete, die äußerst knappen Dessous darunter könnten jeden Augenblick platzen. Doch der Frau schien das alles andere als peinlich zu sein. Sie trug ihr gewagtes Ensemble mit einer Nonchalance wie einer von Victoria Secrets Engeln auf dem Laufsteg.

Auf Samirs Stirn glänzte Schweiß. Er presste krampfhaft seine Beine zusammen, da Herlinde von Hachenburgs Rechte mit den knallrot lackierten Fingernägeln von der Lehne hinunter in Richtung seines Knies wanderte. Als sie ihn berührte, hielt es ihn nicht mehr auf dem Sofa. Er sprang auf und bot Karin seinen Platz an, was sie freundlich, aber bestimmt ablehnte. Stattdessen ging sie mit ausgestreckter Hand auf die Autorin zu, während Samir den Abstand zwischen sich und der Schriftstellerin merklich vergrößerte und seinen Notizblock hervorholte.

Mit roten Ohren erklärte er Karin, wie weit die Befragung zum Zeitpunkt ihres Erscheinens gediehen war. „Frau von Hachenburg teilte mir gerade mit, dass sie Herrn Meyerbrinck zwar kenne, aber ansonsten nichts mit ihm zu tun hatte."

„Nennen Sie mich doch bitte Herlinde", raunte sie und klimperte mit ihren künstlichen Wimpern.

Samir wich weiter zurück.

„Haben Sie etwa Angst vor mir?" fragte Herlinde von Hachenburg amüsiert. „Keine Bange, ich fresse Sie schon nicht, obwohl Sie ein leckerer Happen sind. Bisschen mehr könnten Sie allerdings auf den Rippen haben. Ein Kerl ohne

Bauch ist kein Kerl. Ich will etwas Handfestes, das zu mir passt."

Samir lief knallrot an und lockerte seinen Hemdkragen.

Karin Weber bemühte sich, nicht zu grinsen. „Frau von Hachenburg", setzte sie an, wurde aber sofort unterbrochen.

„Herlinde!"

Karin seufzte. „Gut, dann eben Herlinde, wir sind nicht hier, um Smalltalk zu machen, sondern um zu ermitteln. Wenn Sie nicht mehr über Herrn Meyerbrinck wissen, gehen wir wieder. Es gibt noch genügend für uns zu tun."

„Jetzt regen Sie sich doch nicht gleich auf. Immerhin wollten Sie mich sprechen und nicht umgekehrt."

„Ich glaube, wir kommen hier nicht weiter." Samir stand auf und stellte sich neben Karin Weber. Herlinde von Hachenburg holte tief Luft und schloss das durchsichtige Nichts vor ihrem wogenden Busen. „Möchten Sie nicht erst einmal einen Schluck nehmen? Das Zeug ist echt lecker und so herrlich entspannend."

„Danke, nicht um diese Uhrzeit."

„Für Champagner ist immer die passende Zeit!" hauchte sie und trank einen Schluck. „Ich habe Ihrem Herrn Stockwinkel schon gesagt, dass ich den Meyerbrinck nicht sonderlich geschätzt hab. Große Klappe und nichts dahinter."

„Inwiefern?"

„Hielt sich für was Besseres", antwortete sie. „Vor allem über mich rümpfte er wegen meiner Vergangenheit die Nase. Aber ich habe nicht viel auf sein Gerede gegeben. Der Mann hat keine Ahnung und ist unbelehrbar. Der rückt nie von seiner vorgefassten Meinung ab. Ich bin das Gefasel über mich inzwischen gewohnt, sodass es an mir abprallt. Früher hat es mich aufgeregt, jetzt gibt mir der Erfolg recht."

„Wir hörten schon davon, dass es gestern zu einer kleinen Auseinandersetzung zwischen Ihnen kam“, bestätigte Karin und setzte sich nun doch der Autorin gegenüber. Samir zog es weiterhin vor, in sicherer Entfernung stehen zu bleiben.

Herlinde von Hachenburg lachte hart auf, schlug die Beine übereinander und wippte mit dem linken Fuß, um ihre zierlichen roten Hausschuhe aus Pelz mit Strassbesatz in Szene zu setzen. Ihre Stimme verlor ihren amüsierten Klang. Bisher war für sie anscheinend alles nur ein launiges Spiel gewesen. „Ich erkläre Ihnen gerne, warum das so ist und ich von vielen Autorenkollegen nicht ernst genommen werde. Ursprünglich komme ich aus der Filmbranche“, lächelte sie und warf ihr Haar mit einer theatralischen Geste zurück, die an Miss Piggy erinnerte. Sie reckte ihre Brust, plusterte die Lippen zu einem Schmollmund auf und schaute mit weit aufgerissenen Augen in die Ferne.

Wenn sich ihre Fähigkeiten auf diese Pose beschränkten, musste sie eine grottenschlechte Schauspielerin gewesen sein, dachte Karin. „Kenne ich vielleicht einen Ihrer Filme?“, erkundigte sie sich höflichkeitshalber und bereute ihre Frage augenblicklich.

„Wenn Sie Pornos mögen, bestimmt“, erwiderte die Autorin ohne Scham. „Fünfzehn Jahre lang kam keiner an mir vorbei. Ich stamme aus dem Osten der Republik und da war vor der Wende an echte Pornos nicht zu denken, die wirkten eher wie Szenen aus einer FKK-Kolonie. 1990 begann meine eigentliche Karriere, da war ich gerade dreiundzwanzig.“

Diese Altersangabe weckte in Karin berechtigte Zweifel.

„Man bezeichnete mich als den ‚erotischen Supergau aus dem Plattenbau‘. Spötter wie Meyerbrinck nennen mich allerdings ‚Eileen, die Pornoqueen'. Eileen ist mein richtiger Name, aber mit dem Beruf legte ich auch mein altes Image ab.“

Nur losgeworden bist du es nicht. Ich würde es mal mit anständigem Benehmen und dezenterer Kleidung versuchen. Man sieht dir deine Vergangenheit nämlich aus hundert Metern Entfernung an, dachte Samir.

„Jeder wollte mit mir drehen, die Kerle lagen mir reihenweise zu Füßen, die Frauen zickten gegen mich, aber das ist eben ihre Art der Anerkennung. Neid will hart erarbeitet sein. Das Geschäft lief so lange super, bis ich mein Ablaufdatum erreichte", bemerkte sie und rückte ihre Brust zurecht. Samir senkte rasch die Lider und konzentrierte sich ganz aufs Mitschreiben.

„Manche zögern den natürlichen Verfall durch Schönheits-OPs hinaus, aber ich halte nix davon. Schauen Sie sich doch mal die einschlägigen Damen an, die in meinem Alter sind. Mit ihren alienartigen Gesichtszügen und den aufgespritzten Lippen können die doch eher in einem Horrorstreifen mitspielen als in einem Porno."

Ihre offene Art gefiel Karin, aber sie drifteten immer mehr vom Thema ab. „Wie sah denn Ihr gestriger Abend aus?"

„Äußerst angenehm. Zunächst war ich relativ früh essen. In diesem Bootshaus am Rhein. War echt gut, vor allem der Blick ist toll, bisschen teuer vielleicht und das Essen hat gedauert, aber ich hatte ja Zeit. Man sieht die Silhouette der Stadt, die Brücke, die Mainmündung und vor allem die knackigen Jogger. Danach bin ich ins Hotel spaziert. Ramon wartete schon auf mich, und wir gingen gleich aufs Zimmer. Er blieb bis gegen vier Uhr. Dann hab ich ihn weggeschickt, ich schlafe nämlich lieber alleine. Erst der Anruf Ihres hübschen Kollegen hat mich Morpheus' Armen entrissen", zwinkerte sie Samir zu, der schwer schluckte.

„Dürften wir erfahren, wer Ramon ist?", fragte Karin.

„Können Sie sich das nicht denken, Kindchen? Ein Begleiter für gewisse Stunden."

Die Autorin nahm die Karte einer Escort-Agentur aus Wiesbaden vom Tisch. „Er wird das bestätigen. Aber weshalb machen Sie eigentlich so ein Getue um den gestrigen Abend? Das klingt fast so, als wollten Sie mein Alibi überprüfen. Ihr Kollege ist ja nicht mit der Sprache rausgerückt. Sagen Sie es mir nun endlich?"

„Paul Meyerbrinck wurde letzte Nacht ermordet, und zwar ganz in der Nähe."

„Schöner Mist! Dann überprüfen Sie mich tatsächlich", stellte sie fest und legte augenblicklich ihr Divengehabe ab. „Wann geschah denn der Mord?"

„In den frühen Morgenstunden."

„Dann bin ich aus dem Schneider. Wie gesagt: Nachdem Ramon ging, habe ich das Hotel nicht mehr verlassen", behauptete sie und ihr Gesichtsausdruck wurde einen kurzen Moment weich. „Falls Sie übrigens denken, ich hätte wegen des Streits ein Motiv, irren Sie sich. Ich bin nicht nachtragend, und außerdem würde ich meine Freiheit nicht für einen Typen wie Meyerbrinck riskieren", behauptete sie, was ihr die Kommissare unbesehen glaubten.

Karin schaute auf die Uhr. Höchste Zeit, ins Präsidium zurückzukehren. Marco wartete inzwischen bestimmt darauf, dass sie sich meldete. Sie verabschiedete sich von Herlinde von Hachenburg, während Samir nicht schnell genug aus dem Zimmer flüchten konnte. Er riss regelrecht die Tür auf und stürmte in den Flur.

„Machen Sie's gut", rief die Autorin den Polizisten hinterher. „Vielleicht sieht man sich ja bald wieder."

„Lieber nicht", entfuhr es Samir draußen. „Kannst du mir sagen, was das eben für ein Auftritt war?"

„Die Dame hätte dich am liebsten mit Haut und Haaren vernascht, hatte ich zumindest den Eindruck."

Samir schüttelte sich angewidert. „Die Frau ist ein Krake. Ich hatte gar nicht so viele Arme, um ihre Finger abzuwehren. Erst als du kamst, hat sie sich einigermaßen benommen."

„Du kannst dich doch sonst verteidigen. Wieso hast du ihr nicht mit einer Anzeige wegen sexueller Belästigung gedroht?"

„Hat sie ignoriert und nur gelacht!"

„Warum hast du dich überhaupt neben sie gesetzt?"

„Habe ich gar nicht! Sie hat sich neben mich gesetzt. Als ich reinkam, ruhte sie ‚dekorativ' im Sessel. Kaum hatte ich Platz genommen, quetschte sie sich neben mich."

„Jetzt hast du es ja hinter dir und für die Zukunft bist du gewarnt."

„Ich überlege mir ab jetzt sehr genau, ob und neben wen ich mich setze!"

Karin wechselte das Thema. „Marco hat mir über Martin ausrichten lassen, dass er uns sprechen will."

„Hat er gesagt, worum es geht?"

„Nein, aber wir sollten uns ins Präsidium aufmachen. Vorher will ich nur schnell nach Hause fahren und mich umziehen."

„Eigentlich schade, die Sachen stehen dir echt gut", meinte Samir.

„Sehe ich sonst etwa aus, als stammten meine Klamotten aus dem Altkleidercontainer?"

„Natürlich nicht, du bist immer gut angezogen", versuchte Samir den Schaden zu begrenzen.

„Belassen wir es dabei! Nicht, dass du dich um Kopf und Kragen redest."

Auf dem Weg zum Auto klingelte ihr Handy. Marco klang leicht angesäuert, während er sich über ihren ausbleibenden Rückruf beschwerte. „Ich habe da etwas, das hängt mit eurem Mord zusammen. Ihr solltet euch das unbedingt mal anschauen."

„Tut mir leid. Martin hat es vorhin nicht so dringend gemacht."

„Als ich mit ihm gesprochen habe, war die Sachlage auch noch anders."

Mit dem Umziehen würde es wieder nichts werden. „Wir kommen umgehend. Sei doch so gut und überprüfe bis dahin zwei Alibis", bat sie ihn noch und nannte ihm den Namen des Hotels, in dem Sieglinde Sonnentau mit ihrem Mann übernachtet hatte.

Fünfzehn

Er hielt an der Bushaltestelle Scherbensberg und parkte den Wagen direkt vor der Schranke, die den Weg ins Naturschutzgebiet für Fahrzeuge versperrte. Niemand sollte im Vorbeifahren das Nummernschild entziffern können. Mit seinem Fernglas vor der Brust stieg er aus und ging die wenigen Schritte bis zum Unfallort.

Er vergewisserte sich, dass es keine Reifenspuren auf der Straße gab, was eigentlich aufgrund der kaputten Bremsen höchst unwahrscheinlich war. Das versuchte Wendemanöver hatte zwar ein paar schwarze Male hinterlassen, doch fielen diese kaum auf. Lediglich die leicht verbogene Spitze des Straßenschilds belegte, dass hier etwas geschehen war.

Besser hätte es gar nicht laufen können. Welch glücklicher Umstand, dass Claasen ausgerechnet heute diese kurvenreiche, abschüssige Strecke genommen hatte, statt nach Mainz in den Sender zu fahren. Das Beste an der Sache war, dass es außer ihm keine Zeugen für den Hergang gab. Aufgrund des Gefälles war das Wrack von der Straße aus nicht gleich zu sehen. Zudem verhinderte das Gebüsch eine vorzeitige Entdeckung und ihm blieb ausreichend Zeit, um zu verschwinden.

Allein die Fahrspuren im Gras der kleinen Lichtung zeugten von dem Unfall. Er machte sich daran, die niedergedrückten Halme mit den Füßen wieder einigermaßen aufzurichten. Dabei hielt er seinen Feldstecher bereit, um den wenigen vorbeikommenden Fahrern den Eindruck zu vermitteln, er schaue sich die Landschaft an.

Den abgerissenen Außenspiegel beförderte er mit einem Kick ins Gebüsch. Er wollte nicht, dass seine sorgfältig geplante Inszenierung vorzeitig entdeckt wurde. Dann stieg er den kleinen Abhang hinab, um sich zu vergewissern, dass der Anschlag auch geglückt war. Aber schon im Näherkommen sah er, dass Claasen keine Chance gehabt hatte. Das Auto war in der Mitte bis zur Fahrgastzelle eingedrückt. Kein Mensch überlebte das. Er hoffte, dass das austretende Öl keine großen Umweltschäden anrichtete, denn er war ein Naturliebhaber und verabscheute Umweltsünder. Aus der Distanz erahnte er die Umrisse des Körpers, verspürte aber kein Verlangen, sich den Toten anzusehen.

Allerdings sah er sich zu einer kleinen Änderung gezwungen, da die Unfallstelle anders als erwartet nicht in Rheinland-Pfalz, sondern in Hessen lag. Deshalb würde er der Polizei in Mainz einen Wink geben müssen, auch wenn das ursprünglich nicht vorgesehen war. Ein Anruf aus einer öffentlichen Telefonzelle reichte aus, um sie auf den Mord aufmerksam zu machen. Claasen sollte gefunden werden, sonst gäbe es einen Bruch in ihrer Inszenierung. Zurück am Wagen, wechselte er die Schuhe und steckte das getragene Paar in eine Tüte. Am nächsten Schuhcontainer würde er es loswerden. Er legte seine Lieblings-CD ein und Adele legte los. Perfekter hätte dieser Tag nicht beginnen können.

Sechzehn

Sieglinde Sonnentau saß mit ihrem Mann im geschützten Innenhof der Villa Viola und summte leise ein Lied vor sich hin. Trotz des kühlen Tagesbeginns war es hier angenehm, und sie genoss das schöne Ambiente. Ihr Mann hingegen konnte sich nicht dafür begeistern, er mokierte sich gerade über die polizeiliche Befragung.

„Was bilden die sich ein, uns einfach so unter Generalverdacht zu stellen? Als wären wir Schwerkriminelle! Und dich scheint es noch nicht einmal zu stören!"

Sie überging seine Beschwerde mit einem Lächeln. „Die Polizei macht nur ihre Arbeit, und Kommissar Stockwinkel verhielt sich sehr höflich. Ich hatte auch nicht den Eindruck, dass die Kommissarin dich zu sehr in die Mangel genommen hätte."

„Darum geht es doch gar nicht! Ich finde es einfach eine Frechheit, uns bei unserer Anreise einfach so zu überrumpeln."

„Du hättest auch Nein sagen können."

„Dann wären sie uns später auf die Nerven gefallen. Aber dir ist ja alles egal", echauffierte er sich. „Du lässt dir generell zu viel bieten und nimmst einfach alles ohne Widerspruch hin. Ich kenne kaum einen phlegmatischeren Menschen als dich."

Sieglinde Sonnentau musterte den Olivenbaum mit seinen silbrigen Blättern und den kleinen Fruchtansätzen, die sie an Weinbeere erinnerten. Sollte Friedrich doch reden. Gerade in der letzten Zeit konnte sie es ihm ohnehin nicht recht machen. Nur in einem musste sie ihm zustimmen: Das Gespräch mit dem Kripobeamten war ihr mindestens genauso unangenehm gewesen wie ihm. Aber aus einem anderen Grund. Sie hatte improvisieren müssen. Im Lügen war sie nicht gerade eine Meisterin, und sie hoffte, dass ihm entgangen war, wie viel sie wirklich für Meyerbrinck empfunden hatte.

Ihre Beziehung zu Paul war weit über das Berufliche hinausgegangen. Neben ihren Gedanken hatten sie vor allem ihre amourösen Neigungen geteilt. Wüsste Friedrich, welche Emotionen Meyerbrinck in ihr geweckt hatte, würde er aus allen Wolken fallen. Für ihn war sie ein gefühlskalter Fisch. Das konnte sie ihm nicht mal verdenken. Er langweilte sie, vor allem beim Sex, und sie konnte es auch nicht verhehlen. Während er sich beim „Liebesakt" abmühte, vertrieb sie sich die Zeit mit dem Betrachten der Zimmerdecke. Das war allemal besser, als in sein verschwitztes Gesicht sehen zu müssen.

Paul dagegen hatte wahre Gefühlsexplosionen in ihr ausgelöst, und sie hatte eine Lust empfunden, die ihr mit Friedrich fremd war. Aber nicht nur deshalb schmerzte sie Pauls Tod. Neben seinen Fähigkeiten als Liebhaber war er vor allem ein brillanter Erzähler und guter Unterhalter gewesen.

Sie hatte ihn nicht wirklich geliebt, zu solch tiefen Gefühlen war sie gar nicht fähig. Im Grunde war sie ein leidenschaftsloser Mensch, das war ihr vor einiger Zeit klar geworden. Zunächst hatte diese Erkenntnis sie schockiert, mittlerweile akzeptierte sie diese als Teil ihrer Persönlichkeit.

Ihr fehlender Enthusiasmus hatte schließlich auch etwas Gutes, denn er machte ihr momentanes Leben erträglicher und ihren Mann hinnehmbarer. Wäre sie begeisterungsfähiger und emotionaler, hätte sie Friedrich schon längst in die Wüste geschickt. Aber sie setzte auf Sicherheit und schätzte ihr behütetes Nest, das sie nicht gegen die finanzielle Unsicherheit einer freien Autorin eintauschen wollte.

Deshalb musste sie sich erst noch an den Gedanken gewöhnen, dass sie bald unabhängig sein würde und für sich selbst sorgen konnte. Ihr neues Buch eröffnete ihr diese Möglichkeit, denn es verkaufte sich nicht nur gut, sondern zog etliche kapitalträchtige Projekte nach sich, die ihr über Jahre ein vertraglich garantiertes und gar nicht einmal so kleines Einkommen bescherten. Sie musste nur noch den Vertrag unterschreiben, dann konnte sie ihrem ständig quengelnden Mann, dem nichts und niemand gut genug war, Adieu sagen.

„Hörst du mir überhaupt zu?“, unterbrach er empört ihre stille Reflexion. „Warum antwortest du nicht?“

Sieglinde Sonnentau streichelte die Zweige des Olivenbaums, der neben ihrem Stuhl stand. „Ist er nicht eine Pracht mit seinen silbrig-schmalen Blättern und dem knorrigen Stamm? Er hat sogar kleine Früchte angesetzt. Schade, dass sie in unserem Klima nicht ausreifen.“

„Was interessiert mich diese Scheiß-Kübelpflanze“, erboste sich Quellborn, unterbrach aber seine Schimpftirade, als ihr Handy klingelte. „Jetzt geh schon ran.“

Sie zog das Telefon aus ihrer Tasche. „Es ist Helga!“

Bei der Erwähnung dieses Namens stöhnte Quellborn auf, was seine Frau mit einem Lächeln quittierte. Helga diente ihr immer als Vorwand, wenn er nicht erfahren sollte, mit wem sie sprach oder sich traf.

„Es gibt einen Grund zu feiern!", begann Luzius, ihr neuer Literaturagent, das Gespräch. „Können wir uns um halb drei treffen?", schlug er vor und nannte ihr den Ort. „Aber es wäre schön, wenn das unser Geheimnis bliebe, bis alles offiziell ist. Nicht, dass in letzter Sekunde noch etwas schief geht."

Sieglindes Herz flatterte wie ein Spatz. Sein Anruf hellte ihre Stimmung auf und ließ den Schmerz über Pauls Verlust auf ein überschaubares Maß schrumpfen. Selbst ihr Mann erschien ihr auf einmal weniger abstoßend. Endlich war sie am Ziel. Bald hielt sie das Ticket für ihre Freiheit in der Hand. Dieses Treffen in Mainz kam zwar überraschend, denn sie hatten ursprünglich anders geplant. Aber das konnte ihr nur recht sein. Bestimmt hielt er sich in der Stadt auf, weil er genau wie sie an der Mordiale teilnahm.

„Gern. Das passt mir gut", erwiderte sie und legte auf.

Sie wahrte ihre gleichgültige Miene, um nicht Friedrichs Argwohn zu wecken. „Sie ist gerade im Hilton eingetroffen und fragt, ob wir uns nachher auf einen Kaffee sehen."

„Ohne mich", blaffte ihr Mann. „Ich kann diese linksalternative, feministische Zicke nicht ausstehen."

Sieglinde machte sich gar nicht erst die Mühe, ihm zu erklären, dass weder diese erfundene Einladung noch eine tatsächlich von Helga ausgesprochene ihn einbezogen hätte, denn die Abneigung zwischen ihrer Freundin und ihrem Mann beruhte auf Gegenseitigkeit. „Das habe ich nicht anders erwartet."

Bis zu ihrer Verabredung dauerte es noch Stunden, aber sie fieberte ihr entgegen und konnte es deshalb kaum erwarten, dass ihr Mann nach dem Mittagessen seinen „regenerativen Erholungsschlaf" hielt, der ihr die Möglichkeit bot, unbemerkt zu gehen. Selten dauerte er weniger als 90 Minuten und Friedrich rechtfertigte seine ausgedehnte Pause damit, dass diese Art innerer Einkehr seine Kreativität wachhielt. Sie kannte ihn besser. Er schlief in Wahrheit einfach gerne. Doch Friedrich war nicht der Mann, der das offen zugab.

Sie dagegen hasste sein Schläfchen, denn er verlangte dann stets absolute Ruhe von ihr, und sie musste mucksmäuschenstill sein. Zuhause war das kein Problem; dort konnte sie in ihr Arbeitszimmer ausweichen. Aber im Hotel gestaltete sich das schwieriger. Ihren Vorschlag, Ohrstöpsel zu benutzen, wies er strikt von sich. Also flüchtete sie sich meist in die Lobby, wo sie las oder an ihrem Notebook arbeitete. Sie fragte sich allerdings nicht ohne Häme, ob er heute wegen des Fluglärms über der Stadt ausreichend Ruhe finden würde.

Siebzehn

Marco Piazetti blickte kaum auf, als Samir und Karin eintraten, sondern starrte auf den Monitor und bedeutete den beiden, sich zu setzen. „Bin gleich soweit", nuschelte er.

Schließlich hob er den Kopf und lehnte sich zurück. „Also, es gibt interessante Neuigkeiten, die mit diesem Mord zusammenhängen könnten. Zwar sind die Botschaften etwas kryptisch, doch ein Bezug lässt sich nicht leugnen", meinte er und bat sie vor den Bildschirm.

Marco öffnete die E-Mail der vergangenen Nacht. Beim Anblick des Fadenkreuzes entfuhr Samir ein Pfiff. „Das sieht ja aus wie der „Tatort"-Vorspann. Was bedeutet das?"

„Ging mir genauso. Abwarten", machte Marco es spannend und öffnete das Foto.

„Ein toter Fisch?", wunderte sich Samir.

Karin begriff schneller. „Der Fisch liefert den Hinwies auf unseren Tatort, den Brunnen am Fischtorplatz. Ganz schön abgebrüht, unser Täter."

Marco widersprach ihr. „Wer sagt, dass es ein Mann ist? Bonnie Elizabeth Parker war eine Frau. Mir wurde das aber erst nach der zweiten Nachricht klar", stellte Marco fest und öffnete Mail Nummer zwei. „Schaut, dieser Absender ist Clyde, der Betreff lautet O und der Bildausschnitt zeigt den Unterboden eines Autos. Ich habe keine Ahnung, zu welchem Modell er gehört, aber die Nachforschungen laufen bereits. Und da im Fadenkreuz statt der 1 eine 2 steht, stimmt Clyde uns wohl auf einen weiteren Mord ein."

„Willst du damit sagen, Meyerbrincks Ermordung war nur der Auftakt?", staunte Samir.

„Ich fürchte ja", bestätigte Marco. „Wer immer uns diese Botschaften schickt, hat Ahnung, wie man seine Spuren verwischt. Ich habe die IP-Adressen zurückverfolgt und bin in zwei unterschiedlichen Internetcafés in Mainz und Wiesbaden gelandet. Ich konnte anhand der MAC-Adressen sogar die entsprechenden Rechner identifizieren. Doch dort erinnert sich niemand an die in Frage kommenden Personen. Aber es gibt Überwachungskameras, und die Inhaber brennen uns eine CD von den entsprechenden Zeiträumen."

„Hoffentlich bringt uns das weiter", seufzte Karin.

„Darauf würde ich keine Wette abschließen. Die E-Mails sind wenig aussagekräftig, was ihren Verfasser anbelangt. Die verwendeten Fotos und Grafiken weisen keinerlei Besonderheiten auf, sondern sind einfach aus dem Netz heruntergeladen", erläuterte er ihnen. „Mir macht der Betreff Sorgen. Setzt man die Buchstaben hintereinander, ergibt sich MO. Ergänzt man das um zwei weitere, heißt es MORD, was vier Tote bedeuten könnte."

„Bloß das nicht!“, stöhnte Karin. „Mir reicht ein Toter völlig aus!“

„Ich mache mir da wenig Hoffnung und denke, dass die Nachrichten ernst gemeint sind. Wir sollten die Internetcafés in Mainz und der näheren Umgebung observieren lassen, falls weitere E-Mails abgeschickt werden. Aber aufgrund der dünnen Personaldecke grenzt das wohl an Utopie“, sagte Marco.

„Versuchen sollten wir es trotzdem“, äußerte Samir und kam noch einmal auf die Absender zu sprechen. „Bonnie und Clyde waren berühmte Personen der Kriminalgeschichte, die über Monate die Schlagzeilen beherrschten. Unser erster Toter war ebenfalls recht bekannt und zudem sehr medienpräsent.“

„Du siehst also zwischen der Namenswahl des Absenders und der Medienpräsenz des Opfers einen Zusammenhang“, bemerkte Karin.

„Wäre das so abwegig?“

„Keineswegs, und das erschreckt mich, denn das Krimifestival bietet ausreichend Futter.“

In diesem Moment klingelte das Telefon. Marco nahm ab.

„Hier ist Clyde! Suchen Sie im Wispertal an einer Kreuzung“, flüsterte ein Mann mit verstellter Stimme und legte wieder auf. Da die Nummer nicht unterdrückt worden war, startete Marco die Rückwärtssuche und landete in einer öffentlichen Telefonzelle. Wo diese sich befand, ließ sich auf die Schnelle nicht feststellen.

„Es gibt definitiv ein zweites Opfer. Clyde will, dass wir im Wispertal suchen.“

„Wo da?“, erkundigte sich Samir.

„Er erwähnte eine Kreuzung.“

„Na, hoffentlich gibt es dort nicht zu viele davon. Und nun nichts wie los“, forderte Karin ihre Kollegen auf.

„Sollten wir nicht den Chef informieren, damit er weiß, was wir vorhaben?“, schlug Samir vor.

„Das machen wir von unterwegs“, antwortete Karin im Gehen.

„Willst du etwa so dorthin?“, wunderte sich Marco und schaute auf ihre Schuhe, die ihm wenig geländetauglich erschienen.

„Nein, natürlich nicht“, blaffte Karin zurück. „Ich habe im Kofferraum noch ein Paar andere.“

„Könnte Samir fahren?“, bat Marco auf dem Weg in die Tiefgarage. Autofahrten mit Karin bedeuteten in der Regel einen Angriff auf sein Gleichgewichtsorgan mit der Folge unkontrollierbarer Übelkeit.

„Ich kann das in den Tretern sowieso nicht“, erwiderte sie, während sie die Highheels mit einem Paar karierter Gummistiefel tauschte.

Samir hatte inzwischen einen Dienstwagen organisiert. Mit eingeschaltetem Blaulicht brauste er die Rheinallee entlang und fuhr über den Mombacher Kreisel auf die Autobahn. Auf der Schiersteiner Brücke musste er die Geschwindigkeit drosseln, da die Blitzersäule für einen kurzen Stau sorgte. Marco, der hinten saß, kam das gerade recht. Er hielt sich verkrampft an der Tür fest und starrte angestrengt durch die Frontscheibe. Sein südländischer Teint war ganz blass, und er war sich nicht sicher, ob der Fahrertausch wirklich eine gute Idee gewesen war. Das nächste Mal würde er darauf drängen, vorn zu sitzen oder selbst zu fahren.

Karin programmierte das Navi und schlug eine Route vor. „Es ist am sinnvollsten, wir fahren nach Lorch und nehmen dann die L 3033. So klappern wir der Reihe nach die Kreuzungen ab. Hast du eigentlich die Alibis von Sieglinde Sonnentau und ihrem Mann überprüft?“, fragte sie Marco.

Seine Sätze kamen abgehackt. „Sind okay, sie haben ihr Zimmer nicht verlassen. Öffnen und Schließen der Tür wird registriert.“

„Dann scheiden sie als Täter aus, obwohl wir sie auch nie wirklich verdächtigt haben. Sag mal: ist dir nicht gut?“

„Geht schon“, keuchte er.

„Hoffentlich. Das Wispertal ist kurvig. Falls du mit mir den Platz tauschen willst, können wir das gern tun“, bot sie ihm an.

„Lass mal“, erklang es vom Rücksitz. „Kann ich das Fenster aufmachen?“

„Ja, aber nicht so, dass es mir ins Genick zieht“, entschied Samir und drosselte das Tempo, da er keine Lust auf einen vollgekotzten Innenraum hatte.

In diesem Augenblick klingelte Marcos Handy. Das Gespräch dauerte nur kurz. „Das war der Journalist von Oldtimerpraxis. Er denkt, es ist ein alter Mercedes.“

„Wenigstens wissen wir jetzt, nach welchem Auto wir Ausschau halten müssen“, resümierte Karin.

In Lorch bogen sie Richtung Wispertal ab und fuhren langsam bis zur Einmündung der L 340. Dort fand sich kein Hinweis auf einen Unfall. Sie fuhren weiter, bis Karin an der T-Kreuzung, an der es nach Hausen vor der Höhe abging, ein Straßenschild entdeckte, das einen leichten Schaden aufwies. Die Spitze war nach hinten gebogen, der gelbe Lack zerkratzt. Es stand vor einer kleinen Lichtung. „Wir sollten uns das mal näher ansehen.“

Samir wendete und parkte an einer Bushaltestelle, die nur wenige Meter von der Stelle entfernt lag. Marco hatte sich inzwischen etwas erholt und ging mit Karin bis zum Schild. Samir inspizierte das Umfeld genauer. Ein Waldweg führte zu einem Naturschutzgebiet, das mit einer Schranke abgesperrt war. Vor ihr zeugten frische Reifen- und Fußspuren davon, dass hier vor kurzem ein Pkw gestanden hatte und jemand ausgestiegen war. Er nahm ein Zentimetermaß aus dem Dienstwagen, legte es zum Größenvergleich daneben und machte von allen Abdrücken mehrere Fotos.

Dann ging er zu seinen Kollegen, die an der Böschung standen und hinunter auf die Wisper schauten. Karin telefonierte, demnach hatten sie etwas entdeckt.

„Der Typ von der Oldtimerpraxis hat recht. Es ist tatsächlich ein Benz oder besser gesagt: war es. Viel ist nicht mehr davon übrig", empfing Marco Samir. „Ich habe einen kurzen Blick hineingeworfen. Sieht echt übel aus. Den Fahrer hat es ganz schön zerlegt. Er ist definitiv tot."

Karin hatte inzwischen ihr Gespräch beendet. „Die hessischen Kollegen meinen, sie sind in zwanzig bis dreißig Minuten da."

„Es sieht aus, als wäre er ungebremst gegen den Baum geknallt. Ob die Bremsen manipuliert waren?", rätselte Samir.

„Wenn das Foto ein Hinweis sein soll, dürftest du damit richtig liegen", pflichtete Marco ihm bei.

„Wir werden hier wohl nicht so schnell wegkommen. Ich informiere den Chef", bemerkte Karin und rief Alex Groß an. „Er bildet eine SoKo, und sie warten auf uns mit der Besprechung."

Marco hatte inzwischen eine Halterprüfung durchgeführt. „Der Besitzer heißt Lutz Claasen, wohnhaft in Rauenthal. Ob er aber auch der Fahrer ist, ist damit allerdings noch nicht gesagt."

„Ich gehe fest davon aus. Oldtimerbesitzer überlassen ihre Klassiker nur ungern anderen“, belehrte Karin ihre Kollegen.

„Du kennst dich in der Szene aus?“, wunderte sich Samir.

„Das weiß ich von Edgar, er fährt doch einen Jaguar MKII und ist in dieser Beziehung ziemlich eigen. Außer ihm darf niemand hinters Steuer.“

Marco hatte inzwischen auch Claasen gegoogelt. „Er war beim ZDF als Leiter Hauptredaktion Fernsehspiel angestellt. Auf sein Konto gehen mehrere erfolgreiche Krimiserien. Hier steht allerdings nichts davon, dass er jemals ein Buch veröffentlich hat. Demnach ist er kein Autor, so wie Meyerbrinck.“

„Also, mir sagt der Name nichts“, bekannte Samir.

„In Medienkreisen kennt man ihn. Zwei seiner Serien wurden mit dem Grimme-Preis ausgezeichnet. Er ist also keineswegs ein kleines Licht, sondern gehört zu den Schwergewichten der Branche“, berichtete Marco.

„Und er hat von Berufs wegen mit Krimis zu tun gehabt, wenn er für entsprechende Fernsehserien zuständig war“, ergänzte Karin.

„Ich frage mich die ganze Zeit, warum Clyde uns und nicht die hessischen Kollegen informiert hat“, sinnierte Marco.

„Das liegt doch auf der Hand“, folgerte Karin. „Er will uns klarmachen, dass alles auf Mainz hinausläuft. Auf die Stadt und erst recht auf dieses Krimifestival. Claasen ist zwar kein Autor, hatte aber durch seine Arbeit einen Bezug zum Krimimilieu. Leute, ich fürchte, wir bekommen es wirklich mit einer Serie zu tun. Fragt sich nur, wer R und D sein werden, und ob wir das irgendwie verhindern können!“

Achtzehn

Sieglinde Sonnentau hatte sich geirrt. Der Lärm störte ihren Gatten nicht im Geringsten. Er schlief trotz der Flugzeuge wie ein Baby, was womöglich an den zwei Gläsern Wein lag, die sie ihm zum Essen aufgenötigt hatte. Leise huschte sie ins Bad, um sich herzurichten. Mit dem Glätteisen brachte sie ihre langen schwarzen Haare in Form, die sie offen tragen wollte. Dann legte sie Make-up und Rouge auf, schminkte sich die Lippen in knalligem Rot, während sie die Augen mit entsprechend dunklem Lidschatten betonte, was ihr einen verruchten Ausdruck verlieh. Zu guter Letzt erhielt ihr Dekolleté einige Spritzer Parfum und eine Schicht reflektierenden Puder, der die ersten Falten mildern sollte.

Sie peppte das rote Etuikleid mit einer Kette aus großen, unechten schwarzen Perlen auf. Schwarze Strumpfhose und Highheels gaben ihr den richtigen Glamour. Für einen Nachmittagsespresso war sie vielleicht ein bisschen overdressed, aber ihr Aussehen entsprach ihrer Gefühlslage. Die Sachen hatte sie sich für den Galaabend am Samstag gegönnt, an dem sie die Silberne Feder für ihr Kinderbuch „Die Spurenleser“ bekommen sollte. Doch sie fand, dass es nicht schadete, sie heute schon einzutragen. Vor allem an die Mörderschuhe mit ihren hohen Absätzen musste sie sich erst gewöhnen.

Zufrieden betrachtete sie sich im Spiegel. Mit wenigen Handgriffen hatte sie sich von einer unscheinbaren Person in eine aparte Frau verwandelt. Gut nur, dass Friedrich schlief. Er hätte sich gewiss sehr darüber gewundert, weshalb sie sich für Helga so aufdonnerte, deren teure Klamotten immer aussahen, als stammten sie aus Trödelläden.

Sie schlich zurück ins Zimmer und warf einen verächtlichen Blick auf ihren Mann, der mit seinem weit geöffneten

Mund nicht sonderlich attraktiv aussah. Dann nahm sie ihren hellbeigen Trenchcoat sowie ihre Handtasche und stahl sich auf Zehenspitzen davon. Der Azubi an der Rezeption starrte sie mit offenem Mund unverhohlen an. Erfreut über den Eindruck, den sie bei ihm hinterließ, nickte sie ihm im Vorübergehen lässig zu. Draußen atmete sie tief durch und genoss das erwartungsfrohe Kribbeln, das sich mit jeder Minute, die das Treffen näher rückte, von ihrem Bauch über den gesamten Körper ausbreitete.

Das Hilton, in dem sie verabredet war, lag nicht weit entfernt, und sie beschloss, zu Fuß zu gehen. Doch auf der Höhe des Rathauses bereute sie bereits ihre Entscheidung. Ihre Zehen drohten abzusterben. Sehnsüchtig schaute sie hinauf zum Restaurant Rheingold, das gerade in ihr Blickfeld geriet und von dem sie sich wünschte, es wäre ihr Treffpunkt. Ihre Eitelkeit verfluchend, stakste sie weiter und litt dabei Höllenqualen. Ihre Füße fühlten sich inzwischen an, als seien sie rohe Fleischklumpen. Endlich erreichte sie den Eingang zur Weinstube. Ihre Schmerzen verdrängend, betrachtete sie ihr Spiegelbild in der Fensterscheibe und registrierte erfreut, dass ihr nichts anzumerken war.

Als sie eintrat, stand ein Mann auf und kam auf sie zu. Sie stutzte einen Moment, denn er entsprach nicht ganz dem Bild, das sie sich von ihm gemacht hatte. Luzius hatte kaum Ähnlichkeit mit dem Foto auf der Website der Agentur. Dort erschien er älter und gediegener. Doch sie kam zu dem Schluss, dass es wohl an dem Foto lag, das dem Abgebildeten offenbar nicht gerecht wurde. Sie selbst sah auf Bildern ja auch immer wie ein kinnloses, blutleeres Huhn aus.

„Frau Sonnentau, wunderbar, dass Sie so flexibel sind und es mit unserem Treffen so unkompliziert geklappt hat. Ich hoffe, Sie sind mir nicht böse, weil ich Sie in Mainz belästige. Aber ich besuche das Festival, um nach geeigneten Kandidaten für unsere Agentur Ausschau zu halten, und da ich wusste, dass Sie ebenfalls hier sind, dachte ich mir, wir sollten die Gelegenheit beim Schopf packen. Sie sehen übrigens umwerfend aus, wenn Sie mir diese Bemerkung gestatten!“

Sie gestattete sie ihm, wunderte sich aber gleichzeitig, dass er sich auf der Mordiale nach neuen Talenten umsah, denn eigentlich war das für Agenturen eher unüblich. „Das ist doch kein Problem. Ich freue mich sogar!“

Er führte sie an den Tisch und zog den Polsterstuhl ganz wie ein Gentleman nach hinten. Zwei Gläser, ein Kühler mit einer Flasche Prosecco und eine Schale mit weißen Trüffelpralinen standen auf dem Tisch. „Ich dachte, zur Feier des Tages genehmigen wir uns etwas Besonderes“, lächelte er und berührte kurz ihre Hand.

Es hätte ruhig Sekt oder Champagner sein dürfen, dachte sie für sich, denn Prosecco war nicht gerade erste Wahl und schmeckte oft zu sehr nach perlendem Traubensaft. Dennoch wusste sie diese Geste zu schätzen.

Er schenkte ihr ein, öffnete seine Aktentasche, holte die Verträge in zweifacher Ausführung heraus und legte seine flache Hand darauf. „Nach der Unterzeichnung beginnt für Sie ein neuer Lebensabschnitt.“

„Wie darf ich das verstehen?“, wunderte sie sich.

„Wenn Sie bald eine Berühmtheit sind, werden die Medien sich um Sie reißen, und so wie Sie heute aussehen, sind auf dem besten Wege, einer ihrer Lieblinge zu werden. Da Ihre und meine Zeit knapp bemessen ist, sollten wir in medias res gehen. Haben Sie noch irgendwelche Fragen?“

„Das Honorar bekomme ich ganz sicher zu dem Zeitpunkt, den wir vereinbart haben?“

„Ja“, bestätigte er.

„Kann ich mich auf Ihre Verschwiegenheit verlassen? Ich möchte nämlich nicht, dass mein Mann vorzeitig davon erfährt. Es soll eine Überraschung für ihn sein", schob sie rasch nach, was auch tatsächlich stimmte, nur würde es für Friedrich keine freudige sein. Er sollte nicht einen Cent von ihrem Geld abbekommen, wenn sie nächste Woche die Scheidung einreichte. Sie beabsichtigte, die ganze Summe zu nehmen und sich Richtung Süden zu verabschieden.

„Meine Lippen sind versiegelt. Sie sind ja mit den Verlagskonditionen inzwischen vertraut. Ist noch etwas unklar?"

Sie schüttelte den Kopf.

„Gut, dann unterschreiben wir zuerst den Vertrag über Ihre nächsten drei Bücher. Danach kommt der für die Filmrechte dran", sagte er und schob ihr die Papiere hin.

Sieglinde Sonnentaus Hände zitterten leicht, während sie ihren Namen darunter setzte. Als sie den Stift weglegte, fühlte sie sich frei wie nie in ihrem Leben zuvor. Es hatte lange gedauert, bis es so weit war, aber dieser Erfolg berauschte sie und brachte ihr verlorenes Selbstbewusstsein zurück.

„Und nun besiegeln wir den Abschluss", forderte Luzius sie auf, hob sein Glas und prostete ihr zu.

Der Prosecco schmeckte unerwartet gut, und sie nahm einen großen Schluck. Er perlte auf der Zunge und kullerte ihre Kehle hinunter, wo er im Magen eine belebende Wärme auslöste. Sie steckte sich eine Praline in den Mund und ließ sie genussvoll zergehen. Er schenkte ihr nach und schien sich mit ihr zu freuen. Seine Lippen umspielte ein erwartungsfrohes Lächeln, während sie trank, er aber nur ein wenig nippte.

Plötzlich schaute sie auf ihre Uhr und machte ein erschrockenes Gesicht. „Jetzt muss ich aber gehen. Es wird höchste Zeit", bemerkte sie mit schwerer Zunge und wollte aufstehen, plumpste aber wenig elegant auf ihren Stuhl zurück. Dabei stieß sie gegen den Tisch. Die Flasche in dem Edelstahlkühler klirrte, die Gläser schwankten und die hohe Blumenvase drohte umzukippen. Reflexartig fing Luzius sie auf und wischte das ausgelaufene Wasser ab.

„Warten Sie, ich helfe Ihnen“, erbot er sich und stand auf.

Er zog seine Lederjacke und die Handschuhe an, die auf einem freien Stuhl neben ihm lagen, und nahm dann ihren Mantel. Behutsam ergriff er ihren Arm und zog sie hoch. Er hielt ihr den Trenchcoat hin, und sie schaffte es mit ungelenken Bewegungen, ihn überzuziehen.

„Entschuldigen Sie bitte“, kicherte sie. „Normalerweise trinke ich tagsüber keinen Alkohol.“

„Ich bitte Sie, das macht doch nichts! Zur Feier des Tages können Sie ruhig ein bisschen über die Stränge schlagen“, entgegnete er galant und bugsierte sie sachte zur Tür. „Ich glaube, ich sollte Sie zu Ihrem Hotel fahren, damit Sie auch heil ankommen. Mein Auto steht in der Tiefgarage des Hotels.“

„Oh ja bitte! Diese Schuhe sind ja wirklich chic, aber einfach total unbequem“, gluckste sie erneut.

Er lachte mit ihr und schaute ihr dabei tief in die Augen. Sein Blick ging ihr durch Mark und Bein und sie umfasste seinen Arm fester. Am liebsten hätte sie vor Freude getanzt. Zu ihrem Erstaunen waren die Schmerzen in ihren Füßen praktisch verschwunden und sie hatte das Gefühl zu schweben. Glück war einfach ein wunderbares Stimulans.

Neunzehn

Kriminalhauptkommissar Hubertus Kron vom Wiesbadener Polizeipräsidium gehörte eigentlich genau wie seine rheinland-pfälzischen Kollegen dem Kommissariat für Kapitaldelikte an. Verkehrsunfälle fielen daher nur bedingt in sein Ressort, und er wunderte sich, dass er gebeten wurde, an eine Unfallstelle zu kommen. Nachdem ihm aber Karin Weber am Telefon plausibel erklärt hatte, warum seine Anwesenheit erforderlich sei, machte er sich mit einem Team der Kriminaltechnik auf. Die Einsatzwagen von Bereitschaftspolizei und Feuerwehr befanden sich bereits vor Ort und die Straße war weiträumig abgeriegelt. Die Umleitung sorgte für Unmut unter den Autofahrern, die lange Umwege auf sich nehmen mussten.

Kron stelle sich den Kollegen aus Rheinland-Pfalz vor und musterte dabei die attraktive Hauptkommissarin, die in ihrem schicken Kleid und den plumpen Gummistiefeln einen seltsamen Anblick bot. Er überlegte, ob das gerade angesagt war, ob es ihrer Eigenwilligkeit entsprang und sie ein modisches Statement abgeben wollte oder die Stiefel einfach nur dem Gelände geschuldet waren.

Der Notarzt kam die Böschung hoch und gab einen ersten Bericht ab. „Der Mann war sofort tot. Ich schätze, dass er zwischen 10 und 12 Uhr starb. Die genauen Details bringt erst die Obduktion. Es dürfte allerdings nicht gerade einfach sein, ihn zu bergen. Er ist völlig eingeklemmt. Möglich, dass der Körper nicht mehr ganz in einem Stück ist, wenn der Motorblock entfernt wird."

Karin versuchte dieses Bild zu verdrängen. Zwei Tote an einem Tag waren schon hart. Details brauchte sie nicht.

Die Feuerwehr prüfte, ob von dem Wrack Explosionsgefahr ausging, während Kron sie mit seinen Kollegen von der

Kriminaltechnik bekannt machte. Schließlich erhielten sie grünes Licht, und die Spurensicherer gingen an ihre Arbeit.

„Wie kommen Sie eigentlich zu der Annahme, dass es Mord und kein Unfall ist?“, fragte Kron, da er die genauen Umstände noch nicht kannte.

Marco erzählte ihm von den nicht zurückverfolgbaren E-Mails, Karin und Samir berichteten vom ersten Opfer, dessen Tod in vergleichbarer Weise angekündigt worden war.

„Ich verstehe. Wenn es zutrifft, bedeutet das viel Arbeit. Haben Sie eine Erklärung, warum es einen Toten in Mainz, den anderen aber in Hessen gibt?“

„Nein, dafür stehen wir noch zu sehr am Anfang der Ermittlungen. Lutz Claasen arbeitete in Mainz beim ZDF und fuhr beinah täglich in den Sender. Das klingt jetzt zynisch, aber es könnte eine unvorhersehbare Änderung seines Tagesablaufes gegeben haben, und es war ursprünglich beabsichtigt, ihn auf rheinland-pfälzischer Seite sterben zu lassen“, vermutete Karin. „Ist auf Ihrer Dienststelle eine ähnliche E-Mail eingegangen?“

„Nicht, dass ich wüsste. Aber ich kann ja mal nachfragen“, meinte Kron und rief im Präsidium an. „Nein, wir haben nichts bekommen.“

„Soll ich diese E-Mail an Sie weiterleiten?“, erkundigte sich Marco.

„Darum wollte ich gerade bitten“, entgegnete Kron und gab ihm die Adresse.

Die Kriminaltechniker unterbrachen ihre Arbeit und kamen wieder zu ihnen. „Viel gibt der Unfallort nicht her. Außer den Abdrücken im Gras und diesem Außenspiegel findet sich nichts. So wie es scheint, wurde er bei der Kollision mit dem Schild abgerissen, nur lag er nicht an der Stelle, an der er eigentlich sein sollte.“

„Du denkst, jemand hat ihn dorthin befördert?“, fragte Kron. „Das könnte darauf hinweisen, dass der Mörder seinem Opfer gefolgt ist. Gibt es dafür noch andere Anhaltspunkte?“

„Auf dem Busparkplatz dort vorn sind Reifen- und Fußabdrücke. Vielleicht solltet ihr euch die auch noch anschauen“, empfahl Samir. „Der Mörder könnte dort gehalten haben, um sich zu vergewissern, dass Claasen tot ist.“

„Wir wollten sowieso die Umgebung näher inspizieren, um den Unfallhergang rekonstruieren zu können, aber danke für den Tipp“, verabschiedete sich der Kriminaltechniker.

Während die Feuerwehr mit der Blechzange den Mercedes aufschnitt, runzelte Kron nachdenklich die Stirn. „Mich irritiert die unterschiedliche Vorgehensweise der beiden Verbrechen. Ihre Ausführung ähnelt sich überhaupt nicht. Der einzige gemeinsame Nenner sind diese E-Mails. Warum ein solcher Aufwand? Will uns der Mörder damit etwas sagen?“

Karin rollte die Augen. Die Morde an sich waren schon schlimm genug. Aber ein Täter, der eine Botschaft unters Volk bringen wollte, nervte. „Gäbe es nicht diese ominösen Nachrichten, wären wir auch nie auf den Gedanken gekommen, hierher zu fahren. Der Mörder will uns anscheinend mit der Nase darauf stoßen.“

„Spricht für eine Profilneurose“, warf Samir ein.

„Seit wann bist du unter die Profiler gegangen?“, feixte Marco.

„Bin ich ja gar nicht, aber das liegt doch auf der Hand. Er will durch die Morde im Zentrum des Interesses stehen und spielt sich uns gegenüber mit diesen Ankündigungen auf.“

„Zumindest ist er geltungssüchtig“, pflichtete Kron ihm bei. „Jeder von uns hat doch schon einmal mit Kriminellen zu tun gehabt, die sich mit ihrer Tat brüsten. Dieser hier scheint ein extrem hohes Aufmerksamkeitsdefizit zu haben, wenn er uns von Anfang an einbezieht."

„Oder er tut es aus reinem Vergnügen. Damit meine ich weniger die Morde, als vielmehr die Hinweise auf die Verbrechen. Ich erkenne darin etwas Spielerisches. Als das erste Foto eintraf, dachte ich unwillkürlich, dass mich jemand auf Schnitzeljagd schicken will", gab Marco zu bedenken.

„Seltsame Art von Humor!", seufzte Karin, die sich etwas mitgenommen fühlte.

Hubertus Kron räusperte sich. „Es ist in unserem beiderseitigen Interesse, wenn wir im Fall Lutz Claasen zusammenarbeiten. Ich werde gleich nachher einen Durchsuchungsbeschluss für sein Haus beantragen. Vielleicht finden wir ja etwas auf seinem PC. Sobald wir Ermittlungsergebnisse haben, werden sie Ihnen zugeleitet. Könnten wir uns die Arbeit teilen, und Sie übernehmen sein Büro in Mainz?"

Karin nickte.

„Gut, dann halten wir uns über die Ermittlungen gegenseitig auf dem Laufenden."

Da die hessischen Kollegen ab jetzt übernahmen, machten sich Karin, Samir und Marco auf den Rückweg ins Präsidium. Auf der Rückfahrt überließ Karin Marco den Beifahrersitz, ohne dass er darum gebeten hätte. Die ersten Kilometer sprach keiner ein Wort. Nicht nur der Anblick des völlig zertrümmerten Wagens saß ihnen noch in den Knochen. Auch der zweite Leichenfund innerhalb weniger Stunden drückte auf ihre Gemüter, vor allem auf Karins. Wenn Marco richtig lag, dann hatten sie zwei Täter, Bonnie und Clyde, einen Mann und eine Frau, die in beunruhigend kurzen Abständen mordeten.

Zwanzig

Wie angekündigt, hatte der Leiter des K11, Kriminaldirektor Alex Groß, bereits eine SoKo zusammengestellt, der er den Namen „Krimi“ gegeben hatte. Neben Karin, Marco, Samir und Groß gehörten ihr noch Martin Pfahl und Christina Weimann vom K7 sowie Marlene Walz und Urs Beier vom K1 an. Außerdem war der Kollege von der Pressestelle anwesend, da er noch heute Abend eine Meldung an die Medien herausgeben sollte.

Groß ließ die SoKo von Karin auf den aktuellen Ermittlungsstand bringen. Sie fasste alles kurz zusammen und löste mit der Vermutung, dass die beiden Morde in Zusammenhang standen und es sich höchstwahrscheinlich um eine Serie handelte, nicht gerade Begeisterung unter ihren Kollegen aus. „Noch ist nicht geklärt, wie es zu dem tödlichen Unfall im Wispertal kam, aber sobald die kriminaltechnische Untersuchung abgeschlossen ist, werden wir informiert. Wir haben uns übrigens zur länderübergreifenden Zusammenarbeit und somit für den kurzen Dienstweg entschlossen“, beendete sie ihre Ausführungen.

Samir, der neben ihr saß, räusperte sich unablässig. Aus seinem Jackett zog er eine Packung mit Salbeibonbons, fischte sich eines heraus und steckte es in den Mund. „Ich habe mir heute Morgen am ersten Tatort wohl etwas geholt, und jetzt kratzt mein Hals“, flüsterte er Karin entschuldigend zu. Sie zuckte nur mit den Achseln. Samir ließ hin und wieder hypochondrische Anflüge erkennen, die sich in der Regel bald legten.

Mittlerweile hatte Martin Pfahl das Wort ergriffen. „Die Umstände von Paul Meyerbrincks Ermordung sind ja bekannt. Sein Hotelzimmer gab nicht viel her. Laptop und Handy werden überprüft. Für morgen früh ist seine Obduktion angesetzt. Doc Waldner hatte heute keine Zeit mehr dafür. Ich werde dabei sein und komme also später."

Groß strich sich über die Stirn. Sein Haaransatz begann sich zu lichten und er hatte inzwischen ausgedehnte Geheimratsecken. Doch das störte ihn genauso wenig wie die Goldrandbrille, die er seit einem halben Jahr trug und die ihm einen distinguierten Touch verlieh. „Von einer möglichen Serie darf zum jetzigen Zeitpunkt noch nichts nach außen dringen, denn wir haben dafür bislang keinen Beleg. Ich habe mit Meyerbrincks Verlag telefoniert und sie dort über seine Ermordung in Kenntnis gesetzt. Sie waren ziemlich erschüttert und bitten uns, seine Identität nicht vor heute Abend preiszugeben, da sie zuvor noch einen Nachruf und eine entsprechende Stellungnahme zu seinem Tod vorbereiten wollen. Ich denke, dass es ausreicht, wenn wir seinen Namen morgen früh der Presse mitteilen, da es ja keinen Einfluss auf unsere Ermittlungen hat. Ansonsten handhaben wir das wie immer, indem wir die Bevölkerung um sachdienliche Hinweise bitten. Über den Tod von Lutz Claasen lassen wir nichts verlauten, das ist Aufgabe von Wiesbaden", meinte er in Richtung des stellvertretenden Pressesprechers, der seine Zustimmung durch Nicken signalisierte. „Wenn es sonst nichts mehr zu besprechen gibt, können Sie jetzt gehen", sagte er und entließ seine Mitarbeiter, bat Karin aber, noch einen Moment zu bleiben.

„Ich habe vorhin einen Anruf des Psychotherapeuten bekommen. Du hast bereits den dritten Termin versäumt und das, obwohl deine soziale Ansprechpartnerin des Präsidiums dir dringend dazu geraten hat und du bereit warst, dieses Angebot anzunehmen."

Sofort regte sich in Karin das schlechte Gewissen. Sie hatte das Gespräch nicht vorsätzlich verpasst, sondern einfach nur vergessen. „Das ist mir durch die Lappen gegangen. Es kommt nicht wieder vor."

„Du weißt, dass dich keiner zwingen kann, aber ich halte es für absolut ratsam. Außerdem entspricht es nicht deinem Stil, Verabredungen ohne Entschuldigung platzen zu lassen. So eine Unterredung tut nicht weh, sondern ist eine Hilfestellung, von der du dringend Gebrauch machen solltest. Ich mische mich praktisch nie in das Privatleben meiner Kollegen ein. Aber inzwischen mache ich mir ernsthaft Sorgen um dich und kann nicht länger zusehen, wie du dich quälst. Als dein Vorgesetzter liegt mir deine Gesundheit am Herzen. Hast du dich in letzter Zeit mal im Spiegel angeschaut? Du wirkst gestresst, was ich von dir eigentlich nicht kenne, und siehst erschöpft aus. Außerdem hast du ziemlich abgenommen. Auch wenn du es nicht hören willst: Ich denke, in dir rumort es. Du hast diesen Diensteinsatz, bei dem du die tödlichen Schüsse abgegeben hast, noch immer nicht verarbeitet, obwohl er inzwischen fast sieben Jahre zurückliegt. Wenn du das weiter in dich hineinfrisst, wird es sich irgendwann rächen. Ich spreche aus Erfahrung. Lass dir um Himmels Willen helfen."

Karin mied seinen Blick und schaute an die Wandtafel, auf der die beiden Mordfälle aufgelistet waren. Der Traum der letzten Nacht tauchte wieder vor ihr auf und sie durchlebte erneut die Notwehrsituation, in der sie den Mann erschossen hatte. Er war kein unbeschriebenes Blatt gewesen, sondern ein verurteilter Sexualstraftäter, der eine junge Frau in ihrem Zuhause vergewaltigt hatte und sie zur Vertuschung der Tat erstechen wollte. Sie war gerade noch rechtzeitig gekommen. Auch wenn sie den Dienstvorschriften entsprechend gehandelt hatte, belastete sie sein Tod. Tagsüber ließ sich dieses Gespenst bändigen, aber nachts suchte es sie heim und das zehrte an ihrer Substanz.

Sie wusste Groß' Fürsorge zu schätzen. Er war ein guter Chef und hatte ein Gespür für seine Mitarbeiter. Er trat für sie ein und hielt ihnen den Rücken gegenüber der Presse sowie der Staatsanwaltschaft und insbesondere gegenüber Wolfgang Schreyer frei.

„Ich fühle mich völlig okay!"

„Du warst noch nie eine gute Lügnerin."

„Es stimmt aber! Mir blieb damals keine Wahl, und ich würde heute wieder genauso handeln. Die polizeiinternen Ermittlungen haben mich ohne Wenn und Aber entlastet, sodass ich mich rehabilitiert fühle."

„Karin, du weißt, dass ich ungern über Gefühle rede, sie sind Privatsache, aber in deinem Fall ist es notwendig. Es macht einen gewaltigen Unterschied, ob andere dir vergeben oder du das selbst tust. Damit dir das gelingt, solltest du wirklich zu Dr. van den Krachten gehen. Du hast ein Trauma erlitten, dessen Auswirkungen sich erst in einigen Jahren bemerkbar machen könnten. Willst du etwa depressiv werden? Unser Beruf ist mit großen Belastungen verbunden, da muss man jeden unnötigen Seelenmüll loswerden. Ich spreche aus Erfahrung. Also, tu uns allen bitte den Gefallen. Ich würde ungern eine so kompetente Mitarbeiterin verlieren."

Karin ahnte, dass seine kleine Ansprache ihn Überwindung gekostet haben musste. Denn wie viele Polizisten behielt er seine Emotionen gern für sich und zeigte selten offen, was ihn bewegte. Er lobte auch nicht vorschnell, wenn er es aber doch tat, bedeutete es für den Betreffenden viel. Seine Anteilnahme berührte sie. „Ich mache gleich morgen einen neuen Termin, und den werde ich nicht verpassen. Versprochen."

„Gut!", seufzte er erleichtert. „Nimm dir die Zeit, die du brauchst. Ich fürchte nämlich, dass in den nächsten Tagen die Anspannung deutlich zunehmen wird, sollte sich eure Vermutung als zutreffend erweisen. Und da brauche ich fitte Mitarbeiter."

„Wäre es nicht vernünftiger, unter diesem Aspekt das Krimifestival einfach ganz abzusagen?"

„Ich habe bei den Veranstaltern bereits vorgetastet. Sie halten nicht viel davon und fürchten, die Teilnehmer zu verärgern und dem Ruf des Festivals zu schaden. Da steckt unglaublich viel Geld, Werbung, Organisation und Zeitaufwand drin, und deshalb halten sie es natürlich für keine gute Idee."

„Ich hoffe, dass sie das nicht bereuen werden."

„Das hoffe ich auch!", meinte Groß.

Einundzwanzig

Friedrich Quellborn erwachte von seinem eigenen Schnarchen. Er schloss schmatzend die Lippen und befeuchtete mit der Zunge den Mundraum, der genauso ausgetrocknet war wie seine Kehle. Schlaftrunken richtete er sich auf und tastete nach der Wasserflasche, die auf seinem Nachttisch bereitstand. Er trank mit gierigen Schlucken, rülpste laut und schaute sich dann suchend nach seiner Frau um. Auf sein Rufen erhielt er keine Antwort und erst jetzt fiel ihm ein, dass sie ja mit Helga verabredet war. Verärgert schaute er auf die Uhr und registrierte, dass es bereits vier war.

Er hatte volle zwei Stunden geschlafen und fühlte sich ziemlich benommen. „Sie müsste längst zurück sein", schimpfte er vor sich, stand auf und holte sein Handy, um Sieglinde anzurufen.

Auf dem Display sah er, dass eine SMS von ihr eingegangen war: Treffen uns später Gruß S. Schnörkellos und nüchtern wie immer. Kein ‚Schatz' zur Begrüßung oder ‚Kuss' als Verabschiedung. Die Gefühlskälte seiner Frau stellte ihn manchmal vor eine harte Probe. Dabei war sie nicht immer so gewesen. Er konnte sich an bessere Zeiten erinnern.

Da er wissen wollte, was ‚später' hieß, wählte er ihre Nummer. Umgehend wurde er zu ihrer Mailbox geleitet. Verärgert legte er auf und beschloss, nicht auf sie zu warten, sondern einen kleinen Stadtrundgang zu machen. Bis zum Podiumsgespräch heute Abend blieb ihm noch ausreichend Zeit. An der Rezeption erbat er sich einen Faltplan der Innenstadt und ging in Richtung Liebfrauenplatz davon. Ihn lockten der Dom, der Brand und die Altstadt mit ihren engen, teils verwinkelten Gassen und ihrem gemütlichen Flair. Nach einer Stunde fand er, dass er sich ausreichend die Füße vertreten hatte, und machte kehrt.

Auf seinem Weg hatte er eine Weinbar in der Nähe des Fischtores entdeckt, von der es nicht mehr weit bis zum Hotel war. Er bekam einen kleinen Zweiertisch direkt am Fenster. Bei einem Sauergespritzten und einem gebackenen Fleischkäse schaute er hinaus auf die Fußgängerzone. Eine Frau ging vorbei, die Sieglinde ähnelte und er rief sie wieder an, hörte aber nur die Stimme der Mailbox. Langsam begann er sich Sorgen zu machen. Der Geräuschpegel war hoch und wurde immer wieder von lautem Lachen durchbrochen. Kinder von Traurigkeit waren die Mainzer nicht und hanseatische Zurückhaltung schien für sie ein Fremdwort. Wenn er nicht aufpasste, verwickelten sie ihn womöglich noch in ein Gespräch, worauf er absolut keine Lust hatte.

Sein Schoppenglas war leer und so rief er die Bedienung. „Könnte ich bitte noch einen trockenen Silvaner haben?", fragte er höflich.

„Wolle Se e Verdelche oder e Piffche?“

Der Hang zum Mainzer Diminutiv war nicht zu leugnen, trug aber nicht zum besseren Verständnis bei. Hatte ein „Piffche“ etwas mit einer Pfeife zu tun? Die junge Frau erkannte an seinem Gesichtsausdruck, dass er kein Wort verstanden hatte und wechselte für ihre Begriffe ins Hochdeutsche: „E Verdelche ist ein Viertelliter, also 0,2 Lidder un e Piffche ist die Hälfd dodevunn, also 0,1“, belehrte sie ihn, wobei sie laut und artikuliert sprach, als hätte sie es mit einem Schwerhörigen zu tun.

Ihre Erklärung löste an den Tischen Gelächter aus. „Sehnse, dess iss Meenzer Mademadick”, rief ein Gast zu ihm herüber.

Mit dem Rechnen nahmen es die Mainzer demnach auch nicht so genau. Ein Viertel waren nach Quellborns Vorstellungen noch immer 250 Milliliter, woraus sich logischerweise ableiten ließ, dass die Hälfte davon 125 Milliliter betrug. Er entschied sich für das Piffche, das ihm sofort gebracht wurde und so eingeschenkt war, dass sein arithmetisches Weltbild wieder zurechtgerückt wurde.

Mit jedem Schluck wurde es gemütlicher, und er hatte sich regelrecht festgesessen, aber die Zeit drängte und er musste aufbrechen. Beim Bezahlen gab er ein großzügiges Trinkgeld, rief zum Abschied der Höflichkeit halber ein „Auf Wiedersehen“ in die Runde und erntete mehrere „Adschees“, die Mainzer Form des „Adieu“.

Beschwingt lief er zum Hotel zurück, wo er feststellte, dass Sieglinde immer noch nicht zurück war. Wenn sie allerdings glaubte, er ließe sich durch ihre Abwesenheit die gute Stimmung vermiesen, täuschte sie sich. Heute Abend war sein großer Auftritt. Nachher, wenn er die Veranstaltung „Wie viel Realität tut Krimis gut?“ moderierte, würde er wieder zu

Hochform auflaufen und Bewunderung ernten. Er verstand es, die Leute bei Laune zu halten, was ihm bei seiner Frau längst nicht mehr gelang.

Als er den Schrank öffnete, um seinen Anzug herauszuholen, bemerkte er, dass die Hülle von Sieglindes neuem Kleid leer war und die gerade erst gekauften Schuhe fehlten. Sie hat sich für Helga ganz schön herausgeputzt, dachte er irritiert. Oder hatte sie sich ungewohnt vorausschauend gezeigt und bereits für die heutige Veranstaltung zurechtgemacht, bei der sie ihn begleiten sollte?

Er versuchte erneut, sie telefonisch zu erreichen, bekam aber zu seinem Ärger wieder nur die Mailbox. Dann rief er Helga an, doch auch sie ging nicht ans Telefon. Die Zeit wurde nun wirklich knapp, und er ließ die Sache erst einmal auf sich beruhen. Vor dem Spiegel versuchte er die magentafarbene Fliege anzulegen und brauchte vier Versuche, bis sie einigermaßen saß. Normalerweise band Sieglinde sie für ihn. Frisch parfümiert begab er sich zum Frankfurter Hof.

Im Foyer wurde zur Begrüßung ein Glas Sekt ausgeschenkt, das er dankend ablehnte. Er hatte schon genug intus und wollte nachher nicht mit schwerer Zunge vor das Publikum treten. Dafür nahm er aber ein Canapé mit hauchdünn geschnittenem Lachs. Eine der Verantwortlichen begrüßte ihn und brachte ihn zu den Teilnehmern der Diskussion, damit sie sich bekannt machten. Es handelte sich um je einen Vertreter von SWR und ZDF, ein Autorenpärchen, das gemeinsam Romane schrieb, und einen populären Schauspieler, der gern für dialogträchtige Krimis gebucht wurde. Er erzählte gerade von seinem letzten Dreh auf Malta, in Südafrika und Peru.

Quellborn rollte innerlich mit den Augen, als er hörte, wie der doch recht durchschaubare Plot durch eine exotische Kulisse aufgewertet wurde. Das war für die heutige Zeit symptomatisch. Gute Stories waren selten. Deshalb wurden meist schwache Filmvorlagen durch möglichst exotische ausgefallene Schauplätze bereichert, die der Handlung den entsprechenden Rahmen verleihen sollten, aber eher künstlich und aufgesetzt wirkten. Mit Grausen dachte er an die Donna-Leon-Verfilmungen, in denen deutsche Schauspieler durch Venedig staksten und in teutonisch-steifer Art versuchten, italienisches Lebensgefühl über den Bildschirm in die heimischen Wohnzimmer zu transportieren. Er fand das einfach nur peinlich. Seine Meinung behielt er lieber für sich, um nicht als Nestbeschmutzer zu gelten. Jetzt sehnte er sich doch nach einem Sekt, der diese nichtssagende Unterhaltung erträglicher gemacht hätte.

Als sich eine halbe Stunde später der Vorhang hob, betrat er gut gelaunt die Bühne, die von zwei roten Ledersofas dominiert wurde. Stimmungsvolle Beleuchtung verlieh dem Ganzen die richtige Note und sofort fühlte er sich in seinem Element. Eloquent führte er durch den Abend und verschwendete während der nächsten beiden Stunden keinen Gedanken an seine Ehefrau.

Zweiundzwanzig

Hinter Karin Weber lag ein Zwölf-Stunden-Tag, als sie das Präsidium verließ, um nach Hause zu fahren. Sie fühlte sich wie erschlagen, schlüpfte endlich in bequeme Klamotten und holte sich ein kleines Bier aus dem Kühlschrank, das sie mit auf ihre Couch nahm und in wenigen Zügen leerte. Die Muskeln in ihrem Nacken schmerzten. Sie machte ein paar Entspannungsübungen und legte sich dann flach hin. Wenig später fielen ihr die Augen zu und sie döste ein. Erst die Türglocke weckte sie eine gute Stunde später. Schlaftrunken taumelte sie an die Gegensprechanlage.

„Ich bin's", hörte sie Edgars Stimme.

Sofort verflog ihre Müdigkeit. „Komm rauf!", sagte sie und drückte den Summer.

Edgar stürmte in Riesenschritten die Treppe hoch. Er hielt eine Flasche gekühlten Weißwein und eine Papiertüte hoch, die ein verlockendes Aroma verströmte. Seine bernsteinfarbenen Augen, die beinah dieselbe Farbe wie sein Haar hatten, leuchteten auf, als er ihr gegenüberstand und sie zur Begrüßung küsste.

„Hier ein paar Antipasti von deinem Lieblingsitaliener. Wie ich dich kenne, hast du mal wieder kaum etwas gegessen."

„Ist das ein Bestechungsversuch, weil du mich über den Mord ausquetschen willst?"

„Du müsstest mich inzwischen gut genug kennen um zu wissen, dass mir dergleichen fern liegt", säuselte er und küsste sie erneut. „Jetzt weiß ich, was ich den ganzen Tag über vermisst habe."

„Alter Charmeur", neckte sie ihn. „Essen wir in der Küche?"

„Nein, das hat keinen Stil! Ich will an einem schön gedeckten Tisch und nicht an deiner unbequemen Frühstücksbar sitzen. Eine Mahlzeit muss genossen und dementsprechend zelebriert werden, sonst ist es nur schnöde Nahrungsaufnahme. Ich dachte, zum Hauptgang könnten wir die Garnelen anbraten und dazu Nudeln essen. Hast du noch ein paar Spaghetti da?"

„Ja."

Während Karin den Tisch deckte, erinnerte sie sich an ihre

erste intensivere Begegnung mit Edgar, die mehr als sechs Jahre zurücklag. Sie waren sich während der Ermittlungen in einem Fall von Stalking nähergekommen, der mit jenem bewussten tödlichen Einsatz endete. Danach zog Karin sich erst einmal von ihm zurück und blieb für längere Zeit auf Abstand. Aber Edgar ließ nicht locker und meldete sich regelmäßig bei ihr. Vor achtzehn Monaten begannen sie sich wieder zu treffen, und vor gut einem Jahr funkte es endlich. Sie stürzten sich nicht kopfüber in ihre Beziehung, sondern ließen sie langsam reifen. Jeder gewährte dem anderen seinen notwendigen Freiraum, den besonders Karin für sich beanspruchte.

Sie zündete ein paar Kerzen an, stellte den Wein in den Kühler, holte die mundgeblasenen Gläser, die Edgar ihr als Ersatz für ihre billigen IKEA-Dinger geschenkt hatte, und legte noch Servietten bereit.

Dann ging sie in die Küche, wo das Nudelwasser bereits aufgesetzt war und Edgar Tomaten würfelte, die er nachher unter die gekochten Spaghetti mischen wollte.

„Bin gleich so weit. Du kannst schon rübergehen", sagte er und kam wenig später mit einer Flasche Mineralwasser und der Platte schön arrangierter Antipasti ins Wohnzimmer. Er stellte er die Sachen ab und öffnete die Weinflasche.

„Findest du, dass ich abgenommen habe?"

Edgar überlegte sich seine Antwort gut. Ihr Gewicht betreffend waren Frauen etwas heikel und man umschiffte diese Klippe am besten. Aber er gab ihr eine ehrliche Antwort. „Im Gegensatz zu mir schon", meinte er und klopfte auf seinen kleinen Bauchansatz. „Ich müsste wieder mehr Sport machen. Warum fragst du?"

„Och, nur so", erwiderte sie, betrachtete aber eingehend ihre Oberschenkel. Die Yogahose schlackerte und ihre Knie wirkten unter dem hellgrauen Stoff knochig. Auch ihre Handgelenke erschienen ihr auf einmal ungewohnt zerbrechlich. Ihr war das bisher gar nicht aufgefallen.

„Bin ich zu dünn?"

„Mehr abnehmen solltest du jedenfalls nicht. Aber dagegen lässt sich etwas tun. Nämlich essen. Es ist serviert, Madame", bekannte er ehrlich und bat sie an den Tisch.

Karin schien sich seine Aufforderung zu Herzen zu nehmen und bediente sich mit Vitello tonnato und gegrillten Artischocken und brach ein Stück Foccacia ab. „Und du hast wirklich keine Hintergedanken?"

„Natürlich habe ich die, immer wenn ich dich sehe. Aber die gehen eindeutig in eine andere Richtung, als du vermutest", grinste er. „Ich halte mich an unsere Abmachung. Dienstliches nur, wenn du es auch willst!"

„Ich weiß das zu schätzen, aber dieser Mord gleicht einer Inszenierung und der Tatort wurde vorher ausgesucht. Aber das behältst du bitte für dich und mehr erfährst du auch nicht, selbst wenn du vor Neugier platzst."

„Das tue ich zwar, aber dir zuliebe halte ich mich zurück."

Karin wurde wieder einmal bewusst, welches Glück sie mit ihm hatte. Ohne Wenn und Aber akzeptierte er ihren Beruf, was seine Vorgänger nur bedingt getan hatten. Edgar zeigte eine Engelsgeduld, was unerwartete Einsätze oder ihre Stimmungstiefs betraf, die sich meist während stockender Ermittlungen einstellten. Redete sie, hörte er einfach nur zu; blieb sie stumm, ließ er sie schweigen. Nie versuchte er, sie zu etwas zu drängen, und gab ihr dadurch den Rückhalt, den sie benötigte. Er schien sich in sie hineinversetzen zu können, was ihn von ihren früheren Liebhabern unterschied. Nicht nur ihre Arbeit erforderte hohes Engagement und viel Einsatz, seine tat das auch, auch wenn es berufsbedingte Unterschiede gab.

„Stört es dich, wenn ich darüber rede? Ich habe nämlich selbst ein bisschen nachgeforscht und mich über euer Opfer schlaugemacht“, überraschte er sie.

Sie wusste, dass ein bisschen maßlos untertrieben war, denn beim Recherchieren war er mindestens so ein Pedant wie beim Essen.

„Paul Meyerbrinck litt unter einer ausgeprägten Fischphobie. Deshalb ging er nie im Meer, in einem See oder einem Fluss schwimmen.“

„Das ist mir neu. Wenn das wirklich zutrifft, weist dieser Mord ganz entschieden eine persönliche Note auf. Es muss Meyerbrinck doch wie Hohn vorgekommen sein, ausgerechnet in einem Brunnen mit Fischskulpturen zu sterben.“

„Genauso sehe ich das auch! Das ist schon ziemlich perfide.“

Karin verstieß jetzt doch gegen ihr ehernes Gesetz und beschloss, ihm von dem Unfall im Wispertal zu erzählen. „Es gibt übrigens ein zweites Opfer. Damit sind wir nur noch nicht an die Medien gegangen, und ich erwarte, dass du das für dich behältst, bis das offiziell freigegeben ist. Er war Leiter der Hauptredaktion Fernsehspiel, Abteilung Krimi beim ZDF.“

„Redest du etwa von Lutz Claasen?“

„Ja. Kennst du ihn?“

„Wir haben ein paar Semester zusammen studiert, und er war genau wie ich begeisterter Oldtimerfahrer. Ich weiß, dass er pro Jahr an mehreren Oldtimer-Rallyes teilgenommen hat, unter anderem in Rheinhessen und im Rheingau. Einmal ist er sogar die Strecke Hamburg-Moskau gefahren und hat darüber einen TV-Bericht gemacht“, erinnerte er sich.

„Das passt ins Bild. Auch hier hat der Mörder gut über sein Opfer Bescheid gewusst. Er verunglückte tödlich mit seinem Mercedes. Samir vermutet, dass der Wagen manipuliert wurde."

„Damit hat er Lutz dann wohl mitten ins Herz getroffen. Er hütete das Auto wie seinen Augapfel. Ich kenne übrigens seine engste Mitarbeiterin Maria Meyer ziemlich gut. Sie hat ebenfalls mit mir studiert. Soll ich mal bei ihr nachhaken?"

„Wenn du das tun könntest, wäre das toll. Wir haben für morgen einen Durchsuchungsbeschluss für sein Büro beantragt. Ich weiß nicht, ob sein Arbeitgeber und seine Kollegen schon informiert sind. Das wollten die hessischen Kollegen übernehmen. Fall also nicht gleich mit der Tür ins Haus."

Edgar stand auf, um die Nudeln ins Wasser zu geben. Karin räumte die Reste der Antipasti ab und brachte frische Teller. Während Edgar in der Diele telefonierte, briet sie die Garnelen in Zitronenöl an und stellte sie warm. Kurz bevor die Spaghetti fertig waren, kam er zurück in die Küche und übernahm wieder das Ruder. Er goss die Nudeln ab, mischte die Tomatenstückchen und Garnelen unter, verfeinerte das Gericht mit mediterranen Kräutern und schmeckte es ab. Am Tisch verteilte er zwei Portionen, während Karin mit Spannung darauf wartete, dass er mit der Sprache herausrückte.

„Im Sender weiß man inzwischen Bescheid, da es von deinen hessischen Kollegen einen entsprechenden Anruf gab. Es herrscht große Betroffenheit. So wie es aussieht, wollte Lutz Claasen das ZDF in Richtung Privatfernsehen verlassen. Er hatte ein neues Serienkonzept entwickelt, das nicht ganz den Geschmack der Mainzer traf, dafür aber den der Kölner. Sie sollen ihn umworben haben, nachdem er es ihnen vorstellte. Allerdings weiß das bisher nur Maria, alle anderen sind noch im Ungewissen. Er hat sie zum Stillschweigen verpflichtet. Heute Abend hätte er übrigens an der Podiumsdiskussion der Mordiale-Eröffnung im Frankfurter Hof als Vertreter des Senders teilnehmen sollen, sagte aber kurzfristig wegen eines auswärtigen Termins ab und schickte einen Vertreter. Maria geht davon aus, dass der Vertragsabschluss in Köln der Grund war."

„Ob sein Mörder davon gewusst hat?"

„Wenn ja, war er bestens unterrichtet. Denn Maria behauptet steif und fest, nur sie sei eingeweiht gewesen. Und wie ich sie kenne, hat sie sich auch nicht verplappert."

„Dann war der Unfall wohl auf dem Hin- oder Rückweg zum ZDF geplant."

„So sehe ich das auch", erwiderte Edgar kauend. „Aber sie hat mir auch von einem heftigen Streit mit einem Schauspieler erzählt, der sich fürchterlich aufregte, weil er aus einer Serie gekickt wurde, in der er die Hauptfigur spielte. Er heißt Steve Cohen."

„Nie gehört."

„Du schaust ja auch keine Krimiserien. Sein angelsächsisches Pseudonym soll ihn wohl interessanter machen, aber er ist gar nicht mal so unbekannt."

„Dann werden wir ihn wohl am besten überprüfen und auch in Köln nachforschen müssen", bemerkte sie und geriet über sein Essen ins Schwärmen. „Es schmeckt wie immer himmlisch. Du verwöhnst mich!"

„Danke. Ich habe dir übrigens ein Programm der Mordiale besorgt, damit du es parat hast und nicht immer aufs Internet angewiesen bist. Es steckt in meiner Jackentasche."

Nach dem Essen stand sie auf und holte das Veranstaltungsheft. „Sieh da, Friedrich Quellborn moderiert die Podiumsdiskussion. Mit ihm habe ich heute gesprochen. Und

Sieglinde Sonnentau macht eine Lesung in einer Kinderbuchhandlung. Das ist ja interessant.“

Edgar stand auf und trat hinter sie, um ebenfalls einen Blick in die Broschüre zu werfen, dabei legte er seine Arme um ihren Hals. „Wie wäre es mit Nachtisch?“, hauchte er in ihr Ohr.

„Was gibt es denn?“

„Das darfst du dir aussuchen.“

Sie stand auf, nahm ihn an die Hand und zog ihn Richtung Schlafzimmer. „Ich lasse mich gern überraschen! Vielleicht Bombe surprise?“

Dreiundzwanzig

Die Veranstaltung war in Friedrich Quellborns Augen ein voller Erfolg gewesen. Er hatte die Diskussion keinen Moment aus der Hand gegeben und mit seinen launigen Einwürfen das Publikum amüsiert. Der Abschlussapplaus sprach für sich. Der unschöne, aber spektakuläre Tod Paul Meyerbrincks war weder auf noch abseits der Bühne ein Thema gewesen. Zwar wurde über den Mord geredet, aber bis zum Beginn der Veranstaltung war die Identität des Opfers noch nicht bekannt. Das lag wahrscheinlich daran, dass erst morgen früh eine entsprechende Mitteilung in den Medien erschien. Gewiss würde diese Mitteilung für Entsetzen unter den Festivalteilnehmern sorgen, aber morgen war ein neuer Tag, für Quellborn zählte das Hier und Heute.

Da er sich von einem toten Kollegen nicht den Rang ablaufen lassen wollte, behielt er das auch weiterhin für sich. Vor allem Serena Hofmeister gegenüber, deren Bekanntschaft er gerade gemacht hatte, würde er nichts dergleichen verlauten lassen. Serena schrieb mit wachsendem Erfolg historische Krimis und hatte sogar den Sir Walter Scott-Preis des Autorenkreises Quo vadis erhalten.

Quellborns heimliches Steckenpferd war nämlich die Geschichte des Mittelalters. Die Antike hatte es ihm weniger angetan, ebenso alles ab dem 18. Jahrhundert. Aber die Epochen dazwischen faszinierten ihn. Im Anschluss an die Diskussion hätte er eigentlich mit Sieglinde Gast bei einem Drei-Gänge-Menü im Bassenheimer Hof sein sollen, aber da sie nicht da war, fragte er Serena, ob sie ihn begleiten wolle.

Sie nahm gerne an und nun saßen sie nebeneinander und plauderten angeregt über das angeblich so finstere Mittelalter. Er genoss ihre Gegenwart und die hochinteressante Unterhaltung sichtlich und dachte so gut wie gar nicht an seine Frau. Als die Tafel kurz nach Mitternacht aufgehoben wurde, bedauerte er das zutiefst. Er wollte diese belebende Begegnung gern in die Länge ziehen, doch Serena schlug seine Einladung auf einen Absacker aus. Morgen früh leitete sie einen Workshop, der gut belegt war, und abends hatte sie eine Lesung in einer Hotelbar und bestand deshalb auf ihrem Schlaf. Als er herausfand, dass es die Villa Viola war, in der sie auftrat, freute er sich. Gleich nachher würde er im Hotel einen Platz reservieren, auch wenn er dafür die unsägliche Herlinde von Hachenburg und den Langweiler Roger de Liernais ertragen musste, die gemeinsam mit Serena diesen Abend gestalteten.

Leicht beschwipst erreichte er zwanzig Minuten später seine Unterkunft. Um eingelassen zu werden, musste er klingeln, denn er hatte für den Fall, dass Sieglinde zurückkam, den Schlüssel an der Rezeption hinterlegt.

Sven Janson, ein ernster junger, schmächtiger Mann Ende

zwanzig, ließ ihn ein. Er finanzierte sein Studium mit der Arbeit als Nachtportier und arbeitete immer mittwochs und donnerstags. Der Job war nicht übermäßig anstrengend, und er konnte dabei an seiner Masterarbeit schreiben oder sogar manchmal eine längeres Nickerchen im Büro machen. Friedrich Quellborns gute Laune war so offensichtlich, dass Janson sich höflich erkundigte, ob er einen schönen Abend gehabt habe.

Der Regisseur erzählte daraufhin bereitwillig von seiner gelungenen Moderation und sparte nicht mit Eigenlob. Schließlich fand er zu Jansons Erleichterung ein Ende. „Gibt es eigentlich noch eine Karte für die Lesung hier im Hotel? Ich habe nämlich Frau Hofmeister kennengelernt und würde sie gern hören."

„Drei Stück sind noch übrig."

„Dann nehme ich eine. Kann ich die Zimmerkarte haben?"

„Einen Moment. Hier ist sie." Janson reichte sie ihm.

„Ist meine Frau inzwischen zurück?"

„Ich glaube nicht."

Schlagartig verflüchtigte sich seine gute Laune. „Seit heute Mittag ist sie weg, ohne dass ich weiß, wo sie ist, und auf ihrem Handy kann ich sie auch nicht erreichen. Das sieht ihr gar nicht ähnlich, aber in letzter Zeit verhält sie sich sowieso sonderbar. Ich frage mich, was dahintersteckt", sprach er mehr zu sich selbst, bevor er Janson eine gute Nacht wünschte und zum Fahrstuhl ging.

„Vielleicht sollten Sie die Polizei einschalten", rief der Portier ihm hinterher, aber Quellborn lief achselzuckend weiter, ohne zu antworten.

Das Zimmer war dunkel und leer. Den Abend über hatte er sie nicht wirklich vermisst, aber jetzt schon. Erneut rief er seine Frau an, aber sie war im Moment „not available".

Dann versuchte er es noch einmal bei Helga, aber auch sie hob nicht ab. Schließlich rang er sich durch, Jansons Rat zu befolgen und wählte die 110. Die Leitstelle verband ihn mit dem diensttuenden Beamten in der Polizeiinspektion. Nachdem er seine Personalien durchgegeben hatte, erkundigte sich der Polizist nach dem Alter seiner Frau.

„Sie ist neununddreißig und seit heute Mittag wie vom Erdboden verschluckt. Sie geht nicht an ihr Handy und ihre Freundin, mit der sie sich getroffen hat, erreiche ich auch nicht ", erregte sich Quellborn.

„Was ist mit einer schriftlichen Nachricht?"

„Sie hat keine hinterlassen, nur eine SMS geschickt, in der sie ihre Verspätung ankündigt."

„Noch besteht kein Grund zur Sorge. Viele Vermisste tauchen innerhalb der ersten 24 Stunden nach ihrem Verschwinden wieder auf. Manche wollen sich nur eine kurze Auszeit nehmen, andere überlegen nicht groß, welche Sorge ihr Verschwinden bei ihren Angehörigen auslöst. Wann genau hat sie denn das Hotelzimmer verlassen?"

„Heute Mittag zwischen zwei und vier."

„Können Sie das näher eingrenzen?"

„Nein, kann ich nicht. Ich hielt gerade meinen Mittagsschlaf", bekannte Quellborn nun etwas kleinlauter.

„Das sind noch nicht einmal zwölf Stunden."

„Aber dieses Verhalten passt nicht zu ihr. Sie ist die Zuverlässigkeit in Person."

Der Regisseur glaubte ein leises Seufzen am anderen Ende zu hören. „Heute Nacht können wir nicht viel tun. Ich informiere die Kollegen, die auf Streife sind, dass sie Ausschau nach ihr halten, und veranlasse eine Überprüfung der Unfälle und Krankhäuser. Geben Sie mir eine möglichst genaue

Beschreibung von ihr und welche Kleidung sie trug. Sollte sie bis morgen früh immer noch nicht aufgetaucht sein, gehen Sie am besten ins Präsidium. Dort können Sie mit den Kollegen alles Weitere besprechen."

„Sie trug ihren hellen Trenchcoat, Kleid und Schuhe."

„Farbe des Kleides?"

Quellborn wusste nicht mehr, ob es grün oder blau war. Oder doch eher schwarz? Nein, höchstwahrscheinlich war es beige, weil sie immer diesen Ton trug. „Beige", behauptete er deshalb.

„Hatte sie eine Handtasche?"

„Natürlich, sie schleppt immer eine mit sich herum. Meist so ein großes Ding, in dem sie nie etwas findet."

„Sonst noch irgendwelche Merkmale?"

„Lange schwarze Haare", erwiderte er rasch und lieferte dann eine möglichst genaue Beschreibung.

Die Suche nach ihr kam der Nadel im Heuhaufen gleich, denn Frau Sonnentau wies nicht gerade herausstechende Merkmale auf. „Bringen Sie dann doch bitte auch ein Foto von ihr mit", sagte der Beamte noch.

Quellborn bedankte sich knapp und legte auf. Obwohl er nicht viel erreicht hatte, fühlte er sich etwas ruhiger. Gegen halb drei sank er müde ins Bett und schlief augenblicklich ein.

FREITAG, 19. OKTOBER 20..

Eins

Doc Waldner liebte seine Arbeit. Er erledigte sie stets gewissenhaft und zur allgemeinen Zufriedenheit. Da Verstorbene naturgemäß nicht zum Reden neigten, übernahm er das für sie, wenn sie vor ihm auf dem Tisch lagen. Solange ihm niemand assistierte, führte er Selbstgespräche, in die er die Toten wie selbstverständlich mit einbezog. Inzwischen war es ihm so zur Gewohnheit geworden, dass er sich hin und wieder auch in Anwesenheit von Kolleginnen oder Kollegen beim Reden ertappte. Heute würde er wohl auf den kleinen Plausch verzichten, da Martin Pfahl von der Kripo bei der Leichenöffnung dabei war.

Der Kommissar bereitete sich derweil mental auf die Obduktion vor und war nicht sonderlich erbaut, daran teilnehmen zu müssen. So sehr er seine Arbeit schätzte, so sehr verabscheute er Autopsien. Aber dieses Mal war er an der Reihe und musste in den sauren Apfel beißen. Mit gemischten Gefühlen wartete er im Vorraum der Rechtsmedizin auf den Arzt und betrachtete durch die Glasscheibe den zugedeckten Körper auf dem vorderen Sektionstisch. Eine Assistentin bereitete alles vor, indem sie medizinisches Gerät bereitlegte, das Martin nicht ganz geheuer war. Allein der Anblick der Knochensäge bescherte ihm weiche Knie, denn das kreischende Geräusch, wenn Metall auf Knochen traf, klang schlimmer als das Bohren beim Zahnarzt. Insgeheim hoffte er, dass ihm das heute erspart blieb, denn Meyerbrincks Todesursache war eigentlich eindeutig. Ihn tröstete allerdings der Gedanke, dass sich der Körper des Toten im Vergleich zu manch anderer Leiche zwar in recht blutleerem, dafür aber gut erhaltenem und frischem Zustand befand.

Obwohl er wusste, dass der typische Leichengeruch, der durch den gesamten Bereich waberte, kaum zu überdecken war, kaute er ein starkes Mentholkaugummi. Doch diente das mehr seiner eigenen Beruhigung, als dass es ihm etwas genützt hätte. Sein Geruchssinn erwies sich wie immer als überaus zuverlässig. Unerbittlich wanderten die Duftmoleküle durch seine Nase bis zum Siebbein, um von dort weiter in sein Gehirn einzudringen, wo sie als süßlich-fauliger Cocktail explodierten. Im Sektionssaal würde er noch intensiver werden, vor allem, wenn Doc Waldner den Verdauungstrakt öffnete und die Gärgase freigesetzt wurden. Martin wünschte sich in solchen Momenten, mit seinem Chef tauschen zu können, der aufgrund eines Unfalls nichts mehr riechen konnte.

Der Mediziner trat aus dem kleinen Laborraum, der sich rechts des Eingangsbereichs befand, und kam auf ihn zu. Sie begrüßten sich per Handschlag und Martin registrierte, dass Waldner wie stets eine Fliege trug. Im Institut mutmaßte man, dass er eigens einen Designer mit den Kreationen beauftragte. Heute glänzten kleine silberne Skalpelle auf nachtblauem Untergrund und Martin meinte, an deren Spitze winzige Blutstropfen ausmachen zu können. Mangel an Selbstironie konnte man Waldner jedenfalls nicht vorwerfen.

Ihm war Martins musternder Blick keineswegs entgangen, und er strich mit einer Geste verstohlener Genugtuung über seinen mächtigen Backenbart. „Na, bereit?“, fragte er mit einem leisen Anflug von Spott in der Stimme, denn Pfahl konnte sein Unwohlsein nur schwer verbergen.

Der Kommissar straffte sich. „Sicher doch, Doc“, antwortete er mit fester Stimme.

Pfahl gehörte zu den wenigen Auserwählten, die das Privileg genossen, Waldner so anreden zu dürfen. Von den anderen erwartete der Rechtsmediziner, dass sie ihn mit vollem Titel und Namen ansprachen, wohl wissend, dass die meisten ihn hinter seinem Rücken nur Doc nannten.

„Sie wissen ja, wo Sie die Schutzkleidung finden. Ich gehe schon vor."

Waldner trat an den Tisch und begann mit der äußerlichen Inaugenscheinnahme. „Die Todesursache ist offensichtlich. Kreislaufversagen aufgrund massiven Blutverlustes. Den Todeszeitpunkt konnte ich auf zwischen vier und fünf Uhr früh eingrenzen, was nicht ganz einfach war, da Außentemperatur und Wassertemperatur um einige Grad differierten. Ich gehe davon aus, dass er am ehesten gegen halb fünf verschied."

„Können Sie etwas zur Waffe sagen?"

„Scharfes Messer, wahrscheinlich handelsübliche Ware, die Sie in jedem Haushaltswarenladen bekommen. Sein Mörder wusste genau, wo er zustechen musste. Es gibt nur einen Stich, der sehr gezielt platziert wurde und die Arteria Carotis, also die Halsschlagader, zerfetzte. Sie sehen selbst, dass der Tote keine Abwehrspuren aufweist. Der Angriff kam völlig überraschend", bemerkte der Mediziner und hielt Meyerbrincks rechte Hand hoch. „Es fehlen die entsprechenden Hämatome an den Fingerknöcheln, und unter den Nägeln gibt es aller Wahrscheinlichkeit nach auch keine verwertbare Fremd-DNA. Nachdem er verletzt wurde, stieß sein Mörder ihn in den Brunnen. Davon zeugen die schwach ausgeprägten Blutergüsse hinten an den Waden und vorn an der Brust. So viel zur äußeren Beschau. Jetzt sehen wir mal in seinem Innern nach."

Mit einem Ypsilonschnitt öffnete der Arzt die Haut, ausgehend vom Thorax bis hinunter zum Schambein. Dann durchtrennte er die Rippen, um Herz und Lunge untersuchen zu können. Martin schluckte schwer und fixierte einen Punkt an der Wand, direkt hinter Waldners Kopf. Er wollte unter keinen Umständen auf den geöffneten Körper schauen. Knochen brachen, Martin versuchte, nicht hinzuhören.

Der Mediziner schien Pfahl vergessen zu haben und begann, wie gewohnt mit sich selbst zu reden. „Hast wohl ziemlich viel geraucht! Deine Lunge sieht aus wie die Landebahn Nordwest, und die Coronargefäße sind auch nicht mehr die besten, ziemlich verkalkt. Du hast wohl das Leben eines Bohemien geführt, mit allen Vorzügen, aber auch mit allen gesundheitlichen Konsequenzen."

Waldner schien sich plötzlich an Martins Anwesenheit zu erinnern und erklärte ihm knapp: „Paul Meyerbrinck war nicht gerade ein Gesundheitsfanatiker. Biologisch gesehen ist er zehn Jahre älter als seine sechsundvierzig."

Während der Mediziner dem geöffneten Bauchraum die Leber entnahm und sie auf die Waagschale legte, um ihr Gewicht zu bestimmten, überlegte Martin, ob der vorzeitige Alterungsprozess und die damit einhergehende Gefäßverkalkung Auswirkung auf Meyerbrincks Manneskraft gehabt hatte. Doch angesichts der Menge an Kondomen, die in seinem Zimmer gefunden worden waren, und dem Fehlen von Viagra, hielt er das für eher unwahrscheinlich.

„Allein anhand ihres morphologischen Erscheinungsbildes können wir auf einen nicht unerheblichen Alkoholkonsum schließen. Das Organ ist stark vergrößert, sein Gewebe verdichtet und zeigt deutliche Anzeichen von Verfettung. Aber trotzdem ist er noch etliche Hektoliter Wein von einer Zirrhose entfernt gewesen. Wollen Sie wissen, was er zu Abend gegessen hat?"

Das wollte Martin ganz entschieden nicht. Aber es war

womöglich für die Ermittlungen relevant und er nickte deshalb schwach. Dem Mediziner entging nicht, dass Pfahl immer blasser um die Nase wurde. Er hatte keine Lust, sich auch noch um einen Ohnmächtigen zu kümmern, und da er ein Freund sowohl der Toten wie auch der Lebenden war, machte er ihm ein Angebot. „Die Analyse des Mageninhaltes dauert sowieso ihre Zeit. Ich kann sie Ihnen auch telefonisch durchgeben, und da die Todesursache feststeht, können Sie eigentlich gehen – außer Sie legen Wert darauf, uns beiden weiter Gesellschaft zu leisten."

Das tat er nicht! Deshalb antwortete Pfahl schnell: „Es wartet noch eine Menge Arbeit auf mich. Wir haben einen weiteren Mord, drüben in Hessen, und so wie es aussieht, stehen beide Verbrechen in Zusammenhang."

„Also kein neuer Klient für meinen Tisch?"

„Nein, aber viel dürfte es eh nicht mehr zu sezieren geben. Der Mann hatte einen fürchterlichen Autounfall. Kein schöner Anblick laut den Kollegen, die vor Ort waren", sagte Pfahl im Hinausgehen.

Draußen entledigte er sich des Kittels und der Handschuhe, wusch seine Hände und eilte ins Freie. Dort atmete er mehrmals tief durch, was er drinnen weitestgehend vermieden hatte. Dann schnüffelte er an seinen Klamotten, um sich zu vergewissern, dass sie nicht nach Sektionssaal stanken, aber er konnte nichts riechen. Im Auto schaltete er das Radio an. Ein lokaler Radiosender berichtete gerade über den Mord an Paul Meyerbrinck und dass der Autor Teilnehmer der Mordiale gewesen war. Martin fragte sich, wie diese Nachricht von den anderen Festivalteilnehmern wohl aufgenommen werden würde.

Zwei

Als Karin Weber um acht Uhr im Büro erschien, war Samir zu ihrer großen Überraschung bereits da. Heute zeigte er keine Spur seiner üblichen Morgenapathie, sondern war erstaunlich gut aufgelegt. Da das praktisch nie vorkam, wunderte sie sich. „Hast du Amphetamine geschluckt, weil du so fit bist?"

„Nö, ich habe mein Zeitmanagement überdacht und einige Veränderungen vorgenommen, die den Start in den Tag effizienter machen."

„Verrätst du mir welche?"

„Nein", erwiderte er schnell. „Nicht nur ihr Frauen habt eure kleinen Geheimnisse."

„Gut, wie du meinst. Deine angehende Erkältung scheint sich auch verflüchtigt zu haben."

„Ja, es war wohl nur falscher Alarm."

„Was hat deine Befragung gestern Abend in der Villa Viola erbracht?"

„Die Schwester von Viola Sommer heißt Heide Manz. Ihre Eltern hatten wohl ein Faible für blumige Vornamen", bemerkte er grinsend, wurde aber sogleich wieder ernst. „Also, Frau Manz hat Meyerbrinck nur einmal kurz zu Gesicht bekommen und zwar, nachdem er die Bar verließ und zum Essen ging. Bis zu ihrem Dienstschluss war er noch außer Haus. Ihr fiel nichts Besonderes an ihm auf."

„Was ist mit den Alibis der Angestellten?"

„Der Barkeeper schloss um zwei Uhr die Bar und ging nach Hause, was seine Freundin bestätigt. Yuri war laut seiner Mutter ebenfalls zu Hause genau wie die Servicekraft Suzann Bartholomä und Frau Manz. Sie leben allerdings beide allein. Auch Frau Sommer war in ihrer Wohnung, was ihr Lebensgefährte bekräftigt hat. Sven Janson, der Nachtportier, behauptet, die ganze Zeit am Rezeptionstresen beziehungsweise in dem Büro dahinter gewesen zu sein. Ihm ist nichts Ungewöhnliches aufgefallen. Ansonsten hat er an seiner Masterarbeit geschrieben, was ihm die Hotelbesitzerinnen übrigens gestattet haben."

„Sehr nobel. In welchem Fach macht er seinen Abschluss?"

„Literaturwissenschaften und Komparatistik."

„Also auch einer, dem das geschriebene Wort nicht fremd ist", überlegte sie laut.

„Siehst du einen Bezug zu dem Mord?"

„Bislang nicht, das war lediglich eine Feststellung. Wir können ja nicht gleich jeden verdächtigen, der in dieser Richtung studiert oder arbeitet. Auch wenn Janson durchaus die Gelegenheit für den Mord gehabt hätte."

„Die hatte er eben nicht. Der Eingangsbereich samt Rezeption wird von einer Videokamera überwacht. Ich habe die Aufzeichnung überprüft. Man sieht, dass Janson die ganze Zeit über dort bleibt. Er verschwindet zweimal kurz zur Toilette, aber da sie keine Fenster hat, kann er von dort nicht ins Freie gelangt sein. Dafür sieht man de Liernais kommen, so gegen Mitternacht, was sich mit seiner Behauptung deckt. Und deutlich früher betritt Frau von Hachenburg mit einem jüngeren Mann das Hotel. Es wird dieser Ramon sein, der sie begleitete. Er ging gegen halb vier."

„Beglückte dürfte in ihrem Fall zutreffender sein", gluckste Karin.

Samir schüttelte sich kurz. „Es gibt Dinge, die will ich mir nicht vorstellen, und Frau von Hachenburg in den Armen eines jungen Mannes gehört definitiv dazu!"

„Gibt es keinen anderen Weg aus dem Gebäude?"

„Doch, die Tiefgarage. Aber auch dort gibt es eine Kamera

an der Ein- und Ausfahrt. Die Nacht über herrschte tote Hose."

„Das sieht nach einem Alibi für die beiden Autoren und den Portier aus."

„Ich habe auch noch gleich mit dem Barkeeper gesprochen. Was Viola Sommer uns über den Streit zwischen Meyerbrinck und de Liernais erzählte, hat sich im Großen und Ganzen tatsächlich so abgespielt. Es wird übrigens Zeit für die morgendliche Besprechung", erinnerte Samir sie und stand auf.

Vor der Tür trafen sie Marco, der den Flur entlang schlich wie ein geprügelter Hund. „Sag bloß nicht, dass schon wieder eine neue Botschaft eingegangen ist!"

„Nein, ich hatte noch keine Zeit nachzusehen. Ich komme gerade vom Zahnarzt. Eine entzündete Zahnfleischtasche hat mich heute Nacht um den Schlaf gebracht."

„Geht's dir jetzt besser?", frage sie teilnahmsvoll, denn Zahnschmerzen waren für sie noch schlimmer als ihre Migräne.

„Ja, zum Glück bekam ich gleich einen Termin. Er hat sie gereinigt und mir so ein Mittel reingespritzt, das ziemlich scheußlich schmeckt, aber hilft. Ich darf bis um halb zehn nichts essen und trinken. Und du kennst mich ja, ohne meinen Morgenkaffee bin ich zu nichts zu gebrauchen."

„Kopf hoch, bis dahin sind es ja nur noch anderthalb Stunden", versuchte Samir ihn aufzumuntern.

„Das sind genau neunzig Minuten zu viel."

Bis auf Martin Pfahl war die SoKo vollzählig. Alex Groß saß mit dem Rücken zur Wandtafel an der Stirnseite, auf der die Ermittlungsergebnisse aufgelistet waren. Marco hätte das antiquierte Teil gern gegen ein modernes Whiteboard ausgewechselt. Aber das scheiterte nicht nur an den zu knappen Finanzen der Behörde, sondern auch am Widerstand der Kollegen. Bis auf Samir hatte niemand Lust, sich mit dem „neumodischen Kram" – wie Groß diese technische Errungenschaft geringschätzig bezeichnete – auseinanderzusetzen.

Der Leiter des K11 begann mit einem allgemeinen Überblick und kam dann auf die aktuellen Berichte in beiden Mainzer Tageszeitungen zu sprechen. „Beide Beiträge verzichten glücklicherweise auf eine reißerische Aufmachung und halten sich an die Vorgaben unserer Pressestelle – im Gegensatz zu dem Blatt mit den vier Buchstaben. Durch die Veröffentlichung gewisser Fakten erhoffen wir uns Zeugenaussagen, die uns weiterhelfen. Möglich, dass jemand Täter und Opfer zusammen sah und bis jetzt nicht wusste, wie wichtig diese Beobachtung ist. Wie immer bitten wir um sachdienliche Hinweise, von denen aber bislang kaum welche eingegangen sind. Ich hatte ehrlich gesagt anderes erwartet. Die Kollegen aus Hessen haben sich gemeldet. Die Bremsen des Unfallwagens wurden, wie bereits von euch vermutet, manipuliert. Wir können also von Mord ausgehen", bemerkte er und ergänzte das unter dem Namen von Lutz Claasen auf der Tafel.

„Das ging aber fix!", wunderte sich Karin.

„Hubertus Kron und ich kennen uns von der Polizeiakademie", erklärte Groß. „Wir greifen uns hin und wieder unter die Arme. Sobald sie weitere Erkenntnisse über Claasens Handyverbindungen oder seine Computerdateien bekommen, teilen sie uns diese mit. Das Telefon haben sie übrigens noch nicht gefunden, vermuten es aber in dem Wrack. Haben die Zeugenbefragungen etwas ergeben?", wandte er sich an die Kollegen.

Samir schüttelte den Kopf. „Das Hotelpersonal hat Alibis, ebenso wie die Hotelgäste. Meyerbrinck war zwar nicht sonderlich beliebt, aber das allein ist kein Motiv, ihn zu töten. Auch die Anwohner haben nichts bemerkt", sagte er und hielt es auf der Wandtafel fest.

Marlene Walz war erst vor vier Monaten zum K1 gewechselt und fühlte sich noch etwas fremd. Sie war begeisterte Marathonläuferin und trug ihr aschblondes Haar immer zu einem straffen Pferdeschwanz gebunden. Auf Make-up verzichtete sie meist ganz und wirkte etwas unscheinbar. Eine leichte Röte überzog ihr herbes Gesicht, als sie sich zu Wort meldete. „Ich war gestern Abend noch in der Begleitagentur, die Frau von Hachenburg in Anspruch genommen hat. Ramon bestätigt ihre Aussage. Er stieg gegen vier ins Taxi. Ihm ist dabei nichts Ungewöhnliches aufgefallen."

„Dafür habe ich über Claasen etwas Neues erfahren", übernahm Karin Weber. „Er hatte vor, das ZDF Richtung Privatfernsehen zu verlassen, da ihm dort laut seiner engsten Mitarbeiterin größerer Gestaltungsfreiraum sowie mehr Geld in Aussicht gestellt wurden. Womöglich befand er sich am Donnerstag auf dem Weg nach Köln, was erklären würde, warum er nicht auf den Lerchenberg fuhr. Außerdem hatte er erst vor kurzem einen heftigen Streit mit dem Schauspieler Steve Cohen. Der war wohl Star einer ZDF-Krimi-Serie. Claasen ließ ihn überraschend den Filmtod sterben und verschaffte ihm so einen raschen Abgang. Wir werden Cohens Alibi für die Tatzeit noch überprüfen."

„Woher stammen diese Informationen, und sind sie auch verlässlich?", wollte Groß wissen.

Karin war es unangenehm, zugeben zu müssen, dass Edgar ihre Quelle war. Sie wusste, wie skeptisch ihre Kollegen diese Presse-Polizei-Allianz beurteilten. Doch zu ihrem

Erstaunen erntete sie heute keine Kritik; alle schienen froh über die unerwarteten Informationen zu sein.

„Gut, somit gäbe es einen weiteren Tatverdächtigen. Du informierst die hessischen Kollegen, damit sie auf dem Laufenden sind?“, fragte Groß.

„Selbstverständlich“, versicherte Karin und schrieb die Ermittlungsergebnisse unter Claasens Namen. „Wir bekommen doch den Durchsuchungsbeschluss für sein Büro, oder?“

„Er ist ausgestellt und muss nur noch abgeholt werden.“

Marco, dessen Zahnschmerzen inzwischen verschwunden waren, stand auf und ging zur Tafel. „Meyerbrinck befand sich im beruflichen Aufwind. Vor einem dreiviertel Jahr hatte er zwar schon einen Namen, war aber noch kein Bestsellerautor. Ich habe inzwischen die genauen Verkaufszahlen seines Islandromans recherchiert.“

Jeder im Raum wusste, dass seine Recherchen meist gleichbedeutend mit Hacken waren.

„Früher verkaufte er immer so um die 30 000 Bücher, was für einen deutschen Autor schon eine ganze Menge ist. Aber mit seinem Islandkrimi erreichte er sechs Auflagen mit ungefähr 240 000 verkauften Exemplaren. Das ist das Achtfache. Die Einnahmen eines Autors berechnen sich nach dem Buchhandelspreis, der sich auf circa 12 Euro beläuft. Er erhält davon geschätzte zehn Prozent, wenn nicht mehr. Bei der verkauften Menge verdient er in diesem Jahr knapp 290 000 Euro. Hinzu kommen die Lesungen, für die er ein saftiges Honorar verlangt. Das ist zwar alles vor Steuer, aber trotzdem bleibt genug übrig“, erläuterte er und notierte die Summe unter Meyerbrincks Namen.

„Könnten die beruflichen Aufstiege unserer Opfer die Verbindung zwischen den Morden sein?“, sinnierte Urs Beier, der bis dahin nur zugehört hatte. Der Kommissar hätte von seiner Statur her auch als Türsteher durchgehen können. Verdächtigen gegenüber verschaffte er sich schnell Respekt, wenn er sich vor ihnen aufbaute.

„Guter Gedanke“, attestierte ihm Groß. „Wir sollten in diese Richtung ermitteln. Sie und Marlene machen das.“

In diesem Augenblick wurde die Besprechung durch ein Klopfen an der Tür unterbrochen. Ein Kollege des Kriminaldauerdienstes streckte seinen Kopf durch die Tür. „Ich weiß, dass ich ungelegen komme, aber darf ich kurz stören? Es könnte mit eurem Fall zu tun haben“, sagte er und Groß winkte ihn herein.

„Heute Nacht ging eine Vermisstenmeldung ein, und jetzt ist der Ehemann hier, um eine Anzeige aufzugeben. Bei der verschwundenen Person handelt es sich um eine Sieglinde Sonnentau, und da die Frau Autorin und Teilnehmerin des Krimifestivals ist, dachte ich mir, ihr solltet das gleich erfahren.“

Ein Raunen ging durch den Raum, denn allen war klar, was das bedeutete. Karin Weber gab Marco ein Zeichen. Er verstand sofort und zückte sein Smartphone, um die E-Mails zu prüfen, wozu er noch nicht gekommen war. Aber er schüttelte den Kopf. „Niente.“

Das bedeutete allerdings keine Entwarnung. „Hoffentlich taucht sie bald wieder auf und wird nicht unser drittes Opfer. Wenn wir hier fertig sind, komme ich runter und rede mit Herrn Quellborn“, teilte Karin ihm mit.

„Er ist ziemlich aufgebracht“, bemerkte ihr Kollege noch, bevor er sich verabschiedete.

„Das glaube ich unbesehen“, seufzte sie.

Bevor Groß die Besprechung beendete, wies er den Kollegen ihre Aufgaben zu. Christina sollte mit Martin auf den

Lerchenberg fahren und Lutz Claasens Büro durchsuchen sowie sich unter seinen Mitarbeitern umhören. Karin und Samir würden die Suche nach der Vermissten übernehmen, auch wenn das nicht in ihren Aufgabenbereich fiel. Urs und Marlene sollten mehr über die verschwundene Autorin sowie den Schauspieler Steve Cohen herausfinden. Marco betraute er mit der Überprüfung der Telefonverbindungen der Mordopfer.

„Da alle Betroffenen mit dem Krimifestival zu tun haben, fordere ich die Teilnehmerlisten der vergangenen drei Jahre an, falls sie nicht im Netz stehen“, bot Marco außerdem an.

„Gut, dann treffen uns wieder um 15:30 Uhr “, entließ Alex Groß das Team.

Vor der Tür nahm Karin Marco zur Seite. „Tu mir bitte den Gefallen und versuch, Frau Sonnentaus Handy zu orten. In ihrem Fall zählt jede Minute, und du kannst das von uns am schnellsten. Ich frage ihren Mann gleich nach ihrer Nummer und gebe sie dir dann durch.“

„Mach ich. Ich habe übrigens kein gutes Gefühl bei der Sache.“

„Ich auch nicht, aber vielleicht irren wir uns ja.“

Drei

Viola Sommer hatte vom Nachtportier erfahren, dass Sieglinde Sonnentau vermisst wurde. Ihr gefiel der Schwund ihrer Hotelgäste ganz und gar nicht – der war geradezu geschäftsschädigend. Sie hatte sich mit ihrer Schwester beraten, ob sie die Lesung nicht ausfallen lassen sollten, sich dann aber doch dagegen entschieden. Es sollte nicht der Eindruck entstehen, als stünde die Eröffnung des Hotels unter einem schlechten Stern. Erfahren in Rückschlägen aller Art, hatten sie schon schwierigere Situationen überstanden, und Viola Sommer blieb – gleich was auch noch geschehen mochte – Optimistin und der sprichwörtliche Fels in der Brandung.

Der allerdings merklich ins Beben geriet, als Roger de Liernais die Szene betrat. „Frau Sommer!“, rief er in militärischem Ton, „wie weit sind die Vorbereitungen für die heutige Lesung gediehen?“

„Noch gar nicht“, war Viola versucht zu sagen, nur um ihn zu ärgern. Da aber alles längst geregelt war, erwiderte sie mit ruhiger Stimme: „Beim Ablauf hatten wir uns ja bereits darauf geeinigt, dass jeder von Ihnen dreißig Minuten liest und es zwischen den Beiträgen eine kleine Pause gibt, in der Getränke geordert werden können.“

„Das ist wohl die erste Veranstaltung dieser Art, die Sie ausrichten?“, argwöhnte er.

„Nein, ich habe das früher häufiger getan und weiß, worauf es ankommt. Ich möchte auch die Wünsche der beiden Autorinnen berücksichtigen und finde, wir sollten das gemeinsam bereden. Frau Hofmeister ist zwar verhindert, hat aber bereits ihr Einverständnis gegeben. Bliebe also noch Frau von Hachenburg.“

De Liernais war anzusehen, wie sehr ihm dieser Vorschlag missfiel. Er gab das Zepter ungern aus der Hand. „Ist sie denn überhaupt schon wach? Letzte Nacht dürfte sie nicht gerade viel Schlaf gefunden haben, bei den geräuschintensiven Aktivitäten, die aus ihrem Zimmer zu hören waren“, bemerkte er süffisant.

Viola Sommer ärgerte sich über diese Anspielung, mit der er das Hotel in die Nähe des Rotlichtmilieus rückte. „Der Gast ist hier König, und die Leitung des Hotels mischt sich prinzipiell nie in private Angelegenheiten ein. Sollte Frau von Hachenburg allerdings Ihre nächtliche Ruhe gestört haben, werde ich sie darauf ansprechen. Sie sind aber der einzige Gast, der sie gehört zu haben scheint, und das, obwohl noch die Wilhelm Holzamer-Stube zwischen Ihren beiden Zimmern liegt."

De Liernais machte plötzlich einen Rückzieher. „So schlimm war es auch nicht. Ich hörte sie nur im Vorübergehen auf dem Flur." Was im Klartext bedeutete, dass er nicht einfach nur vorübergegangen war, sondern vielmehr gelauscht hatte.

„Ich schlage vor, wir treffen uns in einer Stunde. Ich sage Frau von Hachenburg Bescheid und frage, ob sie Zeit hat", meinte Viola Sommer.

Doch das erübrigte sich. Die Autorin trat in diesem Moment aus dem Fahrstuhl. Dezent geschminkt und in einem schlichten Kostüm, das sie ungewohnt seriös aussehen ließ, drückte sie de Liernais unaufgefordert ein Buch in die Hand, in dem einige Pagemarker steckten. „Eine kleine Hilfestellung zur Einstimmung", lächelte sie süffisant. „Ich habe die Passagen markiert, die ich heute Abend lesen werde. Pink sind die erotischen, gelb die verbrecherischen. So können Sie sich vergewissern, dass es entgegen Ihren Befürchtungen recht manierlich zugehen wird."

„Wie kommen Sie denn darauf?"

„Das schreiben Sie in Ihrem Blog, der, mit Verlaub, nicht gerade vor Esprit sprüht."

De Liernais rang das erste Mal seit seiner Ankunft um die richtigen Worte.

„Ich nehme an, Sie sprechen gerade über den heutigen Abend? Wie soll er denn ablaufen?", erkundigte sie sich bei der Hotelbesitzerin.

„Erfahrungsgemäß wäre es gut, mit etwas nicht ganz so Nachdenklichem aufzuhören. Das drückt auf die Stimmung. Etwas eher Heiteres ist geeigneter. Da bleiben die Gäste noch gern etwas sitzen."

„Damit scheiden Sie ja aus", lachte Herlinde von Hachenburg de Liernais an.

„Ich lege auch gar keinen Wert auf Komik! Krimis sollen nachdenklich machen, manchmal sogar schmerzen, und da ist Albernheit fehl am Platz!", empörte er sich mit gerötetem Kopf.

„Zum Glück gibt es für jeden Autor ein passendes Publikum. Mir gefallen diese Betroffenheitsbücher nicht, in denen jeder Protagonist in irgendeiner Weise kaputt ist und normale Menschen praktisch nicht mehr vorkommen."

Viola Sommer sah einen Streit heraufziehen und versuchte das Gespräch in andere Bahnen zu lenken. Bestimmt, aber höflich sagte sie: „Natürlich hat jeder das Recht auf seine Meinung und die ließe sich endlos diskutieren. Aber im Augenblick sollten wir uns auf unsere Lesung konzentrieren. Deshalb schlage ich vor, dass wir jetzt gemeinsam hinunter in die Bar gehen. Alle Karten sind übrigens verkauft und Sie lesen vor vollem Haus", merkte sie noch an, was vor allem de Liernais besänftigte.

„Wer ist übrigens diese Frau Hofmeister? Ich habe noch nie von ihr gehört", erklärte er, als sie unten angelangt waren.

„Sie schreibt historische Romane. „Die Rache der Epona" erhielt kürzlich den Sir-Walter-Scott-Preis und klettert gerade die Bestsellerlisten hoch."

Das schien Roger de Liernais nicht zu gefallen. Herlinde von Hachenburg war in seinen Augen wegen ihrer platten Bücher keine ernst zu nehmende Konkurrenz. Aber eine

Autorin, die gut recherchierte Bücher veröffentlichte und Preise erhielt, konnte ihm den Rang ablaufen. „Finden Sie den Mix wirklich gelungen, so widersprüchlich wie wir drei sind?"

„Wieso?", warf Frau von Hachenburg dazwischen. „Ich finde es klasse, mal etwas anderes. Scains-fickschen miehts Ärottic ant History" radebrechte sie in hartem Englisch, woraufhin de Liernais angewidert das Gesicht verzog.

Viola Sommer unterbrach die beiden erneut. „Wollen Sie im Sitzen oder im Stehen lesen?"

„Im Stehen", erwiderte de Liernais rasch. „Da kann ich freier atmen, meine Stimme besser modulieren und bin auch für jeden gut zu sehen."

„Ich würde gern auf meinem pinkfarbenen Sesselchen sitzen, das ich immer bei Lesungen dabei habe. Es ist handlich und schnell hingestellt", wünschte sich von Hachenburg.

Viola Sommer hoffte, dass das auch stimmte. Größere Umbaumaßnahmen waren aufgrund der engen Wendeltreppe und der kleinen Fläche schwierig. Ein rotes Sofa, wie Serena Hofmeister es gern gehabt hätte, konnten sie aus Platzgründen einfach nicht stellen. „Gut, dann bekommen Sie einen Stehtisch und Frau von Hachenburg ihr Sitzmöbel", legte sie fest. „Für eine Leselampe ist auch gesorgt. Sie ist dimmbar und Sie können sich die Lichtstärke so einstellen, wie Sie es gern hätten."

„Es gibt doch hoffentlich ein Mikrofon?", fragte de Liernais nach. „Ich brauche unbedingt eines, denn wenn ich laut sprechen muss, schlägt mir das auf die Stimme, und da ich Samstagnachmittag noch eine weitere Veranstaltung habe, will ich unter keinen Umständen heiser sein."

„Gewiss. Wir verfügen über ein Standmikro", versicherte ihm Viola Sommer und stellte den Autor damit zufrieden.

„Haben Sie auch einen Beamer? Ich würde gern ein paar futuristische Bilder im Hintergrund zeigen, damit sich das Publikum besser in die sphärischen Welten versetzen kann."

„Da muss ich Sie leider enttäuschen. Wir haben hier unten nicht die entsprechenden technischen Möglichkeiten. Oben im Tagungsraum ginge das, aber nicht in der Bar."

„Und warum weichen wir nicht dorthin aus?"

„Weil die Atmosphäre zu nüchtern ist und ihre Zuhörer sich nicht wie bei einer Besprechung fühlen sollen", bemerkte sie, was er widerstrebend akzeptierte.

„Dekorieren Sie die Tische und den Raum eigentlich noch irgendwie ‚mörderisch'?", wollte Herlinde von Hachenburg wissen, wofür sie von ihrem Kollegen mit einem abschätzigen Blick bedacht wurde. De Liernais war ein Verfechter des Purismus, und verabscheute jeden Schnickschnack, der seiner Auffassung nach nur die Aufmerksamkeit von ihm ablenkte.

„Ja, selbstverständlich. Außerdem bieten wir Bloody Mary, Sex on the Beach, Campari Orange und Kir als Begrüßungsdrink an. Alles rote Getränke."

„Muss das sein? Dilettantischer geht es wohl nicht mehr? Jetzt fehlen nur noch irgendwelche Revolver auf den Tischen, Kriminal-Tango vom Band und das Klischee ist perfekt", stöhnte de Liernais gequält auf.

„Ich habe nichts gegen Klischees. Die meisten kommen gut an", widersprach seine Kollegin. „Ich werde jedenfalls noch etwas erotisches Spielzeug mitbringen und es entsprechend drapieren."

„Wie grauenvoll!", schrie de Liernais auf. „Unter diesen Umständen werde ich nicht lesen! Das ist unterstes Niveau! Wir sind doch hier nicht in einem Bordell!"

Viola Sommer empfand ähnlich, während von Hachenburg die Bedenken einfach weglächelte. „Keine Bange, ich übertreibe schon nicht und verzichte auch auf Live-Piercing an gewissen Körperpartien, falls Sie dergleichen befürchten. Ich kenne meine Grenzen und weiß, was ich dem Publikum zumuten kann."

Viola Sommer atmete erleichtert auf. Das klang einigermaßen beruhigend.

De Liernais wetterte weiter. „Damit kann ich mich notfalls arrangieren. Aber ich bestehe darauf, dass das Zeug erst zur Schau gestellt wird, wenn mein Teil vorüber ist."

Viola Sommer hatte genug von dem Disput. „Dann wäre alles geklärt? Ich muss nämlich wieder zurück an die Arbeit."

Wie aufs Stichwort klingelte ihr Telefon. Yuri teilte ihr mit, dass die Polizei bald hier sein würde. Viola ahnte, dass dieser Besuch mit dem Verschwinden von Sieglinde Sonnentau zusammenhing. „Die Polizei will mich gleich sprechen. Es scheint neue Erkenntnisse zu geben", seufzte sie, hielt es aber nicht für angebracht, das Verschwinden der Kinderbuchautorin zu erwähnen. De Liernais schien es plötzlich sehr eilig zu haben und stürmte davon, was die beiden Frauen mit einem Lächeln quittierten.

Vier

Langsam kam Sieglinde Sonnentau wieder zu sich. Ihr fehlte jede Erinnerung an die letzten Stunden, und sie hatte keine Ahnung, wo sie sich befand. Benommen versuchte sie, ihre Lider zu öffnen, um sich zu orientieren, aber ihre Wimpern klebten fest aufeinander wie Teile eines Klettverschlusses.

Sie spürte nur, dass Füße, Knie, Gesäß und Rücken gegen etwas Hartes stießen. Stoff bedeckte Gesicht und Körper. Sie wollte den Kopf anheben, um ihn zu befreien, aber ihr Hals war bis zu den Schultern steif und die Muskeln gehorchten ihr nicht.

Es roch nach Urin und Erbrochenem. Getrocknete Speisereste klebten an ihren Lippen und an ihrer rechten Wange. Beißende Magensäure kroch die Speiseröhre hinauf. Unfähig, sie hinunterschlucken, erbrach sie sich erneut.

Ihre Schläfrigkeit wuchs und lähmte sie immer mehr. Das Atmen fiel ihr zunehmend schwer. Von draußen drang das Dröhnen einer Maschine herein. Hin und wieder fuhren Autos vorüber. Sie hörte den Widerhall ihrer Motoren, das Quietschen von Reifen und schlagende Türen. Schritte brachen sich hohl an Wänden und entfernten sich wieder. Stimmen erklangen und verstummten.

Nur eine dünne Schale trennte sie von der Außenwelt; wenn sie diese durchbrach, bedeutete das ihre Rettung. Sie wollte gegen die Mauern ihres Gefängnisses klopfen, um auf sich aufmerksam zu machen, aber sie konnte sich nicht rühren. Es gab kein Entkommen. Die Angst warf sich wie ein Gespinst über sie und webte ihren engen Kokon undurchdringlicher Fäden, bis sie unter dieser Hülle zu ersticken drohte. Sie wollte um Hilfe schreien, aber die Kiefer sperrten sich. Ihr Herz klopfte laut, Blut rauschte in ihren Ohren. Ein klebriger Schweißfilm bildete sich auf ihrem Körper. Sie hatte Todesangst, denn ihr Trauma aus Kindertagen wurde real: Sie lag eingepfercht in ihrem Sarg und war lebendig begraben.

Fünf

Karin Weber und Samir Stockwinkel hatten das Gespräch mit Friedrich Quellborn hinter sich gebracht. Er war deutlich kleinlauter als bei ihrer ersten Unterhaltung. Ausschweifend schilderte er den Ablauf des gestrigen Nachmittags und Abends. Einzig die Aussage, dass seine Frau sich mit ihrer Freundin Helga Holler, die ebenfalls Autorin war, hatte treffen wollen, erwies sich als hilfreich. Nachdem Karin Marco die Telefonnummer der Verschwundenen übermittelt hatte, fuhren sie in die Villa Viola, um sich beim Personal nach Frau Sonnentau zu erkundigen.

Als sie die Eingangshalle betraten, kam Roger de Liernais die Treppe hochgestürmt und lief ihnen geradewegs in die Arme.

Er wollte sich an ihnen vorbeizwängen, aber Samir hielt ihn zurück „Auf ein Wort", bat er ihn nach draußen.

„Was wollen Sie denn schon wieder von mir? Ich habe meinen Erklärungen zu Paul Meyerbrinck nichts mehr hinzuzufügen."

Samir überging seinen Einwand. „Sie kennen Sieglinde Sonnentau?"

„Sicher."

„Wann haben Sie sie zuletzt gesehen?"

De Liernais hob überrascht seine Augenbrauen. „Gestern Morgen, nachdem ich den Frühstücksraum verließ, begegneten wir uns oben im Flur. Warum interessiert Sie das?"

„Weil sie seit gestern Mittag verschwunden ist."

„Deshalb fehlte sie bei dem Podiumsgespräch. Ich habe mich schon gewundert, dass Quellborn alleine kam. Bei solchen Anlässen ist sie immer dabei und übernimmt die Rolle des Claqueurs. Und Sie suchen jetzt nach ihr?"

„Richtig."

„Ich weiß wirklich nichts über ihren Verbleib und habe sie vor ziemlich genau 24 Stunden das letzte Mal gesehen. Kann ich jetzt gehen? Ich muss mich nämlich auf heute Abend vorbereiten. Die Lesung wird doch hoffentlich nicht abgesagt?"

„Das habe nicht ich zu entscheiden", entließ Samir ihn und ging wieder hinein.

Karin unterhielt sich gerade mit Viola Sommer, die angespannt wirkte. „Meine Schwester Heide war um die Zeit, als Frau Sonnentau verschwand, hier an der Rezeption. Sie müssen sie fragen. Ich habe Frau Sonnentau zum Mittagessen in Begleitung ihres Mannes weggehen und gegen 14 Uhr wieder zurückkommen sehen. Da erschien sie mir normal. Soll ich meine Schwester anrufen, damit sie mit ihr reden können?"

„Tun Sie das bitte."

Während Karin telefonierte, setzte Samir das Gespräch mit der Hotelbesitzerin fort. „Haben Sie vielleicht einen Streit zwischen den Eheleuten bemerkt?"

Viola Sommer überlegte kurz. „Ich sah sie gestern am späten Vormittag in unserem Innenhof sitzen, aber sonderlich entspannt wirkte die Situation nicht gerade auf mich. Er redete unablässig auf sie ein, während sie in Gedanken versunken schien. Als sie nicht reagierte, wurde er laut, aber wirklich gestritten haben sie nicht."

„Ist das Hotel eigentlich ausgebucht?"

„Ja, alle Zimmer sind jetzt belegt und die Gäste sind ausschließlich wegen der Krimitage hier."

„Können Sie uns bitte eine Liste machen?"

„Ich drucke sie Ihnen gleich aus. Wenn Sie nachher gehen, liegt sie hier für Sie bereit."

„Danke."

Viola Sommer senkte ihre Stimme. „Sie denken doch nicht, dass es einen Bezug zwischen diesen Taten und unserem Hotel gibt, oder?"

„Für solche Vermutungen ist es noch zu früh. Aber eigentlich glaube ich das eher nicht. Nur ganz ausschließen können wir es momentan auch nicht."

„Ich fürchte um unseren Ruf, wenn unser Name in der Presse auftaucht."

„Wir versuchen, Ihr Hotel – soweit es uns möglich ist – herauszuhalten, aber ich kann nicht garantieren, dass es im Zuge unserer Ermittlungen nicht doch genannt wird."

Das beruhigte Viola Sommer nicht gerade und ihre Anspannung verstärkte sich. „Halten Sie es unter diesen Umständen für angebracht, die heutige Lesung abzusagen?"

„Wir können Ihnen nichts vorschreiben. Diese Entscheidung müssen Sie als Hotelleitung treffen."

Karin hatte das Telefonat inzwischen beendet. „Ihre Schwester hat nichts bemerkt. Aber Yuri saß an der Rezeption. Wo finde ich ihn?"

„Er ist im Haus unterwegs. Ich bitte ihn her. Sie können gern im Frühstücksraum auf ihn warten und sich einen Kaffee von Suzann servieren lassen."

Das Angebot nahmen sie gern an. Kaum hatten sie sich gesetzt, vibrierte Karins Mobiltelefon. Es war Marco, der mitteilte, dass das Handy von Sieglinde Sonnentau ausgeschaltet und zuletzt um 15.52 Uhr im Hotel Hilton registriert worden war.

„Ich habe dabei auch gleich die Verbindungen der letzten Tage überprüft", erklärte er noch.

„Offiziell oder inoffiziell?"

„Was denkst du denn? Ich will doch die Ermittlungen nicht gefährden und halte mich strikt an die Vorschriften.

Gestern am späten Vormittag erhielt sie einen Anruf. Er kam aus einer Telefonzelle vom Frankfurter Hauptbahnhof."

„Hilft uns das irgendwie weiter?", fragte sie.

„Im Moment wohl eher nicht, aber wer weiß, wie sich alles entwickelt."

Samir schaute indessen aus dem Fenster und sah Herlinde von Hachenburg mit dem Handy am rechten Ohr im Hof auf- und abgehen. Dabei gestikulierte sie temperamentvoll und warf sich in Pose, obwohl es keine Zuschauer gab. Rasch wandte er sich ab, in der Hoffnung, dass er so ihrer Aufmerksamkeit entging.

Karin stützte ihr Kinn auf die Hand und schaute nach draußen. „Zu dir ist sie bestimmt mitteilungsfreudiger als zu mir. Du könntest sie fragen, ob sie die Vermisste gestern noch gesehen hat", provozierte sie ihn grinsend.

„Den Teufel werde ich tun. Eher laufe ich barfuß über glühende Kohlen, als freiwillig noch mal mit ihr zu reden. Das musst du schon selbst übernehmen."

„Sie scheint dir ja immer noch ganz schön zu schaffen zu machen!"

„Die ist doch mannstoll", zischte er, „selbst wenn sie die letzte Frau auf Erden wäre, würde ich sie nicht mal mit der Kneifzange anfassen."

„Ich glaube ja, dass sie nicht annähernd so ist, wie sie tut. Das gehört alles zu ihrem Image. Autoren brauchen anscheinend so etwas, um sich abzuheben. Manche halten Schwarz für das Nonplusultra, andere irgendwelche seltsamen Kopfbedeckungen, wieder andere exzentrische Klamotten, Schmuck oder Schuhe. Bei ihr ist es wohl die Rolle des männerverschlingenden Vamps. Sie verleiht dem Begriff durch ihr extrovertiertes Auftreten allerdings eine sehr spezielle Note."

„Quatsch. Die Frau ist schlicht gaga und hat ein Rad ab. Glaub mir, die kann die Finger von keinem Kerl lassen, zumindest nicht von den jüngeren. Sie hat mich ‚Leckerschen' genannt. Ich finde das nur peinlich und abstoßend", ereiferte er sich weiter.

„Ist ja schon gut. Ich liefere dich ihr nicht noch einmal zum Fraß aus."

Yuri betrat den Raum und schaute sich unsicher um. Während er auf die Kommissare zusteuerte, hielt er den Blick gesenkt. „Setzen Sie sich bitte", forderte Samir ihn auf und der junge Azubi ließ sich auf der Kante eines Stuhls nieder. „Wir machen es kurz", fuhr der Kommissar fort. „Sagen Sie uns einfach, was sich gestern zwischen vierzehn Uhr und sechzehn Uhr dreißig hier im Hotel getan hat."

„Gäste kamen, und ich brachte ihr Gepäck hoch. Ansonsten befand ich mich den ganzen Mittag an der Rezeption."

„Hat jemand das Hotel während dieser Zeit verlassen?"

„Einige, aber mir ist Frau Sonnentau besonders aufgefallen."

„Inwiefern?", bohrte Karin nach.

„Ich hätte sie fast nicht wiedererkannt. Sie hatte sich mordsmäßig in Schale geworfen. Richtig chic war sie. Sie trug ihr Haar offen und war geschminkt, so als hätte sie eine Verabredung."

„Können Sie ihr Outfit näher beschreiben?"

„Kurzer, heller Trenchcoat, schwarze Highheels, schwarze Spitzenstrumpfhose. Was sie unter dem Mantel trug, kann ich nicht sagen, da er nicht offen war. Ach ja, und noch eine schicke, kleine Handtasche in Rot."

„Hat sie etwas zu Ihnen gesagt?" erkundigte sich Samir.

„Nein, nur kurz gewunken. Sie wirkte im Gegensatz zum Morgen richtig fröhlich."

„Danke Yuri, das wär's fürs Erste", entließ Karin ihn.

„Denkst du, sie hat sich für ihre Freundin Helga so aufgedonnert?" fragte Samir.

„Ich bezweifle das. Wir fahren jetzt ins Hilton und fragen sie. Laut Quellborn waren die beiden ja gestern Mittag miteinander verabredet."

Sie hatten das Auto noch nicht erreicht, als Samirs Smartphone klingelte. „Al Capone hat uns ein R geschickt", teilte Marco ihm mit. „Kommt am besten gleich her."

„Wird gemacht", erwiderte Samir und zog Karin mit sich: „Kleine Planänderung. Wir müssen ins Präsidium. Es gibt wieder eine E-Mail."

Sechs

„Was soll das denn sein?", rätselte Samir, als er auf den Monitor von Marcos PC schaute. „Da ist ja alles komplett schwarz und überhaupt nichts zu erkennen."

„Das heißt aber nicht, dass da auch nichts ist", belehrte ihn sein Kollege.

„Was soll das nun wieder heißen?"

„Das könnte ein Raum ohne Licht sein, in dem sich alles Mögliche befindet."

„Also auch Sieglinde Sonnentau!", stellte Karin fest.

„Korrekt."

„Wenn sie tatsächlich in der Gewalt ‚unseres' Mörders ist, lebt sie vielleicht noch. Alle Botschaften trafen ja Stunden vor den Morden ein", folgerte Samir. „Wir müssen die Suche nach ihr intensivieren."

„Und weißt du auch, wo wir anfangen sollen?", seufzte Marco wenig zuversichtlich.

„Bei Helga Holler. Sie könnte die Vermisste zuletzt gesehen haben“, mischte Karin sich ein, griff nach dem Telefonhörer und wurde umgehend zu deren Zimmer durchgestellt. Die Kommissarin erklärte mit knappen Worten, was geschehen war.

Helga Holler bekannte offen, dass es zu keinem Treffen gekommen war. „Ich habe sie gestern gar nicht gesehen. Sie benutzt mich ganz gern als Ausrede Friedrich gegenüber. Er kann mich nämlich nicht ausstehen und geht jeder Begegnung mit mir aus dem Weg. Gestern wird sie es genauso gemacht haben.“

„Ich möchte Sie trotzdem sprechen. Geht das?“

„Bis um dreizehn Uhr bin ich noch hier, dann habe ich eine Veranstaltung.“

„Ich komme sofort.“

„Gut, dann sehen wir uns gleich“, verabschiedete sich die Autorin und nannte noch ihre Zimmernummer.

„Ihr beide begleitet mich“, forderte sie ihre Kollegen auf. „Während ich mit Frau Holler rede, befragt ihr das Hotelpersonal. Laut der Handyortung hielt sie sich kurz vor ihrem Verschwinden dort auf, vielleicht in der Weinstube, dem Restaurant oder einem der Zimmer. Habt ihr ein Foto von ihr zwecks Identifizierung?“

„Klar“, antwortete Marco und hielt sein Smartphone hoch.

Im Hilton trennten sich ihre Wege, und Karin ging auf das Zimmer der Autorin, während Samir das Personal der Weinstube und Marco das des Restaurants befragte.

Helga Holler war Ende fünfzig, eine aparte Erscheinung und wirkte sehr selbstbewusst. Ihr wallendes Kleid aus dunkelgrün eingefärbtem Hanf hatte einen extravaganten Schnitt, ihre Schuhe erschienen weniger chic als bequem.

Das grau gesträhnte, wellige Haar fiel offen über ihre Schultern und sie trug kaum Make-up. Sie war eine Frau, die Eindruck machte.

„Ich sorge mich ernsthaft um Sieglinde", bemerkte die Autorin. „Sie ist die Zuverlässigkeit in Person und würde nie verschwinden, ohne mir Bescheid zu geben."

„Aber ihrem Mann würde sie es nicht sagen?", vergewisserte sich die Kommissarin.

Helga Holler zögerte. „Mit ihrer Ehe stand es nicht zum Besten. Sie wollte schon lange weg von ihm, aber ihr fehlten die Mittel und der Mut. Doch das war einmal, bald ist sie finanziell unabhängig."

„Könnten Sie mir das näher erläutern?"

„Eigentlich ist es noch ein Geheimnis. Aber unter den gegebenen Umständen wird sie es mir bestimmt verzeihen. Sie sagen ihrem Mann aber nichts davon?"

„Nein", versicherte Karin.

„Also gut. Vor etlichen Monaten hatte sie ihren Kinderrätselkrimi „Die Spurenleser" verschiedenen Literaturagenturen angeboten. Eine sprang darauf an, die meines Wissens Wortreich oder so ähnlich heißt, und brachte den Roman tatsächlich bei einem renommierten Kinderbuchverlag unter. Das war eine echte Überraschung, denn der Markt für Kinderbücher ist hart umkämpft. Das Buch verkauft sich sehr gut, was auch an den hübschen Illustrationen liegt. Aber von einem Einmalseller kann man auf Dauer nicht leben. Sieglinde hat vor Kurzem erfahren, dass die Agentur drei weitere Bücher plant und das erste Buch als Animationsfilm nächstes Jahr zu Weihnachten in die Kinos kommen soll. So viel Glück hätte ich auch einmal gern", seufzte Helga Holler. „In den nächsten Tagen soll sie übrigens den Vertrag unterschreiben und könnte dann endlich auf eigenen Füßen stehen."

„Wusste ihr Mann, dass sie einen Literaturagenten hat?"

„Iwo. Friedrich interessiert sich nur für sich. Meist hört er ihr gar nicht zu, wenn sie über ihren Beruf spricht."

Das erklärte, warum er ihnen bei seiner Vermisstenanzeige nichts davon gesagt hatte. Es überraschte Karin nicht sonderlich, dass auch Sieglinde Sonnentau am Anfang eines großen Erfolgs stand, genau wie es bei Paul Meyerbrinck und Lutz Claasen der Fall gewesen war. Neid als Mordmotiv lag durchaus im Bereich des Möglichen. Dennoch grübelte sie, was ein Island-Thriller, eine Action-Serie und ein Kinderkrimi gemeinsam hatten. Die Sparten waren eigentlich viel zu unterschiedlich. „Sie scheinen mehr von ihr zu wissen als ihr eigener Mann ", setzte sie die Befragung fort.

„Das stimmt. Sie hatte seine Bevormundung satt und erzählte ihm deshalb kaum noch etwas. Aber wir pflegten eine besondere Freundschaft, die vor allem auf unserem Beruf basiert. Typische Frauenthemen bieten uns eigentlich keinen Gesprächsstoff. Wir unterhalten uns über Kunst, Literatur und Politik. Mode und Männer sind in der Regel tabu, ohne dass wir uns darauf geeinigt hätten. Es liegt einfach in der Natur der Dinge. Sieglinde interessiert sich nicht fürs Shoppen und Klamotten und ich mich nicht für die Vertreter des männlichen Geschlechts."

„Männer sind demnach für Ihre Freundin sehr wohl ein Thema?"

„Früher nicht, in letzter Zeit aber schon", gab sie nach kurzem Zögern zu.

Karin erinnerte sich an Samirs Vermutung, dass Sieglinde Sonnentau eine Affäre mit dem ersten Mordopfer gehabt haben könnte. „Hatte sie ein Verhältnis mit Meyerbrinck?"

„Wie kommen Sie denn darauf?", kam es wie aus der Pistole geschossen.

„Sie wissen, dass er tot ist?"

Die Autorin nickte. „Ich habe heute Morgen erfahren, dass er ermordet wurde."

„Er wohnte im selben Hotel wie Ihre Freundin. Wir haben nach seinem Tod routinemäßig alle Gäste befragt, und ein Kollege sprach deshalb auch mit ihr. Dabei wirkte sie bedrückt und vermittelte ihm den Eindruck, dass die beiden mehr als nur die Leidenschaft fürs Schreiben verband."

Helga Holler runzelte die Stirn. „Ihr Kollege scheint ein ungewohnt sensibles Exemplar der männlichen Gattung zu sein und liegt mit seiner Vermutung richtig. Vielleicht sollte ich meine Einstellung Männern gegenüber noch einmal überdenken?"

Karin verkniff sich ein Grinsen. Zwar gab Samir bei Befragungen gern den Frauenversteher, um so an Informationen zu gelangen, die Karin manchmal verwehrt blieben, aber die Vorstellung, dass ihn jemand so offenkundig als einfühlsam bezeichnete, hätte ihm nicht sonderlich behagt. „Das mit Sieglinde und Meyerbrinck begann vor gut einem Jahr auf der letzten Mordiale. Ich will Sieglinde jetzt nicht herabsetzen, aber ich habe mich immer gefragt, was er an ihr fand. Sie entsprach nämlich nicht seinem Typ. Er stand eigentlich auf junge Rothaarige. Denken Sie, ihr Verschwinden hat etwas mit seinem Tod zu tun?"

„Das weiß ich nicht."

„Ich hoffe, dass Sie Sieglinde finden – und zwar lebend", sagte Helga Holler schließlich mit belegter Stimme.

„Wir setzen alles daran", versprach Karin, auch wenn die Zeichen dafür eher schlecht standen. „Falls Ihnen noch etwas einfällt, gebe ich Ihnen meine Visitenkarte. Sie können mich gern jederzeit anrufen."

„Sagen Sie mir Bescheid, wenn Sie Sieglinde gefunden

haben, egal wie die Umstände sind?“, bat Helga Holler die Kommissarin noch.

„Das tue ich.“

In der Lobby warteten Samir und Marco. Sieglinde Sonnentau war nicht im Restaurant gewesen, dafür aber in der Weinstube, wie Samir herausgefunden hatte. „Eine Servicekraft identifizierte sie auf Anhieb. Sie traf sich mit einem Mann, und es schien um etwas Geschäftliches zu gehen, denn sie unterzeichnete ein paar Papiere. Er kam vor ihr und orderte zur Feier des Tages – wie er der Bedienung gegenüber erwähnte – Prosecco und Pralinen. Es stand alles bereit, als Frau Sonnentau eintraf, und er beglich auch direkt die Rechnung. Anscheinend wollte er sich damit später nicht aufhalten. Nachdem sie unterschrieben hatte, tranken sie den Prosecco, sie deutlich mehr als ihr Begleiter. Als sie nach gut einer Stunde gingen, war sie nicht mehr ganz sicher auf den Beinen, und er stützte sie.“

„Mir kommt das nicht ganz koscher vor“, bemerkte Karin. „Da die Flasche und die Gläser schon vorher gebracht wurden, hätte er doch etwas hineintun können. K.-o.-Tropfen zum Beispiel.“

„Stimmt. Ich habe die Kellnerin darauf angesprochen, sie hat aber nichts bemerkt. Wir dürften auch kaum noch brauchbare Spuren finden. Die Gläser sind inzwischen gespült, die Sektflasche ist entsorgt, der Tisch abgewischt. Da es sich um Polsterstühle handelt, gibt es bestimmt keine verwertbaren Abdrücke. Aber es befanden sich eine kleine Karte mit Hinweisen auf das Tagesmenü sowie eine Blumenvase und ein Kerzenhalter samt Kerze auf dem Tisch. Viel Hoffnung mache ich mir zwar nicht, denn die Sachen wurden inzwischen von etlichen Personen berührt. Trotzdem habe ich sie beschlagnahmt. Das Mobiliar ließ ich in einen separaten Raum schaffen, damit Martin es kriminaltechnisch untersuchen kann. Er ist schon informiert und will das noch im Laufe des Tages erledigen."

„So weit, so gut", seufzte Karin. „Wie steht es mit einer Personenbeschreibung?"

„Der Mann ist mittelgroß, normal schlank, trug einen modernen Anzug, einen Borsalino, eine Pilotenbrille mit getönten Gläsern und einen Bart wie der Graf von der Band Unheilig. Auch das klingt nicht gerade vielversprechend. Unsere Zeugin kommt nach Schichtende ins Präsidium, damit wir ein Phantombild erstellen können", beendete Samir seine Ausführungen.

Karin berichtete, was sie von Helga Holler erfahren hatte. „Sieglinde Sonnentau sollte in diesen Tagen mehrere Verträge für weitere drei Romane sowie die Filmrechte für ihren letzten unterzeichnen. Es könnte also ihr Literaturagent gewesen sein, mit dem sie sich traf."

„Aber warum sollte er seine Starautorin entführen und womöglich töten wollen? Das ist doch paradox", entgegnete Marco.

„Außer, ihr Mörder wusste davon, schlüpfte in diese Rolle und lockte sie so unter Vorspiegelung falscher Tatsachen in die Falle."

„Das wäre denkbar. Aber wie sollte er davon erfahren haben?", wunderte sich Samir.

„Keine Ahnung. Was ich aber inzwischen weiß, ist, dass sie genau wie Meyerbrinck und Claasen kurz vor ihrem großen Durchbruch stand. Sie hatte einen fetten Vertrag an Land gezogen, der ihr über Jahre ein sicheres Einkommen beschert hätte, und das scheint jemandem nicht zu passen. Sobald wir im Präsidium sind, machen wir ihre Agentur ausfindig, um uns dort nach ihr zu erkundigen. Frau Holler glaubt, sie heißt ‚Wortreich' oder so ähnlich. Sie dürfte schnell gefunden sein."

Sieben

Viola Sommer und ihre Schwester Heide saßen in dem kleinen Büro und berieten über die anstehende Abendveranstaltung. „Sollen wir die Lesung nicht besser abblasen?", fragte Viola.

„Ich weiß nicht. Es wäre den Autoren wie auch dem Publikum gegenüber ein Affront."

„Das ist ein Mord auch! Ich finde es nach wie vor etwas pietätlos, so zu tun, als sei nichts geschehen."

„Mir geht es ähnlich wie dir, aber du musst bedenken, dass wir ein Unternehmen zu führen haben. Sagen wir ab, während die Veranstalter das Krimifestival weiterlaufen lassen, würde das für Verstimmungen sorgen. Wir haben gerade erst eröffnet und wollen uns etablieren, da können wir keine schlechte Reklame brauchen", gab Heide zu bedenken.

Viola fühlte sich unwohl. Aber die Argumente ihrer Schwester waren nicht von der Hand zu weisen. „Einigen wir uns auf einen Kompromiss: Solange es keine schlechten Nachrichten über Frau Sonnentau gibt, belassen wir es dabei. Sollte ihr aber etwas zugestoßen sein, gibt es keine Lesung."

„In Ordnung", stimmte Heide ihr zu und wurde plötzlich nachdenklich. „Findest du es nicht auch seltsam, dass ausgerechnet unser Hotel betroffen ist und das, wo wir erst so kurz im Geschäft sind? Glaubst du an einen Zufall?"

Viola Sommer blickte ernst. „Nein, das ist mir auch schon durch den Kopf gegangen."

„Denkst du, der Mörder befindet sich unter unseren Gästen?“

„Ich kann es mir nicht vorstellen. Aber was heißt das schon?“

„Was ist mit den Angestellten? Würdest du für die deine Hand ins Feuer legen?“

„Für sie gilt das Gleiche. Letztendlich wissen wir nicht, was in ihren Köpfen vorgeht. Aber welche Verbindung sollte es zwischen einem von ihnen und Paul Meyerbrinck oder Frau Sonnentau geben?“

„Womöglich sind wir einfach nur blind“, sagte Heide besorgt. „Ich werde jedenfalls meine Augen offen halten.“

„Ich auch. Und nun zu heute Abend“, lenkte Viola das Gespräch wieder auf die Veranstaltung. „Ich hatte zu Beginn der Woche die Zeitungen informiert, aber bislang keine Reaktion bekommen. Heute früh haben sich dann gleich drei Journalisten angesagt, und zwar zwei von der hiesigen Presse, einer von einem überregionalen Blatt.“

„Gehst du davon aus, dass sie wegen der Ermordung von Herrn Meyerbrinck kommen?“

„Ich weiß es nicht, denn die Polizei hat bisher unser Hotel aus den Mitteilungen herausgehalten.“

„Mich wundert es, dass noch kein Reporter hier aufgetaucht ist. Die ersten belagern schon den Brunnen und zeichnen ihre Moderationen dort auf. Es dürfte doch für sie nicht schwer sein, die Hotels ausfindig zu machen, in denen Festivalteilnehmer wohnen, und sie der Reihe nach abzuklappern“, stellte Heide fest.

„Das wird wohl ihr nächste Schritt sein. Aber auf diese Art von Publicity können wir gern verzichten. Spätestens das Verschwinden von Frau Sonnentau wird die Journalisten auf den Plan rufen. Wir sollten unser Personal darauf einschwören, nichts zu sagen. Vor allem Yuri muss ich das eintrichtern. Der Gedanke, dass heute Abend ein Kommissar anwesend sein wird, ist doch irgendwie beruhigend."

„Ein wenig, ja. Irgendwie habe ich das Gefühl, als liefen hier bei uns ein paar Fäden zusammen, und das gefällt mir ganz und gar nicht."

Acht

Karin hatte sich geirrt. Die Literaturagentur von Sieglinde Sonnentau war keineswegs schnell gefunden, die Suche gestaltete sich als äußert zeitraubend. Beinah hätte sie darüber wieder ihren Termin beim Psychotherapeuten versäumt, doch die Erinnerungsfunktion ihres Handys wies sie auf die Verabredung hin. Immer noch nicht ganz vom Sinn des anstehenden Gesprächs überzeugt, beschloss sie, dieses Mal hinzugehen, allein schon, um es sich nicht mit dem Leiter des K11 zu verderben.

Samir und Marco, der für heute mit seinem Laptop in ihr Büro gewechselt war, stöberten schweigend im Internet. Unter Wortreich firmierten zahlreiche Buchhandlungen, Museen, Textagenturen, Sprachtrainingsangebote und Praxen von Logopäden, aber keine Literaturagentur. Deshalb versuchten sie es mit verschiedenen Wortkombinationen. Sie hatten außerdem versucht über Sieglinde Sonnentaus Verlag den Namen herauszufinden, dort aber wegen einer Betriebsversammlung niemanden erreicht.

Als Karin ihnen Bescheid gab, dass sie einen Termin habe und deshalb für eine Stunde weg müsse, sahen sie noch nicht einmal von den Bildschirmen auf. Schweren Herzens machte sie sich auf den Weg.

Kurz vor ihrem Termin kam sie in der Praxis an und nur wenig später wurde Karin in das Behandlungszimmer gebeten. Es gab nur wenige, dafür exquisite Möbelstücke. Auf kalte Farben war verzichtet worden, zwei Holzskulpturen zogen die Blicke auf sich und eine Pflanzenwand aus lebenden irischen Flechten setzte einen natürlichen Farbtupfer. Dezente Beleuchtung komplettierte das Gesamtkonzept.

Plötzlich öffnete sich eine Seitentür. Ein Mann von gigantischen Ausmaßen trat ein und saugte alles Licht auf. Die Wände schienen zusammenzurücken und Karin schrak bei seinem Anblick kurz zusammen.

„Akromegalie oder auf Deutsch: drüsenbedingter Riesenwuchs", beantwortete Dr. Julius van den Krachten Karins unausgesprochene Frage mit dröhnender Stimme. „Das ist eine endokrinologische Erkrankung, bedingt durch einen Tumor der Hypophyse, also der Hirnanhangdrüse, der vermehrt das Wachstumshormon Somatotropin produziert. Glücklicherweise konnte er bei mir entfernt werden, sodass ich die zwei Meter fünfundzwanzig nicht überschreiten werde", erklärte er weiter und nahm in einem Sessel Platz, der seinen gewaltigen Gliedmaßen gerade so gerecht wurde.

„Wie bitte? Ich verstehe nicht recht", verhaspelte Karin sich.

„Bei der ersten Begegnung erläutere ich in der Regel mein Aussehen, um den Menschen ihre Scheu zu nehmen. Ich weiß, welche Reaktionen ich bei anderen auslöse. Deshalb spreche ich das offen an. Die wenigsten haben ihre Gefühle allerdings so gut im Griff wie Sie. Ihr Erstaunen dauerte nur kurz."

„Ich wollte nicht unhöflich sein", entschuldigte sie sich.

„Das waren Sie nicht. Ihr Verhalten entsprach einer unbekannten Situation. Es hat mir aber auch gezeigt, dass Sie ein

Mensch sind, der sich unter Kontrolle hat. Die Frage ist nur: Ist das auch gut für Sie?"

Karin fühlte sich von seiner Diagnose überrumpelt. Sie selbst sah sich ganz anders. Gewiss, sie handelte überlegt und selten spontan, aber das brachte ihr Beruf mit sich. „Ich sehe mich keinesfalls als Kontrollfreak", wehrte sie sich.

Er lächelte. „So meinte ich das auch nicht. Sie schließen nur Ihre Empfindungen in Ihrem Innern ein, wie das die meisten Westeuropäer tun. Irgendwann führt das jedoch zu einem Gefühlsstau. Sie sollten sie herauslassen, der Mensch muss nicht immer nur funktionieren. Er braucht emotionalen Freiraum, und wird dieser ihm nicht gewährt, kann das schwerwiegende gesundheitliche Konsequenzen haben", belehrte er sie. „Ich schätze, Sie kommen nicht ganz freiwillig?"

Karin nickte verlegen. „Mein Chef drängte mich."

„Inwiefern?"

„Er denkt, es täte mir gut, über eine gewisse Sache zu reden, die etliche Jahre zurückliegt."

„Und Sie teilen seine Meinung nicht?"

Karin senkte den Blick. „Ich halte es für unnötig, weil ich alles längst verarbeitet habe. Vor allem, da mir bewusst ist, dass ich nicht anders handeln konnte, wenn ich die Frau retten wollte. Die Verhältnismäßigkeit zum Einsatz meiner Waffe wurde gewahrt, und ich befolgte genau die Dienstanweisungen. Zuerst feuerte ich einen Warnschuss ab, der ignoriert wurde. Dann folgte der gezielte Schuss – mit bekanntem Ausgang."

„Sie hören sich an, als stünden Sie vor einer Untersuchungskommission. Statt mir zu erklären, was vorgefallen ist, bringen Sie Entschuldigungen für Ihr Handeln vor. Das klingt, als beteten Sie ein Mantra vor, statt sich aktiv damit auseinanderzusetzen. Ihr Verstand mag diesen Vorfall akzeptieren, aber was ist mit Ihrer Psyche?“

„Was soll damit sein? Ich bin völlig okay, wirklich.“

„Haben Sie häufig Kopfschmerzen, sind Sie oft müde, abgespannt und manchmal auch gestresst?“

„Stress ist für mich positiv. Müde bin ich nach einem langen Arbeitstag, wenn er vor sechs Uhr begonnen hat und erst nach 20 Uhr endet, und abgespannt fühle ich mich, wenn ich keinen Urlaub bekomme.“

„Was ist mit Ihren Kopfschmerzen?“, beharrte er und legte den Finger genau auf Karins Schwachstelle.

„Ich habe seit meinem siebzehnten Lebensjahr Migräne. Demnach besteht kein Zusammenhang zu dem tödlich verlaufenen Einsatz“, sperrte sie sich.

„Es kann aber sein, dass sich Ihre Migräne deshalb verstärkt.“

„Das wäre mir aufgefallen.“

Er ließ das unkommentiert stehen und schwieg so lange, bis es ihr unangenehm wurde. „Wissen Sie, dass besonders Menschen, die einen Hang zum Perfektionismus haben, unter Migräneattacken leiden?“

„Ich habe so etwas schon einmal gehört“, gab sie widerstrebend zu.

„Ich mache Ihnen einen Vorschlag: Da Sie nur ungern über die Angelegenheit reden, lassen wir sie beiseite und konzentrieren uns auf Ihre Kopfschmerzen. Ich kann Ihnen Entspannungsmethoden zeigen, die die Attacken mildern, und wir könnten gemeinsam nach den Triggern suchen, die einen Anfall auslösen, um diese, wenn möglich, zu eliminieren. Sind Sie damit einverstanden?“

Karin zögerte. Sie hasste ihre Kopfwehattacken, die sie oft stundenlang, manchmal sogar tagelang außer Gefecht setzten und ans Bett fesselten und sie so in die Isolation trieben. Deshalb entschied sie sich, das Angebot anzunehmen. „Dazu wäre ich bereit.“

„Gut, dann zeige ich Ihnen gleich die ersten Übungen“, schlug er vor und begann.

Karin befolgte seine Anweisungen, die ihr anfangs etwas albern vorkamen, die sich aber bald als hilfreich herausstellten. Sie war beinah enttäuscht, als die Zeit um war.

„Wenn Sie die Behandlung fortsetzen wollen, lassen Sie sich doch bitte einen Termin geben. Und grüßen Sie Ihren Chef“, verabschiedete Dr. van den Krachten seine Patientin, und Karin war selbst ein wenig über sich erstaunt, dass sie das Angebot annahm.

Neun

Die Stimmungslage war gedrückt, als sich die Mitglieder der SoKo „Krimi“ zur Nachmittagsbesprechung zusammensetzten. Bis jetzt hatten sie Sieglinde Sonnentau nicht lebend finden können. Die Suche ging zwar unvermittelt weiter, aber sie rechneten nicht mit einem schnellen Erfolg. Ihnen allen war bewusst, dass mit jeder Minute, die verstrich, die Wahrscheinlichkeit abnahm, sie lebend zu finden. Bisher hatte der Mörder nur ein paar Stunden zwischen der Ankündigung seiner Tat und dem eigentlichen Verbrechen verstreichen lassen, und diese Spanne war längst überschritten.

Doc Waldner hatte den abschließenden Obduktionsbefund von Paul Meyerbrinck geschickt, der nur wenige neue Erkenntnisse brachte. Der Mageninhalt war das Einzige, das ihnen weiterhalf, denn er gab Aufschluss über seine letzte Mahlzeit. Er hatte gegen 20 Uhr zu Abend gegessen – und zwar Carpaccio, Scampi, Spaghetti, Salat und Käse – und gut eine Flasche Rotwein getrunken. Auf die Rebsorte wollte der Mediziner sich nicht festlegen, tippte aber auf einen Montepulciano aus den Abruzzen. Außerdem fand sich weiterer Alkohol, wie er in Cocktails vorkam. Meyerbrinck hatte ungefähr 1,5 Promille im Blut gehabt. Die anderen medizinischen Details interessierten die Beamten nicht weiter, aber noch heute würden sie anfangen, sich in den italienischen Restaurants nach Meyerbrinck zu erkundigen.

Martin Pfahl fasste die bisherigen Ergebnisse der kriminaltechnischen Untersuchung von Lutz Claasens Wagen zusammen, die ihm inzwischen von den hessischen Kollegen übermittelt worden waren. „Den Innenraum nehmen sie sich als Nächstes vor, aber da der Wagen stark zerstört ist, braucht das noch Zeit. Definitiv bestätigt ist, dass die Bremsleitungen so bearbeitet wurden, dass sie langsam aber sicher bei jedem Bremsvorgang an Wirkung verloren. Die ersten Kilometer dürfte Claasen noch nichts bemerkt und somit keinen Verdacht geschöpft haben. Erst als die kurvenreiche Strecke das Fahrzeug beanspruchte, kam es zu den Ausfällen. Auch der Zug der Handbremse war angeschnitten. Da der Mercedes ein Automatikgetriebe besaß, hatte Claasen keine Chance, den Wagen anzuhalten, ohne einen Unfall zu riskieren. Und bevor ihr fragt: Es ist keine spezielle Ausbildung vonnöten, um das zu bewerkstelligen. Ein Blick ins Internet genügt. Wenn man nicht gerade zwei linke Hände hat, kann das beinah jeder. Auf Claasens Grundstück fanden sich ein paar Tropfen Bremsflüssigkeit, demnach wurde die Manipulation dort vorgenommen. Einen kleinen Hoffnungsschimmer gibt es allerdings: Wir haben die Abdrücke einer Zange. Jedes Werkzeug erfährt nach einiger Zeit durch seinen Benutzer charakteristische Marken, die eindeutige

Spuren hinterlassen. So ist es auch in unserem Fall. Die Zange ist nicht fabrikneu und schon länger in Gebrauch. Da war unser Mörder etwas leichtsinnig, womöglich weil er das nicht wusste. Sie kann uns zu ihm führen, vorausgesetzt, sie wurde noch nicht weggeworfen. Ansonsten hat genau wie bei Meyerbrinck niemand etwas gesehen oder gehört. Die Reifenspuren an der Bushaltestelle bringen uns auch nicht weiter. Es ist ein gängiges Format, das massenweise produziert wird, und auch die Schuhabdrücke stammen von Billigturnschuhen aus dem Discounter."

„Warum gab es eigentlich bisher noch keine Mitteilungen über Claasens Tod in den Medien?", wollte Samir wissen.

„KHK Kron hält das aus ermittlungstaktischen Gründen noch zurück, geht aber morgen früh damit an die Presse", erklärte Groß. „Was erbrachte die Durchsuchung von Claasens Büro?"

„Wir haben seinen Dienstlaptop und seinen Organizer beschlagnahmt. Obwohl Organizer reichlich übertrieben ist. Er benutzte einen einfachen Tischkalender, der aber ziemlich vollgekritzelt ist. Ein Termin stach uns besonders ins Auge, weil er mit Rotstift dick umrandet war. Er hatte im Januar dieses Jahres ein Arbeitswochenende, das er mit ‚DS' und ‚F' versehen hat. Wir überprüfen seine Kontakte, ob dahinter Namenskürzel stecken könnten. Auf dem Notebook fanden sich Gedankenspiele zu dem bereits erwähnten neuen Serienkonzept. Das Passwort war zwar gesichert, aber Marco konnte es knacken. Das Format weicht von Claasens bisheriger Arbeit ab. Da wird kaum tiefschürfend ermittelt, sondern eher wild rumgeballert, massenhafte Autocrashs und Explosionen inklusive. Um es auf den Punkt zu bringen: Statt bedeutungsschwangerer Dialoge à la Derrick gibt es jede Menge Action samt bissigem Sarkasmus", erklärte Christina.

„Wir haben seine Sekretärin gefragt, ob es außer seiner geplanten Teilnahme an der Mordiale weitergehende berufliche Beziehungen zu den Krimiautoren gab", fuhr Martin Pfahl fort. „Sie erinnerte sich, dass er vor mehr als zwei Jahren an einem Krimifestival teilgenommen hat, das in Lyon stattfand. Dort kamen Autoren, Drehbuchschreiber, Medienleute und Schauspieler zusammen. Angeblich hielt er einen Workshop ab, und zwar in Französisch. Sofort nachdem wir davon erfuhren, nahmen wir Kontakt mit den Organisatoren auf und baten sie, uns das Programm und die Teilnehmerliste zu schicken. Beides ist gerade eben als PDF-Datei gekommen, aber da unsere Sprachkenntnisse nur marginal sind und die Zeit knapp war, konnten wir das noch nicht intensiv prüfen, doch viele deutsche Namen tauchen nicht auf. Ich denke, dass das eine Sackgasse ist und uns nicht weiterbringt."

„Dieser Steve Cohen, den Claasen feuerte, ist übrigens nicht nur Seriendarsteller, sondern macht auch Kinofilme. Wir haben ihn noch nicht befragen können, da er heute den ganzen Tag irgendwo im Rhein-Main-Gebiet dreht. Wir werden es aber noch nachholen", beendete Christina ihre Ausführungen.

„Gibt es sonst irgendwelche Erkenntnisse?", fragte Groß und blickte in die Runde.

„Laut Helga Holler standen Sieglinde Sonnentau kapitalträchtige Veränderungen bevor, genau wie es bei Claasen der Fall gewesen wäre und bei Meyerbrinck bereits geschehen ist. Demnach käme Neid als Motiv in allen drei Fällen in Frage, obwohl ich es nicht für ausreichend stark halte", berichtete Karin.

Marlene lehnte sich vor und schaute ihre Kollegen an. „Also ist der gemeinsame Nenner der bereits eingetretene beziehungsweise der zu erwartende Erfolg, von dem wohl jeder in diesem Geschäft insgeheim träumt. Meist bleibt es bei Luftschlössern, aber die Träume der Opfer haben sich erfüllt. Manche Menschen tun alles, um ins Blitzlichtgewitter zu gelangen und so etwas Ruhm abzubekommen – angefangen von prestigeträchtigen Beziehungen über kleine Sexskandälchen sowie Busenblitzer bis hin zu allen erdenklichen Schönheits-OPs. Deshalb finde ich Ihre Vermutung, Neid sei das Motiv, gar nicht so abwegig."

„Busenblitzer?", warf Groß ein.

Marlene errötete leicht. „Das ist, wenn Stars oder Sternchen wie zufällig ihren Busen ganz oder teilweise entblößen, um die Aufmerksamkeit der Reporter auf sich zu ziehen."

„Aha! Das muss man also nicht unbedingt kennen", bemerkte Groß, der mit der Boulevardpresse nichts am Hut hatte.

Marco übernahm. „Übrigens helfen uns die Telefonverbindungen von Herrn Meyerbrinck und Frau Sonnentau auch nicht weiter. Wir haben sie überprüft. Es gibt keine Nummer, die unverhältnismäßig oft auftaucht. Was allerdings auffällt, sind Anrufe aus öffentlichen Telefonzellen. Beide haben ein paar Stunden vor ihrem Tod bzw. ihrem Verschwinden einen solchen erhalten. Meyerbrinck aus Mainz, Frau Sonnentau vom Frankfurter Hauptbahnhof. Im Fall von Meyerbrinck könnte es sich um eine Verabredung für den Abend gehandelt haben ", schob Marco hinterher.

„Apropos Vertrag", hakte Alex Groß nach. „Hat jemand bei der Literaturagentur von Frau Sonnentau nachgefragt, ob es wirklich zu einem Treffen wegen des Vertragsabschlusses kam?"

„Äh, Marco und ich sind dran", stammelte Samir. „Die Suche ist nicht gerade einfach, da der Name, den uns Frau Holler gab, anscheinend nicht korrekt ist."

„Kann Quellborn uns nicht weiterhelfen?"

„Ich habe versucht, ihn anzurufen, aber er geht nicht an's Telefon, und im Hotel ist er auch nicht. Und laut Frau Holler wusste er überhaupt nichts davon. Wir müssen die Agenturen der Reihe nach den Autoren durchgehen, die sie vertreten. Das kann allerdings dauern und es ist Wochenende, sodass dort niemand zu erreichen sein dürfte."

„Hoffentlich nicht zu lange!", erwiderte Groß. „Mir ist aber etwas Anderes aufgefallen, das relevant sein könnte. Ehrlich gesagt, brachte mich meine Frau auf diesen Gedanken. Sie ist ein Fan von Meyerbrinck und besitzt all seine Bücher. Als sie von seinem Tod erfuhr, war sie zunächst entsetzt, aber dann hat sie mir haarklein alles über ihn erzählt, was eine geschlagene Stunde dauerte", seufzte er. „Vor euch sitzt jetzt ein Experte in Sachen Meyerbrinckscher Erzählkunst. Mit seinem letzten Buch hat er sich von seinem alten Ermittlungsteam getrennt und sowohl den Ort wie auch die Protagonisten verändert. Er führte die Figur eines isländischen Kommissars ein, der in Reykjavik ermittelt, was ja bereits hinlänglich bekannt ist. Meiner Frau sind aber zwei Dinge aufgefallen: Zum einen hat er einen innovativen Stil entwickelt, der völlig von dem seiner vorherigen Bücher abweicht, beinah so, als hätte er sich neu erfunden. Zum anderen besitzt er scheinbar profunde Kenntnisse über Island, was sowohl Landschaft wie auch Gesellschaft, Politik und die sozialen Umstände angeht. Alles ist schlüssig, man könnte fast glauben, er sei ein Einheimischer. So weit, so gut, was aber überhaupt nicht dazu passt, ist der Name seines Ermittlers. Obwohl er ein Mann ist, trägt er einen weiblichen Familiennamen."

„Wie geht das denn?", fragte Karin Weber.

„Dazu muss man die isländischen Gepflogenheiten der

Namensgebung kennen, was ihr ja vielleicht bereits tut. Aber ich will es trotzdem näher ausführen. Dort ist es nämlich so, dass bei einem Sohn ‚son' an den Namen des Vaters angehängt wird, bei einer Tochter ist das ‚dóttier'. Um es verständlicher zu machen: Heißt der Vater Erik, ist der Nachname des Sohnes Eriksson und der der Tochter Eriksdóttier. Die Ermittlerfigur heißt aber in der Erstausgabe Atli Sindrisdóttier. Der Vorname ist männlich, aber nicht der Nachname. Die Frage ist nun, wie das sowohl dem Lektorat wie auch ihm als Autor durchgehen konnte, wo er doch ansonsten so perfekt Bescheid wusste? Ich habe in seinem Verlag angerufen und mit der Assistentin des Verlegers gesprochen, da ihr Vorgesetzter außer Haus ist. Sie behauptete, es sei ein Versehen gewesen und in der zweiten Auflage sofort korrigiert worden. Meyerbrinck entschuldigte es damit, dass er zunächst eine Detektivin ermitteln lassen wollte und sich erst kurz vor der Abgabe anders entschied. Er ersetzte ihren Vornamen durch einen männlichen, vergaß aber den Nachnamen zu ändern."

„Ich finde, das klingt etwas fadenscheinig. Mit der ‚Ersetzen'-Funktion ist das doch ein Klacks. Abgabestress hin oder her, das dauert höchstens ein paar Minuten. Für mich hört sich das eher nach Unwissenheit an", bemerkte Marco.

„Stimmt, aber widerlegen lässt sich das auch nicht. Trotzdem gab es kaum Beschwerden darüber und das überrascht mich. Nachdem Island Ehrengast auf der Buchmesse 2011 war, sollte man annehmen, dass das bekannt sei. Aber dem ist wohl nicht so. Allerdings reichte Meyerbrinck das Manuskript auch etliche Wochen vor der Messe ein."

Groß räusperte sich und trank einen Schluck Wasser. „Intern gehen wir von einer Serie aus, haben aber bisher weder die Bevölkerung noch die Veranstalter dahingehend informiert. Sollten die Buchstaben des Betreffs der E-Mails tatsächlich MORD ergeben – was sich wohl leider zu bewahrheiten scheint – sind noch zwei weitere Verbrechen geplant, und ich fürchte, Frau Sonnentau ist Opfer Nummer drei. Personaltechnisch sind wir aufgrund der Kürze der Zeit nicht in der Lage, alle Veranstaltungen zu schützen. Ich würde am liebsten diesen ganzen Event abblasen, wogegen sich allerdings die Veranstalter immer noch sträuben. Sie fürchten ein organisatorisches Chaos sowie Regressforderungen aller Beteiligten. Für einen solchen Fall sind sie nämlich nicht versichert. Trotzdem lasse ich von der Staatsanwaltschaft prüfen, ob wir nicht von Rechts wegen einen entsprechenden Erlass erwirken können. Auch wenn jetzt Wochenende ist und nicht jeder von euch Dienst hat, bitte ich darum, dass alle jederzeit einsatzbereit sind."

Nichts anderes hatten sie erwartet.

Zehn

Viola Sommer hatte Samirs Wunsch entsprochen und einen Stuhl in den hinteren Reihen reserviert. So saß er weit genug von Herlinde von Hachenburg entfernt und konnte zugleich den Raum gut überschauen. Die Bar war dem Anlass entsprechend hergerichtet, und es herrschte eine schummrig-schaurige Atmosphäre. Allerdings hatte Samir den Fehler begangen, statt Rotwein den roten Begrüßungscocktail zu nehmen, der ihm viel zu süß war. Er trank trotzdem etwas davon, um nicht unhöflich zu erscheinen, stellte ihn dann aber auf dem Tisch ab, ohne ihn noch einmal anzurühren.

In der augenblicklichen Situation war es sowieso besser,

ganz auf Alkohol zu verzichten. Diese Morde waren seine ersten, seit er aus dem Kosovo zurück war, und dann auch gleich noch solche Kaliber, die seine volle Konzentration verlangten. Dabei hatte er nicht nur beruflichen Stress, auch privat lief es nicht gerade rund.

Seine jahrelange Beziehung war während seines Auslandsaufenthaltes zerbrochen und die Trennung setzte ihm immer noch zu, auch wenn er den schlimmsten Schmerz inzwischen bewältigt hatte. Da er erst seit Kurzem in Mainz war, wollte er sich einen neuen Freundeskreis aufbauen. Aber das erforderte viel Energie, die er im Augenblick nicht aufbringen konnte. Seine Arbeit fraß ihn auf und ihm blieb immer weniger Zeit für sich. Alles geriet ins Stocken und das gefiel ihm nicht, er hasste Stillstand.

Inzwischen war fast jeder Stuhl besetzt und Samir schaute sich prüfend um. Die Zuschauer wirkten allesamt unverdächtig. Die Männer waren in der Unterzahl, was Samir fast erwartet hatte. Drei Plätze neben sich erspähte er eine junge Frau, die im selben Moment zu ihm herübersah. Ihre Blicke kreuzten sich. Sie gefiel ihm, und er lächelte sie an. Nach kurzem Zögern lächelte sie zurück. Samir bemerkte, dass sie keinen Ring trug. Vielleicht würde er sie nach der Veranstaltung ansprechen. Einen Versuch war sie auf jeden Fall wert.

Viola Sommer begrüßte die Gäste und kündigte den ersten Autor an. Roger de Liernais zwängte sich durch das Publikum nach vorn und trat an den Stehtisch. Nachdem der Applaus verebbt war, öffnete er mit ausholender Geste sein Buch und strich mehrfach über den Falz, sodass die Seiten fest auflagen. Er räusperte sich, gab eine erläuternde Einführung und begann mit sonorer Stimme zu lesen.

Samir hatte befürchtet, bei de Liernais' Vortrag einzunicken, da er ziemlich müde war und sich außerdem nichts unter einem Science-Fiction-Krimi vorstellen konnte. Doch er wurde positiv überrascht: der Autor schaffte den Spagat zwischen beiden Genres.

Danach trat Serena Hofmeister vor das Auditorium, deren angenehme Stimmlage ihn langsam einzulullen begann. Trotz ihrer Wortgewalt, dem spannenden Plot und seinen Versuchen wachzubleiben wurde Samir vom Schlaf übermannt und erst durch das Klatschen des Publikums geweckt. Betreten schaute er sich um, ob jemand sein Nickerchen bemerkt hatte. Die hübsche Brünette zwinkerte ihm zu, und er zog entschuldigend seine Schultern hoch.

Den Abschluss bildete Herlinde von Hachenburg. Sie kam Samir heute Abend erstaunlich züchtig und deutlich schlanker vor als bei ihrer gestrigen Begegnung, und er führte dies auf das Schwarz ihres Kleides zurück. Allerdings zeugten der nietenbesetzte Lederriemen, den sie um den Hals trug und der an ein Hundehalsband erinnerte, sowie die hochhackigen schwarzen Lederstiefel mit roter Sohle von ihrer Extravaganz. Als sie ihre kleinen Sexspielsachen hervorholte und entsprechend drapierte, erntete sie anzügliche Lacher und empörtes Räuspern. Aber niemand stand auf und verließ den Raum.

Bereits beim ersten Satz versprühte sie eine unterschwellige Erotik, der sich auch Samir nicht ganz entziehen konnte. Dieser Abend verlief bisher weit angenehmer als erwartet. Samir lehnte sich entspannt zurück und hörte amüsiert zu. Herlinde von Hachenburg legte eine kurze Pause ein und nahm einen kräftigen Schluck aus ihrem Wasserglas. Sie atmete tief durch und las dann ein Kapitel, in dem sie äußerst plastisch ein Fesselspiel schilderte, bei dem sich ihr Protagonist tollpatschig anstellte und sich beinah selbst erdrosselte, was für Gelächter sorgte.

Die Autorin schien ganz in ihrem Text aufzugehen und begann an den entsprechenden Stellen zu hecheln. Mit jeder Zeile atmete sie schwerer, ihr Kopf rötete sich und sie schnappte schließlich regelrecht nach Luft. Man merkte ihr die zurückliegende Schauspielkarriere an, auch wenn sie etwas übertrieb, wie Samir fand. Als sie jedoch schwer zu keuchen begann und sich an die Kehle fasste, um das Halsband zu lockern, erkannte er, dass etwas nicht stimmte. Flink sprang er auf, preschte rücksichtslos nach vorn und fing Herlinde von Hachenburg gerade noch rechtzeitig auf, bevor sie von ihrem rosa Sessel kippte. Viola Sommer, Heide Manz und der Barkeeper eilten entsetzt herbei um zu helfen.

„Wir müssen sie hier rausschaffen!", rief Samir dem Mann zu. „Und Sie sichern das Glas mitsamt dem Inhalt", trug er den Frauen auf. „Lassen Sie es nicht aus den Augen und fassen Sie es vorsichtig an."

Viola überließ das ihrer Schwester und öffnete stattdessen eine Tür. „Hier durch", sagte sie nur und die beiden Männer folgten mit ihrer leblosen Fracht in einen kleinen Raum, in dem sich ein Sofa befand, auf das sie die Autorin legten.

„Ist sie tot?", sorgte sich die Hotelbesitzerin.

„Nein, sie atmet noch. Rufen Sie einen Notarzt", ordnete Samir an, denn er fürchtete, dies könnte tatsächlich ihr letzter Auftritt gewesen sein.

Er erinnerte sich an das Foto der dritten E-Mail, auf dem alles schwarz gewesen war. Bisher hatten sie geglaubt, Sieglinde Sonnentau sei Opfer Nummer drei. Aber der Hinweis traf in gewisser Weise auch auf Herlinde von Hachenburg zu. Ihr Bühnenoutfit war schwarz.

In diesem Moment öffnete sie kurz die Augen. „Ziehen Sie mich aus", presste sie mühsam hervor, bevor sie wieder bewusstlos wurde.

Den Teufel würde er tun! Niemand brachte ihn dazu, diese Frau zu entkleiden.

Aber die Entscheidung wurde ihm abgenommen, denn Viola Sommer schob ihn bestimmt zur Seite. „Überlassen Sie das mir. Drehen Sie sie einfach nur um. Bevor wir den Rettungsdienst rufen, will ich etwas überprüfen“, trug die Hotelbesitzerin Samir auf, der dieser Aufforderung erleichtert nachkam.

Sie kniete sich neben die Bewusstlose und zog am Reißverschluss, dessen Häkchen sich nur mühsam öffnen ließen. Mit jedem Zentimeter quoll mehr blasses Fleisch zwischen dem Stoff hervor. Samir starrte verkrampft auf das Siebziger-Jahre-Retrodesign der Tapete. Geometrische Formen verschachtelten sich auf knalligem Grün.

„Hab ich mir's doch gedacht! Pure Eitelkeit ist der Grund für ihr Wegtreten. Auf den Notarzt können wir getrost verzichten“, stellte Viola Sommer fest. „Ich wunderte mich schon über ihre plötzliche Erschlankung. Da haben sich die Frauen vor Jahrzehnten von ihren ungeliebten Hüfthaltern befreit und sie zwängt sich in ein viel zu enges Korsett. Sobald es aufgeschnürt ist, wird sie bestimmt wieder zu sich kommen.“

Samir wollte unter gar keinen Umständen Zeuge dieses Wiedererwachens werden, war aber erleichtert, dass ihm lebensrettende Maßnahmen erspart blieben. „Brauchen Sie noch meine Hilfe?“

„Nein, aber sagen Sie den Zuhörern, dass es nur ein kleiner Schwächeanfall ist“, bat Viola Sommer. „Und die anderen Autoren signieren jetzt am besten ihre Bücher. Der Abend soll doch einigermaßen versöhnlich enden. Ich möchte nämlich weder meine Gäste, noch die Fans von Herrn de Liernais oder ihn persönlich enttäuschen“, fügte sie spitz hinzu.

Samir erklärte dem Publikum, dass alles in Ordnung sei und die Aufregung legte sich. Daraufhin belagerten ihn die drei Reporter und erkundigten sich nach dem Grund seiner Anwesenheit. Samir ließ sich aber nichts entlocken, selbst als sie sich über einen Zusammenhang zwischen den Mord an Meyerbrinck und dem Verschwinden von Frau Sonnentau spekulierten, das sich inzwischen auch außerhalb des Festivalkreises herumgesprochen hatte.

Er blockte ab. „Ich bin rein privat hier. Weitere Auskünfte erteilt Ihnen die Pressestelle des Präsidiums."

Nachdem sie sich getrollt hatten, ging er zu Heide Manz. „Das mit dem Glas hat sich erledigt."

„Dachten Sie wirklich, sie wäre vergiftet worden?", fragte sie erschrocken.

„In meinem Beruf muss ich auf alles gefasst sein."

Samir schaute sich unter den verbliebenen Zuhörern um, aber die junge Frau, die ihm vorhin zugelächelt hatte, war verschwunden. Enttäuscht verließ er die Bar und ging nach oben, wo er in der Lobby zufällig auf Friedrich Quellborn stieß. Der Regisseur hatte entgegen seiner ursprünglichen Absicht auf die Lesung verzichtet. „Herr Stockwinkel, gibt es neue Erkenntnisse über den Verbleib meiner Frau?", erkundigte er sich ungewohnt bedrückt. Alle Überheblichkeit war von ihm abgefallen; er sah nur noch besorgt aus.

Samir empfand beinah Mitleid mit ihm. „Bisher leider nicht", antwortete er nicht ganz wahrheitsgemäß. „Sobald sich ein neuer Sachstand ergibt, erfahren Sie es als Erster. Haben Sie eine Lösegeldforderung erhalten?"

„Sie denken, Sieglinde sei entführt worden?" presste Quellborn leise hervor.

„Wir müssen alles einkalkulieren, was ihr Verschwinden erklären könnte."

„Nein, nichts dergleichen und wir wären auch keine lohnenden Erpressungsopfer, da wir keine Reichtümer angehäuft haben.“

„Sie hören morgen wieder von uns“, versprach der Kommissar und wollte gehen, doch Sven Janson rief seinen Namen.

„Herr Stockwinkel, ich habe eine Nachricht für Sie“, sagte er und schwenkte einen gefalteten Zettel.

Samir nahm ihn im Empfang. Eine Mobilfunknummer stand darauf, aber kein Name. „Von wem ist der?“

„Eine hübsche junge Dame hat ihn abgegeben. Sie saß wohl ganz in Ihrer Nähe“, grinste der Nachtportier.

„Danke. Hat sie gesagt, wie sie heißt?“, meinte Samir überrascht.

„Nein.“

Draußen steckte er den Zettel ein und machte sich auf den Nachhauseweg. Er beschloss, ein, zwei Tage zu warten, bevor er sie anrief.

Elf

Niemand war in seiner Nähe, als er die Tiefgarage des Hiltons betrat und zu dem Volvo ging, in dem Sieglinde Sonnentau lag. Der Parkplatz befand sich in einer entlegenen Ecke außer Sichtweite der Überwachungskameras und der Laufwege, sodass nicht viele Passanten an dem Auto vorbeikamen. Nachdem er sie gestern in den Kofferraum geschafft hatte, parkte er den Wagen mit der Heckklappe zur Wand, um die Fracht vor neugierigen Blicken zu verbergen.

Sie hatte es ihm in ihrem Überschwang leicht gemacht und war ihm ohne Widerstand gefolgt, als er sie hierher lockte. Das hatte weniger am Alkohol gelegen, sondern eher an der Menge Diazepam, mit der der Prosecco versetzt gewesen war. Die letzten Meter war sie allerdings mehr gestolpert als gelaufen. Ihr unablässiges Gekicher und ihre Gebrabbel waren ihm bald auf die Nerven gegangen, aber er hatte sie reden lassen. „Lieber Friedrich, auf Nimmerwiedersehen. Mach‘s gut, ich bin dann mal weg!“ hatte sie gelallt und nicht geahnt, wie sehr sie damit recht behalten würde.

Am Auto konnte sie kaum noch gerade stehen und wehrte sich nicht, als er sie im Kofferraum ablegte. Sekunden später schlief sie bereits und spürte nicht, wie er ihr die Spritze verpasste. Das Schlafmittel würde sie solange außer Gefecht setzen, bis das Gift seine Wirkung entfaltete. Seitdem waren achtzehn Stunden vergangen und er hoffte, dass seine Berechnungen stimmten und sie tot war.

Schon beim Öffnen der Fahrertür wusste er, dass er sich nicht verkalkuliert hatte. Der Mix aus Fäkalien, Erbrochenem und Tod sprach für sich. Dennoch fuhr er ein Stück vor, damit er die Heckklappe öffnen konnte, um sich zu vergewissern. Er lüpfte die Decke, ließ sie gleich wieder fallen und schloss den Kofferraum. Ihr Anblick berührte ihn, aber er verdrängte jegliches Mitgefühl. Sie sah aus wie ein weinender Clown mit ihrem totenblassen Gesicht, der verlaufenen Mascara und dem verschmierten Mund.

Ob sie während ihrer letzten Minuten bemerkt hatte, dass sich ihr schlimmster Albtraum erfüllte und sie lebendig eingesargt war? Große Schmerzen konnte sie jedenfalls nicht gespürt haben, denn das Gift verhieß einen eher sanften Tod. Zuerst lähmte es sein Opfer bis hin zur Bewegungsunfähigkeit und während die Atemmuskeln immer mehr erschlafften, trat langsam der Erstickungstod ein.

Er setzte sich wieder auf den Fahrersitz, den er zuvor mit einer Plastikfolie abgedeckt hatte, um keine Spuren zu hinterlassen. Deshalb trug er auch wieder Handschuhe und einen Einmaloverall, genau wie gestern, als er sich den Volvo ausgeliehen hatte. Der Mann des Klassikerverleihs hatte sich zunächst zwar darüber gewundert, dass er sich verpackte, als betrete er ein biologisches Forschungslabor. Doch als er ihm erklärte, dass er den Innenraum nicht beschmutzen wollte, fand er sein Verhalten weniger sonderbar, als vielmehr ungewohnt rücksichtsvoll.

An der Schranke zückte er das Ticket und schob es in den Automatenschlitz. Mit heruntergelassenem Fenster verließ er das Parkhaus. Die Parkkosten für die eineinhalb Tage waren zwar immens gewesen, aber sie durfte frühestens morgen gefunden werden. Eine vorzeitige Entdeckung könnte den restlichen Ablauf durcheinanderbringen. Ein paar Minuten später parkte er den Volvo am Rheinufer, entledigte sich seiner Schutzkleidung und machte sich in der Dunkelheit auf den Nachhauseweg. Für morgen war warmes Herbstwetter vorhergesagt, was sich entsprechend auf die Geruchsentwicklung im Volvo auswirken dürfte. Er bedauerte beinah denjenigen, der die Leiche finden würde.

SAMSTAG, 20. OKTOBER 20..

Eins

Dennis befand sich mit seinem Freund Max und ihrem Familienhund Fränklin auf dem Parkplatz am Rheinufer südlich der Theodor-Heuss-Brücke, als der Golden Retriever plötzlich verrückt zu spielen begann und wie von unsichtbaren Fäden in eine bestimmte Richtung gezogen zu werden schien. Dennis stemmte seine schmächtigen fünfundvierzig Kilo gegen Fränklin an, musste aber alle Kraft aufbieten, um nicht umgerissen zu werden. Max kam ihm zu Hilfe und wollte den Hund am Halsband fassen, doch alle Versuche, ihn zur Raison zu bringen, scheiterten. Er gebärdete sich wie toll. Die Augen waren so weit aufgerissen, dass man das Weiße erkennen konnte, er bellte unablässig und zähe Speichelfäden tropften aus seinen Lefzen.

„Was ist nur mit deinem verdammten Köter los?“, beschwerte sich Max.

„Keine Ahnung, so etwas hat er noch nie gemacht“, versicherte Dennis und versuchte vergeblich, Haltung zu wahren. Es fand es nämlich voll peinlich, dass der Hund seinen Herrn einfach so ignorierte.

Eine ältere Dame in weiß-goldenem Trainingsoutfit führte ihre Nordic-Walking-Stöcke spazieren und schüttelte missbilligend den Kopf, als das Trio ihren Weg kreuzte. Ihre spitze Bemerkung ging in dem Lärm unter. Fränklin strebte unbeirrt mit seinem Herrn an der Leine zu einem überschaubaren Grüppchen geparkter Pkw. Je näher sie ihnen kamen, umso mehr drehte der Hund durch. Sein Gebell überschlug sich, als er vor einem älteren Fahrzeug stehenblieb und am Heck hochspringen wollte. Dennis konnte ihn gerade noch rechtzeitig wegzerren, damit er nicht den Lack und die

Heckscheibe des taubenblauen Autos zerkratzte. „Was is ‘n das für ‘ne Karre?“, schrie Max gegen den Lärm an.

„Steht doch drauf: Volvo!“, brüllte Dennis zurück. „Ist aber, glaub ich, nicht mehr ganz neu, sondern bestimmt schon uralt. Mindestens dreißig Jahre.“

„Und deshalb spinnt Fränklin so rum?“

„Quatsch. Schau aber mal nach, ob‘s einen Grund dafür gibt.“

Max beugte sich über die Heckscheibe und lugte in das Innere. Dabei musste er seine Augen seitlich mit den Händen schützten, da die Sonne auf das Fensterglas schien und blendete.

„Und was siehst du?“, erkundigte sich Dennis.

„Nur so eine olle karierte Decke.“

„Probier mal, ob die Klappe aufgeht.“

„Spinnst du? An ’nem fremden Auto! Das trau ich mich nicht.“

„Mensch, wenn Fränklin sich wie ein Verrückter aufführt, hat es bestimmt ’nen Grund. Der Hund ist ja nicht doof. Da halt ihn, ich mach’s“, sagte Dennis.

Zu seiner eigenen Überraschung ließ sich der Kofferraum mühelos öffnen. Aus dem Innenraum kam ein absolut widerlicher Gestank. Fränklin riss sich winselnd los, sprang in das Wageninnere und scharrte mit den Füßen die Decke weg. Der Geruch verstärkte sich.

„Das stinkt vielleicht“, hielt sich Dennis die Nase zu.

„Wie Kotze und vergammeltes Hackfleisch“, teilte Max seine Meinung.

In diesem Augenblick legte der Hund das Gesicht einer Frau frei. Es war bleich wie ein Laken und von langem, schwarzem Haar umrahmt. Die Lider waren geschlossen, und ihr verwischter Lippenstift stach zwischen den getrockneten Speiseresten blutrot hervor. Die Jungs erstarrten vor Schreck. Die Frau war definitiv tot.

Gleichzeitig schrien sie los. Dennis fasste Fränklin am Halsband und riss ihn aus dem Kofferraum, Max knallte den Kofferraumdeckel zu und dann rannten sie, was das Zeug hielt. Fränklin folgte ihnen dieses Mal erstaunlich brav. Nach etlichen Metern blieben sie atemlos stehen. Fränklin schwänzelte stolz über die Entdeckung, die er gemacht hatte, erhielt aber nicht das erhoffte Lob.

„Voll krass Mann, ich hab noch nie 'ne Leiche gesehen. Du?", keuchte Max mit vornübergebeugtem Oberkörper. „Mir ist kotzübel."

„Mir auch", würgte Dennis.

Es verging eine kleine Weile, bis sie sich beruhigt hatten und nachzudenken anfingen.

„Das eben war ziemlich uncool", bekannte Dennis kleinlaut.

„Muss ja niemand erfahren. Wir sollten besser die Polizei rufen", bemerkte Max, der ein eingefleischter CSI-Fan und davon überzeugt war, das ermittlungstechnische Prozedere der polizeilichen Behörden bis ins Detail zu kennen. Deshalb wies er seinen Kumpel wichtigtuerisch auf dessen Fehlverhalten hin. „Nur, weil du den Kofferraum aufgemacht hast, hat Fränklin mit seiner Aktion wichtige Spuren verwischt."

„Ohne uns beide wäre sie gar nicht entdeckt worden", verteidigte sich Dennis.

Dennoch bekam er Hosenflattern. Der Anblick der Toten war schon schockierend genug gewesen, aber die Aussicht, möglicherweise von der Kripo zusammengestaucht zu werden, machte ihn ziemlich kleinlaut. „Was tun wir jetzt?"

„Wir gehen zum Auto zurück und verständigen von dort die Polizei. Sie sollen uns nicht für Angsthasen halten."

„Okay, du bist der Boss“, bekannte Dennis und schlich mit dem Retriever hinter Max her.

Fränklin folgte dieses Mal aufs Wort. Selbst als sie wieder am Volvo standen, wedelte er nur schlapp mit dem Schwanz. Bevor er sich hinter dem Auto niederließ, legte er den Kopf auf die Pfoten und bewachte seinen Fund.

Zunächst glaubte der Mann in der Leitstelle, der Junge erlaube sich einen Spaß. Aber als er darauf beharrte, mit seinem Freund eine Leiche gefunden zu haben, ihre Namen und Adressen nannte, versicherte er ihm, dass gleich ein Streifenwagen kommen würde. Er trug ihnen auf, sich nicht von der Stelle zu rühren und zu warten, was Max auch artig versprach.

Zwei

Karin Weber saß mit Edgar beim Frühstück, als Alex Groß anrief. „‚Al Capone‘ hat seine Drohung wahr gemacht. Die Kollegen sind in spätestens dreißig Minuten dort“, bemerkte er und nannte noch den Fundort.

Diese Nachricht hatte sie gefürchtet. „Ich habe keinen Hunger mehr“, sagte sie und schob Edgar die Rühreier samt Nordseekrabben hin, die er dankbar entgegennahm.

„Ich muss gleich weg“, seufzte sie, machte aber keine Anstalten aufzustehen. Von Edgars Wohnung bis zur Fundstelle waren es nur wenige Minuten, und sie wollte nicht die Erste sein. „Wir haben unsere Vermisste gefunden.“

Ihr Tonfall verriet Edgar, dass die Sache ernst war. Gestern Abend hatten sie über das Verschwinden von Sieglinde Sonnentau gesprochen, und Karin hatte ihm keine Details vorenthalten, sodass er die Umstände genau kannte. „Dann ist sie tot?“

Karin nickte. „Aber noch kein Sterbenswort an die Öffentlichkeit. Das geht wie immer über unsere Pressestelle“, verlangte sie von ihm.

Edgar versprach es, hatte aber in Gedanken bereits die Schlagzeile für den Artikel der Montagsausgabe fertig. Er kannte Karin inzwischen gut genug um zu wissen, dass sich ab jetzt jede Unterhaltung erübrigte. Sie befand sich in ihrem üblichen Abwesenheitsmodus, in den sie immer wechselte, sobald ein Problem auftauchte oder eine Krise bevorstand. Von jetzt auf gleich schottete sie sich in beinah autistischer Manier ab, um ungehindert ihren Gedanken nachzuhängen. Dann runzelte sie die Stirn, sodass zwischen den Brauen kleine Falten entstanden, und starrte regungslos vor sich hin. Unbeabsichtigt presste sie dabei ihre Lippen zusammen, was ihr einen wenig attraktiven Gesichtsausdruck verlieh, der so gar nicht zu ihr passte. Er griff nach der Zeitung, um sich zu beschäftigen.

Karin entging Edgars kritischer Blick. Dieser dritte Mord brachte sie unter Zugzwang. Jetzt war es Zeit, die Salamitaktik gegenüber der Presse aufzugeben. Sie mussten das endlich offensiv angehen und die Öffentlichkeit informieren. Geheimnistuerei wäre nur kontraproduktiv und würde ihnen den Vorwurf der Untätigkeit einbringen. Transparenz war wichtig, das nahm den Krittlern den Wind aus den Segeln. Aber zu allererst musste dieses Festival abgesagt werden, vor allem der Galaabend mit mehreren hundert Menschen. Nach diesem neuen Mord gab es keine Ausflüchte mehr. Es lag auf der Hand, dass sich die Teilnehmer der Mordiale im Visier eines Mörders befanden, und die Kripo riskierte mit jeder Minute, in der sie untätig blieb, ein neues Verbrechen. Sie fürchtete nur die Horden von Journalisten, die zu erwarten waren.

Edgar überließ Karin ihren Überlegungen und las intensiv die Berichterstattungen. Im Lokalteil erinnerte ein Hinweis ihn daran, dass Sieglinde Sonnentau um 12 Uhr eine Signierstunde in einer Mainzer Kinderbuchhandlung gehabt hätte. Er lugte über den Zeitungsrand, zögerte kurz und entschied sich dann dafür, Karin nichts davon zu sagen. Sie hatte andere Sorgen als eine geplatzte Veranstaltung, was ihre Körpersprache deutlich zum Ausdruck brachte. Äußerst effektiv zerkrümelte sie gerade das Körnerbrötchen auf ihrem Teller zu Paniermehl, ohne es zu merken.

„Ich mach mich dann mal auf", sagte sie unvermittelt und stand auf.

Edgar hätte sie gern in den Arm genommen, als sie an ihm vorbeiging, aber in solchen Augenblicken ließ sie keine Nähe zu. Kaum war sie aus dem Raum, riss er den Artikel aus der Zeitung und steckte ihn in seine Hosentasche.

Ihr Handy klingelte. Das Telefonat dauerte nur kurz. Dann warf sie in Schuhen und Mantel noch einen kurzen Blick in das Zimmer. „Ich fürchte, wir werden uns heute nicht mehr sehen."

„Ist schon okay, daran bin ich ja gewöhnt. Du kannst dich auf mich verlassen, meine Lippen sind versiegelt."

Zu seiner Überraschung kam sie zu ihm zurück und küsste ihn lange auf den Mund. Sie schmeckte nach Kaffee und Zahnpasta, löste aber dennoch ein angenehm kribbelndes Gefühl in ihm aus. „Manchmal habe ich einen Scheißjob", flüsterte sie rau. „Aber ich kann mir auch keinen besseren vorstellen."

„Ich mir für dich auch nicht", versicherte er ihr und erntete einen zärtlichen Blick.

„Danke für deine Geduld!", verabschiedete sie sich.

Drei

Edgar beschloss, nicht länger untätig herumzusitzen. Wenn Karin ermittelte, konnte er auch seine eigenen Nachforschungen anstellen. Er fuhr seinen Laptop hoch und loggte sich in den Dienstplan der Mitarbeiter für den heutigen Tag ein. Tatsächlich war ein kurzes Interview vor der Signierstunde in der Kinderbuchhandlung geplant und Rebekka Holthaus, eine junge Volontärin, sollte das Gespräch mit der Autorin führen. Edgar rief sie umgehend an. Mit wenigen Worten erklärte er ihr, dass sie sich die Mühe sparen könne, denn die Autorin sei verhindert und die Signierstunde falle aus.

„Dann gehe ich direkt zum Crime-Lunch ins Hintz und Kuntz."

Edgar wusste nicht, ob die Veranstaltung nach dieser dramatischen Entwicklung überhaupt noch stattfand. Aber den wahren Grund durfte er nicht verraten. „Tun Sie das. Wenn ich hier rechtzeitig fertig werde, komme ich vielleicht vorbei."

Rasch packte er seine Sachen zusammen und ging zu dem Smart, den er für innerstädtische Fahrten benutzte. Zwar widersprach das Auto Edgars Vorstellung von einem angemessenen Fortbewegungsmittels, aber es erwies sich, zumindest was die Parkplatzsuche anbelangte, immer wieder als sehr praktisch. Er fuhr direkt in die Neustadt, wo sich die Buchhandlung befand. Als er die Tür öffnete, empfing ihn buntes Gewusel. Etliche Kinder samt Eltern belagerten Stühle und den Boden. Ihre aufgeregten, hellen Stimmen ließen ihn zurückprallen. Aus der Distanz fand er Kinder ja ganz nett, aber den engeren Kontakt scheute er. Er fand einfach keinen Zugang zu ihnen, und je älter er wurde, desto weniger konnte er sich mit dem Gedanken anfreunden, selbst einmal Vater zu werden.

Entschlossen kämpfte er sich zur Buchhändlerin durch, die gerade die Anwesenden bat, sich noch etwas zu gedulden. Er stellte sich ihr vor, nahm sie zur Seite und versicherte ihr, dass es keinen Zweck hätte, die Leute warten zu lassen. „Ich weiß, dass Frau Sonnentau heute nicht kommen wird."

Nach kurzem Zögern akzeptierte sie diese Tatsache. „Deshalb geht sie wohl auch nicht an ihr Telefon. Ich versuche sie nämlich seit gestern Mittag zu erreichen, um letzte Details zu klären. Ihr geht es doch hoffentlich gut, oder?", fragte sie ihn.

Es war nicht seine Aufgabe, sie ins Bild zu setzen, und er wich aus. „Ich weiß es nicht. Aber ich würde gerne mit Ihnen reden, sobald wir unter uns sind."

Die Enttäuschung unter den Kindern war groß, aber nach einem Bonbon und dem Versprechen, die Veranstaltung nachzuholen, leerte sich der Laden binnen zehn Minuten. Vorsichtshalber verschloss die Besitzerin die Tür und bat Edgar in einen kleinen Nebenraum.

„Kennen Sie Frau Sonnentau näher?"

„Ja, sie war bereits zwei Mal hier zu Gast, aber damals war der Andrang nicht annähernd so groß wie heute. Sie ist in den letzten Monaten ziemlich populär geworden, und ihr letztes Buch verkauft sich gut. Ich schätze, das liegt auch an den tollen Illustrationen. Augenblicklich schreibt sie an einer Fortsetzung, aber das ist noch nicht alles", sagte sie, unterbrach sich aber sofort.

Edgar kam es vor, als hätte sie sich verplappert. „Dann hatte sie wohl ein kleines Geheimnis?"

„Möglich. Sie machte eine Anspielung, dass sie in nächster Zeit viel zu tun habe."

Edgar beschlich das Gefühl, als verschweige die Buchhändlerin ihm etwas. „Hat sie das näher erklärt?"

Die Buchhändlerin wich seinem Blick aus. „Eigentlich nicht.“

Er beließ es dabei und entschied aus einem spontanen Impuls heraus, Sieglinde Sonnentaus letztes Kinderbuch zu kaufen. „Ich nehme ein Exemplar mit, um es meiner Nichte zu schenken“, behauptete er nicht ganz wahrheitsgemäß.

„Gern. Sie liegen an der Kasse aus.“

Im Auto warf er einen Blick in „Die Spurenleser“. Er wunderte sich, dass im Impressum der Name des Illustrators fehlte und dort nur ein simples S stand. Dann fuhr er Richtung Zentrum, wo in einer halben Stunde der Crime-Lunch unter dem Titel „MordsMittag“ im Hintz und Kuntz stattfinden sollte.

Vier

Als sein Großvater vor zehn Jahren starb, hatte er ihm alles vererbt. Das kleine Haus, den alten Opel und eine kleine Summe Bargeld, die ihm über die erste Zeit hinweggeholfen hatte, sodass er das Haus nicht verkaufen musste. Nach einer bestimmten Frist hatte er sich ans Entrümpeln gemacht und war in einem abgewetzten Koffer auf den Armeerevolver seines Opas gestoßen, den er als ehemaliger Zollbeamter über den Zweiten Weltkrieg hinweggerettet hatte. Die Waffe war ordentlich in ein ölgetränktes Tuch gewickelt und zeitlebens dessen heimlicher Stolz gewesen. Wenn der alte Mann ihn hervorholte, zerlegte, reinigte und wieder zusammensetzte, saß er dabei und sah ihm mit den erstaunten Augen eines kleinen Buben zu.

Er erinnerte sich noch an die Erregung, die ihn erfasst hatte, als er mit zitternden Fingern den Lauf berührte, der immer noch kerzengerade war. Das kühle Metall lag schwer in der Hand. Die Trommel ließ sich leicht drehen und er konnte den Hahn ohne große Mühe spannen. Deutsche Wertarbeit eben.

Mit dem erhobenen Revolver hatte er sich vor einen halbblinden Spiegel gestellt und Clint Eastwood in seiner Rolle als Dirty Harry imitiert. Dabei war er sich kein bisschen albern vorgekommen, sondern eher verwegen und unbezwingbar. Er hatte die Augen zusammengekniffen, gezielt und dabei aus dem Mundwinkel „Smith, Wesson and Me" hervorgepresst, wohlwissend, dass der Revolver kein amerikanisches Fabrikat war, sondern von der Firma Schilling und Haenel aus Suhl stammte.

Anfänglich hatte er überlegt, ob er ihn abgeben sollte, so wie es von einem gesetzestreuen Bürger erwartet wurde, aber je länger er darüber nachdachte, umso mehr gelangte er zu dem Schluss, es dieses eine Mal auf einen Gesetzesverstoß ankommen zu lassen. Im Laufe der Zeit holte er die Waffe immer häufiger hervor. Dann schloss er die Rollläden, verriegelte die Tür und kam sich vor wie Gollum aus „Herr der Ringe", der seinen Schatz mit niemandem teilen wollte.

Er hatte mehrere Schachteln Patronen entdeckt, die der Großvater separat an einem trockenen Ort aufbewahrt hatte. Anfangs traute er sich nicht, den Revolver zu laden, und auch dann dauerte es noch einige Zeit, bevor er mit seinen gelegentlichen Schießübungen im Keller begann. Auf eine alte Matratze malte er ein Fadenkreuz und lehnte sie aufrecht gegen die dicke Wand, an der früher die Weinregale gestanden hatten. Das solide Gemäuer schluckte jedes Geräusch, und so bekamen seine Nachbarn nichts von seinen Übungen mit.

Das erste Mal hatte ihn der Rückschlag der gut ein Kilogramm schweren Waffe beinah umgehauen. Aber beim nächsten Mal war er vorgewarnt, und mit jedem Schuss wurde er sicherer. Inzwischen beherrschte er sie und konnte sie mit geschlossenen Augen säubern und laden. Zu seinem Erstaunen entpuppte er sich bald als recht talentierter Schütze. Er spielte sogar mit dem Gedanken, einem Schützenverein beizutreten, ließ es aber bleiben, denn dann hätte er einen Waffenschein beantragen müssen, und das wollte er nicht.

Über Umwege bestellte er im Internet sogar Munition, die er an ein Postfach liefern ließ, sodass er seine kleine Spielerei nicht aufgeben musste. Bald ging er nicht mehr ohne Revolver aus dem Haus, denn mit ihm fühlte er sich sicher. Vor allem, wenn er nachts unterwegs war.

Nie war ihm der Gedanke gekommen, ihn als Waffe einzusetzen. Doch seit er so hinterlistig hintergangen und um die Früchte seiner Arbeit betrogen worden war, sah er den Revolver als tödliches Instrument, das nur auf seinen Einsatz wartete. Nachdem er sich seinen Plan zurechtgelegt hatte, testete er seine Schlagkraft an einer alten Doppelglastür, die er sich vom Sperrmüll geholt hatte. Als das Projektil die Scheibe durchdrang, hatte er sich hochzufrieden und ruhig gefühlt.

Ein Blick auf die Uhr sagte ihm, dass es Zeit war aufzubrechen, wenn er rechtzeitig zur MordsMittag-Lesung kommen wollte. Er zog seine Laufschuhe und die Jacke an, schnappte sich den vorbereiteten Rucksack mit dem alten, schwarzen Kapuzenmantel und dem Laptop, setzte die Mütze auf und wickelte einen Schal um den Hals. Mit erwartungsvollem Kribbeln im Bauch verließ er das Haus und fuhr in die Stadt.

Fünf

Karin Weber traf am Fundort der Leiche auf Marco Piazetti und die Kollegen der Kriminaltechnik, die bereits die Spuren sicherten. Kurz darauf erschien auch Samir, heute allerdings in ungewohnt legerer Freizeitkleidung.

„Ich war auf dem Weg ins Fitnessstudio, als ich die Nachricht bekam“, entschuldigte er sein Aussehen.

„Haben uns diese Jungs informiert?“, erkundigte sich Karin und deutete mit dem Kopf in Richtung einer kleinen Gruppe, zu der noch ein Hund und vier Erwachsene gehörten.

Marco nickte. „Eigentlich hat der Hund den Fund gemacht. Er führte die Jungs zum Wagen. Vielleicht wäre es gut, wenn du sie befragst. Aufgrund deiner mütterlichen Ausstrahlung wirkst du weniger furchteinflößend als wir.“

„Haha, Mister Macho“, blaffte Karin ihn an, da sie sich alles andere als mütterlich fühlte. Dennoch steuerte sie mit unbeteiligter Miene auf die Gruppe zu.

„Hast du was dagegen, wenn ich mitkomme?“, fragte Samir.

„Wieso sollte ich?“

Die beiden Zeugen waren verdächtig blass um die Nase, hielten sich aber tapfer. „Erzählt mir bitte genau, wie ihr die Tote gefunden habt“, bat Karin.

Die Jungs schilderten ihr alles haarklein und versuchten auch gar nicht, ihre Neugier zu leugnen, die sie veranlasst hatte, den Volvo zu öffnen.

Ihre Offenheit war Karin sympathisch, und sie verzichtete auf eine entsprechende Ermahnung. „Gut, dass ihr uns sofort angerufen habt, denn wir suchen die Frau schon länger. Und ihr habt wirklich nichts außer der Heckklappe berührt?“

Schuldbewusst senkten sie die Köpfe. „Wir nicht, aber Fränklin schon. Er sprang rein und scharrte die Decke zur Seite."

„Nun, dann werde ich wohl unserer Spurensicherung klarmachen müssen, dass der Hund als Täter nicht in Betracht kommt", nahm sie das Geständnis gelassen auf, was bei den Jungs für Erleichterung sorgte.

Samir blickte die beiden ernst an. „Redet bitte vorläufig nicht darüber, sonst gefährdet ihr unsere Ermittlungen. Behaltet alles für euch, bis es offiziell ist. Sagt weder zu euren Freunden, noch zu sonst jemandem etwas, erst recht nicht zur Presse. Versprecht ihr mir das? Die rennen euch sonst die Bude ein und ihr habt keine ruhige Minute mehr", schärfte er ihnen ein und zog drohend die linke Augenbraue hoch.

Die Buben nickten, und ihre Eltern versicherten, dass sie dafür sorgen würden.

„Ihr könnt jetzt nach Hause gehen. Sollten wir noch Fragen haben, kommen wir zu euch", entließ Karin sie und machte mit Samir kehrt.

Der Fundort lockte Schaulustige an, was angesichts des Polizeiaufgebots an der beliebten Joggingstrecke nicht verwunderlich war. Die Polizisten, die die Gaffer zum Weitergehen aufforderten, hatten, wie schon am Donnerstagmorgen, alle Hände voll zu tun.

„Kein Zweifel, dass es Sieglinde Sonnentau ist?", vergewisserte sich Karin bei Marco.

„Nein", erwiderte er. „Sie hatte ihren Ausweis dabei. Doc Waldner ist informiert. Er will, wie er sagt, das Opfer ‚in situ' sehen und kommt gleich."

In diesem Augenblick winkte Martin Pfahl die kleine Gruppe zu sich und hob die Decke hoch. Karin fielen sofort die Schuhe und das Kleid auf.

„Sie sieht aus, als wäre sie einfach eingeschlafen und in dem Kofferraum gestorben. Äußere Verletzungen sind auf den ersten Blick nicht erkennbar. Wir haben also keine Ahnung, was die Todesursache ist. Ich tippe aber wegen des Erbrochenen auf eine Vergiftung“, sagte Martin.

„Rot ist also das andere Beige“, stellte Karin nüchtern fest.

„Ich verstehe nicht, was du damit meinst“, wunderte sich Samir.

„Ihr Mann behauptete doch, ihr Kleid sei beige. So viel zur Aufmerksamkeit unter Ehegatten“, bemerkte sie bissig. „Aber das hier ist knallrot und selbst aus einem Kilometer Entfernung nicht zu übersehen. Die Person, mit der sie sich traf, muss ihr einiges bedeutet haben, sonst hätte sie sich nicht so herausgeputzt. Sie wollte Eindruck schinden. Schaut euch nur diese Highheels an. Zwölf Zentimeter Absatz mindestens.“

Martin räusperte sich. „Sobald Doc Waldner sie gesehen hat, lassen wir sie in die Rechtsmedizin bringen und schaffen den Wagen zur Untersuchung ins LKA, hoffentlich bevor die Presse Wind davon bekommt. Obwohl ich mir da wenig Hoffnungen mache, die tauchen bestimmt bald hier auf. Der Volvo gehört übrigens einem Klassikerverleih, bei dem momentan niemand zu erreichen ist. Christina hat eine Nachricht auf dem Anrufbeantworter hinterlassen.“

„Dann sollten wir wohl einen Zahn zulegen“, meinte Samir.

Karin konnte die Nähe der Leiche nicht länger ertragen und ging ein paar Schritte zurück. Sie starrte auf den Rhein und murmelte dabei leise: „Weiß wie Schnee, rot wie Blut, schwarz wie Ebenholz.“

Marco hatte es gehört. „Sag mal, hast du gerade deine poetischen fünf Minuten?“

Karin drehte sich wieder um. „Das ist ein Zitat aus einem Märchen, du Banause. Sieglinde Sonnentau erfüllt doch die Kriterien für Schneewittchen: Schwarzes Haar, weiße Haut, rote Lippen und rotes Kleid. Findet ihr nicht auch? Nur wird sie wohl nicht von ihrem Prinzen gerettet und aus dem Reich der Toten zurückgeholt."

Martin nickte ernst. „Wisst ihr eigentlich, dass dieser Oldtimer ein Volvo 1800 S ist und einen Spitznamen hat?"

„Nein, wie nennt man ihn?", erkundigte sich Marco.

„Schneewittchensarg!"

„Das ist ja krass!", entfuhr es Samir. „Ob das Absicht ist?"

„Ich halte das allein schon wegen der Ausführungsweise der anderen Morde für äußerst wahrscheinlich", bestätigte Martin.

Karin dachte an Edgar, dem das als Oldtimer-Enthusiast sofort aufgefallen wäre. Er hätte sich gewiss über diesen Akt automobilistischer Entweihung empört und seine Aufmerksamkeit wohl eher dem Wagen als dem Opfer geschenkt. Polizeireporter hin oder her.

„Oh, verdammt", entfuhr es Samir. „Das ist Sarkasmus in seiner reinsten Form. Vor allem, da die Frau Kinderbuchautorin war und somit eine Assoziation zu Märchen nahe liegt."

„Du sagst es", bescheinigte ihm Martin.

„Das erklärt auch, warum der Anhang bei ihrer E-Mail komplett schwarz war. Das sollte wohl auf das Innere eines Sarges hinweisen", ergänzte Marco.

„Ich verstehe immer noch nicht, warum die Ausführungen der Morde so unterschiedlich sind. Jedes Verbrechen trägt seine eigene Handschrift. Gäbe es nicht diese E-Mails, käme man doch nicht auf den Gedanken, dass ein Zusammenhang existiert", grübelte Karin laut.

„Ich glaube immer mehr, dass diese Morde extrem opferspezifisch sind", bemerkte Samir. „Alle drei starben den Tod, den sie in den Augen ihres Mörders verdient zu haben schienen. Meyerbrinck hasste Fisch und starb in einem Brunnen mit Fischskulpturen. Claasen hegte und pflegte seinen Mercedes und raste mit ihm in den Tod. Und Sieglinde Sonnentau erfand Geschichten für Kinder und teilt nun das Schicksal einer grimmschen Märchenfigur. Das ist noch perfider, als uns bisher klar war."

Samirs Schlussfolgerung erschien logisch. Das setzte aber voraus, dass der Mörder über die Vorlieben und Abneigungen seiner Opfer bestens Bescheid wissen musste. Entweder stammte er aus deren näherem Umfeld oder er war einfach nur verdammt gut informiert.

Marco fand als Erster die Sprache wieder. „Das gefällt mir gar nicht. Das zeugt von einem klar strukturierten Plan und von langer Vorbereitung. Diese Mordiale muss endlich abgeblasen werden!"

Karin nickte. „Du rennst bei mir offene Türen ein. Gut, dass der Chef das gerade veranlasst."

„Das wird auch allerhöchste Zeit", entgegnete er beklommen und zog sein Handy aus der Tasche. Seine Miene verfinsterte sich, als er die Nachricht las. „Wobei ich fürchte, es ist bereits zu spät. ‚Dr. Mabuse' eröffnet gerade sein Testament!"

Alle wussten, dass sie soeben die Ankündigung für Mordopfer Nummer vier erhalten hatten.

Sechs

Während Marco ins Präsidium fuhr, suchten Karin und Samir Friedrich Quellborn auf, um ihn vom Tod seiner Frau zu unterrichten. Der Regisseur nahm die Mitteilung völlig apathisch auf. Seine bleigraue Gesichtsfarbe, die leeren Augen und die zittrigen Finger verrieten tiefe Erschütterung.

Menschen sind schon etwas Seltsames, dachte Karin. Zu Lebzeiten hat er seine Frau schikaniert und von oben herab behandelt und jetzt betrauert er sie und ist nur noch ein Häufchen Elend.

Quellborn rang lange um die richtigen Worte. „Hat sie gelitten?"

„Wahrscheinlich nicht", behauptete Samir rasch, obwohl er es nicht wusste.

„Wie starb sie denn?"

„Die genaue Todesursache ist noch unbekannt, aber sie lag im Kofferraum eines Wagens und sah aus, als ob sie schliefe."

„Was für einer?"

Karin wunderte sich über diese Frage, aber womöglich war dies seine Art, mit seinem Verlust fertig zu werden.

„Ein Volvo 1800 S, ein älteres Modell", antwortete Samir.

Quellborn riss die Augen auf und schlug die Hände vors Gesicht. „Oh mein Gott, das hat sie nicht verdient. Das ist doch der Schneewittchensarg, oder?", schrie er gequält auf.

„Ja", bestätigte Samir.

„Das muss für sie ein Horror gewesen sein. Sieglinde fürchtete nichts mehr, als lebendig begraben zu werden, und das war in gewissem Sinne ja der Fall, nicht wahr?"

Karin und Samir blieben ihm die Antwort schuldig, aber sie sahen ihre Annahme bestätigt, dass der Mörder bestens unterrichtet war.

„Wer wusste noch davon?" hakte Karin nach.

„Keine Ahnung. Jedem, der ihre Geschichten aufmerksam

gelesen hat, konnte das nicht entgehen. Sie thematisierte ihre Angst in verschiedenen Variationen in fast all ihren Büchern. Auch in „Die Spurenleser“ gibt es eine entsprechende Passage, wo zwei Kinder in einer Höhle verschüttet, später aber wieder befreit werden.“

„Dann war das wohl ein offenes Geheimnis“, mutmaßte Samir.

„Wenn Sie so wollen“, stimmte Quellborn ihm zu. Erneut stöhnte er auf und starrte mit leerem Blick vor sich hin. „Warum habe ich sie denn nicht ernst genommen? Dann wäre das vielleicht nicht passiert.“

„Inwiefern?“, wollte Karin wissen.

„Ich dachte damals, sie wolle sich nur wichtigmachen, um meine Aufmerksamkeit zu erregen. Aber nun erscheint das alles in einem neuen Licht. Vor einiger Zeit behauptete Sieglinde, jemand wolle sie umbringen. Ich glaubte ihr nicht. Das hätte ich wohl besser getan! Aber zu diesem Zeitpunkt war sie noch nicht wirklich berühmt, sodass ich mir nicht vorstellen konnte, warum jemand ihr nach dem Leben trachten sollte“, presste Quellborn hervor. „Außerdem hörte das bald auf und sie beruhigte sich wieder. Ich hatte es bis eben sogar ganz vergessen.“

Es war das erste Mal, dass im Zusammenhang mit den Morden Drohungen erwähnt wurden. Womöglich hatten die anderen Opfer auch welche erhalten. Wenn sich das bewahrheitete, belegte es ihre Vermutung, dass die Verbrechen von langer Hand geplant worden waren und der Mörder nur auf dieses Festival gewartet hatte, um sie auszuführen.

„Wann begann das?“, fragte Samir.

„Anfang des Jahres, glaube ich. Zumindest hat sie es mir im Februar gesagt.“

„Gab es viele Drohungen?“

„Sieglinde erwähnte einen Anruf und einen Brief."

„Und Sie sind nicht zur Polizei gegangen?"

„Nein, die Wogen glätteten sich bald wieder, und es passierte ja auch nichts mehr."

„Existiert dieser Brief noch?"

„Keine Ahnung. Da müsste ich zu Hause in Hamburg nachsehen. Was mache ich denn jetzt nur ohne sie?", schluchzte er, und die Kommissare ließen ihm die Zeit, die er brauchte, um sich zu fassen. „Der Erfolg ihres Buches hat sie verändert. Sie war in den letzten Monaten selbstbewusster und tat so geheimnisvoll."

Ihre Verwandlung war ihm also nicht entgangen, folgerte Karin. „Sie denken, das war der einzige Grund für ihre Wandlung?"

„Ja, sonst ist mir nichts aufgefallen."

Allem Anschein nach schien er nichts von ihrer Liaison mit Paul Meyerbrinck gewusst zu haben, und die Kommissare fühlten sich im Augenblick auch nicht verpflichtet, ihn darüber ins Bild zu setzen. Sie verließen den Regisseur, nachdem sie sich vergewissert hatten, dass er allein zurechtkam. Vor dem Hotel stachen ihnen sofort die Journalistengrüppchen ins Auge, die seit gestern vom Fischtorbrunnen berichteten. Sensationsmeldungen wie diese waren längst nicht mehr alleiniges Terrain der Boulevardmedien. Auch seriösere Blätter und Sender widmeten sich inzwischen gern solchen Themen. Karin graute vor der Vorstellung, was erst passierte, wenn der Mord an Sieglinde Sonnentau publik wurde und weitere Heerscharen von Medienleuten über die Stadt hereinbrachen, um sich an einem möglichen Serientäter aufzugeilen. Das war weder für das Image der Stadt gut noch für das ihrer Ordnungshüter.

Samir schien ihre Gedanken erraten zu haben. „Ich frage

mich, wie lange die Meute braucht, um spitz zu kriegen, dass es nur ein paar hundert Meter entfernt einen weiteren Mord gab."

„Mal den Teufel nicht an die Wand. Ich hoffe, nicht bevor es eine offizielle Pressemitteilung gibt. Der Volvo dürfte inzwischen unterwegs zum LKA und somit aus dem Focus sein."

Sieben

Rebekka Holthaus, die Volontärin der Tageszeitung, überlegte, ob Edgar Frentz seine Stippvisite ins Hintz und Kuntz dazu nutzte, um sich einen Eindruck ihrer Arbeitsweise zu verschaffen. Doch als sie ihm gegenüberstand, verwarf sie diesen Gedanken wieder. Er schien wirklich aus Interesse am MordsMittag gekommen zu sein.

„Ich dachte mir, ich schaue einfach einmal vorbei. Wenn es hier schon ein Krimifestival gibt, sollte ich als Polizeireporter wenigstens eine Veranstaltung besucht haben. Kennen Sie Bücher der Autoren, die hier lesen? Mir sagt eigentlich nur Reinhold Herz etwas. Sein letzter Feinschmecker-Krimi mit der gewöhnungsbedürftigen Ermittlerin wird ja über die Maßen in der Presse gelobt."

Rebekka Holthaus bejahte. „Ich habe mich vorbereitet, indem ich sowohl von Silvia Katz als auch von Frank Woiwod einen Roman gelesen habe. Beide Bücher sind recht gut, aber das neue von Herz toppt sie beide. Sein Krimi spielt in der Provence. Allein die Speisen, die darin vorkommen, lassen einem das Wasser im Mund zusammenlaufen und wecken die Sehnsucht nach Frankreich. Ein Blick in die Bestsellerlisten zeigt, dass er inzwischen längst der Crème de la Crème des deutschen Krimis angehört", raunte ihm Rebekka Holthaus zu.

Diese Bemerkungen machten Edgar hellhörig. Aus dem Telefonat, das er mit Claasens Assistentin Maria Maier am Tage von Lutz' Tod geführt hatte, wusste er, dass sein alter Freund einen beruflichen Wechsel anstrebte. Karin ließ zwar selten etwas über ihre Ermittlungen verlauten, aber sie hatte beim gemeinsamen Essen kurz erwähnt, dass auch Meyerbrinck mit seinem Islandkrimi neue Wege beschritten hatte. Und Sieglinde Sonnentaus Kinderroman erfuhr ebenfalls einen unerwarteten Hype. Allen dreien bescherten ihre neuen Konzepte großen Erfolg. Da könnte möglicherweise der Grund für ihre Ermordung liegen.

Auch Herz passte in diese Reihe. Befand er sich am Ende ebenfalls im Visier des Mörders? Edgar fühlte sich plötzlich etwas mulmig, aber ein Polizeireporter hatte keinen Schiss zu haben, sondern befand sich stets auf der Suche nach spannenden Erlebnissen. Außerdem glaubte er nicht, dass der Mörder es wagen würde, vor all den Zuhörern zuzuschlagen. Bisher waren die Morde unbemerkt von der Öffentlichkeit geschehen. Warum sollte er jetzt von dem Schema abweichen?

Da das Lokal rappelvoll war, organisierte Rebekka ihm noch einen Stuhl, der neben ihren direkt vor den Tisch gestellt wurde, an dem die Schriftsteller lasen. Edgars Platz lag gegenüber einer großen Glasfront, die die gesamte Stirnseite einnahm. Die Autoren und die erste Reihe der Zuhörer saßen wie auf einem Präsentierteller und waren von außen gut zu sehen. Edgar rückte seinen Stuhl so, dass er sich im Schatten der Lesenden befand.

Frank Woiwod begann, Silvia Katz sollte auf ihn folgen. Bisher verlief alles glatt und es gab keinerlei Störungen. Die

Stimmung war locker und Autoren wie Publikum waren gut aufgelegt. Edgar entspannte sich und schaute auf den Liebfrauenplatz vor dem Lokal. Heute war Markttag und die Stände hatten noch bis 14 Uhr geöffnet. Da die Sonne schien, herrschte beim Marktfrühstück dichtes Gedränge. Edgar wusste, dass sich dort nicht nur Kollegen aus der Zeitungsredaktion und vom SWR einfanden, sondern auch der Oberbürgermeister, der Citymanager, der Chef der Touristikzentrale sowie weitere Lokalpolitiker auf einen Plausch vorbeikamen. Und wenn ein Heimspiel der 05er anstand, bereicherten rot-weiß-gekleidete Fans zusätzlich die Szenerie.

Edgar beobachtete Passanten, die schwarmgleich an der gläsernen Front vorüberzogen. Tütenbeladene Fußgänger mittleren Alters gehörten genauso dazu wie Rollatoren schiebende Senioren und kleine Gruppen Jugendlicher, die mehr mit ihren I-Phones beschäftigt waren als mit ihren Freunden. Hin und wieder blieb jemand stehen und warf einen neugierigen Blick ins Hintz und Kuntz um herauszufinden, was in dem vollbesetzten Restaurant vor sich ging.

Silvia Katz beendete ihre Lesung. Die folgende Pause wurde von den Rauchern genutzt, die rasch ins Freie strömten. Auch Edgar und Rebekka Holthaus standen auf.

„Hat es Ihnen bisher gefallen?“, fragte sie ihn.

Edgar senkte die Stimme und vergewisserte sich, dass kein Autor in Hörweite war. „Ehrlich gesagt war ich in meine persönlichen Betrachtungen versunken und habe nicht jedes Wort mitbekommen“, gestand er freimütig.

„Gut, dass ich den Artikel schreibe!“, lachte sie. „ Ich werde jetzt mal an meine Arbeit gehen und die Autoren interviewen.“

Edgar war sich selbst überlassen und nutzte die Gelegenheit, um über Rebekka Holthaus’ Frage nachzudenken.

Frank Woiwood und Silvia Katz hatten ihre Sache sicher gut gemacht. Aber ihre Art Krimis war nicht seine Sache. Er bevorzugte Detektive wie Sherlock Holmes, Hercule Poirot oder Miss Marple mit ihrer deduktiven Kombinationsgabe, ihren liebenswerten Schrullen und der Fähigkeit, zwischenmenschliche Beziehungen ohne große Betroffenheit in ihrer gesamten Spannweite zu erfassen. Auch die Philips, Sams und Johns der amerikanischen Klassiker, die hart im Nehmen, aber nicht weniger großzügig im Austeilen waren, trafen eher seinen Geschmack. Ihm sagte die alte Schule einfach mehr zu, in der die Grenzen klar gezogen waren und in der der Leser von vornherein wusste, worauf er sich einließ. In seinem Beruf wurde er oft mit schweren Schicksalen konfrontiert, er wollte nicht auch noch seine Freizeit damit belasten. Deshalb bevorzugte er Sachbücher, Reisereportagen oder ruhige Erzählromane.

Die Pause endete und die Zuhörer nahmen wieder ihre Plätze ein. Inzwischen war es Viertel vor zwei, und die ersten Marktbeschicker machten sich unauffällig ans Zusammenpacken. Der Fußgängerstrom schob sich weiterhin am Fenster vorbei und zog wieder Edgars Aufmerksamkeit auf sich. Er wurde schläfrig und versuchte, sich wachzuhalten, indem er sich auf eine Person vor dem Schaufenster des gegenüberliegenden Antiquariats konzentrierte. Er vermochte nicht zu sagen, ob es sich um einen Mann oder eine Frau handelte, denn die Person war weder groß noch klein und für die milden Temperaturen übermäßig eingemummt, sodass nicht viel vom Körper zu erkennen war. Das einzige prägnante Merkmal war der Jack-Wolfskin-Rucksack. Immer wieder drehte sie sich um und schaute verstohlen herüber, wandte sich dann aber rasch wieder ab. Ihm schien, als warte die Gestalt auf etwas Bestimmtes. Jetzt setzte sie den Rucksack ab und kramte etwas hervor, das kurz silbern aufblitzte, bevor es in der Manteltasche verschwand. Edgar wurde nervös, ohne den Grund benennen zu können. Endlich schickte sich die Person an zu gehen und Edgar atmete erleichtert auf.

Reinhold Herz stellte seine beiden letzten Romane vor. Er hatte gerade einige actionreiche Passagen aus seinem Agententhriller beendet und wechselte nun mit „Essen und gefressen werden“ in ruhigere Gefilde. Seine französische Ermittlerin Eveline Savarin, von Beruf Sommelière und Weinkritikerin, bereiste „La Belle France“, um nach den besten Produkten des Landes zu suchen. Mit einer gehörigen Portion Resolutheit, Selbstironie und Mutterwitz ausgestattet, fahndete sie im Umfeld von Gourmetrestaurants, kleinen Landgasthöfen sowie Feinkostherstellern und stieß dabei auf kleinere und größere Verbrechen wie Korruption, Weinpanscherei, Lebensmittelbetrug, Erpressung und Mord.

Nach einer besonders amüsanten Sequenz ließ der Autor dem Publikum Zeit zum Lachen. Er trank einen Schluck Wasser und nachdem wieder Ruhe eingekehrt war, setzte er die Lesung fort. In diesem Moment tauchte wie aus dem Nichts die vermummte Gestalt direkt vor dem Fenster in Reinhold Herz’ Rücken auf. Einige Sekunden verharrte sie unbeweglich hinter dem Autor, dann griff sie in die Manteltasche und zog etwas Metallisches hervor, das sie auf den Lesenden richtete. Erst jetzt erkannte Edgar, dass es eine Waffe war. Er schien der Einzige zu sein, der sah, was draußen vor sich ging. Sein Körper handelte reflexartig und reagierte schneller als sein Verstand.

Er brüllte laut: „Achtung, ducken!“, schubste Rebekka Holthaus vom Stuhl und warf sich selbst auf den Boden.

Niemand folgte seiner Aufforderung. Alle blieben sitzen und starrten ihn an, als wäre er plemplem. Reinhold Herz schien sich sogar über diese kleine Einlage zu amüsieren. „Schön, dass mein Roman solche Reaktionen auslöst", kommentierte er Edgars Warnung.

Der Journalist brüllte ihn an. „Runter, du Trottel, sonst hast du gleich eine Kugel im Rücken."

Herz glaubte ihm immer noch nicht, sondern drehte sich in aller Gemütsruhe um. Ein Schuss fiel. Das knirschende Geräusch berstenden Glases war zu hören. Auf den Gesichtern in den vorderen Reihen zeichnete sich Entsetzen ab. Jemand schrie auf, weitere Schreie waren zu hören. Unmittelbar darauf folgte ein zweiter Schuss. Herz sprang in seiner Panik vom Stuhl und wollte sich Richtung Tresen retten, statt sich zu Boden zu werfen. Dabei stieß er gegen den Tisch. Möbelstücke fielen um, Geschirr ging zu Bruch. Ein dritter Knall zerriss die Luft. Reinhold Herz taumelte, geriet ins Straucheln und brach zusammen.

Der Schemen vor dem Fenster verschwand so plötzlich wie er gekommen war. Die Schüsse schienen die Zeit auf dem Liebfrauenplatz angehalten zu haben. Passanten und Martkbeschicker verharrten in einer Schockstarre. Erst als Gäste des Lokals ins Freie flüchteten, kam wieder Leben in sie. Manche suchten schnellstmöglich das Weite, andere überwanden ihre Furcht und eilten herbei um zu helfen.

Über das Hintz und Kuntz senkte sich Stille, die nur von leisem Schluchzen der verletzten und traumatisierten Opfer unterbrochen wurde. Edgar wagte schließlich, den Kopf zu heben und schaute auf die zerstörte Scheibe, die dem Anschlag standgehalten hatte, aber jede Sekunde in sich zusammenzufallen drohte. Alles war so schnell gegangen, dass es ihm wie ein grausamer Spuk erschien. Er rappelte sich auf.

Gäste kauerten zwischen dem Mobiliar und pressten sich die Hände auf ihre Ohren, als könnten sie so das Geschehene ausblenden. Sein Blick wanderte weiter zu Reinhold Herz, der reglos vor ihm lag und neben dessen Kopf sich eine kleine Blutlache bildete. Wie in Trance ging er zu ihm, tastete nach seinem Puls und wählte dann die 110. Danach schrieb er Karin mit zittrigen Fingern eine SMS. Das Blut auf seiner Hand bemerkte er nicht.

Acht

Marco brütete über der E-Mail des Dr. Mabuse, die den Betreff D hatte. „Ich komme mir vor wie beim Bilderraten", stöhnte er, als Samir und Karin in sein Büro kamen. „Ist das jetzt das Stück einer Pastete im Brotteig?", fragte er und deutete auf den Bildschirm.

„Ich tippe auf Gänseleber", meinte Samir.

„Könnte sein. Was hältst du von Ententerrine?"

„Wäre auch möglich."

Karin beteiligte sich nicht an ihren Spekulationen, sondern wühlte fieberhaft die Taschen ihres Mantels durch. Verdammt noch mal, wo hatte sie nur das Programm der Mordiale, die Edgar ihr besorgt hatte? Sie hätte schwören können, dass sie es eingesteckt hatte, als sie seine Wohnung verließ. Aber es blieb unauffindbar. Die Pastete war ein Fingerzeig, der auf Essen hindeutete. Sollte das nächste Opfer der Verfasser eines Kochbuchs sein? Sie wählte Edgars Handynummer, aber er hob nicht ab.

„Was ist mit Kalbsleber?", riet Samir weiter.

„Viel zu hell."

„Quatsch!"

„Doch!“

„Jetzt hört endlich mit diesem Kinderkram auf“, unterbrach Karin. „Dafür ist die Lage zu ernst. Unser nächstes Opfer hat etwas mit Essen im weitesten Sinne zu tun. Fällt euch etwas dazu ein?“

Beide verneinten.

„Ruf mal die heutigen Lesungen im Internet auf“, bat sie Marco, der sogleich die entsprechende Seite fand.

Drei Augenpaare überflogen die Liste. Karin deutete auf zwei Veranstaltungen. „Diese beiden würden passen. Einmal die Lukullische Straßenbahn und dann der Crime-Lunch MordsMittag“.

„Was ist denn eine Lukullische Straßenbahn?“, wunderte sich Samir. „Blöder Titel, klingt, als ob man die essen könnte.“

„Scherzkeks.“ Marco klickte den Link an und las die Beschreibung vor. „Kurzkrimis rund ums Essen, serviert in der historischen Straßenbahn, garniert mit Mainzer Spezialitäten.“

„Steht da etwas über die Autoren?“, wollte Karin wissen.

Marco nannte zwei Namen, die ihnen unbekannt waren, und googelte sie. „Die beiden sind nicht gerade Berühmtheiten und haben in letzter Zeit auch nicht für Furore gesorgt. Wenn der Täter bei seinem Muster bleibt, scheiden sie aus.“

„Okay, dann check doch mal den Crime-Lunch“, forderte Karin ihn auf.

„Das klingt schon vielversprechender. Es findet im Hintz und Kuntz am Liebfrauenplatz statt. Es lesen Frank Woiwod, Silvia Katz und Reinhold Herz. Davor und danach besteht die Möglichkeit, Essen zu ordern.“

„Abfragen!“

Es dauerte eine Weile, bis alle drei überprüft waren.

„Wir haben unser Opfer“, bestätigte Marco. „Reinhold Herz. Er schreibt kulinarische Krimis. Sehr witzig übrigens, wenn man seinen Fans glauben darf.“

„Marco, such schnell die Telefonnummer von dem Laden raus und Samir, du trommelst inzwischen das Einsatzkommando zusammen“, ordnete Karin an.

In diesem Augenblick vibrierte ihr Handy. Eine SMS von Edgar ging ein. „SOS im Hintz und Kuntz.“

Karin sackte das Herz in die Hose.

Neun

Das Adrenalin schoss in Wellen durch seine Blutbahnen und machte ihn schnell wie der Blitz. Er floh durch die Scharrngasse Richtung Holzhof. Ein Glücksrausch erfasste ihn und verlieh ihm das Gefühl von Unbezwingbarkeit. Er hatte gewagt, in aller Öffentlichkeit einen Anschlag zu verüben und keiner hatte ihn daran gehindert. Das jahrelange Training zahlte sich aus. Als er abfeuerte, war er erstaunlich ruhig geblieben. Seine Hand hatte nicht gezittert und seine Augen waren fest auf das Ziel gerichtet gewesen, auch wenn die Scheibe nach dem Schuss nicht wie in Filmen und bei seinem Probelauf zu Hause in tausend Splitter zersprungen war, sondern weiter standhielt. Dafür durchbohrte das dritte Projektil die gläserne Wand und schien sein Ziel gefunden zu haben, denn Herz war unmittelbar danach umgefallen. Alles passierte unglaublich schnell, obwohl es ihm vorgekommen war, als hätte er ewig dort gestanden und gefeuert.

Er spurtete zu dem Altkleidercontainer, den er sich zuvor ausgesucht hatte, um sich dort des Mantels und des Schals zu entledigen. Die Waffe behielt er und steckte sie in seinen Rucksack. Sie war immerhin das Vermächtnis seines Ahnen. Passanten gingen an ihm vorüber und schenkten ihm keinerlei Beachtung. Streifenwagen und Ambulanzen fielen wie ein Heuschreckenschwarm in das Zentrum ein. Überall blinkte es kobaltblau, und das Sirenengeheul übertönte sogar die anfliegenden Flugzeuge des Frankfurter Flughafens.

Das war sein Werk! Er genoss den Triumph in vollen Zügen. Ein weiterer Mistkerl hatte das bekommen, was er verdiente. Er hätte sich gern mit eigenen Augen überzeugt, ob der Anschlag geglückt war, und es zog ihn an den Ort seines Attentats zurück. Aber er hatte anderes zu tun. An der nächstgelegenen Haltestelle bestieg er den Bus. Er würde eben warten müssen, bis die Medien über das Attentat berichteten.

Zehn

Karin machte ihrem Ruf als Kamikazefahrerin alle Ehre. Samir und Marco konnten den physikalischen Kräften nicht trotzen und wurden hin und her geschleudert. Endlich erreichten sie ihr Ziel und bogen in die Fußgängerzone am Fischtor ein. Karin bremste so abrupt, dass Marco fürchtete, der Airbag des Dienstwagens würde sich öffnen. Samir war noch nie zuvor für die Erfindung der Sicherheitsgurte so dankbar gewesen wie in diesem Augenblick, auch wenn der Gurt nach dem Gerüttel blockierte und sich nicht öffnen ließ.

„Noch einen Kilometer weiter und ich hätte gekotzt“, flüsterte Marco Samir zu, als dieser sich endlich befreit hatte und ausstieg.

„Dito. Ich brauche jetzt erst einmal frische Luft", japste er.

Eine Ambulanz war bereits da, ebenso zwei Einsatzfahrzeuge und mehrere Fußstreifen, die das Areal sicherten. Karin hielt ihren Ausweis vor sich und stürmte ohne ihre Kollegen in das Hintz und Kuntz. Dort sah es aus wie auf einem Schlachtfeld. Sie registrierte mit einem Blick die durcheinandergeworfenen Stühle, die herumliegenden Glassplitter und die traumatisierten, teilweise verletzten Menschen, die mit leerem Blick vor sich hin starrten. Vor dem Fenster inmitten von Scherben hockte Edgar. Neben ihm kauerte eine junge Frau, die zwar leichenblass war, aber gefasst wirkte. Er wandte Karin den Kopf zu, als sie zu ihm kam. Erleichterung durchflutete sie, er schien unverletzt. Sie unterdrückte den Impuls, ihn zu umarmen, und legte ihm stattdessen die Hand auf die Schulter. Nur gut zwei Meter entfernt kümmerten ein Arzt und zwei Sanitäter sich um einen Ohnmächtigen.

„Ist das Reinhold Herz?", fragte sie leise.

„Ja. Jemand hat ein paar Mal auf ihn geschossen. Einfach so durch die Glastür. Er fiel um und ist seitdem bewusstlos, und er blutet am Kopf hinter seinem Ohr", stammelte Edgar und betrachtete seine blutbefleckte Hand, mit der er am Hals des Verletzten nach dessen Puls gefühlt hatte.

„Du solltest das abwaschen gehen", schlug Karin ihm vor. Während er mühsam aufstand, wandte sie sich an die junge Frau. „Wie geht es Ihnen?"

„Ganz okay. Ich bin Rebekka Holthaus, Volontärin bei der Zeitung und sollte einen Artikel über die Lesung schreiben. Das ist alles so furchtbar. Hätte Herr Frentz mich nicht zu Boden gestoßen, wäre ich vielleicht getroffen worden."

„Jetzt beruhigen Sie sich erst mal, am besten draußen,

damit Sie all das hier nicht länger sehen müssen. Was Sie eben miterlebt haben, ist furchtbar, aber Sie haben es jetzt überstanden."

Die junge Frau nickte. Karin half ihr hoch, und sie wankte mit ihrer Unterstützung ins Freie. Der Liebfrauenplatz füllte sich zusehends mit Kranken- und Streifenwagen und es gab kaum noch ein Durchkommen. Karin holte von drinnen einen Stuhl und drückte sie sacht auf die Sitzfläche. „Warten Sie hier, ich bin gleich wieder bei Ihnen."

Dann ging sie hinein und sah, wie der Arzt eine Infusion legte. Demnach lebte der Autor noch. Nachdem sie sich ausgewiesen hatte, erkundigte sie sich nach dessen Gesundheitszustand.

„Er scheint keine Schussverletzung zu haben. Das Blut stammt aus der Platzwunde am Hinterkopf, die er sich wahrscheinlich beim Sturz gegen die Tischplatte zuzog. Er könnte eine schwere Gehirnerschütterung haben. Wir nehmen ihn mit in die Klinik, um weitere Untersuchungen machen zu können. Falls meine Diagnose zutrifft, bleibt er unter Beobachtung, bis er stabil ist. Außerdem müssen wir innere Verletzungen ausschließen."

„Das heißt also, dass er ein paar Tage in ärztlicher Obhut verbringt."

„Korrekt."

„Da ein Anschlag auf ihn verübt wurde, wird einer meiner Kollege ihn begleiten", legte Karin kurzerhand fest.

„Das dürfte kein Problem sein."

Die Sanitäter hatten inzwischen eine Trage organisiert und machten sich daran, den Autor umzubetten.

Auch die anderen Gäste wurden inzwischen versorgt. Wo Edgar so lange blieb? Karin fand ihn in der Männertoilette vor einem Waschbecken, an dem er sich kaltes Wasser über die Unterarme laufen ließ. Auch sein Gesicht und der Haaransatz waren feucht.

„Alles in Ordnung?“, meinte sie fürsorglich und strich ihm zärtlich über den Rücken.

Er richtete sich auf und schüttelte das Wasser ab. „Nein, es ist nicht in Ordnung. Ich habe eben in die Mündung einer Waffe geschaut und mir beinah in die Hosen gemacht vor Angst. Wie hältst du das nur aus?“, fragte er verstört und umklammerte sie so fest, dass ihr beinah die Luft wegblieb.

„Gewöhnung.“

Er lockerte seinen Griff und starrte sie fassungslos an. „Du bist ja richtig abgebrüht!“

„Das täuscht, aber ich lasse solche Dinge einfach nicht mehr an mich heran. Mein Beruf ist nun mal mit gewissen Risiken verbunden. Wenn ich unentwegt daran denke, reibt mich das auf und macht mich letztendlich nur unsicher. Also blende ich sie weitgehend aus.“

Er löste sich von ihr und ging auf Abstand, auch in seinem Blick lag plötzlich Distanz.

„Lass uns später darüber reden“, bat sie und er nickte. „Ich habe gerade mit dem Arzt gesprochen. Herz geht es relativ gut. Er wurde nicht angeschossen, sondern hat eine Kopfwunde und wahrscheinlich eine Gehirnerschütterung. Er dürfte bei seiner Flucht gestolpert und gegen den Tisch geknallt sein. Er kommt zur Beobachtung ins Krankenhaus, und ich lasse ihn zu seiner Sicherheit bewachen. Wieso bist du überhaupt hier? Heute Morgen war nicht die Rede davon, dass du eine Lesung besuchst. Ich hätte dich daran gehindert.“

„Ich kann für mich selbst entscheiden.“

„So habe ich das nicht gemeint, ich bin nur um dich besorgt.“

„Ich weiß. Aber warum habt ihr diesen Crime-Lunch überhaupt stattfinden lassen und Menschen unnötig in Gefahr gebracht, wenn hier ein Irrer rumläuft und Teilnehmer abknallt?“

„Wir wollten die Mordiale längst abblasen lassen, aber die Veranstalter haben sich geweigert. Groß war sogar bereit, das rechtlich durchzusetzen. Nach dem Mord an Sieglinde Sonnentau waren die Ausrichter dann endlich einsichtig. Aber es sind eben etliche Lesungen und Workshops über das Stadtgebiet verteilt, und es dauert, bis alle Veranstaltungsorte informiert sind.“

„Okay, das leuchtet mir ein“, entgegnete er versöhnlicher.

„Du scheinst als Polizeireporter ein untrügliches Gespür für Gefahrensituationen zu haben“, versuchte sie zu scherzen.

„Eigentlich nicht, und ich kann nach diesem Erlebnis liebend gern darauf verzichten.“

„Ich will nicht den Vormittag auf dem Männerklo verbringen. Lass uns nach draußen zu Rebekka Holthaus gehen und dann erzählst du mir, was genau passiert ist.“

Das Restaurant war bis auf die Kriminaltechniker leer. Martin und Christina durchkämmten mit weiteren Kollegen den Boden Zentimeter für Zentimeter. Samir und Marco befragten das Personal in der Küche. Reinhold Herz wurde gerade in einen Krankenwagen geschoben. Karin veranlasste, dass er von nun an rund um die Uhr bewacht wurde, dann ging sie zu Edgar und Rebekka Holthaus.

„Ich brauche eure Aussage, und zwar so genau wie möglich. Edgar, fängst du an?“

„Der Schütze trug einen schwarzen Kapuzenmantel und einen Schal. Er war mittelgroß. Über seine Statur kann ich ansonsten nichts sagen, die war wegen seiner Kleidung schwer zu erkennen, aber er bewegte sich wie ein schlanker

Mensch. Erst lungerte er einige Zeit vor dem Antiquariat herum, dann war er kurz weg und tauchte urplötzlich hinter dem Rücken von Reinhold Herz auf. Ich saß schräg vor ihm, sodass er mir nur teilweise die Sicht verdeckte. Ich konnte sehen, wie der Typ eine Waffe zog und zielte. Ich schubste Frau Holthaus vom Stuhl, warf mich zu Boden und warnte Herz, aber er glaubte mir nicht."

„War der Schütze ein Mann?"

„Ich denke ja, bin aber nicht ganz sicher. Es könnte auch eine Frau gewesen sein. Auf alle Fälle trug die Person einen dunklen Jack-Wolfskin-Rucksack."

Der Rucksack war Massenware. Vielleicht hatte Rebekka Holthaus mehr bemerkt. Aus Erfahrung wusste Karin, dass Frauen Dinge anders beobachteten und beurteilten als Männer. „Was haben Sie gesehen?"

„Gar nichts. Hätte Herr Frentz mich nicht nach unten gedrückt, hätte ich erst nach dem ersten Schuss kapiert, was da vorgeht. Ich habe mich ganz auf den Autor und meine Notizen konzentriert. Tut mir wirklich leid."

Die Ausbeute war nicht gerade groß und Karin erhoffte sich von der Kriminaltechnik weitere Erkenntnisse. „Sie können jetzt gehen."

Auch Edgar erhob sich. „Ich bringe Frau Holthaus nach Hause."

„Tu das."

„Du kannst dir sicher denken, dass ich über diesen Vorfall etwas schreiben muss?"

„Das ist mir klar."

„Der Artikel erscheint zwar erst am Montag, aber ich werde noch heute etwas in unseren Internetblog stellen."

„Muss das sein? Dann rennen uns deine Kollegen die Bude ein."

„Das tun sie doch jetzt schon. Sieh mal Richtung Fischtorplatz“, sagte er, und tatsächlich befand sich jenseits der Absperrung eine regelrechte Armada aus Kameras, Mikrofonen und Reportern.

„Das hat ja so kommen müssen. Tu mir nur den Gefallen und lass nichts über Herz' Gesundheitszustand verlauten und dass er in eine Klinik gebracht wurde“, bat Karin und strich ihm kurz über den Arm.

„Sehen wir uns heute Abend?“, fragte er.

„Keine Ahnung. Das hängt ganz davon ab, wie dieser Tag sich noch entwickelt.“

Elf

Müde saßen die Kommissare im Besprechungsraum der SoKo Krimi und schwiegen. Die Verbrechen kamen Schlag auf Schlag und ließen ihnen kaum Zeit zum Luftholen. Das Puzzle aus Namen und Fotos auf der Wandtafel ließ sich nicht zusammensetzen, so lange sie auch darauf starrten. Sie brauchten eine kurze Verschnaufpause und jeder hing seinen eigenen Gedanken nach.

Marco überlegte, wie er doch noch ein Whiteboard durchsetzen konnte. Bei einer Mordserie wie dieser hätten sie jetzt einen viel besseren Überblick. Samir hoffte, dass er seine Verabredung mit einem Kumpel zum Klettern heute Abend in der Halle in Mombach einhalten konnte. Er hatte sie schon einmal verschoben, was seinem neuen Bekannten nicht gerade gefallen hatte. Marlene dachte an den Gutenberg-Marathon, an dem sie im nächsten Jahr teilnehmen und über die volle Distanz laufen wollte. Urs fürchtete, dass der geplante Kinoabend mit seiner Frau und ein paar Freunden ins Wasser fallen könnte, was wieder in gehörigem Beziehungsstress enden würde. Karin hatte ein Loch im Bauch und träumte von Edgars Kochkünsten. Martin überschlug die Kosten für die sündteure Kamera, die er sich für den Neuseelandurlaub kaufen wollte, wenn er endlich genehmigt war. Christina wog das Für und Wider von Single-Börsen ab, sie hatte das Alleinsein ziemlich satt. Gerade in angespannten Situationen wie dieser sehnte sie sich nach einer Schulter zum Anlehnen. Alex Groß kam sich machtlos vor. Sein Magen rebellierte und er stieß sauer auf. Das Antacidum hatte er wieder einmal vergessen und bereute es nun. Der frisch gebrühte Kaffee löste wahre Säureeruptionen aus, sodass er die Tasse bedauernd von sich schob. Er schaute in die müden Gesichter seiner Kollegen und drängte nicht. Sie brauchten einen kurzen Moment für sich. Polizisten waren keine Maschinen, obwohl sie ihm oft genug so vorkamen. Zu wenig Personal, Überstunden, Einsätze in der Nacht, keine freien Wochenenden – und stets verlangte man von ihnen, dass sie weitermachten. Genau wie jetzt.

Da draußen lief ein Mörder, liefen vielleicht sogar mehrere rum und sie hinkten hinterher. Trotz der regelmäßigen Ankündigungen per E-Mail war es ihnen nicht gelungen, wenigstens ein Verbrechen zu verhindern. Zwar hatte er endlich die Absage der Mordiale durchgesetzt, aber für Meyerbrinck, Claasen und jetzt auch noch Sieglinde Sonnentau kam das zu spät. Wenigstens Reinhold Herz hatte mit einer schweren Gehirnerschütterung überlebt. In ein paar Tagen würde er wieder auf dem Damm sein, was er dem Sicherheitsglas des Fensters zu verdanken hatte und nicht dem Einschreiten der Polizei.

Schließlich räusperte er sich und die Köpfe wandten sich

ihm zu. „Hinter diesen Morden stecken ein ausgeklügeltes System und exakte Planung. Der Mörder macht keinen Hehl aus seiner Absicht, sondern lässt uns teilhaben, aber trotzdem kommen wir immer zu spät. Da gibt es nichts zu beschönigen und ich mache auch niemandem Vorwürfe. Dennoch lässt uns das nicht gut aussehen. Auch wenn wir augenblicklich unter großem Druck stehen, sollten wir nicht übereilt reagieren und uns von den Ereignissen emotional nicht zu sehr beeinflussen lassen, so wie wir das eigentlich immer tun. Mir ist bewusst, dass uns dieses Mal besonders viel abverlangt wird. Deshalb schlage ich vor, dass wir jetzt gemeinsam die Fakten durchgehen, und zwar chronologisch und nach Personen geordnet. Vielleicht haben wir ja bisher etwas übersehen. Fangen wir mit den Gemeinsamkeiten der Fälle an. Karin, übernimmst du bitte?"

Die Kommissarin lockerte gerade die Verspannungen in ihrem Genick durch Kopfrollen und gleichmäßiges Schulterheben und -senken, unterbrach dies jetzt aber. „Für alle vier Opfer gilt, dass sie erstens in irgendeiner Form an der Mordiale teilnahmen oder es zumindest planten. Dass ihnen zweitens berufliche Veränderungen wegen neuer Projekte oder Konzepte bevorstanden, die ihnen mehr Geld und mehr Ruhm bescherten. Dass es drittens keine zurückverfolgbaren Spuren gibt, weder im Internet noch was die Telefonverbindungen der Opfer anbelangt, da alle Mitteilungen von Rechnern aus unterschiedlichen Internetcafés kamen, in denen sich niemand an auffällige Gäste erinnert. Auch die Auswertung der Überwachungskameras sowie unserer Observationen helfen uns nicht weiter. Die ermittlungsrelevanten Telefonate wurden aus öffentlichen Telefonzellen geführt und sind keiner Person zuzuordnen. Viertens scheint jeder Mord auf die Opfer individuell zugeschnitten zu sein und hat somit etwas Persönliches, beinah Intimes. Die Ausführung der Verbrechen trieft vor Zynismus und legt eine Kaltblütigkeit an den Tag, die erschreckend ist. Der Mörder scheint einen abgrundtiefen Hass gegen die vier zu empfinden."

„Durch was könnte dieser Hass begründet sein, außer durch Neid, über den wir ja schon diskutiert haben?", fragte Groß in die Runde.

„Persönliche Schmähung des Mörders durch die Opfer würde die Intimität der Taten erklären", spekulierte Samir. „Zumindest die Männer waren nicht gerade zimperlich im Umgang mit ihren Mitmenschen. Meyerbrinck zum Beispiel führte in der Bar der Villa Viola seinen Kollegen Roger de Liernais vor, indem er seine Bücher verunglimpfte. Das Gleiche tat er mit Herlinde von Hachenburg und könnte es bei anderen Autoren ebenfalls gemacht haben. So schafft man sich Feinde. Lutz Claasen mobbte einen Schauspieler, der ihm nicht passte, aus einer Serie und hätte das wohl auch in Zukunft getan, wenn ihm ein Gesicht nicht mehr gefiel. Und Reinhold Herz lieferte sich in seinem Internetblog eine regelrechte Schlammschlacht mit einem Literaturkritiker, der seine Bücher als trivial und unbedeutend abtat. Er scheint gegen Kritik nicht gerade immun zu sein und setzt sich zumindest verbal vehement zur Wehr. Das haben Marco und ich vorhin noch schnell im Internet entdeckt. Alles in allem wirft das kein besonders gutes Licht auf die Charaktere der Betroffenen."

„Habt ihr inzwischen die Literaturagentur von Frau Sonnentau ausgemacht?", hakte Groß nach.

„Ja, aber am Wochenende ist dort niemand zu erreichen, genauso wie in ihrem Verlag, der ihr letztes Buch publiziert hat. Auch auf den Privatanschlüssen habe ich niemanden erwischt und die Mobilfunknummern sind nicht bekannt. Wir müssen uns also bis Montagmorgen gedulden."

„Was gibt es sonst noch?"

Christina meldete sich zu Wort. „Der Inhaber des Klassikerverleihs hat zurückgerufen und eine recht schwammige Beschreibung des Mannes geliefert, der den Volvo mietete. Sie trifft auf achtzig Prozent der Männer zwischen zwanzig und vierzig zu. Im Oldtimer selbst fanden sich keine Haare, Hautschuppen oder Fasern geschweige denn verwertbare Abdrücke des Fahrers. Was auch logisch ist, da laut dem Vermieter der Mann einen Einmaloverall und Handschuhe trug, als er sich hinters Steuer setzte. Der Mann habe behauptet, er wolle den Oldtimer schonen, was der Verleiher auch so akzeptierte. Solche Overalls bekommst du in jedem Baumarkt. Sie sind genauso Allerweltsware wie das Messer im Mordfall Meyerbrinck und die Decke, unter der Frau Sonnentau lag."

„Die Geschosse, die wir im Hintz und Kuntz gefunden haben, stammen übrigens aus einem Revolver. Wir konnten sie noch nicht abgleichen, aber es scheint sich um eine alte Waffe, vielleicht sogar um Vorkriegsware zu handeln", erklärte Martin.

„Gibt es dafür überhaupt noch Munition?", erkundigte sich Groß.

„Bestimmt übers Internet oder in Waffenläden. Aber wir hatten noch keine Zeit, das zu überprüfen. Wir sind ja erst kurz vor der Besprechung vom Tatort hierhergekommen. Wenn aber meine Vermutung zutrifft, finden wir den Besitzer vielleicht auf diesem Weg. Doc Waldner geht bei Sieglinde Sonnentau von der Vermutung aus, dass sie vergiftet wurde. Lange war sie nämlich noch nicht tot und starb also keinesfalls direkt nach ihrem Verschwinden. Er unterzieht ihr Blut einem toxikologischen Test. Aber die Analyse braucht ihre Zeit."

Marlene Walz war nervös auf ihrem Stuhl hin und her gerutscht. Auf ihren Wangen zeichneten sich unschöne Flecke ab, was Alex Groß nicht entging. Er hatte die junge Kommissarin in die Mordkommission geholt, weil ihr der Ruf vorauseilte, akribisch zu sein und sich regelrecht in Fälle zu verbeißen. Der Leiter des K1 hatte sie wenig schmeichelhaft als „polizeilichen Terrier" bezeichnet. Bisher hatte sie allerdings weder das eine noch das andere erkennen lassen und auch keine sonderliche Eigeninitiative gezeigt.

„Marlene, haben Sie eine Idee?"

Die Flecken vertieften sich. Nervös drehte sie ihren Kuli zwischen den Fingern. „Ich erzähle Ihnen jetzt nicht gerade etwas Neues, aber ich muss für meine Erklärung weiter ausholen. Wie Frau Weber bereits sagte, hatten alle Opfer mit ihren letzten Romanen oder Projekten ziemlichen Erfolg, weil sie plötzlich etwas veränderten, und wir nehmen ja an, dass das eine mögliche Verbindung ist. Auf die ersten drei trifft das ja auch zu, auf Frau Sonnentau allerdings nicht. „Die Spurenleser" sind nämlich ein Remake von einem ihrer Kinderbücher aus den späten Neunzigern."

„Wie bitte? Woher wissen Sie das denn?"

Marlene legte den Kugelschreiber hin. „Ihr Verleger teilte es mir mit. Wie Herr Stockwinkel erklärte, war im Verlag niemand verfügbar. Auf gut Glück bin ich deshalb die Liste der Krimifestivalteilnehmer durchgegangen und fand heraus, dass ihr Verleger sich momentan in Mainz aufhält und die Mordiale besucht. Die Veranstalter nannten mir sein Hotel und ich rief ihn vorhin dort an. Der Tod seiner Autorin schockierte ihn, aber nachdem er sich wieder gefangen hatte, erläuterte er mir, dass es sich um eine Neuauflage handelt, die sich aber sprachlich kaum von der Erstauflage unterscheidet. Frau Sonnentau hat im Gegensatz zu den anderen also keinen neuen Schreibstil entwickelt. Es muss also an etwas anderem liegen, dass ihr Buch so eingeschlagen hat."

„Und wie erklärt er sich dann den Erfolg?"

„Ihr Verleger versteht es selbst nicht so recht, denkt aber darüber nach und redet mit ihrer Lektorin, die in engerem Kontakt mit ihr stand als er. Sie ist aber über das Wochenende in einem Wellnesshotel und nicht zu erreichen. Wir müssen uns also auch hier bis Montag gedulden."

Karin mischte sich ein. „Von ihrer Freundin Helga Holler wissen wir, dass weitere Bücher folgen sollten und auch eine Verfilmung geplant war. Hat er diesbezüglich etwas geäußert?"

„Nein, und er behauptet auch, nichts davon zu wissen. Er geht davon aus, dass der Rest eine Ente ist, denn Sieglinde Sonnentau würde mit der Verfilmung gegen ihren Vertrag verstoßen und auch über weitere neue Bücher wurde noch nicht verhandelt. Da schließt sich jetzt wieder der Kreis und ihre Literaturagentur kommt ins Spiel. Aber eben erst übermorgen."

Marco hatte den Gedankenaustausch nur am Rande mitverfolgt und sich stattdessen den Notizen auf der Wandtafel gewidmet. Seine Augen wanderten von links nach rechts über die vier Spalten, von denen je eine einem Mordopfer zugeordnet war. Die einzelnen Buchstaben von ‚Betreff: MORD' prangten wie eine Drohung darüber und dominierten die Fakten. Vier Buchstaben, wovon jeder für ein menschliches Schicksal stand. Dann blieb er auf den Absendern hängen: Bonnie, Clyde, Al Capone, Dr. Mabuse. Die Namen großer Verbrecher, von denen nicht jeder existiert hatte.

Plötzlich kam ihm ein Gedanke, den er auch sofort kundtat. „Wir haben da möglicherweise etwas komplett übersehen, was wohl daran lag, dass wir uns viel zu sehr auf die fotografischen Hinweise und den Betreff konzentriert und darüber die Absender vernachlässigt haben. Zunächst gingen wir davon aus, dass der Mörder sich mit uns einen Spaß macht, indem er verschiedene kriminelle Alter Egos wählt. Aber ich denke, es verhält sich ganz anders. Jeder Absender steht für eine andere Person, sodass wir es mit vier Tätern zu tun haben. Für jedes Opfer gibt es einen Mörder. Es ist ein richtiges kleines Syndikat!", schloss er aufgeregt seine Ausführungen.

Urs Beier schüttelte den Kopf. „Zwei ließe ich mir ja noch gefallen, aber gleich vier?"

Martin fuhr sich mit der Hand durch die Haare, sodass sie wild abstanden, und wippte auf seinem Stuhl, ein sicheres Zeichen, dass er sich gefordert fühlte.

Christina meinte entgeistert: „Wir sind doch nicht im Chicago der Dreißigerjahre."

„Du hast entschieden zu viel Fantasie", beharrte Karin, die ihm das schon öfter attestiert hatte. „Demnach wäre Bonnie eine Frau. Aber der Mord an Meyerbrinck trägt eher eine männliche Handschrift."

Marco wehrte sich. „Es könnte eine wütende Geliebte sein, die er sitzengelassen hat. Darin war er doch Spezialist, und der Menge der Kondome nach zu urteilen, die wir in seinem Zimmer fanden, erhoffte er sich wohl gewisse Stunden."

„Gegen eine versetzte Geliebte spricht, dass er mit einem einzigen gezielten Stich getötet wurde. Ein Mensch in Rage attackiert sein Opfer, bis sein Zorn verraucht ist", insistierte Martin.

Alex Groß legte die Stirn in Falten. „Und wie sieht diese

vermeintliche Organisation aus? Wie operiert sie Ihrer Meinung nach?"

„Ich nehme an, sie haben ein gut funktionierendes Kommunikationsnetz. Sie verabredeten die Taten im Netz, womöglich in einem geheimen Blog und von Internetcafés aus. Dafür sprechen die Einheitlichkeit der E-Mails und ihr koordiniertes Vorgehen. Ungebildet sind sie auch nicht, davon zeugt die Wahl der Namen. Sie arbeiten strukturiert, effektiv und gewieft. Bis auf das fehlgeschlagene Attentat gab es bei keinem Mord Komplikationen, und sie hinterlassen keine verwertbaren Spuren. Seit gut einem Jahr steht fest, dass die Mordiale hier stattfinden wird und somit blieb ihnen für die Planung ausreichend Zeit. Und aufgrund des Telekommunikationsgesetzes dürfen Verbindungsdaten nur für einen bestimmten Zeitraum aufbewahrt werden, der inzwischen gewiss überschritten ist. Sie sind bestimmt nicht so doof, während der letzten Wochen über ihre PCs kommuniziert zu haben, was wieder die Internetcafés ins Spiel bringt", endete Marco.

Je länger er geredet hatte, desto überzeugender fand er seine These und auch die Skepsis unter seinen Kollegen wich.

„Es gibt kein Verbrechen ohne einen Hinweis auf den Täter und wenn es nur die Tat an sich ist", warf Karin ein. „Du könntest mit deiner Annahme richtig liegen, denn das würde eine logische Erklärung für die unterschiedlichen personenbezogenen Ausführungsweisen der Morde liefern. Kein Mord gleicht dem andern, bis auf die Art der Ankündigung."

Marlene legte ihre Scheu ab. „Aber was brachte gleich vier Menschen dazu, zu Mördern zu werden? Ich frage noch einmal: Wo ist der gemeinsame Nenner?"

Erneut senkte sich Schweigen über den Raum. Alex Groß

stand auf und schaute aus dem Fenster, während seine Mitarbeiter sich in ihren Stühlen räkelten.

„Es kann nur ihr Erfolg sein!", fasste Marco zusammen. „Wieso hatten alle vier, die völlig unterschiedliche Genres vertreten, innerhalb relativ kurzer Zeit solch zündende Ideen, dass sie damit so erfolgreich wurden?"

Marlene gewann zunehmend an Selbstsicherheit und räusperte sich. „Mir kommt da gerade so ein Gedanke, der etwas verrückt klingt, aber vielleicht doch nicht ganz abwegig ist. Eigentlich stammt er nicht von mir, sondern aus einem ‚Tatort', der vor einigen Wochen gesendet wurde. Ein Autor bezichtigte darin einen Kollegen des Plagiats. Er behauptete, der Mann hätte sein Manuskript gestohlen und es dann unter seinem Namen publiziert. Der angebliche Dieb heimste die Lorbeeren ein, während der wahre Verfasser in die Röhre schaute. Um sich zu rächen, ermordete er den Dieb und rächte sich noch an weiteren Personen, die er damit in Zusammenhang brachte. Ich sehe da gewisse Parallelen zu unseren Fällen. Könnte das nicht auch auf unsere Opfer zutreffen? Unsere Überlegungen tendieren doch in diese Richtung. Drei von ihnen erfanden sich in kurzem Abstand neu, hatten frische, unverbrauchte Ideen oder änderten komplett ihren Stil. Was wäre, wenn sie gar nicht von ihnen stammten, sondern andere Urheber hätten, die sich betrogen sahen? Frau Sonnentau fällt da im Augenblick zwar noch raus, aber auch bei ihr könnte diese Möglichkeit bestehen. Dumm, dass ihr Verleger sich nicht präziser in dieser Beziehung äußern konnte."

Groß drehte sich um. „Guter Gedanke! Und er klingt einigermaßen plausibel. Am besten, Sie nehmen Kontakt mit einem Anwalt für Urheberrecht auf und fragen nach. Aber auch das geht erst am Montag. So wie es aussieht, sind uns ein paar Stunden Freizeit vergönnt. Aber übermorgen will ich, dass die Verlage von Meyerbrinck, Herz und Sonnentau angerufen werden und gezielt nach einem möglichen Urheberrechtsverstoß befragt werden. Und auch beim ZDF muss entsprechend nachgehakt werden. Marco, Sie hatten die Idee mit den vier Mördern, suchen Sie in dieser Richtung weiter. Da Herz der einzige Überlebende und somit ein wertvoller Zeuge ist, müssen wir ihn besonders schützen. Ihm wurde inzwischen Personenschutz gewährt. Sobald er vernehmungsfähig ist, konfrontieren die Kollegen Weber und Stockwinkel ihn mit unserer Annahme. Und jetzt wünsche ich einen hoffentlich ruhigen Samstagabend."

Zwölf

Er hatte ihn gleich erkannt, Falk Bodenheim, den Schweinehund. Es wunderte ihn, dass der Drehbuchautor hier war, denn im offiziellen Teil des Mordiale-Programms wurde sein Name nicht aufgeführt. Deshalb hatte er nicht mit seinem Erscheinen gerechnet. Ihm fiel es schwer, Bodenheim nicht anzustarren. Wie blasiert er an seinem Wein nippte! Mit welcher Selbstverständlichkeit er die junge Frau vollquatschte, zu der er sich an den Tisch gesetzt hatte! Sein Gefasel schien sie zu amüsieren und der Mistkerl ihr auch noch zu gefallen, denn sie wehrte seine Hand nicht ab, die er nach gerade einmal fünf Minuten auf ihren Unterarm legte, um ihn wohlwollend zu tätscheln. Wahrscheinlich zählte er ihr gerade die Fernsehserien auf, die seiner Feder entsprungen waren. Aufgeblasener Wichtigtuer!

Nur mit Mühe unterdrückte er ein Würgen und wandte sich angewidert ab. Widerstrebend musste er zugeben, dass

Falk Bodenheim vom Glück gesegnet war. Er hatte nicht nur einen Schlag bei den Frauen, sondern auch eine Nase fürs Geschäft. Was er anpackte, wurde zu Gold. Da er zudem über die richtige Portion Skrupellosigkeit verfügte, stand seinem Aufstieg nichts im Weg. Rücksichtnahme auf Urheberschaft gehörte nicht zu seinen Stärken. Er vereinnahmte ohne einen Funken Scham gern die Ideen anderer und verkaufte sie dann als seine eigenen.

Bodenheim war eigentlich ein Wunschkandidat gewesen. Aber sie hatten ihn wieder von ihrer Liste gestrichen, da er nicht zu den Teilnehmern des Festivals gehörte. War es Schicksal, dass ihre Wege sich unerwartet kreuzten? Oder doch Fügung? Letztendlich konnte es ihm nur recht sein. Auch wenn für Bodenheims Tod keine Vorgaben existierten, wollte er ihn nicht davonkommen lassen. Er verstaute die Flasche Rotwein, die er für den Abend gekauft hatte, in seinem Rucksack und verließ die Vinothek.

Auf seinen Einfallsreichtum war schon immer Verlass gewesen. Er würde einen Weg finden, ihn zu beseitigen, auch wenn das bedeutete, dass er bei dem miesen Wetter auf den Kerl warten musste. Er suchte sich eine Toreinfahrt, die ihm einigermaßen Schutz gegen den Wind bot, und bezog dort Posten.

Dreizehn

Karin hatte sich telefonisch bei Edgar angekündigt. Sie hatte befürchtet, die Kluft, die sich mittags kurz im Hintz und Kuntz zwischen ihnen aufgetan hatte, würde noch da sein, aber Edgar hörte sich an wie immer, was sie beruhigte. Schon im Hausflur ließ ihr der verführerische Duft, der aus seiner Wohnung kam, das Wasser im Mund zusammenlaufen. Er öffnete ihr mit dem Kochlöffel in der Hand und verschwand, ohne ihr einen Begrüßungskuss zu geben, wieder in der Küche. „Nicht, dass mir das Hähnchensaltimbocca anbrennt. Wenn du willst, kannst du den Tisch decken", rief er über den Flur, während sie aus Schuhen und Mantel schlüpfte.

Sie wusch sich die Hände, bevor sie zu ihm ging, schlang von hinten ihre Arme um seine Taille und knabberte sacht an seinem Ohr. Da er kitzelig war, zog er die Schultern hoch. „Hör bitte auf, sonst kann ich nicht weiterkochen", lachte er kurz auf und sie ließ ihn los.

„Hast du den Schreck von heute Mittag verdaut?", fragte sie und schenkte sich ein Glas Wasser ein.

„Weitestgehend, aber ich habe mir erst einmal einen Cognac gegönnt, was ich sonst nie um diese Uhrzeit tue. Ich sehe zwar immer noch den Typen vor der Scheibe stehen, aber ich werde wohl keinen bleibenden Schaden davontragen."

„Das hoffe ich doch."

„Der Täter hatte es ja auf Herz und nicht auf mich abgesehen."

„Schlimm genug, aber es ist ja noch mal alles glimpflich abgelaufen", pflichtete sie ihm bei und schaute in den Ofen. „Das sieht aber lecker aus. Wie ich sehe, gibt es dazu Ofenkartoffeln."

„Und Feldsalat."

„Du verwöhnst mich."

„Wir haben das nach diesem Tag auch verdient! Wein habe ich auch kalt gestellt."

„Ich fürchte, heute Abend werde ich nur ein Glas trinken können, so angespannt wie die Lage ist", sagte sie und nahm

Teller, Salatschälchen und Besteck, um sie an den Esstisch zu bringen.

Dann holte sie Servietten, Gläser und Wasser sowie den Wein und drückte die Taste des CD-Spielers. Als sie sich am gedeckten Tisch gegenübersaßen, lehnte sich Karin zurück und betrachtete die Tafel. „Ach, ist das herrlich, bekocht zu werden. Ich habe einen Mordshunger."

„Kein Wunder, so wie du heute gefrühstückt hast."

„Stimmt, und ich hatte noch nicht einmal Zeit, mir ein belegtes Brötchen zu kaufen."

„Für manche Dinge sollte man sie sich aber nehmen."

Sie hob das Glas und hielt es hoch. Im Kerzenschein funkelte der Wein grünlich und sie kostete ihn. „Der schmeckt sehr gut und passt hervorragend zum Essen."

„Freut mich, dass er dir gefällt. Der Winzer ist eine Neuentdeckung. "

Eine Weile genossen sie schweigend die Mahlzeit. Edgar warf ihr hin und wieder musternde Blicke zu, denn er fürchtete, dass sie wie am Morgen wieder in ihren Gedanken versank. Aber er irrte sich: ihre volle Konzentration galt dem Essen. Schließlich legte sie das Besteck beiseite und wischte sich den Mund mit der Serviette ab. Edgar schenkte sich nach und auch sie schob ihm ihr Glas hin. „Noch einen winzigen Schluck", bat sie.

„Erzählst du mir, was es Neues gibt?"

„Nein, das darf ich nicht", beharrte sie und verschwieg ihm, dass sie inzwischen von vier Mördern ausgingen.

Doch Edgar ließ nicht locker. „Gab es eigentlich bei Reinhold Herz wieder eine Botschaft?"

„Ja. Der Hinweis war eine Pastete."

„Euer Mörder lässt Humor durchblitzen!"

„Auf den ich gern verzichten kann."

„Ob er weiß, dass sein Anschlag missglückte?“

„Ich nehme es an. Die Medien berichteten ja nichts von einem Tod. Herz ist unser einziger lebender Zeuge, der womöglich seinen Attentäter kennt und uns zu ihm führt. Deshalb wollen wir ihn nicht unnötig gefährden und geben so wenig wie möglich über ihn preis“, erklärte sie und nahm sich noch eine Kartoffel, die sie im restlichen Salatdressing zerdrückte. „Mmmh, die einfachsten Dinge sind manchmal die besten“, meinte sie und leckte sich über die Lippen. „Nach allem, was wir bisher ermittelt haben, frage ich mich, warum er nicht einfach vergiftet wurde. Das wäre doch naheliegend, da es zu einem Autor wie ihm hervorragend passen würde. Das gliche auch mehr der Ausführungsweise der anderen Morde.“

„Stimmt, aber es könnte auch noch eine andere Parallele geben, von der ihr bisher nichts wisst.“

„Herz wird uns dazu sicher etwas sagen können, sobald er wieder fit ist. Ich hoffe, dass nach der Absage aller Veranstaltungen inklusive der großen Gala heute Abend, auf der die goldenen, silbernen und bronzenen Federn hätten verliehen werden sollen, endlich das Morden aufhört. Denn der Betreff der E-Mails ist mit MORD eigentlich komplett.“

„Das wünsche ich euch und auch den Teilnehmern. Ich gestehe aber, dass ich noch nie von diesen Federn gehört und keine Ahnung habe, für was diese Auszeichnungen stehen.“

„Für schnöde Verkaufszahlen.“

„Also nur für das rein Kommerzielle?“

„Genau. Meyerbrinck hätte die goldene bekommen sollen, Sieglinde Sonnentau die silberne.“

„Und die bronzene?“

„Auch das wissen wir noch nicht. Die Veranstalter machen es spannend und halten das bis zur Verleihung geheim. Wir erfuhren nur aus Meyerbrincks Unterlagen und von Friedrich Quellborn, dass die beiden Preisträger waren. "

„Ich gebe einmal einen Tipp für die bronzene Feder ab: Reinhold Herz. Rebekka Holthaus erzählte mir, dass sein neues Buch reißenden Absatz findet."

„Dann ist das sogar wahrscheinlich."

„Wenn um die Preisverleihung so ein Geheimnis gemacht wurde, dann wussten eure Mörder wohl nichts davon."

„Das ist anzunehmen. Die Bekanntgabe hätte aber bestimmt keinen Einfluss auf die Morde gehabt, außer dass der Mörder im Nachhinein eine entsprechend große Genugtuung erfahren dürfte. Irgendwie erscheint mir diese letzte Aktion noch übertriebener als die Morde an sich. Wer stellt sich schon auf die Straße, zieht eine Waffe und ballert durch eine Sicherheitsfensterglasscheibe, wenn er nicht total bekloppt ist oder gern Rambo spielt? Zumal diese Vorgehensweise mit dem Risiko behaftet ist zu misslingen."

„Es sollte vielleicht das große Finale werden, das die größte Aufmerksamkeit weckt."

„Das erinnert mich fatal an ein Fernsehdrama und an einen Schauspieler. Bei unseren Ermittlungen tauchte, wie du ja weißt, immer wieder der Name Steve Cohen auf – allerdings im Zusammenhang mit Claasen und nicht mit Herz."

„Wenn du willst, aktiviere ich nochmal meinen ZDF-Kontakt", schlug er vor.

„Das wäre toll. Wir können jedwede Unterstützung dringend gebrauchen."

„Bleibst du über Nacht?"

„Heute nicht. Ich muss mal wieder mehr als vier Stunden schlafen. Du bist deshalb doch nicht sauer?"

„Nein, das verstehe ich", lächelte er und meinte es auch so.

Vierzehn

Falk Bodenheim beschloss, diesen Tag der Hiobsbotschaften in einer Pop-up-Vinothek in der Nähe des Mainzers Zollhafens ausklingen zu lassen. Ein Flyer im Hotel hatte ihn darauf aufmerksam gemacht. Diese Vinothek war erst vor ein paar Tagen wie aus dem Nichts entstanden und würde nur für drei Monate existierten, um dann wieder von der Bildfläche zu verschwinden, so als hätte es sie nie gegeben. Damit folgten die Initiatoren einem Trend, der von den großen Metropolen wie New York oder London ausging und auf kleinere Städte überschwappte. Leerstehende Geschäfte füllten sich für kurze Zeit mit Leben, und wenn sie wieder geräumt wurden, blieb nur die Erinnerung an sie und ihre Betreiber.

Falk mochte Abwechslung und schnellen Wandel. Deshalb gefiel ihm diese innovative Idee, in der die Inhaber der Vinothek einen Vorgriff auf die geplante Umgestaltung des Zollhafenareals sahen. Ganz unbeschwert konnte er den guten Wein und die kleinen Speisen aber nicht genießen, denn heute Abend hätte er auf der Gala der Mordiale eigentlich die Lobreden auf die Preisträger der goldenen, silbernen und bronzenen Feder halten sollen.

Auch wenn er derlei Veranstaltungen nicht mochte, hatte er zugesagt. Meist ödeten ihn solch pompöse Feiern an, deren zweifelhafte Höhepunkte aus scheinheiligen Lobhudeleien über mehr oder minder verdiente Persönlichkeiten bestanden oder in einer fragwürdigen Verleihung irgendeines Preises gipfelte, mit dem sich die Szene selbst feierte. Solch öffentlichen Selbstbeweihräucherungen, die das Publikum mit Applaus oder – schlimmer noch – mit Standing Ovations zu honorieren hatte, begegnete er seit frühester Jugend mit Abscheu. Kindergarten- und Schulaufführungen waren ihm schon als Junge ein Horror gewesen, und mit dem Erwachsenwerden hatte sich nichts daran geändert.

Doch als mediale Person sah er sich hin und wieder gezwungen, auf derartigen Events zu erscheinen. Das erwartete man eben von einem angesagten Drehbuchautor wie ihm. Und wenn er sich nicht selbst ins berufliche Abseits manövrieren wollte, musste er in den sauren Apfel beißen. Deshalb hatte er den Veranstaltern des Krimifestivals auch keinen Korb gegeben. Hätte er im Entferntesten geahnt, unter welch tragischem Stern diese Gala stand, hätte er aber rundweg abgelehnt. Die Festivalleitung hatte ihm bei seiner Ankunft im Hotel über die Absage der Mordiale und deren Gründe informiert. Ihm waren die Morde in Mainz sowie das Attentat auf Reinhold Herz bisher völlig durch die Lappen gegangen, da er sich während der letzten beiden Tage regelrecht eingeigelt und weder Zeitung gelesen, noch ins Internet oder Fernsehen geschaut hatte. Umso mehr beschäftigten ihn jetzt diese schrecklichen Verbrechen, die nicht nur bei ihm, sondern auch unter den Teilnehmern tiefe Betroffenheit auslösten. Die Branche verlor mit Paul Meyerbrinck und Sieglinde Sonnentau zwei Zugpferde, deren Sterne gerade erst im Aufgehen waren. Naturgemäß äußerte sich jeder, der glaubte, seine Erschütterung kundtun zu müssen, via Twitter, Facebook oder in seinem Blog. Falk hatte sich bei den Mitleidsbekundungen weitgehend zurückgehalten, gab aber in seiner Funktion als Laudator ein sensibles, wenn auch knappes Statement ab.

Seine Gedanken kreisten immer noch um die Opfer und er fragte sich, was diese zwei Menschen verband, dass sie ein ähnliches Schicksal teilten. Das dritte Glas Wein hellte seine Stimmung allmählich auf und vertrieb die trüben Gedanken. Auf ihn warteten neue Herausforderungen, die ihn hoffnungsfroh stimmten. Morgen ließ er Mainz hinter sich und mit der Stadt hoffentlich auch diese Gräueltaten.

Er zahlte und ging nach draußen. Durch die Straße wehte eine frische Brise, die ihn veranlasste, den Mantelkragen hochzuschlagen. Lutz war während der letzten Tage wie vom Erdboden verschluckt, dabei erwartete eine dringende Nachricht von ihm. Seit heute Morgen versuchte er ihn zu erreichen, aber bisher hatte er weder auf seine E-Mails noch auf seine SMS oder Anrufe reagiert. Auch als er ihn jetzt anrief, meldete sich nur die Mailbox.

Erbost hinterließ er eine Nachricht. „Verdammt, Lutz, wo steckst du nur? Ich sitze hier auf glühenden Kohlen. Wie ist das Treffen in Köln gelaufen? Immerhin betrifft es mich genauso wie dich. Sind wir nun im Boot oder nicht? Ruf mich also endlich zurück."

Nachdem er seinem Zorn über die Unzuverlässigkeit seines Freundes Luft gemacht hatte, fühlte er sich besser und trat den Weg zum Hotel Hammer an, in dem er wohnte. Er gab kleineren Unterkünften den Vorzug gegenüber den Riesen der Branche, da die Atmosphäre meist weniger hektisch und vor allem persönlicher war. Es lag nur knapp zwei Kilometer vom Zollhafen entfernt, und er hatte spontan entschieden, die Strecke zu Fuß zu gehen. Bewegung tat ihm gut, vor allem, da er sich während der letzten beiden Tage in Arbeit vergraben und seinen Hintern am PC plattgesessen hatte, um rechtzeitig mit dem neuen Drehbuch, das er für Lutz schrieb, fertig zu werden.

Das Wetter hatte sich in den letzten Stunden etwas verschlechtert, dennoch wollte er sich kein Taxi rufen. Die frische Luft würde ihn wieder nüchtern machen. Das schlüpfrige Kopfsteinpflaster bot den glatten Ledersohlen seiner Schuhe kaum Halt. Regenschwere, windgepeitschte Wolken verdeckten den Mond. Die Straßenlaternen warfen kreisrunde Lichtkegel, doch reichte ihr Schein kaum aus, diese pechschwarze Nacht zu erhellen. Der Geruch von Schiffsdiesel durchzog die Luft, als ein Rheinkahn flussabwärts tuckerte und eine Spur aufgewirbelten Wassers hinter sich herzog.

Die Straße war menschenleer, aber Falk hatte die Dunkelheit noch nie gescheut. Er näherte sich dem sanierten Komplex aus Kunsthalle und altem Kesselhaus, dem er auf dem Hinweg kaum Beachtung geschenkt hatte. Jetzt machte er aus einer beruflichen Laune heraus einen Abstecher an dessen Rückseite. Der neu gebaute „schiefe Turm" von Mainz mit seiner 7°-Neigung fügte sich erstaunlich harmonisch in das alte Gebäudeensemble. Er setzte einen belebenden Akzent, der Falk schon allein beruflich interessierte.

Vom geschotterten Vorplatz aus konnte er in das Café schauen, das um diese Uhrzeit geschlossen war. Die Einrichtung aus rotem Leder, schwarzen Möbeln und exklusiven Lichtkörpern führte die Modernität des Gebäudes konsequent fort. Seine Augen wanderten die Fassade hinauf und er überlegte, ob sich das Zollhafenareal und diese Gebäude nicht als passender Drehort für die geplante Serie eigneten. In seiner Vorstellung kletterte gerade eine schwarz gekleidete, wohlproportionierte Diebin geckogleich die grün gekachelte Außenhaut hoch, um durch eines der oberen Fenster einzudringen und eine überaus kostbare Leihgabe zu entwenden. Das Wasser, das leise im Hafenbecken schwappte, die rauschenden Autos auf der Rheinstraße und die entfernten Geräusche des nächtlichen Industriebetriebs verliehen seinem Gedankenszenario den Klangrahmen urbaner Vitalität.

Er war so in Gedanken versunken, dass er die dunkle Gestalt nicht bemerkte, die ihm bereits seit der Vinothek auf einem Fahrrad folgte. Der Fahrer stellte sein Gefährt ab, als Falk stehenblieb. Vorsichtig näherte er sich dem Drehbuchautor, der mit zurückgelegtem Kopf auf die Kunsthalle starrte. Zentimeter für Zentimeter tastete der Mann sich an Falk heran. Das dunkelgrüne Glas der Weinflasche reflektierte den Schein der Straßenlampe, als er sie anhob. Falk war so in seine Betrachtungen versunken, dass er die knirschenden Schritte überhörte. Erst als er das Spiegelbild eines Schattens im Fenster des Cafés erblickte, erschrak er und wollte die Gefahr abwenden. Doch die Flasche sauste mit Wucht auf seinen Schädel. Bodenheim brach tödlich getroffen zusammen, ohne auch nur einen Mucks von sich gegeben zu haben.

Der Mörder zog den Toten aus dem Lichtkegel, brachte ihn in die entsprechende Pose, sammelte Schotter auf und markierte damit den Körperumriss. Er durchsuchte Bodenheims Kleidung nach dessen Handy, fand es in der Jackentasche und schoss damit ein Foto. Nachher, wenn er sich etwas vom Tatort entfernt hatte, würde er eine kurze Nachricht schreiben, das Bild anhängen und die E-Mail abschicken. Dann stieg er wieder auf sein Mountainbike und raste davon.

Fünfzehn

Die Scheiben des goldfarbenen Coupés waren angelaufen, als Karin ihr Auto erreichte. Leise fluchend, wühlte sie den Fensterabzieher aus dem Kofferraum und säuberte sie notdürftig. Klamme Herbstnächte samt ihrer negativen Begleiterscheinungen führten nicht gerade ihre Favoritenliste an. Die Tür quietschte beim Öffnen und sie plumpste auf den

Ledersitz, dessen Kälte durch ihre Jeans und die Jacke drang. Wegen der fehlenden Servolenkung ließ sich der Audi bei niedrigen Temperaturen nur schwer lenken und sie musste sich besonders beim Ausparken abmühen. Allerdings hatte die Schufterei den Vorteil, dass ihr dabei warm wurde.

Sie startete den Motor und fuhr nach aufwendigem Manövrieren aus der Parkbucht. Dabei warf sie einen kurzen Blick in den Rückspiegel und erschrak über ihr Aussehen. Es ließ sich nicht leugnen, dass sie völlig übermüdet war. Die Morde machten ihr schwer zu schaffen. Nicht nur, weil sie böse Erinnerungen weckten, sondern auch, weil es ihr nicht gelang, die gewohnte Barriere aufzubauen, die ihr Privatleben wie einen Schutzwall von ihrem Beruf trennte. Ihre Panzerung bekam Risse und machte sie verletzlich. Gefühle drangen ein, die sie üblicherweise nicht zuließ. Seit dem Gespräch mit Dr. van den Krachten konnte sie diese Tatsache nicht länger leugnen. Sie musste sich dem endlich stellen und beschloss, seine Hilfe anzunehmen.

Während sie langsam die Straße entlangfuhr, sah sie wieder Sieglinde Sonnentau in Embryonalstellung im Kofferraum des Volvos vor sich liegen. Sie war dort gestorben, einsam unter einer Decke begraben, und hatte wegen ihrer Taphephobie höchstwahrscheinlich eine Höllenangst gelitten. Karin hatte „Lebendig begraben" in eine Suchmaschine eingegeben, da sie wenig darüber wusste. Sie kannte das Thema zwar aus Edgar Allan Poes Geschichte „Der Fall des Hauses Usher". Es überraschte sie aber, dass Lebendbestattungen in der Antike und im Mittelalter je nach Bedarf entweder ein Opferritus oder eine Hinrichtungsart gewesen waren. In beiden Fällen empfand Karin diese Art zu sterben als überaus grausam und unmenschlich, fragte sich aber, ob der Mörder genau deshalb diesen Tod für die Autorin gewählt hatte. Wenn dem so war, wollte er, dass Sieglinde Sonnentau vor Angst schier umkam, indem sie die Umstände ihres Todes bewusst miterlebte.

Er musste sich sehr sicher gewesen sein, dass die Autorin nicht schreien würde oder per Klopfzeichen auf sich aufmerksam machen konnte, sonst hätte er sie geknebelt und gefesselt. Doch er hatte darauf verzichtet und sie einfach abgelegt und zugedeckt. Doc Waldner und Martin Pfahl gingen von einer Intoxikation aus. Wenn sie tatsächlich vergiftet worden war, dann gehörte eine Körperlähmung zu den Begleiterscheinungen. Karin hoffte, dass die Autorin nicht allzu viel mitbekommen hatte. Paul Meyerbrinck war schnell gestorben, und auch Lutz Claasen war sofort tot gewesen. Sieglinde Sonnentaus Todeskampf hatte dagegen Stunden gedauert.

Karin bog gerade von der Taunusstraße zum Feldbergplatz ab, als ein dumpfer Schlag, dem ein lautes Scheppern folgte, sie aus ihren Überlegungen riss. Sie erschrak, würgte den Motor ab, der Wagen machte einen Satz nach vorn und kam zum Stehen. Karin holte tief Luft, schaltete die Warnblinkanlage ein und zerrte an ihrem Gurt. Er hatte sich verklemmt und hinderte sie am Aussteigen. Sie fluchte laut, um sowohl den Schrecken zu verdauen wie auch ihrer Wut Luft zu verschaffen. „Verdammte Scheiße. Wo zum Teufel ist der Depp denn hergekommen? Und warum hat der auch kein Licht an!“

Der „Depp“ war komplett in Schwarz gekleidet und gegen ihren rechten Kotflügel geprallt, mit der Folge, dass er und sein Fahrrad umstürzten. Karin gelang es immer noch nicht, den Gurt zu öffnen, und sie schlug erbost auf das Lenkrad. Schließlich schaffte sie es aber doch und fiel beinah aus dem Auto, als sie die Tür öffnete. Inzwischen hatte sich der Radfahrer mitsamt seinem Gefährt aufgerappelt und stand nur wenige Meter von ihr entfernt. Ihr fiel ein Stein vom Herzen, demnach war der Zusammenstoß glimpflich verlaufen und der Mann nur leicht verletzt. Sie ging um das Auto, um sich nach seinem Befinden zu erkundigen. Doch bevor sie ihn erreichte, schwang er sich mit hektischen Bewegungen auf das silberne Mountainbike und sauste in entgegengesetzter Richtung davon.

Karin blieb völlig perplex zurück und starrte dem schwarzen Rucksack mit dem Jack Wolfskin-Logo hinterher, der bald mitsamt seinem Träger von der Dunkelheit verschluckt wurde. Sie rief ihm nach und wollte ihn zum Stehenbleiben veranlassen, aber er ignorierte ihre Rufe. Wütend stampfte sie auf. „So ein Mist! Der Kerl ist wohl total bescheuert. Immerhin hatte er Vorfahrt und ich bin schuld. Warum macht er sich dann aus dem Staub?"

Sie war so verdattert, dass sie einen Moment brauchte um zu kapieren, was gerade geschehen war. Ihr kam der Gedanke, die Verfolgung aufzunehmen, aber er war längst verschwunden und sie beließ es dabei. Als Radfahrer boten sich ihm in dem Straßengewirr etliche Fluchtmöglichkeiten, die eine Suche nach ihm wenig vielversprechend machten. Aber sie informierte umgehend die Polizeiinspektion, damit die Kollegen, die sich auf Streife befanden, die Augen nach ihm offenhielten. Karin lieferte eine kurze Beschreibung und wenig später war alles in die Wege geleitet.

Bei der Erwähnung des Rucksacks erinnerte sie sich an Edgars Aussage, die er nach dem Attentat auf Herz gemacht hatte. Auch der Schütze hatte einen von Jack Wolfskin getragen. Sollte es am Ende derselbe Mann sein? Sie behielt diesen Gedanken im Hinterkopf, auch wenn die Wahrscheinlichkeit eher gering war. Dann betrachtete sie die kleine Delle, die der Radfahrer am Kotflügel ihres Autos hinterlassen hatte. Diese Spuren mussten gesichert werden. Sie wog ab, ob sie den Audi ins Präsidium fahren sollte, entschied sich aber dagegen, denn sie war todmüde. Würde sie die Prozedur jetzt in Gang setzen, käme sie so schnell nicht ins Bett. Deshalb übernahm sie das selbst.

Aus dem Chaos ihres Kofferraums fischte sie Klarsichtfolie hervor, die bei einem Einkauf aus der Tüte gerutscht war. Sie griff noch eine große Rolle Klebeband und holte dann die Taschenlampe aus ihrem Handschuhfach. Sie legte die Lampe so auf die Motorhaube, dass sie genug Licht hatte, und begann, die Kratzer großzügig und mit mehreren Lagen abzudecken. Dann verklebte sie alles, damit kein Wasser eindrang und das Spurenmaterial vernichtete. Edgar hätte bei diesem Frevel laut aufgeschrien und auch sie hoffte, dass der Lack keinen irreparablen Schaden nahm. Zum Schluss suchte sie die Unfallstelle ab, fand aber nichts Brauchbares. Schließlich machte sie sich auf den Nachhauseweg. Den Wagen fuhr sie in die Garage, um ihn am Montag Martin zu übergeben. Eine Stunde später lag sie in ihrem Bett und schlief sofort ein.

SONNTAG, 21. OKTOBER 20..

Eins

Als Marco am Sonntag die Augen aufschlug, schaute er auf einen laufenden, aber stummen Bildschirm und eine Dönerverpackung, in der eine matschige Tomate und Knoblauchsoßenreste vor sich hin gammelten. Sein Rücken war steif und seine Arme fühlten sich taub an. Er setzte sich auf, reckte sich und versuchte die Gliedmaßen durch kräftiges Schütteln wiederzubeleben. Schlaftrunken tastete er nach der Fernbedienung und schaltete den Monitor aus. Seine Augen wanderten zum Fenster. Der Anblick des bleigrauen Morgenhimmels regte nicht gerade seine Lebensgeister an, und er hätte sich am liebsten in sein Bett verkrochen, um noch ein wenig zu dösen. Aber dazu stand er zu sehr unter Strom.

Gestern Abend hatte er bis spät in die Nacht hinein die Teilnehmerlisten der Festivals aus den letzten drei Jahren miteinander abgeglichen und dabei einiges zutage gefördert, was ihn der Lösung näherbrachte. Zur Belohnung hatte er sich als Betthupferl einen Ballerfilm gegönnt und war darüber auf dem Sofa eingeschlafen. Jetzt drückte seine Blase und er erhob sich ächzend. Im Bad putzte er den pappigen Dönergeschmack aus dem Mund. Er spritzte sich Wasser ins Gesicht und fühlte sich gleich wacher.

Dann tapste er in die Küche und schaltete seinen Kaffee-Vollautomaten an. Während die Maschine das Wasser aufheizte und lautstark die Bohnen zerkleinerte, kramte er aus dem Gefrierfach ein Butterhörnchen heraus, das er im Toaster auftaute. Beim Kaffee war er Purist und bevorzugte das reine Aroma. Deshalb verzichtete er auf Milch und Zucker, die den Geschmack der Röstung nur verfälschten.

Das Hörnchen bekam allerdings eine gehörige Ladung Nutella verpasst. Erst jetzt prüfte er, ob neue Nachrichten auf seinem Smartphone eingegangen waren, und stellte entsetzt fest, dass der Akku leer war, ohne dass er es bemerkt hatte. Verdammter Mist! So etwas war ihm schon ewig nicht mehr passiert. Den Warnton, der dessen Leerwerden ankündigte, hatte er wahrscheinlich beim Fernsehen überhört.

Mit mulmigem Gefühl rief er seine E-Mails am PC auf. Als sich sein Postfach öffnete, sah er seine Ahnungen bestätigt. Es gab wieder eine Botschaft! Der Betreff war ein schlichtes Ausrufungszeichen und der Absender nannte sich „Professor Moriarty". Das Fadenkreuz fehlte zwar, dafür gab es ein Foto. Marco registrierte sofort, dass es sich im Unterschied zu den anderen Nachrichten bei dieser Botschaft nicht um eine Ankündigung, sondern um den Beleg eines Mordes handelte. Er glaubte nämlich einen Fuß zu erkennen, der auf einer Schotterfläche lag. Im Hintergrund war der Teil eines Gebäudes auszumachen. Da die Aufnahme während der Nacht gemacht worden, konnte er weitere Einzelheiten nicht erkennen.

Marco stöhnte auf. Der vierte Tote innerhalb von vier Tagen. Das würde endgültig Staatsanwalt Schreyer auf den Plan rufen, den Alex Groß bisher noch hatte beschwichtigen können. Der Druck auf sie würde immens zunehmen. Schreyer erwartete bestimmt noch mehr als sonst rasche Ergebnisse und forderte 200-prozentigen Einsatz, was im Klartext Dienstschieben rund um die Uhr und das Zurückstellen des Privatlebens bedeutete.

Doch volles Engagement zeigten sie ohnehin. Alle arbeiteten hochkonzentriert und waren ständig einsatzbereit. Was allerdings nicht bedeutete, am Schreibtisch im Präsidium festgetackert zu sein. Er prüfte die E-Mail nun genauer.

Sie kam diesmal nicht von einem PC, sondern von einem Mobiltelefon und war kurz nach Mitternacht eingegangen. Sein Herz sackte in die Hose. Vor beinah sieben Stunden! Wertvolle Zeit, in der sie längst hätten ermitteln können. Groß würde ihm bestimmt den Kopf abreißen, wenn er ihm das mitteilte. Marco schluckte schwer und war um Schadensbegrenzung bemüht. Die Telefonnummer war nicht unterdrückt worden, was ihn verwunderte. Sollte der Täter leichtsinnig geworden sein? Doch das konnte er sich nicht vorstellen. Bisher waren solch banale Fehler nicht vorgekommen.

Bevor er seinen Vorgesetzten unterrichtete, ermittelte er einen Falk Bodenheim als den Handybesitzer. Der Standort, von dem die E-Mail abgeschickt worden war, befand sich in der Nähe des Hauptbahnhofs. Seinen Kaffee und das Hörnchen verschmähend, griff er zum Telefon, um schweren Herzens den Leiter der SoKo zu informieren.

Alex Groß' Stimme klang müde. Nachdem Marco ihm alles erklärt und sich für seine Unachtsamkeit entschuldigt hatte, blieb das erwartete Donnerwetter aus. Sein Vorgesetzter gab sich heute Morgen erstaunlich zahm. „Schöne Bescherung, aber das lässt sich nun nicht ändern. Und der Tatort ist nicht ersichtlich?"

„Genau, aber vielleicht gibt uns das Foto mehr Auskunft, wenn ich es entsprechend bearbeite."

„Wir treffen uns gleich im Präsidium."

Marco zog sich rasch um, steckte seinen Tablet-PC, der besser ausgestattet war als sein Dienstrechner, in seinen Rucksack, und raste auf seinem Fahrrad zum Valenciaplatz.

Er fand Groß im Besprechungsraum vor der Wandtafel, auf der inzwischen kaum noch freier Platz war, denn ein Fragezeichen diente als Platzhalter für das neue Mordopfer.

Während sie auf die anderen warteten, widmete Marco sich dem Foto. Er vergrößerte den Ausschnitt mit dem Fuß und dem Teil der Fassade und passte die Lichtverhältnisse an. Binnen der nächsten halben Stunde war die SoKo vollzählig, und er präsentierte reihum die neue E-Mail.

„Weiß jemand, wo das ist?", fragte er seine Kollegen.

Samir zuckte mit den Schultern. „So lange wohne ich noch nicht hier, dass ich jeden Winkel kenne."

Groß rieb sich mit der Hand über das Kinn. „Mir kommt es bekannt vor, aber es fällt mir partout nicht ein, woher."

Karin runzelte die Stirn und meinte schließlich: „Ich bin mir ziemlich sicher, dass es am Zollhafen ist. Ich parke dort gelegentlich, wenn ich Edgar besuche und in der Nähe seiner Wohnung keinen Parkplatz finde. Gibt es eine Uhrzeit zu dem Foto?"

„Ja", antwortete Marco beschämt und erklärte zerknirscht, wieso mehr als sieben Stunden dazwischenlagen.

Statt allgemeiner Entrüstung erntete er Schweigen und ein paar mitleidige Blicke. Ihn beschlich der Verdacht, dass die Kollegen gar nicht böse darüber waren, jetzt erst davon zu erfahren. Immerhin hatte Marcos Nachlässigkeit ihnen eine mehr oder minder ruhige Nacht beschert.

Groß griff zum Telefon und informierte die Bereitschaftspolizei, damit sie sich im Zollhafen umschaute.

Als der Rückruf kam, stellte er niedergeschlagen fest: „Treffer. Dem Mann wurde der Schädel eingeschlagen. Er heißt tatsächlich Falk Bodenheim. Also nichts wie hin."

Marco hatte dessen Identität längst überprüft und rückte nun mit seinem Wissen heraus. „Er ist Drehbuchautor. Aber er steht nicht auf der Teilnehmerliste der Mordiale, das habe ich schon gecheckt."

Zwei

Als sie das Areal vor der Kunsthalle erreichten, bot sich ihnen das gewohnte Bild der letzten Tage aus Absperrband und Einsatzwagen. Nieselregen hatte eingesetzt, der diesen Morgen noch trüber machte. Bereitschaftspolizisten suchten in Gruppen das Gebiet weiträumig nach einer möglichen Tatwaffe ab. Karin hatte Samir und Marco in ihrem Audi mitgenommen, ihr Chef Urs und Marlene. Martin und Christina schlüpften gerade in ihre Schutzkleidung.

„Was ist das eigentlich an deinem Kotflügel? Kunst am Auto?", bemerkte Marco beim Aussteigen und deutete auf die Plastikfolie. Er hatte sich während der Fahrt schon darüber gewundert.

„Erinnere mich nicht daran! Da ist mir gestern Abend so ein schwarz vermummter Ohne-Licht-Fahrradfahrer reingerast und hat sich anschließend aus dem Staub gemacht. Mehr will ich dazu nicht sagen."

Marco sparte sich eine entsprechende Bemerkung, obwohl auch er der Fahrradfahrerfraktion angehörte und sich oft genug über rücksichtslose Autofahrer ärgerte. Er ging mit seiner Kollegin bis an die Absperrung.

„Wann hört das endlich auf! Wir kommen kaum noch mit dem Auswerten nach. Ich prüfe, ob es brauchbare Fußspuren gibt, was ich aber aufgrund des Bodenbelags nicht annehme. Dann könnt ihr einen Blick auf den Toten werfen", meinte Martin und steuerte mit Christina die Leiche an.

Nach einer kurzen, aber intensiven Inspektion des Toten schossen sie etliche Fotos. Erst als Martin sein Okay gab, fiel Karin auf, dass Samir noch in ihrem Auto saß. Sie winkte ihn herüber, aber er schüttelte vehement den Kopf.

„Was soll der Scheiß", zischte sie, machte auf dem Absatz kehrt und riss die Beifahrertür auf. „Jetzt komm endlich!"

Samir druckste herum. „Es regnet und ich habe keinen Schirm und mein Hals kratzt wieder seit gestern Abend. Ich will keine Erkältung riskieren."

„Vergiss mal deine hypochondrischen Anfälle. Erstens ist das kein Regen, sondern erhöhte Luftfeuchtigkeit und zweitens riskierst du etwas weitaus Schlimmeres, wenn du sitzenbleibst", entgegnete sie mit einem Blick auf Groß.

„Ist mir egal. Meine Gesundheit geht vor!"

Ohne Worte entriegelte sie den Kofferraum und kam mit gelbem Ölzeug zurück. „Hier, bitte schön. Damit bist du absolut regenresistent. Ein paar Gummistiefel und einen Südwester hätte ich auch noch zu bieten."

„Spinnst du? Das Teil ziehe ich nicht an. Damit sehe ich ja aus wie Bibo aus der Sesamstraße."

„Entweder das oder du wirst nass. Willst du etwa einen Anpfiff riskieren oder zum Gespött der Kollegen werden?"

Samir schaute hinüber zu den anderen, denen der Nieselregen nichts auszumachen schien. Keiner scherte sich darum, ob er nass wurde oder nicht. Mürrisch fügte er sich. Das Ölzeug verweigernd trottete er mit hochgeschlagenem Mantelkragen hinter Karin her.

Martin schaute hoch. „Unser Mörder scheint ein Spaßvogel zu sein. Er hat den Körperumriss mit Schottersteinen markiert, so wie das in Filmen gern mit Klebeband oder Kreide gemacht wird."

„Das passt zu den anderen Morden. Falk Bodenheim ist Drehbuchautor und hat etliche Skripte für Krimiserien geschrieben. Das soll wohl ein Hinweis auf seinen Beruf sein", erklärte Marco.

„Oder auf eine spezielle Serie oder Sendung", ergänzte Marlene.

Martin fuhr fort: „Fundort und Tatort sind nicht ganz

identisch. Er wurde hierher geschleift, nachdem sein Mörder ihn niederschlug. Das belegen die Schleifspuren im Kies. Möglich, dass der Leichnam aus dem Lichtkegel sollte, damit er nicht so schnell gefunden wird. Tatwaffe ist ein stumpfer Gegenstand, aber das klärt die Obduktion."

„Doc Waldner wird sich freuen, am Montag gleich zwei frische Leichen auf dem Tisch zu haben", warf Urs ein, was die Stimmung unter den Kollegen nicht gerade aufheiterte, da einer von ihnen bei den Leichenöffnungen dabei sein musste.

„Unser Opfer scheint im Hotel Hammer zu wohnen, zumindest hat er eine entsprechende Reservierungsbestätigung in seiner Manteltasche. Gestern Abend muss er seinen Ausdünstungen nach ziemlich gebechert haben. Wahrscheinlich in einer Vinothek hier ganz in der Nähe, was dieser Bewirtungsbeleg bezeugt. Sein Handy kann ich übrigens nirgends finden. Der Täter hat es wahrscheinlich entsorgt, nachdem er die E-Mail geschickt hat. Cleverer Schachzug übrigens", bemerkte Pfahl anerkennend.

„Hast du eine Ahnung, wann er getötet wurde?", hakte Karin nach.

„Auch das überlasse ich lieber der Rechtsmedizin. Aber ich schätze, dass er vor Mitternacht starb und zwar nicht nur wegen der Uhrzeit, als die Nachricht gesendet wurde, sondern auch wegen des Wetters. Ab dann regnete es nämlich bis gegen vier Uhr heute Morgen. Der Boden unter dem Toten ist aber trocken."

Karin erinnerte sich an den nächtlichen Zusammenstoß mit dem Fahrradfahrer. Die Kollision war um Mitternacht geschehen und der Mann genau aus dieser Richtung gekommen. Ihr Instinkt signalisierte ihr, dass der Fahrradfahrer durchaus als Mörder infrage kam. Das würde auch seine überstürzte Flucht erklären.

Samir und Marco strichen in stereotyper Geste mit Daumen und Zeigefinger über die Displays ihrer Smartphones und wetteiferten um Informationen.

„Er hat schon ein paar Preise abgesahnt und arbeitet mit so ziemlich allen Fernsehsendern zusammen", fasste Samir zusammen.

„Er twittert gerne und ist in Facebook. Seine letzte Botschaft stammt von gestern Abend. Er zwitscherte gegen 23 Uhr aus einer Pop-up-Vinothek ein paar Meter von hier", sagte Marco, was Martins Annahme untermauerte.

„Gut, erkundigt euch dort nach ihm, sobald der Laden öffnet. Und sorgt dafür, dass die Anwohner noch dazu befragt werden. Wir sehen uns dann gleich im Präsidium", trug Groß ihnen auf und ging zu dem Dienstwagen. Urs und Marlene folgten ihm.

Karin blieb stehen und erzählte Martin von dem Unfall gestern Nacht. „Es könnte eine Verbindung zwischen dem Zusammenstoß und dem Mord geben. Würdest du dir unter diesem Aspekt meinen Audi anschauen? Der Schaden ist vorne rechts, von hier aus kannst du ihn nicht sehen."

„Park ihn in der Tiefgarage. Ich erledige das später. Du hast ihn auch bestimmt nicht abgewischt?", fragte er besorgt.

„Nein, natürlich nicht."

„Wenn du ihn in der Garage abstellst, klebst du am besten ein Schild an die Frontscheibe, auf dem steht: Spurenträger! Kein Schrott! Nicht dass er in der Autopresse landet", bemerkte Samir spitz, der Karin das Ölzeug noch immer nicht verziehen hatte.

Karin zuckte nur die Achseln. Sie war zu müde, um ihre Energie mit unnützen Diskussionen zu vergeuden. „Das lass mal meine Sorge sein. Willst du wieder mit zurückfahren oder lieber laufen?"

Samir entschied sich kleinlaut, Karins Angebot anzunehmen. Als sie den Wagen erreichten, riss der Himmel auf. Samir schaute vorwurfsvoll nach oben. Hätte das nicht vorhin schon passieren können?

Drei

Edgar gab den Artikeln über Sieglinde Sonnentau und Reinhold Herz den letzten Schliff, da beide in der morgigen Ausgabe erscheinen sollten. Er setzte den Schlusspunkt, las alles noch einmal durch und schickte es dann ab. Bereits gestern hatte er eine knappe Notiz auf dem Internetportal der Zeitung über den Mord an der Autorin sowie über das Attentat auf Herz veröffentlicht. Auf den Beitrag folgten etliche Reaktionen und bereits am Abend gab es entsprechende Berichte im Fernsehen und Radio. Ihr gemeinsamer Tenor war die Häufung brutaler Gewalt in der Landeshauptstadt. Je nach Ausrichtung der Medien sprachen sie entweder bewusst reißerisch von einer regelrechten „Treibjagd" auf Angehörige der krimischreibenden Zunft oder ergingen sich betont zurückhaltend in kriminalpsychologischen Analysen über die mögliche Motivation des Mörders.

Auch Edgar gab das zu denken. Seit er als Journalist arbeitete, konnte er sich nicht an eine solche Häufung von Morden innerhalb so kurzer Zeit in einem fest umgrenzten Personenkreis erinnern. Für jeden Reporter war das ein gefundenes Fressen, und die Berichterstatter tobten sich erwartungsgemäß aus. Nur mangelte er ihm an Begeisterung für derartige journalistische Steilvorlagen. Diese Morde waren nicht alltäglich und erforderten seines Erachtens einen sensiblen Umgang.

Er hatte inzwischen über jedes Opfer einen Ordner angelegt, der neben deren Lebensläufen vor allem die Pressestimmen über ihre Arbeit sowie ihr persönliches Umfeld beinhaltete. Selbst Artikel aus den Klatschgazetten hatte er archiviert. Er las noch einmal alles durch, und da Karin ihm nur spärliche Details über den Ermittlungsstand zukommen ließ, war er auf eigene Schlussfolgerungen angewiesen.

Meyerbrinck führte die Rubrik in jeder Hinsicht an. Er war zu Lebzeiten äußerst medienpräsent gewesen und wurde vor allem für seinen letzten Roman mit Lob geradezu überschüttet. Sieglinde Sonnentau belegte das Mittelfeld, befand sich aber zum Zeitpunkt ihrer Ermordung im Aufwind. Nachdem sie nun tot war, dürften ihre Bücher noch größeren Absatz finden. Auch Reinhold Herz machte zunehmend von sich reden und fuhr erfolgreich zweigleisig. Nicht nur seine spannenden Actionthriller hatten ein großes Publikum, auch seine neue Sommelière-Detektivin Eveline Savarin traf den Geschmack selbst der Leser, die Krimis eigentlich nicht mochten. Vielleicht lag das daran, dass dieser Roman entfernt an Auszüge aus „Der Feinschmecker" erinnerte.

Als Edgar sich Lutz Claasen zuwandte, rang er kurz mit seinen Gefühlen. Mit ihm verband er etliche Erinnerungen. Er wollte nicht, dass sie sein Urteilsvermögen beeinträchtigten. Als journalistischer Routinier gelang es ihm aber, die Fakten mit der gebührenden Distanz zu beurteilen. Lutz unterschied sich schon aufgrund seines Berufs von den Autoren. Er schrieb nicht selbst, sondern setzte die Ideen von Drehbuchautoren telegen um. Dabei ließ er sich nicht in die Karten schauen, sondern landete gern einen Überraschungscoup. Er hatte lange Zeit mit neuen Ideen überzeugt, doch schienen ihm diese während der letzten Jahre abhandengekommen zu sein. Nach wie vor lieferte er solide, aber wenig innovative Fernsehkost, die eher ein gesetzteres Publikum jenseits der fünfundvierzig ansprach. Doch laut seiner Kollegin Maria und dem Privatsender in Köln wollte er sich mit seinem neuen Konzept von seinem bisherigen Stil lossagen.

Und genau hier lag die Übereinstimmung mit den anderen Opfern. Alle vier hatten sich beruflich neu ausgerichtet und das beinahe zeitgleich. Diese Übereinstimmung schien ihm merkwürdig, und er glaubte nicht an einen Zufall.

Lutz hatte ihm nahegestanden, und seinen Tod bedauerte er zutiefst. Deshalb hielt er es für seine Pflicht, intensiver nachzuforschen und es nicht bei journalistischen Bekundungen zu belassen. Dabei konnte ihm bestimmt wieder Maria weiterhelfen. Bereits am Donnerstag hatte sie ihm einen wertvollen Hinweis geliefert, vielleicht hatte sie ja noch mehr in petto.

Er griff zum Hörer und rief sie an. „Ich habe dich doch nicht geweckt?"

„Iwo, ich bin gerade dabei, mir ein opulentes Frühstück zu machen. Da du dich das zweite Mal innerhalb von drei Tagen meldest, gehe ich stark davon aus, dass du wieder wegen Lutz anrufst. Ich kann es immer noch nicht fassen, dass er tot ist. Er hinterlässt eine echte Lücke."

Auch Edgar drückte nochmals sein Bedauern aus. „Wollte er dich eigentlich mitnehmen, wenn er nach Köln gegangen wäre?"

„Davon war zwar die Rede, aber ich hätte Mainz nur verlassen, wenn das Gehalt doppelt so hoch gewesen wäre. Was aber nicht der Fall war. Komm doch einfach her, dann können wir reden. Essen ist ausreichend vorhanden."

Die Aussicht auf ein gutes Frühstück erleichterte ihm die Entscheidung. „Wann soll ich da sein?"

„Am besten sofort!"

Edgar suchte eine Flasche Sekt aus seinem Weinkühlschrank und packte sie in eine Kühlmanschette. Da für den Mittag besseres Wetter angesagt war, beschloss er, trotz des feinen Nieselregens und der feuchten Straße mit seinem Oldtimer nach Wackernheim zu fahren. Viel Gelegenheit würde er dieses Jahr nicht mehr haben, und er hoffte, dass die Wettervorhersage recht behielt.

Zügigen Schrittes ging er den halben Kilometer zu der Garage, die er extra für seinen Jaguar MK II angemietet hatte. Als er das Tor öffnete, gewann die Sonne die Oberhand. Ihre Strahlen fielen auf den makellosen Lack. Das dunkle Racing Green seiner Katze – wie er den Wagen liebevoll nannte – brachte das blankpolierte Chrom erst richtig zur Geltung. Seine Augen wanderten über die perfekte Silhouette. Dabei entdeckte er auf der Kühlerfigur und der Stoßstange störende kleine Wasserflecken und Insektenkörper, die er umgehend beseitigen musste. Aus dem Schrank, in dem er die Pflegemittel und Werkzeuge aufbewahrte, holte er eine Box, die exklusive Reinigungsutensilien enthielt. Er entnahm ihr ein fusselfreies Baumwollpoliertuch und Chrompolish, sprühte etwas davon auf das Tuch und rieb so lange, bis der Schmutz beseitigt und das Ergebnis zufriedenstellend war. Dann räumte er alles wieder weg, schaltete die Entfeuchteranlage aus, die er bei der Garagenübernahme hatte installieren lassen, und streifte seine braunen Hirschlederhandschuhe über.

Während er zur Fahrertür ging, fuhr er liebevoll über den rechten, wohlproportionierten Kotflügel, der ihn – abgesehen von der Farbe – an den Schenkel einer Frau erinnerte. Der gut gepolsterte Sitz aus Conolly-Leder verschmolz mit seinem Körper. Die Tür fiel mit sattem Sound ins Schloss, und er zelebrierte das liebgewordene Ritual trauter Intimität. Mit intensiven Atemzügen inhalierte er den einzigartigen Duft seines Klassikers, ließ seine Hände über das dunkle Holzlenkrad gleiten und betrachtete das ästhetisch gestaltete Armaturenbrett. Die Lederhandschuhe harmonierten farblich wunderbar mit dessen Wurzelholz. Edgars Augen wanderten über die chromumrandeten Anzeigen und er fühlte sich wie im siebten Himmel. Er steckte den Schlüssel ins Schloss, drehte ihn, drückte den Startknopf und der Wagen sprang mit einem kraftvollen Grollen an. Dann ließ er die Katze aus der Garage gleiten und verschloss per Fernbedienung das Tor.

Vier

Im Präsidium informierte Karin als Erstes die Kollegen in Köln über die Ermordung Falk Bodenheims und bat sie um Amtshilfe. Bodenheims Wohnung und Arbeitsplatz sollten gleich am Montagmorgen durchsucht werden, aber vor Mittwoch rechnete sie nicht mit brauchbaren Ergebnissen.

Im Anschluss rief sie in der Klinik an, um sich nach dem Gesundheitszustand von Reinhold Herz zu erkundigen, und erfuhr, dass er bei Bewusstsein war, aber mindestens noch einen Tag brauchte, bis sie ihn befragen konnte. Danach vergewisserte sie sich bei dem Beamten, der vor seinem Zimmer Wache hielt, ob alles ruhig war, was er ihr auch versicherte.

„Also, was habt ihr für mich?“, fragte Alex Groß, als sich das Team im Besprechungsraum einfand. Unbewusst rieb er sich mit der Hand über seinen Bauch. Sein Magen meuterte immer noch und er fühlte sich, als würde er von innen aufgefressen. Beim Frühstück hätte er besser Tee statt Milchkaffee getrunken und auf den Streuselkuchen verzichtet. Nun bereute er es bitter.

„Die Kollegen in Köln sind unterrichtet. Sie lassen uns die Resultate ihrer Ermittlungen zukommen", begann Karin.

„Bodenheim wohnte tatsächlich im Hotel Hammer. Wir haben sein Notebook dort beschlagnahmt. Er bekam keine Anrufe und telefonierte auch nicht vom Hotel aus. Sein PC sowie seine persönlichen Dinge sind bereits im Labor", bemerkte Christina, die gerade eben mit Martin eingetroffen war.

„Am Tatort haben wir kaum Verwertbares gefunden, dafür an Karins Wagen. Es gibt winzige Mengen DNA-Material, die eine Analyse ermöglichen. Aber es dauert noch, bis das Resultat da ist", sagte Martin zuversichtlich.

Karin sah sich genötigt, Groß, Urs und Marlene von dem Unfall zu erzählen, da sie noch nicht darüber Bescheid wussten. „Ich vermute einen möglichen Zusammenhang mit dem Mord", erläuterte sie, verschwieg aber noch ihren Verdacht, dass der Mann auch als Attentäter von Reinhold Herz in Frage kommen könnte. Das erschien ihr zum jetzigen Zeitpunkt verfrüht.

„Sonst gibt es nichts?", erkundigte sich der Leiter der SoKo.

Marco richtete sich auf. „Doch, und zwar eine ganze Menge. Gestern Abend bin ich zunächst die Teilnehmerliste des diesjährigen Krimifestivals durchgegangen, habe aber nichts gefunden. Dann prüfte ich wie abgesprochen die der letzten drei Jahre. Unsere ersten vier Opfer besuchten alle dieselbe Mordiale vor zwei Jahren, was ja nicht wirklich überraschend ist. Ich habe die Kurse überprüft. Sieglinde Sonnentau gewährte Einblicke in ihre Arbeit als Kinderbuchautorin. Bei den Zuhörerinnen handelte es sich meist um Frauen. Lutz Claasen stand Studierenden der Filmwissenschaften Rede und Antwort und hatte meist jüngeres Publikum. Reinhold Herz moderierte den Eröffnungsabend und erreichte eine große Zuschauermenge. Paul Meyerbrinck bot einen Kurs „Kreatives Schreiben“ an, den eine Person besuchte, die von uns im Zusammenhang mit seinem Tod bereits befragt wurde“, machte Marco es dramatisch.

„Jetzt spann uns nicht länger auf die Folter“, forderte Samir.

„Sven Janson, der Nachtportier der Villa Viola.“

Ein Raunen ging durch den Raum und alle Blicke schnellten auf die Wandtafel zu seinem Namen.

„Es kommt aber noch besser. Der Name von Steve Cohen, dem Schauspieler, der sich mit Claasen verkrachte, erscheint ebenfalls. Er war als Gast für eine Talkrunde eingeladen. Demnach haben zwei Personen, die im Zuge unserer Ermittlungen auftauchten, das Festival besucht, und zumindest Janson kannte eines der Opfer näher. “

„Gut recherchiert!“, lobte Groß ihn. „Endlich haben wir etwas Konkretes. Dieser Janson hat bei der Befragung nicht zufällig erwähnt, dass er Meyerbrinck kannte?“, wandte er sich an Samir, der das Gespräch mit dem Nachtportier geführt hatte.

„Nein, ich habe ihn aber auch nicht explizit danach gefragt, weil ich nicht auf die Idee kam, er könnte sich für das Festival interessieren“, räusperte sich der Kommissar verlegen.

„Dann solltet ihr ihm diesbezüglich noch einmal intensiver auf den Zahn fühlen.“

In diesem Moment vibrierte Karins Mobiltelefon. Es war eine SMS von Edgar, in der er sie bat, ihn baldmöglichst anzurufen. Der drängende Ton veranlasste sie, es sofort zu tun. Sie entschuldigte sich und ging vor die Tür.

„Das ging aber fix“, begrüßte er sie. „Ich bin bei Maria Meyer, meinem ZDF-Kontakt. Wir sprachen nochmals über den Streit zwischen diesem Steve Cohen und Lutz Claasen. Darin ging es weniger um den Rausschmiss, als um etwas ganz anderes. Und jetzt halte dich fest: Steve Cohen behauptet, der Vater des neuen Formats zu sein. Er schien diese Idee schon länger mit sich herumzutragen und präsentierte sie vor seinem Rauswurf schließlich Lutz. Der zeigte sich anfänglich wenig begeistert und meinte, da stecke nicht viel Potenzial drin. Aber keine sechs Monate später entwickelte er es gemeinsam mit einem befreundeten Drehbuchautor zur Serienreife. Ob er deshalb Cohen schasste, ist reine Spekulation, erscheint mir aber möglich. Cohen erfuhr irgendwie davon. Maria kann sich nicht erklären wie, da alles streng vertraulich war, aber er wusste es. Er stürmte vor beinah einem Jahr in Lutz´ Büro und tobte wie ein Berserker, weil er sich übergangen fühlte. Der Streit war bis auf den Flur zu hören. Er drohte Claasen mit schwerwiegenden Konsequenzen. Maria wollte die Vorwürfe zunächst nicht glauben. Doch als nur einen Tag später der Drehbuchautor im Sender erschien und sich mit Lutz beriet, revidierte sie ihre Meinung. Was der Inhalt ihres Gesprächs war, kann Maria nicht sagen, aber die beiden wirkten wie eine verschworene Gemeinschaft und Lutz fragte, ob sie einen Anwalt für Urheberrecht kenne. Ehrlich gesagt, hätte ich ihm das nie zugetraut“, beendete er seine Erklärungen.

„Kennst du den Namen dieses Drehbuchautors?“

„Falk Bodenheim.“

Karin fiel vor Überraschung beinah der Hörer aus der Hand und ihr entfuhr ein kurzer Freudenschrei. „Ich könnte dich küssen! Mit Cohen haben wir einen Verdächtigen, der gleich für zwei Morde infrage kommt!"

„Das Küssen kannst du ja nachholen. Aber wieso gleich für zwei Morde?", wunderte er sich.

Karin erklärte es ihm. „Aber du weißt ja: Stillschweigen! Ich muss jetzt zurück zur Besprechung. Ich versuche, dass wir uns heute Abend noch sehen. Okay?"

„Gern. Ich schlage das Eisgrub vor. So gegen halb neun?"

„Bis dann", verabschiedete sie sich.

„Leute, es geht voran. Marlenes Annahme, geistiger Diebstahl könnte das Mordmotiv sein, kristallisiert sich immer mehr heraus", bemerkte sie bei ihrer Rückkehr und erklärte, was sie von Edgar erfahren hatte.

Samir nickte zustimmend. „Erinnert ihr euch noch an das Buch „Axolotl Roadkill" und den Wirbel, den es auslöste? Erst wurde es als die Sensation gefeiert, dann wurden Plagiatsvorwürfe laut, weil die Autorin unter anderem Passagen aus einem Blog übernommen hatte, ohne das Einverständnis des Bloggers einzuholen. Bei der zweiten Auflage wurden dann auf etlichen Seiten alle Quellen im Anhang erwähnt. Ideenklau ist nicht einfach so ein Kavaliersdelikt, auch wenn das gern von gewissen Gruppierungen heruntergespielt wird. Er ist ein ernstzunehmender Verstoß, der einen Künstler ruinieren kann."

„Das sehe ich auch so", pflichtete Martin ihm bei. „Jetzt wissen wir endlich auch, was ‚DS' und ‚F' bedeutet, die wir in Claasens Kalender fanden. Das ‚F' steht für Falk Bodenheim und das andere Kürzel wohl für Drehbuch Serie oder so in etwa. Die beiden haben sich zu einem Arbeitswochenende getroffen."

Alex Groß registrierte zufrieden diesen Fortschritt. „Das Netz zieht sich zu. Zumindest Steve Cohen hatte ein ausreichend starkes Motiv, beiden Männern den Tod zu wünschen. Da er bisher von uns nicht zu den Verbrechen befragt wurde, holt das bitte heute noch nach. Fühlt auch diesem Sven Janson auf den Zahn, er kannte immerhin Opfer Nummer eins. Nehmt wie besprochen morgen Kontakt zu einem Anwalt für Urheberrecht, den Verlagen aller Autoren und der Literaturagentur von Frau Sonnentau sowie nochmals zu dem Sender in Köln auf. Ich will, dass ihr die Mordopfer bis auf die letzte Nervenfaser durchleuchtet, sie quasi zu gläsernen Personen macht. Sollte sich die Annahme bewahrheiten, dass sie sich mit fremden Federn schmückten, brauchen wir dafür eindeutige Beweise. Überprüft unter dieser Prämisse auch die Notebooks von Paul Meyerbrinck, Sieglinde Sonnentau und Falk Bodenheim. Ich informiere die auswärtigen Kollegen über unsere Vermutung, damit sie das bei ihren Ermittlungen berücksichtigen. Sobald Reinhold Herz vernehmungsfähig ist, nehmt ihn entsprechend in die Mangel. Und befragt auch noch einmal Friedrich Quellborn und diese Helga Holler. Am besten, ihr sprecht euch wegen der Aufgabenverteilung ab. Marco, du wühlst dich durchs Internet. Vielleicht gibt es da eine entsprechende Plattform, die auf derartige Vergehen hinweist, vergleichbar mit Wikiplag. Ich setze mich mit unserer Pressestelle wegen des letzten Mordes in Verbindung und informiere den Staatsanwalt, damit er uns den Rücken freihält. Endlich habe ich Futter für ihn."

Fünf

Als er kurz vor Mittag erwachte, schmerzte seine rechte Körperhälfte mehr als gestern Abend nach dem Sturz vom Fahrrad. Die Mütze hatte den Aufprall auf die Motorhaube abgebremst, konnte aber die Beule am Kopf nicht verhindern. Sie pochte nicht mehr so heftig, färbte sich aber inzwischen dunkelviolett. Er hatte ein Pflaster darübergeklebt, um sie einigermaßen zu verstecken. Auch sein Jochbein hatte etwas abbekommen, aber das war nicht annähernd so schlimm. Er warf zwei Schmerztabletten ein und machte sich Frühstück. Bei der Erinnerung an die letzte Nacht empfand er Genugtuung. Sie hatten ihre gemeinsam gesteckten Ziele weitestgehend erreicht und konnten ihre Aktion als Erfolg verbuchen. Auch wenn er aus dem Internetartikel von Edgar Frentz wusste, dass der Anschlag auf Rheinhold Herz nicht geglückt war, hatten sie sich gerächt. Falk Bodenheim erwies sich als unerwartete Dreingabe. Sein Tod krönte ihre Taten. Er war das Tüpfelchen auf dem i, ihr abschließender Beitrag zur Mordiale.

Sie hatten ihn von Anfang an im Visier gehabt, da er aber für das Festival nicht angekündigt war und sich somit ihrem Zugriff entzog, wichen sie auf Lutz Claasen aus. Der Mord an Bodenheim war zwar riskanter gewesen als die anderen zuvor, da er keine Zeit für eine ausreichende Planung gehabt hatte, aber er ging fest davon aus, alles richtig gemacht zu haben. Die ganze Chose dauerte kaum mehr als zehn Minuten, und da es keine Zeugen gab und ihm kein Motiv nachzuweisen war, würde er bestimmt davonkommen.

Sein kleiner Unfall hatte ihm gestern etwas Kopfzerbrechen bereitet. Es war wirklich Pech gewesen, ausgerechnet mit dieser Kommissarin zusammenzustoßen. Aber sie hatte ihn nicht erkannt, sonst hätte er schon längst Besuch von ihr bekommen, und so schob er seine Bedenken letztendlich beiseite. Erfreulicherweise war die Weinflasche, mit der er den Drehbuchautor erschlagen hatte, dabei nicht zu Bruch gegangen, sodass er zu Hause seinen Triumph feiern konnte. Er hatte die Flasche im Lauf des Abends ausgetrunken und würde sie nach dem Frühstück auf Nimmerwiedersehen in einem Glascontainer versenken.

Er bedauerte, dass er die Gesichter seiner Mitstreiter nicht würde sehen können, wenn sie von Bodenheims Tod erfuhren, auch wenn er sie gar nicht kannte. Sie hatten sich vor einiger Zeit auf dem Blog „Alles frech geklaut!", kennengelernt und über Wochen einen regen Gedankenaustausch geführt. Sie klagten sich ihr Leid über die Dreistigkeit, mit der die anderen ihre Ideen, Entwürfe und Manuskripte ohne auch nur den Anflug eines Skrupels für sich vereinnahmt hatten. Um ihre Identität im Internet zu schützen, gaben sie sich selbstgewählte Pseudonyme, die ihrem Naturell entsprachen. Bonnie, Clyde, Al Capone und Dr. Mabuse, die sie die ganze Zeit über wahrten. Keiner kannte den richtigen Namen des anderen.

Ursprünglich hatten sie nur ihren Frust loswerden wollen. Dann brachte einer von ihnen den Gedanken ins Spiel, die Plagiatoren zu verklagen. Doch bald mussten sie einsehen, dass sie auf dem juristischen Weg kaum Erfolg haben dürften. Sie konnten nicht schlüssig nachweisen, dass diese Ideen auf ihrem Mist gewachsen waren, da sie weder veröffentlicht noch publik gemacht worden waren. Bonnie hätte womöglich eine Chance gehabt, indem ein Gutachter ihre Urheberschaft belegte. Aber ihr fehlte es genau wie den anderen an der notwendigen Menge Geld.

Mit dem wachsenden Erfolgen der Ideenklauer wuchs auch ihre Wut und entwickelte einen regelrechten Sog, der sie alle nach und nach erfasste. Schließlich brachte Dr. Mabuse Mord als geeignete Strafmaßnahme ins Spiel. Anfangs war es nur eine Fantasterei, aber nach und nach wurde daraus Ernst und schließlich gingen sie in medias res. Den Plan heckten sie gemeinsam aus. Er schien ihnen narrensicher. Nachdem die Vorbereitungen abgeschlossen waren, hatten sie den Kontakt abgebrochen. Falls sie verhaftet werden sollten, durfte es keinen Hinweis auf ihre Beziehung geben.

Den Blog hatten sie schon vor längerem aus dem Netz genommen, kommunizierten aber weiter miteinander, und zwar nicht mehr digital, sondern analog auf dem Postweg. Die Briefe schickten sie an eigens eingerichtete Postfächer und sie waren nie mit einem Absender versehen. Das mutete zwar altmodisch an, aber das Postgeheimnis erschien ihnen sicherer als das Internet und trug zur Minimierung des Risikos bei.

Bei den wenigen Anrufen verließen sie sich auf die gute alte Telefonzelle statt auf Prepaidhandys. Da beim Kauf der SIM-Karte in Deutschland der Personalausweis erforderlich war, verzichteten sie aus nachvollziehbaren Gründen darauf. Al Capone schlug vor, Telefone in einem Land der EU zu kaufen, wo die Angabe der Personalien nicht notwendig war. Aber das erwies sich schnell als zu aufwendig und zu unsicher, da sie nicht wussten, ob die Anbieter das deutsche Mobilfunknetz überhaupt bedienten.

Nach dem Mord an Bodenheim hatte er sich für Professor Moriarty als sein zweites Alter Ego entschieden. Ihm gefiel die Vorstellung, in die Rolle des gewieften, praktisch unsichtbaren Gegenspielers von Sherlock Holmes zu schlüpfen, der die Hüter von Recht und Ordnung mit seinen ausgeklügelten Verbrechen an der Nase herumführte. Bei ihm liefen letztendlich auch die Fäden zusammen, er war Schaltzentrale und Impulsgeber in einem.

Ein Hauch von Wehmut erfasste ihn, denn die Schlacht war geschlagen. Ab heute ging jeder wieder seiner eigenen Wege. Ihm fehlten schon jetzt die konspirative Anspannung, der Nervenkitzel und die geheime Identität, die ihn auch im Alltag inspirierte.

Sechs

Es war fast schon Abend, als Marlene Walz und Urs Beier an Steve Cohens Wohnungstür klingelten. Der Schauspieler lebte in einer Zweier-WG in Frankfurt. Sein Mitbewohner begegnete den Ordnungshütern nicht gerade freundlich, als sie sich auswiesen. Immerhin gewährte er ihnen die Gnade, sie in der Diele warten zu lassen. Urs entdeckte einen Stapel Visitenkarten von Steve Cohen und ließ eine unbemerkt in seine Jackentasche gleiten.

Der Schauspieler erschien wenig später in Jogginghose und einem verblichenen T-Shirt. Seine Haare standen ab, seine Augen waren blutunterlaufen, und er roch nicht gerade frisch geduscht. Cohen führte sie in die Küche und bot ihnen Platz an. Er selbst blieb stehen, nahm sich eine Wasserflasche und leerte sie mit gierigen Schlucken bis zur Hälfte. Dann rülpste er laut, fuhr sich mit der Hand über den Mund und lümmelte sich auf die Bank am Esstisch. Marlene wurde das Gefühl nicht los, dass er den Gelangweilten nur mimte, um sie zu provozieren.

„Ich habe gestern ein bisschen zu viel Party gemacht und jetzt einen Mordsbrand“, grinste er breit.

Unbewusst hatte er ihnen das Stichwort geliefert. „Mit wem und zu welcher Zeit?“, fragte Urs scharf.

Steve Cohens Grinsen verschwand. „Mit Freunden. Die ganze Nacht.“

„Der Tod von Lutz Claasen war also nicht der Grund?“, schoss Marlene nach.

Der Schauspieler legte seine gespielte Langeweile ab und wurde plötzlich wachsam. „Ich wusste gar nicht, dass er tot ist! Wie ist das passiert?"

„Bei einem fingierten Unfall, sodass wir von Mord ausgehen."

„Wann und wo?"

„Donnerstagvormittag in der Nähe von Hausen vor der Höhe", antwortete sie ihm.

„Da befand ich mich in einer Besprechung mit meinem Agenten in Frankfurt wegen eines neuen Kinofilms. Der Termin war um halb elf Uhr morgens. Und weil ich nicht in der Lage bin, mich irgendwo hinzubeamen, kann ich nicht an zwei Orten gleichzeitig sein und dürfte somit ausscheiden."

„Warten wir's ab", bemerkte Urs.

„Welches Motiv sollte ich überhaupt haben?"

„Sie waren mit ihm zerstritten, wie wir aus sicherer Quelle wissen", beharrte der Kommissar.

„Deshalb bringt man niemanden gleich um! Da müsste die Hälfte der Menschheit bereits tot sein."

„Worum ging es in dem Streit eigentlich?", erkundigte sich Marlene mit gefährlich sanfter Stimme. Sie fand zunehmend Gefallen an dieser Befragung. Bildete sie es sich ein oder begann er zu schwitzen?

„Er hat mich ohne große Ankündigung sterben lassen und so aus der Serie geschmissen und das nach beinahe zehn Jahren", gab er leicht gereizt zu.

„Das kann einen schon ganz schön wütend machen."

„Sie sagen es, aber nicht so wütend, dass ich ihn deshalb töten würde. Mein Zorn war nach ein paar Tagen verraucht, und ich habe inzwischen neue, lukrativere Angebote."

„Und was wäre, wenn das Motiv ein ganz anderes ist?

Ideenklau zum Beispiel?“, bohrte Urs weiter und reckte die Schultern.

Cohen brauste auf und schlug mit der Faust auf den Tisch. „Was soll der Scheiß! Ich habe keinen blassen Schimmer, wovon Sie reden!“

„Aber wir! Sie stürmten sein Büro und warfen ihm vor, Ihr Konzept für eine neue Serie sowie das bereits teilweise ausgearbeitete Format mit ungewöhnlichen Locations, Mordsballerei, viel Action, aber auch hintersinnigem Humor gestohlen zu haben“, behauptete Urs, obwohl er sich Letzteres weitgehend aus den Fingern gesogen hatte. Aber Bluffen gehörte zu seinem Job und er bekam nicht oft Gelegenheit, seine Fähigkeit auszuspielen.

Cohen war inzwischen leichenblass. Feine Schweißperlen glänzten auf seiner Stirn. „Also gut, es stimmt“, gab er zähneknirschend zu. „Er hat mich knallhart ausgebootet und ging irgendwann Ende letzten Jahres damit zu einem Privatsender, um Reibach zu machen. Ich hatte keine Ahnung davon. Erst ein Bekannter, der dort arbeitet, erzählte es mir. Er fragte mich, ob ich mit Claasen wechseln würde, um die Rolle des Detektivs zu übernehmen. Als ich Claasen damit konfrontierte, hat er mich regelrecht verhöhnt und gemeint, ich soll mal schön bei meinen Leisten bleiben.“

„Sie haben etwas ausgelassen“, meinte Marlene. „Er hat Sie nicht nur beklaut, sondern auch noch mit Falk Bodenheim gemeinsame Sache gemacht. Der Drehbuchautor hat Ihrer Idee erst den richtigen Schliff verpasst und machte das Format TV-tauglich.“

„Woher haben Sie denn das nun wieder?“, stöhnte Cohen sichtlich genervt.

„Ermittelt“, lächelte sie.

Er hob den Kopf und leerte den Rest der Wasserflasche,

um Zeit zu gewinnen, die die Polizisten ihm nicht gaben. Unter seinen Achseln wies das T-Shirt inzwischen dunkle Flecken auf.

„Hatten Sie auch mit ihm Krach?“, bemerkte Urs lauernd.

„Was denken Sie? Freunde waren wir jedenfalls nicht! Verraten Sie mir jetzt endlich einmal, was diese ganze Fragerei soll?“

Die Kommissare wechselten einen kurzen Blick. „Das erfahren Sie gleich. Wo waren Sie heute so gegen Mitternacht?“, hakte Marlene nach.

„Sagte ich doch schon: Feiern eben.“

„Zeugen?“

„Dutzende.“

„Dann hielten Sie sich nicht zufällig in Mainz in der Nähe des Zollhafens auf?“

„Nein, ich war im Cocoon-Club in Frankfurt, also kilometerweit weg. Erst haben wir dort gegessen, dann abgetanzt. Warum interessiert Sie das?“

„Sie gehören aufgrund Ihres Motivs zum Kreis der Verdächtigen in den Mordfällen Lutz Claasen und Falk Bodenheim.“

Cohen wurde blass, riss überrascht die Augen auf und lehnte sich verdattert zurück. „Aber Bodenheim war doch gar nicht ...“, entfuhr es ihm, bevor er sich unterbrach und die Augen auf die Tischplatte richtete.

Urs erhöhte den Druck. „Was war er nicht? Auf der Mordiale? Oder auf Ihrer Todesliste?“

Cohen schwieg.

Der Kommissar drückte auf das Tempo. „Kennen Sie Paul Meyerbrinck?“

Der Schauspieler schüttelte den Kopf. „Bin ihm nie begegnet.“

„Und Sieglinde Sonnentau?"

Nach kurzem Zögern höhnte er: „Was ist denn das für ein bescheuerter Name! Wer soll das sein?"

„Eine Kinderbuchautorin", antwortete Marlene.

„Über das Alter bin ich längst hinaus. Hat sie etwa auch das Zeitliche gesegnet?"

„Allerdings!"

„Allmählich komme ich mir wie ein Serienmörder aus einem meiner Filme vor! Sie verdächtigen mich tatsächlich, all diese Typen umgebracht zu haben? Das ist völliger Schwachsinn. Und überhaupt, was sollte ich gegen diese Frau haben, die ich erklärtermaßen nicht kenne?", redete Cohen sich nun in Rage. „Ihre Verdächtigungen reichen mir. Ich habe nichts mehr zu sagen. Jetzt schreibe ich Ihnen noch die Namen meines Agenten und von ein paar Freunden auf, mit denen ich für die infrage kommenden Zeiträume zusammen war und dann gehen Sie bitte."

Nachdem er fertig war, reichte er ihnen den Zettel, auf dem etwa ein Dutzend Personen samt ihrer dazugehörigen Adressen standen. „So, das wär's dann wohl."

„Nicht ganz. Wir bräuchten noch Ihren PC", verlangte Urs.

„Der ist gerade in Reparatur", behauptete er.

Die Polizisten beschlossen, es dabei zu belassen. Sie hatten ihn aufgeschreckt, das reichte für den Moment.

Als er ihnen die Tür öffnete und Marlene selbstgefällig angrinste, roch sie seine Angst. Sie konnte sich einen Kommentar nicht verkneifen. „Ach übrigens, haben Sie einen guten Anwalt? Wenn nicht, besorgen Sie sich einen."

„Keine Bange, ich weiß, was ich zu tun habe", konterte er blasiert und schloss die Tür hinter ihnen einen Tick zu laut.

Im Fahrstuhl fragte Urs sie nach ihrer Einschätzung. „Hast du auch sein Zögern bei der Erwähnung von Sieglinde Sonnentau bemerkt?"

„Ja, aber das könnte daran liegen, dass er sie tatsächlich nicht kannte."

„Dafür war seine Reaktion echt heftig. Er fühlte sich ganz schön in die Enge getrieben. Ich denke, er log. Der Tod von Bodenheim hat ihn aber tatsächlich überrascht. Davon wusste er nichts. Was mich wundert, ist, dass die hessischen Kollegen anscheinend noch nicht bei Cohen waren. Sie wurden doch informiert, oder?"

„Ja, aber vielleicht haben sie ihn einfach nicht erreicht, er war ja angeblich Freitag beim Dreh. Oder es ist auf dem Dienstweg irgendwie verbummelt worden. Wir geben ihnen auf alle Fälle Bescheid, nicht dass es zu Unstimmigkeiten kommt."

Dann zog Urs die Visitenkarte aus der Tasche und rief Marco an. „Kannst du bitte veranlassen, dass Cohens Telefon überwacht wird", bat er ihn und gab ihm die Nummer durch.

Karin und Samir suchten Sven Janson unterdessen in seinen eigenen vier Wänden auf. Als er ihnen öffnete, trug er eine Basecap, die er tief ins Gesicht gezogen hatte. Sie sprachen ihn direkt auf den Schreibkurs an, den er bei Paul Meyerbrinck belegt hatte.

Er leugnete nicht, daran teilgenommen zu haben, bestritt aber jeden weitergehenden Kontakt. „Ist man gleich verdächtig, wenn man an einem Workshop teilnimmt? Ich bin angehender Literaturwissenschaftler, da liegt so etwas doch auf der Hand", wehrte er sich. „Es waren zwei Dutzend Leute in dem Kurs und außerdem habe ich ihn seitdem nicht wieder gesehen."

„Das dürfte nicht stimmen. Immerhin war er Gast in der Villa Viola“, beharrte Karin.

„Ja, aber unsere Wege haben sich nicht gekreuzt. Er hat nicht bei mir eingecheckt und die meiste Zeit saß ich im Büro und arbeitete an meinem Rechner an meiner Masterarbeit. Nur wenn nach mir verlangt wurde, ging ich an die Rezeption, und da Herr Meyerbrinck mich nicht in Anspruch nahm, sind wir uns auch nicht begegnet.“

„Apropos PC“, meinte Samir. „Den müssen wir mitnehmen, genauso wie Ihr Handy. Immerhin sind Sie ein Verdächtiger im Mordfall Meyerbrinck.“

„Den Computer brauche ich aber für mein Studium. Ich muss meinen Abgabetermin einhalten und ohne mein Handy bin ich telefonisch nicht erreichbar“, begehrte Janson auf.

„Gut, dann besorgen wir uns einen richterlichen Beschluss, aber ich sage Ihnen schon jetzt, dass es dann mit der Rückgabe länger dauert“, beharrte Karin.

„Das ist reine Schikane!“, beschwerte sich Janson.

„Wir tun nur unsere Arbeit. Sie können ja alles auf einem USB-Stick oder einer externen Festplatte abspeichern.“

Widerwillig fügte sich Janson und kam nach ein paar Minuten mit den verlangten Sachen zurück.

„Danke für Ihre Kooperationsbereitschaft, das beschleunigt das Ganze. Sagen Ihnen eigentlich folgende Namen etwas?“, fragte Samir und zählte die übrigen Mordopfer auf.

Janson zuckte nicht mit der Wimper. „Sie unterstellen mir tatsächlich, ich hätte etwas mit deren Tod zu tun? Das ist doch hanebüchener Blödsinn. Ich kannte bloß Meyerbrinck und ihn auch nur oberflächlich. Frau Sonnentau war zwar als Gast angekündigt, kam aber erst nach meinem Dienst, sodass wir uns nicht begegneten.“

Dann erkundigte sich Karin nach seinen Alibis für die anderen Tatzeiten.

Er ließ keinerlei Regung erkennen. „Donnerstagnachmittag hatte ich ein Gespräch mit meinem Prof wegen meiner Masterarbeit, abends versah ich meinen Dienst im Hotel. Freitag war ich mit Freunden im Kino, Samstag den ganzen Mittag auf der Uni, was Sie anhand meines eingeloggten Notebooks feststellen können, und abends alleine zu Hause. War's das?"

„Für den Moment schon, wir werden das aber überprüfen", versicherte Samir ihm.

„Besitzen Sie eigentlich ein Fahrrad?", wollte Karin wissen.

„Hatte ich, ist mir dieses Wochenende geklaut worden."

„Haben Sie Anzeige erstattet?"

Janson lachte hart. „Bringt das irgendetwas? Wird ja doch früher oder später ohne Ergebnis eingestellt!"

Vor der Tür bemerkte Karin: „Der gibt sich ganz schön abgebrüht und ist nicht einmal unsicher geworden."

„Du hältst ihn für den Fahrradfahrer, der mit dir zusammenstieß?"

„Wäre doch möglich. Hast du dich nicht gewundert, dass er zu Hause eine Mütze trug?"

„Das ist doch heute gang und gäbe."

„In gewissen Kreisen mag das so sein, aber zu denen gehört Janson nicht. Ich denke, er wollte etwas darunter verstecken, eine Beule oder eine Schürfwunde vielleicht. Und ist dir aufgefallen, dass seine eine Wange etwas dicker ist und er sich eingeschränkt bewegte?"

„Wenn deine Vermutung stimmt, warum verlangst du nicht sein Fahrrad?"

„Er hat es unter Garantie weggeschafft. Bleiben uns nur

mögliche Spuren an meinem Auto und die muss Martin erst noch genauer untersuchen."

„Du bist die Chefin", erwiderte er und erntete dafür einen kameradschaftlichen Klaps auf die Schulter.

„Red keinen Blödsinn! So, jetzt noch Helga Holler und Friedrich Quellborn und wir haben unser Pensum für heute abgearbeitet", sagte sie und zückte ihr Handy.

Die Autorin wies jeden Plagiatsvorwurf gegen ihre Freundin weit von sich und die Kommissare erfuhren nichts, was sie nicht schon wussten. Eine ähnlich lautende Antwort erhielten sie auch von Friedrich Quellborn. „Der einzige Unterschied zur Erstveröffentlichung sind ein paar Illustrationen, die die Geschichte lebendiger machen, und der Feinschliff am Text. Aber beides ist eher marginal."

„In Frau Sonnentaus Fall scheint sich unsere Annahme nicht zu bewahrheiten. Damit erhält unsere schöne Theorie einen Dämpfer", seufzte Karin.

„Das wird sich noch zeigen."

Sie lieferten noch Jansons PC im Präsidium ab, dann machten sie Feierabend. Seit acht Tagen hatte keiner aus der SoKo einen freien Tag gehabt und etliche Überstunden angehäuft. Den Feierabend hatten sie sich redlich verdient und hofften, ihn ungestört verbringen zu können.

Sieben

Durch den Mord an Falk Bodenheim sah Edgar sich gezwungen, seine bereits abgeschickten Artikel über Sieglinde Sonnentau und Reinhold Herz zurückzuziehen und zu kürzen. Ihm stand nur ein bestimmtes Zeichenzahl zur Verfügung, das er nun auf drei Verbrechen verteilen musste. Die

Aufmacher kamen groß auf die Titelseite, während er im Lokalteil detaillierter auf sie einging. Beim Schreiben hatte er kurz das Empfinden gehabt, Mainz laufe in Sachen tödlicher Kapitaldelikte südamerikanischen Drogenkartellen den Rang ab, da es jeden Tag neue Opfer gab. Was natürlich Blödsinn war. Aber vier Tote innerhalb von 96 Stunden hatte es bisher nicht gegeben. Die Leser der Montagsausgaben dachten bestimmt ähnlich. Er hoffte, dass nach diesem Wochenende endlich Schluss damit war. Gegen zwanzig Uhr schickte er die Artikel ab und machte sich dann auf ins Eisgrub, um sich mit Karin auf ein Bier zu treffen.

Sie kam fünfzehn Minuten zu spät. „Bitte entschuldige, aber ich musste noch etwas in so einer Pop-up-Vinothek abklären. Unser letztes Opfer hat sie kurz vor seinem Tod besucht."

„Kein Problem. Meinst du die am Rheinufer in der Nähe des Zollhafens?"

„Genau die. Warst du schon einmal dort?"

„Ja, bei der Eröffnung vor ein paar Tagen. Es ist ein ganz schöner Aufwand, so einen Laden für nur ein paar Wochen aufzuziehen. Aber er gefällt mir und der Wein ist aus der Region und durch die Bank gut. Die Winzer, die dort vertreten sind, wechseln sich mit der Bewirtschaftung ab. Alle sieben Tage übernimmt ein anderer."

„Zum Probieren hatte ich keine Zeit. Ich war nur wegen einer Befragung dort. Dort konnte man sich an Falk Bodenheim erinnern, weil er bis zum Schluss blieb und ordentlich zechte. Aber das ist auch schon alles. Niemand hat sonst etwas bemerkt."

Die Bedienung kam an ihren Tisch und sie bestellten.

„Wir kommen voran und haben ein mögliches Mordmotiv."

„Verrätst du es mir, wenn ich mich an die Regeln halte?"

Karin senkte ihre Stimme zu einem Flüstern, denn sie fürchtete, dass die Wände im Eisgrub Ohren hatten. „Drei der vier Opfer sind aller Wahrscheinlichkeit nach Plagiatoren."

„Ich finde das gar nicht so abwegig. Es ist eine absolute Unsitte, dass einfach so aus Texten, von Websites, Musikportalen und Büchern kopiert und dann ohne Einhaltung irgendwelcher Gesetze verwendet wird. Jeder Autor ärgert sich schwarz darüber, wenn Dritte seine Gedanken als die eigenen ausgeben. Nicht immer steckt boshafte Absicht dahinter, sondern reine Gedankenlosigkeit und das beziehe ich nicht nur auf gewisse Politiker. Eure Opfer haben ja erheblichen Reibach gemacht beziehungsweise standen kurz davor. Wie kamt ihr eigentlich darauf?"

„Durch die Frau unseres Chefs. Ihr fiel auf, dass Paul Meyerbrinck in der ersten Ausgabe von „Düsteres Land" seinem isländischen Detektiv einen weiblichen Nachnamen gegeben hat, was ein eklatanter Fehler war, vor allem, da er ansonsten sehr bewandert in Sachen Island zu sein schien. Das hätte ihm nicht unterlaufen dürfen."

„Konntet ihr klären, wie es dazu kam?"

„Der Verlag behauptet, es sei schlicht ein Versehen gewesen."

„So etwas darf einem guten Lektor aber nicht durchgehen", kritisierte er und überlegte kurz. „Was wäre, wenn Absicht dahinter steckte? Falls eure Theorie zutrifft, dann könnte der wahre Verfasser diesen Fehler absichtlich eingebaut haben, bevor er Meyerbrinck das Manuskript übergab. Quasi als Sicherung, um Meyerbrinck bei Bedarf bloßzustellen. Dieser Fehler muss doch ziemlich peinlich für ihn gewesen sein."

„War es aber nicht. Er lieferte eine Erklärung, die ihm

abgenommen wurde, und damit hatte es sich. In der Öffentlichkeit blieb das weitgehend unbemerkt, was mich verwundert. Wenn ein Buch solch ein Erfolg wird, wäre doch anzunehmen, dass man darüber diskutiert. Meyerbrinck kam ziemlich gut davon."

„Ich habe völlig vergessen dir zu sagen, dass ich mir gestern das neue Buch von Frau Sonnentau gekauft habe. Es ist wirklich recht spannend und sehr anschaulich dargestellt. Die jugendlichen Protagonisten verfolgen anhand von Karten einen Verbrecher. Da gibt es unter anderem einen furchterregenden Geheimgang, eine phantasievoll gestaltete Pergamentrolle mit Anweisungen und einen sehr detaillierten Stadtplan. Alles wunderschön aufgemacht und liebevoll gezeichnet."

„Muss ich mir das so in etwa wie Geocaching nur in Buchform vorstellen?"

„Im weitesten Sinne, ja. Was mich nur wundert: Im Impressum wurde nicht erwähnt, von wem diese Illustrationen stammen. Da findet sich lediglich ein S. Die Geschichte an sich ist gut, aber diese Zeichnungen machen das Buch zu etwas Besonderem. Wenn ihr den Verlag kontaktiert, solltet ihr das erwähnen. Womöglich sind das ja jene berüchtigten fremden Federn."

Karin geriet ins Grübeln. Wegen des Motivs für Sieglinde Sonnentaus Ermordung tappten sie noch im Dunkeln. Sie war Edgar dankbar, dass er das entdeckt hatte. Ihr wäre das höchstwahrscheinlich entgangen, selbst wenn sie das Buch gesehen hätte. Aber sie hatte vom Verlagswesen auch nicht annähernd so viel Ahnung wie er.

„Das könnte sein. Das Buch ist eine Wiederauflage eines ihrer früheren Bücher und demnach kein Plagiat. Doch genug theoretisiert, mein Kopf ist im Augenblick wie leergeblasen. Ich will jetzt nur noch abschalten, bevor mich morgen die Tretmühle wiederhat.“

„Dann lass uns von etwas anderem reden“, wechselte er das Thema und wagte ihr einen Vorschlag zu machen, über den er schon einige Zeit nachdachte. „Wir sind bald ein Jahr zusammen. Was hältst du davon, wenn wir gemeinsam ein paar Tage wegfahren, natürlich erst, wenn die Ermittlungen abgeschlossen sind.“

Er rechnete mit Widerspruch, denn Karin beanspruchte in ihrer Beziehung viel Freiraum. Sie blieb selten länger als zwei Tage hintereinander bei ihm. Dann sehnte sie sich nach ihren eigenen vier Wänden und stillen Stunden. Gemeinsamer Urlaub bedeutete aber, rund um die Uhr mit ihm zusammen sein.

Sie beugte sich zu ihm hinüber und strich ihm über die Wange. „Ist das so eine Art Belastungstest für unsere Beziehung?“

„Nein, ich wäre nur gern mal ein paar Tage mit dir an einem Ort, wo wir nicht ständig mit unserer Arbeit konfrontiert sind.“

„Okay“, fügte sie sich zu seiner Verblüffung. „Du suchst das Ziel aus. Ich habe zwei Bedingungen: Kein allzu langer Flug. Ich hasse es, eingequetscht wie eine Sardine in diesen Dingern zu sitzen, und zweitens keine dämliche Strandliegerei.“

„Das ist doch eine klare Ansage. Da findet sich bestimmt etwas Passendes.“

Nach dem Essen verabschiedete sie sich. „Ich bin wie erschlagen und muss in mein Bett.“

„Das ist schon in Ordnung. Nachdem morgen in den Zeitungen neben den Zeugenaufrufen auch Berichte über die Morde erscheinen, bekommt ihr bestimmt eine Menge zu tun.“

„Erinnere mich bloß nicht daran“, gähnte sie. „Ich fürchte, dass es viel Wind gibt, aber wieder nichts dabei rauskommt. Der oder die Täter treten so unauffällig in Erscheinung, dass man glauben könnte, sie seien Geister.“

„Irgendwann fasst ihr sie. Das perfekte Verbrechen gibt es nicht“, versuchte er sie aufzumuntern.

„Bist du dir dessen so sicher? Ich bin es nicht. Und in unserem Fall haben wir zwar mögliche Motive, aber die passenden Gelegenheiten fehlen. Denn jeder, der einen triftigen Grund hätte, besitzt auch ein Alibi.“

MONTAG, 22. OKTOBER 20..

Eins

Karin saß im Wartezimmer von Dr. van den Krachtens Praxis. Sie betrachtete ein Bild, das an der Wand gegenüber hing. Menschen in allen möglichen Knallfarben fassten sich an den Händen und bildeten einen Kreis, in dessen Zentrum sich ein Dollarzeichen sowie das Eurowährungssymbol befanden.

Schließlich wurde sie ins Sprechzimmer gebeten. Der Psychotherapeut begrüßte sie und deutete auf den Sessel, in dem sie auch bei ihrem letzten Besuch gesessen hatte.

„Die Zeitungen überschlagen sich ja geradezu, was diese Verbrechen betrifft, und schreiben nicht immer nett über die Ermittlungsbehörden“, stieg er unvermittelt in das Gespräch ein. „Wie kommen Sie mit diesem Druck zurecht?“

Sie zuckte mit den Schultern und schlug die Beine übereinander. „Wie immer, Ohren auf Durchzug und weghören. Mit solchen Berichterstattungen muss ich mich wirklich nicht belasten. Wir wissen, was wir leisten. Aber es dauert eben seine Zeit, bis konkrete Resultate erzielt werden. Ergebnisse lassen sich nicht erzwingen, höchstens man forciert es ein bisschen. Wie groß wäre wohl die Empörung, wenn wir den Falschen verhafteten? Dann wäre gleich wieder von Polizeiwillkür die Rede. Aber deshalb bin ich nicht gekommen. Oder etwa doch?“

„Was hätte ich Sie Ihrer Meinung nach denn fragen sollen? Wie es Ihnen geht? Das sehe ich auch so. Sie sind erschöpft, stehen aber im Moment so unter Druck, dass sie nicht abschalten können, egal was kommt. Der Versuch, das in der jetzigen Situation zu ändern, wäre reine Zeitverschwendung“, bemerkte er pragmatisch.

Karin schwieg, stimmte ihm aber insgeheim zu. Sie würde sich solange in die Ermittlungen verbeißen, bis alles zu ihrer Zufriedenheit geklärt war. Danach meldete sich höchstwahrscheinlich wieder ihre Migräne, die immer wie ein Fluch über sie hereinbrach, sobald die Anspannung nachließ.

Van den Krachten fuhr fort: „Für mich hängt alles mit allem zusammen. Es gibt keine singulären Ereignisse, das eine bedingt das nächste. Ihr Beruf ist ein großer Teil Ihres Lebens und nimmt Sie mental und physisch in Anspruch. Sie können ihn nicht so einfach von Ihrem Privatleben trennen, auch wenn Sie das womöglich durch Verdrängung versuchen. Ich kann Ihnen allerdings meine Hilfe anbieten, damit es für Sie leichter wird."

Schon wieder lag er richtig. Das Gedankenkarussell aus Mordopfern, Tatorten und E-Mail-Ankündigungen drehte sich unablässig und kam einfach nicht zum Stillstand. Selbst nachts wachte sie auf und sah die Bilder vor sich. Der einzige Vorteil war, dass sie seit drei Nächten nicht mehr von ihrem Albtraum heimgesucht wurde. Nur, war es auch gut, den Teufel mit dem Beelzebub auszutreiben?

„Ich bin bisher ganz gut klargekommen", schottete sie sich ab.

„Haben Sie Ihre Entspannungsübungen gemacht?"

Sie schaute schuldbewusst auf ihre Hände, die gefaltet in ihrem Schoß lagen. „Leider nur ein Mal. Es kam immer etwas dazwischen."

„Versuchen Sie es trotzdem. Es dauert eine gewisse Zeit, bis sie zu wirken beginnen. Wenn Sie wollen, üben wir gemeinsam und wiederholen zuerst diejenigen, die Sie bereits kennen. Danach zeige ich Ihnen noch zwei weitere, die Sie bei Bedarf auf Ihrem Schreibtischstuhl im Büro machen können. Einverstanden?"

Karin nickte. Während sie tief aus- und einatmete und bestimmte Körperhaltungen einnahm, kam ihr der Gedanke, ihn in ihre Ermittlungen einzubeziehen. Jetzt war es dafür noch zu früh, aber sobald es konkretere Resultate gab, wollte sie ihn um seinen Rat bitten. Als Psychotherapeut besaß er einen anderen Blick auf Menschen. Er konnte sich in sie hineinversetzen, ihre Gefühlszustände anhand ihrer Körpersprache deuten, was ihr nicht in diesem Maße gelang. Nach Ende der Sprechzeit schlug er den Donnerstag für die nächste Sitzung vor.

„Mich wundert, dass ich die Termine immer so kurzfristig bekomme", bekannte sie offen.

„Für Notfälle habe ich immer einen gewissen Spielraum", lächelte er.

Demnach war sie ein Notfall und sie fragte sich, ob Groß das veranlasst hatte, oder van den Krachten selbst zu der Ansicht gelangt war.

Karin Weber traf im Präsidium ein, als gerade die Morgenbesprechung vorüber war. Von Samir erfuhr sie, was die Befragung von Steve Cohen ergeben hatte. „Wiesbaden hat sich gemeldet. Sie waren zweimal bei Cohen in der Wohnung, haben ihn aber nicht angetroffen und auch auf ihre Anrufe hat er nicht reagiert."

„Da hatten Urs und Marlene gestern ja direkt Glück."

„Du sagst es! Übrigens, Claasens Handy lag in dem Wrack und sie haben es erst heute Morgen zwischen all dem Schrott gefunden. Es gibt ein paar Nachrichten von Bodenheim auf der Mailbox, in denen Köln erwähnt wird. Demnach scheinen die beiden tatsächlich das neue Projekt gemeinsam betrieben zu haben, so wie Claasens Assistentin bereits vermutete. Der Privatsender hielt sich diesbezüglich bedeckt und behauptete, nicht zu wissen, wer der Drehbuchautor sei."

„Das mag stimmen oder auch nicht, das ist jedenfalls egal. Auf alle Fälle hätten wir ein weiteres Puzzlestück."

„Urs und Marlene haben für heute kurzfristig einen Termin bei einem Anwalt für Urheberrecht ausgemacht und haken gerade bei Meyerbrincks Verleger deswegen nach. Martin und Christina sind noch immer mit den PCs unserer Verdächtigen zugange. Marco ist nach wie vor ganz in seine Internetrecherche vertieft und scheint Witterung aufgenommen zu haben. Was ergaben übrigens deine Nachforschungen in der Vinothek?"

„Die kannst du glatt vergessen. Bodenheim war dort und ging als einer der Letzten. Er flirtete einige Zeit mit einer Frau, die aber gut eine Stunde vor ihm den Laden verließ. Hat schon jemand im Verlag von Frau Sonnentau angerufen?"

„Nein, ich wollte auf dich warten."

„Das ist gut. Ich habe nämlich aus verlässlicher Quelle erfahren, dass im Impressum von „Die Spurenleser" nicht erwähnt wird, wer für die Illustrationen verantwortlich ist. Das sollten wir abklären."

Samir lachte. „Seit wann tust du denn so konspirativ und nennst Edgar deine verlässliche Quelle?" Jeder weiß doch, dass er dein Lover ist, du musst daraus kein Geheimnis machen."

Wie immer, wenn es um ihr Privatleben ging, reagierte Karin empfindlich. „Du hast mir das Ölzeug wohl noch nicht verziehen."

„Quatsch, das ist doch Schnee von gestern."

„Wohl eher Regen!"

„Mein Gott, sind wir heute Morgen lustig", entgegnete er leicht genervt. „Was ist denn los mit dir? Keine Zeit für Sex?"

„Als würde sich alles nur darum drehen“, fauchte sie zurück. „Und außerdem geht dich mein Liebesleben einen feuchten Kehricht an! Kümmere dich lieber um deine Angelegenheiten. Bei dir ist es doch wohl auch eher mau, nachdem deine Beziehung gescheitert ist.“

Samir wandte ihr wortlos den Rücken zu und widmete sich den Ermittlungsberichten. Er hatte sie vor einiger Zeit ins Vertrauen gezogen und ihr gestanden, dass ihm die Trennung noch zu schaffen machte, auch wenn er inzwischen recht gut darüber hinweg war. Karin fühlte sich mies und trat ans Fenster. Draußen war alles grau, der Himmel, der Vorplatz, selbst die Menschen. Van den Krachtens Entspannungsübungen hatten ihr heute Morgen nicht viel gebracht. Sie kam sich vor wie ein Heizkessel kurz vor der Explosion. Ihre Nerven lagen noch blanker als die ihrer Kollegen, aber das war keine Entschuldigung für ihr kränkendes Verhalten. Sie alle mussten sich den gleichen Anforderungen stellen und mit dieser Situation klarkommen. „Entschuldige bitte, das war absolut unfair und ein Schlag unter die Gürtellinie. Das kommt nicht wieder vor. Ich brauche etwas frische Luft und gehe mal Dampf ablassen“, was Samir für eine ausgezeichnete Idee hielt.

Kaum fiel die Tür hinter ihr zu, griff er zum Telefonhörer und rief in Sieglinde Sonnentaus Verlag an. Dort sprach er mit der Assistentin der Verlagsleitung, die bereits über den Tod ihrer Autorin informiert war und sehr betroffen schien.

„Wir haben von Ihrem Chef bereits einiges erfahren, aber es gibt noch offene Fragen. Im Impressum wird nicht erwähnt, wer die Illustrationen machte“, begann er, was auf der anderen Seite für betretenes Schweigen sorgte.

Er wollte seine Frage gerade wiederholen, als eine zögerliche Antwort kam. „Da gab es gewisse Unstimmigkeiten zwischen ihr und unserem Haus. Sie behauptete, sie stammten von ihr, aber wir hatten so unsere Zweifel. In keinem ihrer anderen Bücher und auch nicht in der Erstauflage von „Die Spurenleser“ gab es Zeichnungen, und das wunderte uns. Frau Sonnentau behauptete, sie wollte die Handlung für die kindlichen Leser plastischer machen, was ja auch zutraf. Zudem waren sie von hervorragender Qualität. Nachdem sie uns schriftlich versicherte, dass alles seine Ordnung hätte, akzeptierten wir das. Da die Illustrationen mit einem ‚S‘ als Kürzel versehen waren, übernahmen wir das so ins Impressum. Sie fand das in Ordnung und wir dann eben auch.“

„Das hat Ihnen nicht zu denken gegeben?“

„Schon, aber immerhin ist sie eine renommierte Autorin“, erwiderte sie und schob noch rasch ein „gewesen“ hinterher.

„Gab es eventuell jemanden, der in letzter Zeit Zweifel an der Urheberschaft der Zeichnungen angemeldet hat?“

Wieder folgte eine Pause. „Kurz nach Erscheinen des Buches rief eine Frau bei uns an. Sie war sehr erregt und behauptete, die Abbildungen stammten von ihr, und sie verlangte eine entsprechende Vergütung. Allerdings nannte sie ihren Namen nicht, selbst als ich sie danach fragte.“

„Wie haben Sie auf diese Beschwerde reagiert?“

„Ihr mitgeteilt, dass von unserer Seite alles korrekt abgelaufen sei und wir keinen Grund sehen, ihren Vorwürfen zu glauben. Sie war daraufhin ziemlich erbost und wir schlugen ihr vor, dass sie uns Illustrationsproben schicken solle, damit wir uns selbst überzeugen könnten. Danach haben wir nie wieder von ihr gehört und dachten, es habe sich erledigt.“

„Wann genau war das?“

„Eine Woche nachdem „Die Spurenleser“ auf den Markt kamen, also in der zweiten Dezemberwoche.“

„Was würde geschehen, wenn sich die Vorwürfe als berechtigt herausstellten?“

„Dann hätten wir echte Probleme“, gestand sie offen. „Womöglich müssten wir die neue Auflage von insgesamt zehntausend Exemplaren einstampfen. Das wäre ein großer finanzieller Verlust, und auch das E-Book könnten wir vergessen, das zum Weihnachtgeschäft auf den Markt kommt. Der Buchmarkt ist hart umkämpft und mit ihm seine Stars. Frau Sonnentau gehörte in letzter Zeit dazu.“

Samir vergewisserte sich, ob weitere Bücher und eine Verfilmung geplant waren. Seine Gesprächspartnerin bestätigte das, was Marlene bereits vom Verleger erfahren hatte.

„Über mehrere Fortsetzungen ist uns nichts bekannt. Bisher war nur eine im Gesräch. Aber vielleicht hat sie ja an uns vorbei Verhandlungen geführt, was bezüglich der Verfilmung allerdings nicht vertragskonform gewesen wäre. Die Rechte liegen bei uns.“

„Hatte sie eine Literaturagentur?“

„Ja, sie vermittelte sie an unser Haus. Wenn Sie einen Augenblick dranbleiben, suche ich sie heraus.“

„Bitte tun Sie das“, bat Samir, auch wenn er sie inzwischen kannte. Sie hieß nicht „Wortreich“ wie Helga Holler das behauptet hatte, sondern hatte einen ganz anderen Namen. Er wollte aber sichergehen, dass Sieglinde Sonnentau nicht noch weitere Agenturen in Anspruch genommen hatte.

„Sie heißt „Buchschmiede“ und sitzt in Berlin, hat aber noch Niederlassungen in München und Leipzig“, erklärte sie ihm schließlich.

„Erinnern Sie sich, wie die Anruferin klang? Jung, alt, redete sie mit Akzent?“

„Sie drückte sich trotz ihrer Erregung gewählt aus und sprach fehlerfreies Hochdeutsch. Ihre Stimme hörte sich jung an, aber die Stimmlage war gewöhnungsbedürftig, irgendwie blechern. Meine Mutter würde sagen, wie eine rostige Gießkanne."

Samir konnte sich in etwa vorstellen, was sie meinte. „Würden Sie die Stimme wiedererkennen?"

„Festlegen möchte ich mich nicht, aber es wäre denkbar."

„Dann kann es sein, dass wir Sie bald darum bitten müssen."

„Ich stehe zu Ihrer Verfügung."

„Vielen Dank und auf Wiederhören."

Danach rief er die Website der Literaturagentur im Computer auf und klickte sich durch die Seite mit den Mitarbeitern. Ein Mann zog sein Interesse auf sich, da die Beschreibung der Servicekraft im Hilton ganz entfernt auf ihn zutraf. Er trug zwar keinen Borsalinohut, aber der Bart und die Brille stimmten in etwa. Samir beschloss, sich bei ihm über Sieglinde Sonnentau zu erkundigen und bekam ihn sofort ans Telefon.

Er war vom Tod der Autorin überrascht, behauptete aber, sie nicht persönlich gekannt zu haben. „Frau Sonnentau wurde nicht von mir betreut, sondern von einer Kollegin aus der Niederlassung in Berlin. Ich selbst bin in Leipzig. "

Diese Nachricht verwirrte Samir. „Es standen also keine Verhandlungen über weitere Veröffentlichungen oder gar eine Verfilmung von „Die Spurenleser" im Raum?"

„Davon weiß ich definitiv nichts. Letztere wären auch nicht vertragskonform gewesen. Am besten, Sie wenden sich direkt an meine Kollegin", sagte der Agent und nannte ihm Namen und Telefonnummer. „Ach, da fällt mir gerade noch ein, dass ich einen etwas wirren Anruf von ihr vor einiger Zeit auf meiner Mailbox fand, aus dem ich nicht klug wurde. Sie redete von irgendwelchen Fortsetzungen und tat so, als stünde das bereits fest. Allerdings wussten wir nichts davon und ich hielt es nicht für nötig, sie zurückzurufen, da sie ja, wie gesagt, nicht zu meiner Klientel gehörte. Ist das für Ihre Ermittlungen wichtig?"

„Ja, allerdings. Vielen Dank für Ihre Auskunft", verabschiedete sich Samir.

Auch bei seinem nächsten Anruf stellte sich die übliche Schrecksekunde ein, nachdem er den Grund nannte. Samir erfuhr von der Agentin, dass Sieglinde Sonnentau keine neuen Bücher avisiert hatte. Er folgerte aus dieser Aussage, dass die Autorin sich das entweder aus den Fingern gesaugt hatte oder – und diese Annahme erschien plausibler – von jemandem geködert worden war, der sich als Mitarbeiter der Agentur ausgab und sie zu einer Fortsetzung ermutigte. Bei seiner Befragung vor fünf Tagen war sie ihm etwas weltfremd und unselbstständig erschienen und deshalb bohrte er in dieser Hinsicht nach. „Wirkte sie, was Vertragsabschlüsse anbelangt, eigentlich kompetent?"

„Das könnte ich nicht gerade behaupten. Sie las ihren Vertrag vor der Unterzeichnung noch nicht einmal durch und akzeptierte alles ohne Widerspruch. Wenn wir es darauf angelegt hätten, hätten wir sie über den Tisch ziehen können. Ich drängte sie dazu, sich die Zeit zu nehmen und alles genau zu prüfen, aber sie bestand auf dem sofortigen Abschluss und wollte alles allein regeln. Selbst ihren Mann, der sich in dem Metier besser auskennt als sie, ließ sie außen vor", bestätigte die Agentin Samirs Vermutung.

„Hätte ihr jemand vorgaukeln können, dass ihr Buch verfilmt wird?"

„Wenn derjenige überzeugend genug aufgetreten wäre, liegt das im Bereich des Möglichen."

„Danke, Sie haben mir sehr geholfen", beendete Samir das

Telefonat und legte nachdenklich auf. In diesem Moment öffnete sich die Tür und Karin kam herein. Diesmal brachte sie ihm Kaffee und ein Leberkäsebrötchen als Friedensangebot mit.

„Na, hast du dich abreagiert?“, fragte er, als sie ihm die Sachen gab.

„Sorry, aber ich bin in letzter Zeit etwas dünnhäutig und mag es eben nicht, wenn man mich auf mein Privatleben anspricht“, erwiderte sie zerknirscht.

„Ist schon gut, soll nie wieder vorkommen.“

Karin setzte sich auf ihren Schreibtischstuhl und schaute ihn an. Ihr kam zur ersten Mal der Gedanke, dass er sich womöglich in seiner neuen Umgebung einsam fühlte. Immerhin musste er sich alles neu aufbauen. Sie hatte ihm zwar den Einstieg im Präsidium so leicht wie möglich gemacht, ihn an seinem ersten Tag herumgeführt und den Kollegen vorgestellt, aber ansonsten überließ sie ihn sich selbst. Sie war auch erst einmal auf die Idee gekommen, mit ihm nach Dienstschluss etwas trinken zu gehen, was sie mit seinem Vorgänger häufiger getan hatte. Ob er es als aufdringlich empfinden würde, wenn sie ihn einmal darauf anspräche? Im Augenblick schien ihr der Zeitpunkt allerdings nicht günstig, aber wenn es wieder ruhiger wurde, wollte sie das in Angriff nehmen.

„Ich habe mich übrigens sowohl beim Verlag wie auch bei der Agentur kundig gemacht“, meinte er kauend und gab den Inhalt der Telefonate wider.

Karin pfiff leise durch die Zähne. „Demnach hat sich ihr Mörder als ihr Agent ausgegeben!“

„Ich gehe davon aus. Der Mann muss überzeugend gewesen sein und sie glaubte, er sei der bessere Vertreter für ihre Interessen als die Berliner Agentur. Warum rief sie in Leipzig statt bei ihrer eigentlichen Agentin an?“

„Klingt logisch, sonst wäre sie nicht zu der Verabredung gegangen, obwohl sie im Januar angeblich Morddrohungen erhielt."

„Denkst du, diese Drohungen stehen im Zusammenhang mit den Illustrationen in ihrem Buch? Immerhin erschien es nur wenig früher."

„Davon gehe ich sogar aus."

In diesem Moment stürmte Marco herein und schwenkte ein Blatt Papier. „Leute, das hier ist der Hammer. Schaut, was ich im Internet gefunden habe. Kursiert in Facebook. Ganz schön hart! Ich habe mich die ganze Zeit gefragt, warum die Täter uns von Anfang an einbezogen, die Presse aber außen vor ließen. Jetzt ahne ich es: Sie wollten den geistigen Diebstahl mit einem Paukenschlag publik machen. Die Medien stürzen sich bestimmt bald darauf, was uns ziemlich alt aussehen lassen könnte."

Es war eine Collage mit den Porträts von Meyerbrinck, Sonnentau, Claasen und Herz, Bodenheim fehlte. Die Aufmachung in Schwarz-Weiß ähnelte dem eines RAF-Fahndungsplakats aus den Siebzigern. „DIEBE" prangte in Großbuchstaben darüber und die gestohlenen Bücher und Projekte wurden unter den Fotos als Anklagepunkte angeführt.

„Da reicht jemandem wohl nicht, dass drei der vier tot sind, er will sie auch noch posthum verunglimpfen!", erregte sich Karin.

„Ganz schön fies!", stimmte Marco zu. „Ich habe weitergesucht und fand über Umwege Hinweise auf einen älteren Blog, der allerdings vor Wochen aus dem Netz genommen wurde. Er hieß „Alles frech geklaut". Dort tauschten sich Blogger über jede Art von Ideenklau bis hin zur Produktpiraterie aus. Es wurde zwar keiner von ihnen namentlich genannt, ich sehe da trotzdem einen Zusammenhang zu unseren Mordfällen. Mehr konnte ich darüber nicht herausbekommen. Aber ihr solltet euch mal die Reaktionen auf das Fahndungsplakat anschauen, da bekommst du es mit der Angst zu tun", meinte er und öffnete auf Karins PC die entsprechende Seite.

„Weißt du, wer dieses Pamphlet in Umlauf brachte?", wollte Samir wissen,

„Marcus V. Martial. Ich gehe fest von einer gefälschten Identität aus. Marcus Valerius Martialis war nämlich ein römischer Dichter, der Fidentinus vorwarf, seine Gedichte als die eigenen auszugeben", prahlte Marco mit seinem frisch erworbenen Wikipedia-Wissen. „Diese Schmähschrift kommt aus einem Internetcafé in Wiesbaden, das sich außerhalb unseres Observationsbereiches befindet. Wurde am Samstagnachmittag ins Netz gestellt. Zu diesem Zeitpunkt lebte Bodenheim noch. Die Reaktionen sind echt heftig. Wüsteste Beschimpfungen, ein regelrechter shitstorm gegen die Plagiatoren. Was mich schon etwas erstaunt. Denn so wie es in den Medien dargestellt wird, dachte ich, die allgemeine Stimmung sei gegen das Urheberrecht und nicht dafür. Aber da habe ich mich wohl geirrt. Lest am besten selbst."

Inzwischen war die Internetseite aufgebaut. Während Karin und Samir den Schlagabtausch lasen, verfinsterten sich ihre Mienen. Zwar gab es einige moderate Meinungsbekundungen, die die Morde als Strafmaßnahmen für völlig überzogen hielten und als das bezeichneten, was sie waren, nämlich Selbstjustiz. Aber im Laufe der Diskussion heizte sich die Stimmung immer mehr auf. Erst vor einer halben Stunde wurden Sympathiebekundungen für die Mörder geäußert. Kommentare wie: „Selbst schuld!", „Wer mit dem

Feuer spielt, kommt darin um!", „Recht so!", „Die haben nur bekommen, was sie verdienten!" waren noch nicht einmal die hitzigsten. Diese radikalen Äußerungen verschlugen Karin und Samir beinah die Sprache.

Samir fasste sich als erster. „Ach du Scheiße. Das ist ja eine regelrechte Treibjagd. Das grenzt fast an Aufruf zum Mord und steuert mir gehörig in Richtung Selbstjustiz! Wir müssen das umgehend unterbinden. Nicht, dass da eine Gewaltlawine losgetreten wird."

Karin zögerte keine Sekunde. „Marco, unterrichte Groß, damit er mit dem Staatsanwalt spricht. Die Seite mit diesen Verunglimpfungen muss sofort aus dem Netz, vor allem wegen Herz."

„Wird umgehend erledigt. Ich drucke nur die heftigsten Kommentare aus, damit er sich ein Bild machen kann", erwiderte Marco und machte sich an die Arbeit.

Samir konnte sich noch immer nicht beruhigen. „Wenn Herz das liest, gibt er sich den Schuss."

„Er muss es nicht lesen. Wir konfrontieren ihn nur mit dem Plakat. Bevor er entlassen wird, ist dieser Mist hoffentlich gelöscht."

„Du glaubst wohl noch an den Weihnachtsmann! Die behördlichen Mühlen mahlen langsam, und außerdem bleibt meist etwas hängen. Er erfährt früher oder später doch davon."

„Mag sein, aber bis dahin haben sich die Wogen sicher wieder einigermaßen geglättet und er wird hoffentlich damit klarkommen. Ich setze jetzt ganz auf Schreyer, das ist doch die Gelegenheit für ihn, sich zu profilieren."

Zwei

Reinhold Herz war blass, aber wohlauf, als Karin und Samir ihn aufsuchten. Die Kommissare wollten ihn noch nicht direkt mit dem Plagiatsvorwurf konfrontieren, sondern erst abwarten, ob er von sich aus darauf zu sprechen kam.

Der Autor konnte sich nicht an das Attentat erinnern, da er wegen der Gehirnerschütterung unter einer Teilamnesie litt. „Ihr Kollege draußen vor meiner Tür hat mir den Hergang des Anschlags geschildert. Das Beängstigende ist, dass er genau einer Szene aus einem meiner Romane gleicht. Darin wird ein Mann durch das Fenster von hinten erschossen, während er eine Rede vor Publikum hält. Der Täter scheint mit meinen Büchern sehr vertraut“, eröffnete er ihnen mit rauer Stimme.

Deshalb also war er nicht vergiftet worden, obwohl das nahegelegen hätte, dachte Karin.

„Freitagnacht wurde Sieglinde Sonnentau ermordet und am Samstagabend der Drehbuchautor Falk Bodenheim. Mit Paul Meyerbrinck und Lutz Claasen haben wir also vier Tote. Sie sind unser einziger Überlebender. Wissen Sie, warum jemand Sie umbringen will?“, fragte Karin.

Alles Blut verschwand aus Herz‘ Gesicht. Seine Finger zitterten, als er sich mit einer Geste der Verzweiflung übers Haar strich. Während er nachdachte, wuchs seine Verunsicherung noch und er schluckte schwer, bevor er antwortete. „Ich habe wirklich keine Ahnung! Aber man hat mir in anonymen Briefen gedroht.“

„Was für Drohungen waren das?“, hakte Samir nach.

„Die Vorwürfe sind lächerlich, geradezu absurd, und ich habe sie nicht ernst genommen. Der Verfasser behauptet, mein neues Buch basiere auf seiner Idee und auch die Figur meiner Sommelière und Weinkritikerin Eveline Savarin stamme von ihm. Er verlangte, dass ich das öffentlich eingestehe, sonst hätte es ernste Konsequenzen. Im zweiten Schreiben wurden die Drohungen schärfer, aber ich habe sie ignoriert. Alles war an den Haaren herbeigezogen. Dann kam nichts mehr, und ich habe das im Laufe der Monate vergessen."

„Wann erhielten Sie diese Briefe?"

„Ich bin mir nicht mehr ganz sicher, aber es war kurz nachdem „Essen und gefressen werden" erschien."

„Besitzen Sie sie noch?"

„Weggeworfen habe ich sie nicht, sie müssten also in dem Papierwust auf meinem Schreibtisch liegen."

Karin ergriff nun das Wort. „Ist an dem Vorwurf nicht vielleicht doch etwas dran?"

„Nein, selbstverständlich nicht. Jede Silbe, jede Zeile habe ich selbst geschrieben", beteuerte Herz.

Nun hielt Samir es für angebracht, ihm den Ausdruck zu zeigen. „Kennen Sie das hier?"

Herz schrie entsetzt auf. „Das ist ungeheuerlich! Nichts als Lügen! Was soll das?"

„Jemand scheint der Ansicht zu sein, Ihr Krimi sei ein Plagiat", bemerkte Karin.

„Das ist doch Humbug", beteuerte Herz erneut.

„Und Sie haben wirklich keine Ahnung, wer Ihnen das zur Last legt?"

„Absolut keine."

„Sie gaben auf verschiedenen Festivals Workshops. Könnte dort ein Kontakt zustande gekommen sein?", bohrte Samir weiter.

„Natürlich kommt es bei solchen Veranstaltungen zu einem Gedankenaustausch. Das ist ja der Sinn des Ganzen. Aber es gab mir nie jemand ein Manuskript zur Begutachtung, und ich würde das im Gegensatz zu anderen Kollegen auch ablehnen. Ich habe nämlich weder Zeit noch Lust, die gedanklichen Ergüsse vermeintlicher Autoren zu lesen. Das ist nicht meine Aufgabe, dafür gibt es Literaturagenturen oder Lektoren."

Karin wollte ihm auf die Sprünge helfen. „Sie haben sich mit Ihrem Gourmet-Krimi neben Ihren Action-Thrillern ein zweites erfolgreiches Standbein geschaffen. Wissen Sie noch, wann und wie Sie auf diese Mixtur von Essen und Trinken mit Krimi kamen?"

Herz bekam wieder etwas Farbe und sein Zittern verschwand. Er runzelte die Stirn und überlegte lange. „Sorry, aber das weiß ich wirklich nicht mehr."

„Könnte Ihnen das jemand vorgeschlagen haben?", beharrte sie.

„Ausschließen kann ich es nicht. Es kommen ab und zu Leute zu mir und erteilen gutgemeinte Ratschläge, nach Lesungen, bei meinem Metzger oder meinem Bäcker um die Ecke. Die meisten sind ziemlich unbrauchbar, aber hin und wieder gibt es durchaus nützliche. Doch ich kann mich beim besten Willen nicht an jeden Einzelnen erinnern. Natürlich könnte in einem Gespräch einmal eine entsprechende Idee geäußert worden sein, aber selbst wenn ich sie aufgegriffen hätte, sehe ich das nicht als geistigen Diebstahl. Es war höchstens ein Impuls, der mich eine neue Richtung einschlagen ließ. Oder sehe ich das falsch?"

Die Kommissare wussten darauf keine Antwort, was Herz aufbrachte. „Das ist doch üble Nachrede! Mein Ruf und der meiner toten Kollegen erleidet einen nicht mehr wiedergutzumachenden Schaden. Statt mich zu löchern, sollten Sie das lieber unterbinden!"

„Wir tun unser Bestes. Ein Kollege prüft gerade gemeinsam mit der Staatsanwaltschaft entsprechende Möglichkeiten. Aber die rechtliche Lage im Internet ist nicht ganz einfach“, versicherte ihm Karin, die in diesem Moment froh war, dass er noch nichts über die Diskussion auf Facebook wusste. „Das heißt aber auch, dass wir diesen Vorwurf bei unseren Ermittlungen berücksichtigen müssen, denn er kommt durchaus als Motiv für die Morde in Betracht. Also nochmal: Könnte etwas dran sein?“

„Absolut nicht!“, insistierte der Autor, und die Kommissare glaubten ihm.

„Da Sie gerade Ihre Ermittlungen erwähnten: Haben Sie einen Verdacht, wer der Mörder sein könnte?“

Samir und Karin wechselten einen kurzen Blick. „Einen vagen, was die Morde betrifft, aber noch nicht, was Ihren Fall anbelangt“, gestand Samir ein.

Herz setzte sich auf. Sein Gesicht war inzwischen gerötet. Er schien nicht viel Vertrauen in die Ermittlungsmethoden der Polizei zu haben, denn er spöttelte: „Würde ich das Drehbuch schreiben, ließ ich die Kripo dem Attentäter eine Falle stellen, indem ich mich als Köder präsentierte.“

Die Kommissare übergingen diese Spitze. „Wir sind hier aber nicht in einem Film, sondern in der Realität. Das entspricht nicht unseren Methoden, zumindest, solange unsere Ermittlungen nicht stocken“, schob Karin hinterher.

„Wenn aber doch?“

„Dann könnte man Ihren Vorschlag durchaus in Erwägung ziehen.“

Herz schien seine Äußerung zu bereuen und wurde kleinlaut. „So habe ich das nun auch nicht gemeint.“

„Das habe ich auch nicht angenommen. Oder wären Sie prinzipiell doch dazu bereit?“, provozierte sie ihn, meinte es aber nicht ernst.

Der Autor druckste herum. „Das kann ich jetzt nicht entscheiden, dafür stehe ich noch zu sehr unter dem Eindruck des Anschlags. Aber ganz ausschließen will ich es auch nicht“, verblüffte er Samir und Karin.

Drei

An der Pforte des Präsidiums wurde Karin ein Päckchen ausgehändigt, das Edgar für sie abgegeben hatte. Sie ertastete in dem Umschlag ein Buch. Im Fahrstuhl öffnete sie ihn und Sieglinde Sonnentaus „Die Spurenleser“ kam zum Vorschein. Ein Zettel von Edgar haftete auf dem Einband, auf dem er sie nochmals auf die Illustrationen hinwies. Sie blätterte das Buch Seite für Seite durch. Beim Anblick der ersten Zeichnung regte sich eine Erinnerung. Irgendwie kamen ihr die Strichführung und vor allem das Kürzel bekannt vor.

„Ich habe ähnliche Bilder schon irgendwann einmal gesehen. Wenn ich nur wüsste, wo! Sagen sie dir etwas?“, fragte sie Samir und hielt ihm das Buch hin.

Er verneinte. Interesse für Bildende Kunst heuchelte er nur dann, wenn eine seiner Flammen dafür schwärmte.

„Es war erst vor Kurzem“, überlegte sie laut.

„Dann geh doch einfach die letzten Tage chronologisch zurück.“

Als die Fahrstuhltür öffnete, fiel es ihr wieder ein. „Ich muss noch einmal kurz weg. Zur Besprechung bin ich wieder da.“

Samir ging in sein Büro, um die Zusammenfassung der Ermittlungen zu Ende durchzusehen. Das Kratzen im Hals meldete sich wieder, und er fischte in seiner Jackentasche nach dem obligatorischen Salbeibonbon. Dabei fand er den

Zettel, den ihm Sven Janson nach der Lesung in der Villa Viola gegeben hatte. Er betrachtete die Mobilfunknummer, unterdrückte aber die Versuchung anzurufen, sondern speicherte sie in seinem Smartphone ab, damit er sie immer parat hatte. Da er nicht wusste, wie die hübsche Unbekannte hieß, nannte er sie der Einfachheit halber Eva. Vielleicht fand er heute Abend den Mut und die Zeit, sich bei ihr zu melden.

Karin hielt ihr Versprechen und traf rechtzeitig zur Nachmittagsbesprechung ein. Im Gegensatz zu heute Morgen wirkte sie deutlich entspannter. Samir glaubte sogar verhaltenen Optimismus bei ihr zu erkennen. Auch Marlene und Urs waren von ihrem Anwaltstermin zurück und Groß forderte die beiden auf, als Erste ihre Ergebnisse zu präsentieren. Urs ließ Marlene den Vortritt, da die möglichen Urheberrechtsverstöße ihre Idee gewesen waren.

„Die Unterredung war äußerst informativ. Damit ich alles korrekt wiedergebe, zitiere ich einfach den Anwalt sowie Paragraph 6 des Urheberrechts, was etwas trocken werden könnte. Also, schriftstellerische Arbeiten fallen nicht automatisch unter den Schutz des Urheberrechtsgesetzes. Um den vollen Schutz zu erlangen, müssen bestimmte Voraussetzungen erfüllt werden. Im Wesentlichen muss das Werk a) veröffentlicht und b) erschienen sein."

„Was bedeutet das im Klartext?", wollte Marco wissen.

„Ein Werk ist veröffentlicht, wenn es mit Zustimmung des Berechtigten der Öffentlichkeit zugänglich gemacht worden ist, und es ist erschienen, wenn mit Zustimmung des Berechtigten Vervielfältigungsstücke des Werkes nach ihrer Herstellung in genügender Anzahl der Öffentlichkeit angeboten oder in Verkehr gebracht worden sind", spulte Marlene herunter.

„Immer dieses Juristendeutsch! Das versteht doch kein Mensch“, seufzte Christina.

Nun übernahm Urs. „Laut Anwalt bedeutet das, wenn ein Autor ein unveröffentlichtes Manuskript an jemandem weiterreicht, kann er faktisch keinen Anspruch auf Urheberschaft geltend machen. Allein mit dem Abschluss des Manuskriptes und der Herstellung beliebig vieler Kopien ist das Werk weder veröffentlicht noch erschienen. Das Urheberrechtsgesetz gilt zwar auch schon für unveröffentlichte Manuskripte, der wirkliche Verfasser muss aber im Zweifel seine Urheberschaft beweisen können. Jeder, der es in die Hand bekommt, kann es für sich verwenden und muss noch nicht einmal Zitate daraus kenntlich machen. Wer ein Werk als erster veröffentlicht, gilt nach herkömmlichen Gepflogenheiten als Urheber. Seine Urheberschaft wird ‚vermutet'.“

„Dann heißt das also, dass der tatsächliche Urheber in der Beweispflicht steht?“, folgerte Groß.

„Korrekt, und daran scheitern viele Ansprüche, vor allem auch wegen des Kostenrisikos! Ein Rechtsstreit in diesem Bereich verschlingt gern mal höhere fünfstellige Beträge! Und welcher unbekannte Autor kann sich das leisten?“, brachte Marlene es auf den Punkt.

„Damit ist unser Mordmotiv noch stärker als bisher vermutet! Die Romane von Meyerbrinck, Sonnentau und Herz verkaufen sich wie blöd. Auch das Sendeformat, das Claasen anstrebte, klingt erfolgsversprechend. Falls es sich wirklich um Plagiate handelt, müssen sich die wahren Urheber doch total verarscht vorkommen. Ihnen sind die Hände gebunden und aus ihrer Sicht ist das Recht auch noch auf Seite dieser Ideenklauer“, bemerkte Samir und erntete von den Kollegen Zustimmung.

„Mit Ausnahme von Reinhold Herz! Er schwört, keinen geistigen Diebstahl begangen zu haben“, gab Karin zu bedenken und informierte die Kollegen über die Unterredung im Krankenhaus. „Ich komme übrigens gerade aus der Villa Viola. Ich kann jetzt beweisen, dass die Illustrationen in Sieglinde Sonnentaus Buch ebenfalls ‚annektiert‘ wurden. Mir kam der Stil der Zeichnungen sofort bekannt vor. Ich erinnerte mich an ähnliche Illustrationen im Frühstücksraum des Hotels. Frau Sommer hat sie erst vor Kurzem gekauft, und zwar von Suzann Bartholomä, das ist die junge Frau, die im Hotel das Frühstück serviert. Es waren die ersten Bilder, die einen Käufer fanden; sie ist weitgehend unbekannt und signiert ihre Zeichnungen mit dem Kürzel ‚S‘ was für ihren Vornamen steht. Es findet sich auch auf den Zeichnungen im Buch. Allerdings ließ Frau Sonnentau den Verlag im Glauben, es stünde für Sieglinde. Ein Kunstexperte kann bestimmt belegen, dass sie von Frau Bartholomä stammen.“

„Das ist ja krass: zwei Verdächtige, die im selben Hotel angestellt sind!“, rief Marco. „Ist das Zufall oder Absicht?“

Groß überging Marcos Einwurf. „Falls sich Frau Webers Vermutung bestätigt, kennen wir nun drei Verdächtige, die alle ein ähnlich gelagertes Motiv haben. Zwei von ihnen besitzen allerdings ein Alibi für die infrage kommenden Taten, und es steht zu befürchten, dass es bei Frau Bartholomä nicht anders ist. Das reicht nicht für eine Festnahme, geschweige denn für eine Anklage aus. Erst wenn wir ihnen auch die passende Gelegenheit nachweisen, haben wir eine rechtliche Handhabe.“

„Es gäbe eine Möglichkeit, aber die wird keinem hier gefallen. Reinhold Herz brachte die Variante ins Spiel, ihn als Lockvogel einzusetzen, damit wir dem Attentäter eine Falle stellen können. Allerdings meinte er das nicht ernst", erklärte Samir.

„Kommt überhaupt nicht infrage!", erteilte Groß dem Vorschlag eine rigorose Abfuhr und unterband jede aufkeimende Debatte. „Was ist mit dieser Fotocollage?", wandte er sich an Marco, dem er diese Aufgabe übertragen hatte.

„Staatsanwalt Schreyer ist bereits tätig und setzt alles daran, damit dieser Schund entfernt wird."

„Der Fremde im Zug!", rief Martin Pfahl dazwischen, der sich als begeisterter Cineast an Hitchcock erinnert fühlte. Seine Worte sorgten für Erstaunen und alle sahen ihn an.

„Was meinen Sie damit?", fragte Marlene vorsichtig.

„Das ist ein Filmklassiker. Für diejenigen, die ihn nicht kennen, hier die Kurzversion: Zwei völlig Fremde treffen sich in einem Zug. Der eine bietet an, die Frau des anderen zu ermorden, wenn dieser im Gegenzug seinen Vater tötet. Einfach und genial und praktisch nicht nachweisbar."

„Demnach tauschen die Mörder die Opfer, um ihr Motiv zu verschleiern und sich ein Alibi zu verschaffen?", folgerte Marlene.

„Korrekt. Wir haben fünf Opfer und bislang drei Verdächtige. Steve Cohen überwarf sich mit Claasen, Suzann Bartholomä machte besagte Illustrationen, die in dem Sonnentau-Buch wieder auftauchen. Sven Janson lernte Meyerbrinck bei einer Schreibwerkstatt kennen, was ihn zwar in die Nähe des Opfers rückt, aber noch nicht seine Täterschaft beweist. Jeder der drei könnte betrogen worden sein und hätte somit ein Motiv. Die Krux an der Sache ist aber, dass alle für das jeweils infrage kommende Verbrechen ein Alibi haben. Deshalb erscheint mir ein Tausch durchaus plausibel. Den fünf Absendern der E-Mails nach zu urteilen, müsste es fünf Mörder geben, wobei ich mir da nicht so sicher bin. Bodenheim war, soweit wir wissen, ein Zufallsopfer, und ich gehe deshalb nur von vier Mördern aus. Janson könnte Mörder Nummer drei sein, aber die Identität von Nummer vier bleibt bislang im Dunkeln."

Martins Äußerung schlug ein wie eine Bombe und durchtrennte mit einem Hieb den gordischen Knoten. Die Lösung der Verbrechen schien in greifbarer Nähe und alle redeten durcheinander. Nur Groß beteiligte sich nicht, sondern ging vor zur Wandtafel und ergänzte ein „s" in Jansons Namen. Nachdem seine Kollegen sich wieder beruhigt hatten, deutete er darauf. „Manchmal ist man mit Blindheit geschlagen. Ihr erinnert euch an meine Ausführungen über isländische Namen? Janson ist womöglich eine Eindeutschung von Jans Sohn. Er könnte isländische Wurzeln haben und kommt vielleicht auch als der eigentliche Verfasser von Meyerbrincks „Düsteres Land" in Frage. Somit hätten wir ein weiteres Motiv. Die Kollegen in Düsseldorf haben mich vorhin informiert, dass sie in Meyerbrincks Safe einen USB-Stick entdeckten, auf dem sich die Rohfassung des Romans befindet. Sie haben den Inhalt geprüft und festgestellt, dass er bis auf wenige Abweichungen mit dem Buch identisch ist. Nur ist sein Kommissar ursprünglich eine Frau und heißt Guðrún Sindrisdóttier. Ich könnte mir vorstellen, dass Janson ihn nach dem Workshop auf der Mordiale vor zwei Jahren um seine Einschätzung bat und ihm dort den Stick mit dem Manuskript übergab. Vielleicht erhoffte er sich kollegiale Unterstützung durch Meyerbrincks Fürsprache, was sich bald als kapitaler Fehler erwies. Meyerbrinck vereinnahmte das Werk einfach für sich", stellte er fest und setzte sich wieder.

„Das würde auch den Fehler bei der Namensgebung in der ersten Auflage erklären. Er wusste schlicht nicht, dass das Geschlecht sich im Nachnamen widerspiegelt. Der Verlag gab ja zu, dass Meyerbrinck erst im letzten Moment die weibliche Detektivin durch einen Mann ersetzte. Es würde also passen“, erklärte Samir.

Karin ging nach vorn und veranschaulichte ihre Schlussfolgerungen, indem sie auf die entsprechenden Stellen auf der Tafel zeigte. „Wir haben fünf Absender, die sich als Täter outen, fünf Opfer und die Motive. Was uns fehlt, ist die passende Gelegenheit, und hier kommt Martins Theorie vom Opfertausch ins Spiel. Bonnie tötet Meyerbrinck. Da das ein Frauenname ist, könnte – ich betone: könnte – sein Mörder eine Frau sein, und damit wären wir bei Suzann Bartholomä. Steve Cohen scheidet als Clyde und als Professor Moriarty aus, käme aber als Dr. Mabuse oder Al Capone in Betracht. Der angebliche Literaturagent, dem Sieglinde Sonnentau auf den Leim ging, muss über darstellerische Fähigkeiten verfügt haben, und wer könnte eine solche Rolle besser interpretieren als ein Schauspieler? Sven Janson kann wegen seines Alibis nicht Bonnie sein und ist höchstwahrscheinlich auch nicht Clyde oder Al Capone. Ich denke, dass er tatsächlich das Gespräch mit seinem Professor führte. Ich werde später mit dem Prof telefonieren. Er hatte den ganzen Tag über Vorlesungen und keine Zeit. Jansons Angaben für den Samstag sind dagegen eher löchrig. Auch wenn sein Notebook zur Zeit des Attentats auf Herz in der Unibibliothek eingeloggt war, heißt das nicht, dass er auch dort war. Jemand anders könnte es an seiner Stelle benutzt haben. Das müssen wir ermitteln. Für ihn bliebe demnach als Alter Ego Dr. Mabuse oder Professor Moriarty.“

„Komplizierter geht‘s nicht? Das ist ja ein heilloses Durcheinander“, brummte Urs. „Mir dröhnt der Kopf bei dem ganzen Namenswirrwarr.“

„Unsere Aufgabe ist es, genau das zu lösen“, redete Karin unbeirrt weiter. „Aber wie finden wir Täter Nummer vier und fünf? Oder, falls Martin recht hat, nur Nummer vier? Er ist bisher noch ein Schemen.“

„Wohl nur mit Reinhold Herz‘ Hilfe“, führte Samir ihren Gedanken zu Ende. „Er könnte ‚Dr. Mabuse’ aus seiner Deckung locken, wenn er sich ihm als Zielscheibe präsentiert.“

„Ich bin strikt dagegen!“, weigerte Groß sich weiterhin. „Das riecht zu sehr nach Hollywood. Erst müssen wir alle anderen Möglichkeiten ausschöpfen, bevor wir das Leben eines Zeugen riskieren.“

Martin meldete sich zum Abschluss zu Wort. „Die Ergebnisse der Obduktionen liegen übrigens vor. Falk Bodenheim wurde mit einer dunkelgrünen Glasflasche erschlagen. Doc Waldner fand winzige Absplitterungen in der Wunde. Im Fall von Frau Sonnentau ist das schwieriger. Sie starb wahrscheinlich Freitagnachmittag. An ihrem Arm gab es einen Einstich, ansonsten keine weiteren Verletzungen, was einen Tod durch eine Intoxikation erhärtet. Da sie anscheinend gelähmt war, schließt er Botox als Gift nicht aus. Die toxikologische Untersuchung läuft aber noch.“

„Botox als Mordwaffe?“, kiekste Marlene.

„Es ist und bleibt ein Nervengift, egal wie sehr das schöngeredet wird.“

MONTAG, 29. OKTOBER 20..

Eins

Reinhold Herz war am Mittwochmorgen aus dem Krankenhaus entlassen worden. Seitdem begleitete ihn lähmende Angst. Die Rollläden zur Straßenseite waren heruntergelassen, denn er wollte keine neugierigen Blicke anziehen. Wann immer das Telefon klingelte, zuckte er zusammen und wartete, bis der Anrufbeantworter anging. War jemand an der Haustür, schickte er seinen Bodyguard sowie den Wachhund vor, die ihn seit vier Tagen auf Schritt und Tritt begleiteten. Sein Handy ließ er aus und kontrollierte nur einmal täglich die E-Mails. Die Post holte sein Beschützer für ihn herein. In regelmäßigen Abständen überprüfte er die Alarmanlage und kannte deren Code inzwischen im Schlaf. Sämtliche Termine lagen auf Eis und er verließ das Haus nur, wenn es unerlässlich war. Aber Herz bekam seine Furcht trotz des verschriebenen Beruhigungsmittels einfach nicht unter Kontrolle. Sie beherrschte seinen Tagesablauf. Ans Schreiben war momentan überhaupt nicht zu denken, seine Gedanken kreisten immer nur um seinen potenziellen Mörder. Zwar gingen keinerlei Drohungen mehr ein, aber er spürte, dass die Gefahr noch längst nicht gebannt war. Sie lauerte irgendwo dort draußen.

Kommissarin Weber berichtete ihm täglich von ihren Fortschritten. Bei vier Morden standen sie kurz vor der Aufklärung, aber sein Attentäter blieb auch für sie weiterhin ein Schatten. Solange Herz sich nicht erinnern konnte, stockten die Ermittlungen. Er gab sich alle Mühe, den Personenkreis einzugrenzen, aber es gelang ihm einfach nicht. Soweit es sein Gedächtnis und die Eintragungen in seinem Terminkalender zuließen, war er der Reihe nach sämtliche Freunde,

Bekannte und Autoren durchgegangen, die als Ideengeber in Betracht kamen. Aber es gab niemanden darunter, dem er die Briefe und das Attentat zutraute.

Das Medieninteresse war zwar etwas abgeklungen, dennoch wurden die Schlagzeilen in regelmäßigen Abständen aufgewärmt, sodass die Verbrechen nie ganz aus dem Fokus der Öffentlichkeit verschwanden. Das bedeutete für ihn zwar kostenlose Publicity, die seine Bücher auf den Bestsellerlisten hielt, aber er hätte unter den gegebenen Umständen liebend gern darauf verzichtet.

Das Wochenende hatte sich endlos gezogen und auch die nächsten Tage würden nicht besser. Er hielt es einfach nicht länger aus. Gegen Mittag telefonierte er lange mit Alex Groß und sie trafen eine Übereinkunft.

„Sie sind wirklich dazu bereit?" fragte der Leiter des K11. „Es ist nicht ungefährlich."

„Ja."

„Gut, dann melden wir uns, sobald alles vorbereitet ist."

„Ich warte auf Ihren Anruf."

Wenn diese Nervenanspannung weiter anhielt, würde er verrückt werden. Er war an dem Punkt angelangt, an dem er endlich wieder Initiative zeigte. Er gab eine kurze Mitteilung an die Presse heraus: Nach dem brutalen Anschlag sei er wieder ins Leben zurückgekehrt und habe wieder begonnen zu schreiben. Einen entsprechenden Beitrag setzte er auch auf seine Homepage, stellte ihn in Facebook ein und twitterte ihn. Kaum hatte er das öffentlich gemacht, bekam er erste positive Reaktionen. Für den Attentäter musste es aber eine Qual sein, immer wieder mit seinem gescheiterten Versuch konfrontiert zu werden und Herz' wachsenden Erfolg mitzuerleben.

Zwei

Die SoKo „Krimi“ hatte inzwischen ausreichend Beweise zusammengetragen, die eine Täterschaft Sven Jansons, Steve Cohens und Suzann Bartholomäs belegten.

Im Fall Meyerbrinck meldeten sich verspätete Zeugen, die sich an ihn erinnerten. Gegen ein Uhr war er im Starclub erschienen. Da mittwochs der Club fest in Studentenhand war, hob Meyerbrinck den Altersdurchschnitt deutlich und fiel deshalb dem Personal auf. Er baggerte gezielt junge Frauen an, von denen die meisten ihn aber zurückwiesen. Als der Club gegen Morgen seine Pforten schloss, verließ er mit einer jungen, rothaarigen Frau das Gebäude in der Holzhofstraße. Unterwegs sprach ein weiterer Zeuge den Autor an und bat ihn um Feuer. Er beschrieb dessen Begleiterin als groß, schlank, rothaarig, gutaussehend und mit Jeans und dunkler Jacke bekleidet.

Die Inhaberin einer Reinigung, in der Suzann Bartholomä eine Jacke abgegeben hatte, erkannte sie anhand eines Fotos. Sie hielt an ihrer Behauptung fest, dass die Flecken am Ärmel Blut gewesen waren, und erklärte sich zu einer Gegenüberstellung bereit.

Eine erneute Befragung in der Villa Viola ergab, dass Suzann Bartholomä am Morgen der Ermordung von Paul Meyerbrinck ungewöhnlich blass und unkonzentriert gewirkt hatte und dieser Zustand die nächsten Tage anhielt.

Die Hotelbesitzerin hatte an Jansons Kopf eine abklingende Beule bemerkt und zwar am Mittwoch nach der Ermordung Falk Bodenheims. Inzwischen waren auch die DNA-Spuren, die bei Karins Unfall mit dem Radfahrer auf dem Audi zurückgeblieben waren, decodiert. Martin stellte zudem Lack darauf sicher, der zu Sven Jansons Mountainbike passte. Er hatte es immer an derselben Stelle an einer

Mauer im Innenhof des Hotels angelehnt, während er seinen Dienst versah. Die Abschürfungen stimmten überein.

Sven Jansons Notebook war zur Zeit des Anschlags auf Herz in der Unibibliothek zwar eingeloggt gewesen, da er eine große Datenmenge heruntergeladen hatte, aber er selbst ging für einen bestimmten Zeitraum weg. Ein Freund passte während seiner Abwesenheit auf den Rechner auf. Angeblich führte er ein Gespräch mit seinem Tutor. Es hatte aber nie stattgefunden.

Bei der kriminaltechnischen Untersuchung der Gegenstände, die auf dem Tisch im Hilton gestanden hatten, an dem Sieglinde Sonnentau mit ihrem mutmaßlichen Mörder saß, stellte die Kriminaltechnik diverse Fingerabdrücke auf der Blumenvase, dem Kerzenleuchter und der Speisekarte sicher. Sie hofften, dass wenigstens ein brauchbarer darunter war, der zu Steve Cohen führte.

Die Autorin war genau wie Schneewittchen vergiftet worden, allerdings mit Botulinumtoxin und nicht mit einem Apfel. Der Wirkstoff fand nicht nur in der Medizin, sondern vor allem auch in der Schönheitsindustrie Verwendung und war bekanntermaßen besonders bei Schauspielern beliebt. Das Nervengift wurde in diesen Kreisen oft in hohen Dosen und unter Vernachlässigung gesundheitlicher Gefahren lax gehandhabt. Das erhärtete den Verdacht gegen Steve Cohen, für den es durchaus im Bereich des Möglichen lag, es sich auf einer Botoxparty zu beschaffen.

Nur in Sachen Reinhold Herz ging es schleppend voran. Die Zeugenbefragungen waren längst abgeschlossen, aber niemand konnte eine gute Beschreibung liefern, die zum Täter führte. Die Herkunft der Waffe war immer noch nicht geklärt, und solange der Revolver verschwunden blieb, hatten sie keine Handhabe.

Drei

Der Leiter des K11 hatte es geschafft, sofort einen Termin beim Staatsanwalt zu bekommen und saß nun Wolfgang Schreyer gegenüber. Das moderne Büro mit dem aufgeräumten Schreibtisch war auf den taffen Staatsanwalt perfekt zugeschnitten. An den Wänden standen Regale mit ordentlich aufgereihten juristischen Schriften. Hinter ihm hing ein Foto mit den Richtern des Bundesverfassungsgerichtes. Groß fand das Motiv ungewöhnlich und er fragte sich, ob der Staatsanwalt dort einen Posten im Auge hatte. Zuzutrauen wäre es ihm. Schreyer verfügte über die richtigen Verbindungen und die notwendige Beharrlichkeit. Diesen Kontakten hatten sie es auch zu verdanken, dass die Hetzjagd gegen Herz und seine Kollegen so rasch aus dem Netz verschwand und es so gut wie keine Hinweise mehr darauf gab, was an sich schon an's schier Unmögliche grenzte. Denn meist blieben Spuren zurück.

Schreyers Ungeduld war greifbar und er sah Groß erwartungsvoll an. „Wann kann ich endlich mit der Aufklärung der Morde rechnen?"

„Wir stehen unmittelbar davor und könnten drei Verdächtige verhaften", erwiderte Groß, dessen Magen sich wieder meldete. Er unterdrückte ein Aufstoßen.

„Wieso könnten? Warum zögern Sie?"

„Das Problem ist, dass wir es mit einer Gruppe zu tun haben, die sich zum Morden verabredete. Nach unserem jetzigen Erkenntnisstand tötete Steve Cohen Sieglinde Sonnentau, Suzann Bartholomä Paul Meyerbrinck und Sven Janson höchstwahrscheinlich Falk Bodenheim. Wenn wir sie aber jetzt festnehmen, wäre nur ein Teil der Gruppe überführt und zwei Verbrechen blieben ungeklärt: an Lutz Claasen und an Reinhold Herz. Deshalb haben wir auch bisher damit gewartet, um sie nicht aufzuscheuchen, damit der vierte Mörder nicht gewarnt wird. Alle wiegen sich in Sicherheit und ahnen nicht, wie dicht wir ihnen auf den Fersen sind."

Schreyer konnte seine Ungeduld nicht verhehlen. „Ja, und? Wie geht's weiter?"

„Wir haben gegen Nummer vier keine Handhabe. Trotz der Überprüfung der Telekommunikationsdaten unserer Verdächtigen fehlen uns die Beweise, dass sie miteinander kommunizierten. Wie erwartet, gab es zwischen ihnen weder Anrufe noch E-Mails. Da aufgrund des Vorratsdatenspeichergesetzes die Kontakte aus dem davorliegenden Zeitraum gelöscht wurden und ihre Rechner sauber sind, können wir nicht nachweisen, ob sie sich zu den Morden verabredet haben. Wir besitzen zwar Hinweise auf diesen Blog ‚Alles frech geklaut', doch fällt dort nirgends außer den Pseudonymen einer der Namen. Im Augenblick sind alle Möglichkeiten ausgeschöpft und wir treten auf der Stelle."

Schreyer war nicht der Mann, der aufbrauste, wenn er gereizt war. Er ließ dafür seine Geringschätzung erkennen und machte auch Groß gegenüber keine Ausnahme. Mit schneidender Stimme fuhr er fort: „Und wie gedenken Sie dieses Dilemma zu lösen? Oder sind Sie mit Ihrem Latein am Ende und erwarten, dass ich das für Sie erledige?"

Groß besaß ein dickes Fell und ließ Schreyers Äußerung an sich abprallen. „Sie entsinnen sich gewiss an meinen Vorschlag, den ich Ihnen vor kurzem machte? Sie wollten es sich überlegen."

Schreyer runzelte die Stirn. Er erinnerte sich nicht. Wahrscheinlich hatte er ihn für Blödsinn gehalten und deshalb sofort abgetan. Da er das vor Groß nicht eingestehen wollte, nickte er. „Erklären Sie mir bitte doch noch einmal ausführlich, was Sie genau vorhaben."

„Reinhold Herz wird den Lockvogel spielen. Er ist vorbereitet, ich brauche nur Ihr Okay und los geht's. Wir peilen den Freitagabend an."

„Ist das nicht reichlich knapp? Übermorgen ist Feiertag."

„Ja, aber wir können es schaffen. Herz hat diese Hängepartie satt und wir wollen endlich die Ermittlungen abschließen. Ich habe bereits bei den städtischen Behörden vorgetastet. Die zeigen sich flexibel. Bereits morgen könnten die ersten Vorkehrungen getroffen werden, die bis Mittwochabend abgeschlossen sein dürften. Es ist ja nur ein relativ kleiner Bereich, der geschützt werden muss. Und auch die Presse könnte die Lesung morgen noch ankündigen."

Der Staatsanwalt zögerte. Nicht nur wegen der Gefährdung eines Zeugen. Er sah unerwartete Kosten auf seine Behörde zukommen, die er vor dem Fiskus rechtfertigen musste. Scheiterte die Mission, fiel es auf ihn zurück. Glückte sie aber, festigte sich sein Ruf als entschlossener Aufklärer. Schreyer war kein Feigling und nahm die Herausforderung an. „Gut, tun Sie, was Sie tun müssen. Aber übertreiben Sie nicht!"

Groß fiel auf, dass Schreyer trotz seiner kühlen Beherrschtheit offenbar Angst hatte, denn ein feiner Schweißfilm überzog seine Stirn, was er noch nie bei ihm gesehen hatte. Der Staatsanwalt lockerte seine Krawatte und öffnete den obersten Knopf seines Hemdes. Es schadete nicht, wenn seine Überheblichkeit einen kleinen Dämpfer bekam. „Verlassen Sie sich auf uns!"

Schreyer blieb auch nichts anderes übrig.

DIENSTAG, 30. OKTOBER 20..

Eins

Die Bewohner von Mainz bemerkten wenig von den Vorkehrungen, die in der Innenstadt getroffen wurden. Es gab keine Absperrung oder weiträumige Umleitungen wie damals bei dem Staatsbesuch des amerikanischen Präsidenten Bush. Die Kontrollen der Kanalisation im Bereich der Rheinstraße und das Halteverbot für die Parkplätze wegen angeblicher Baumarbeiten fielen kaum einem auf. Die Sperrung der oberen Etage des Rathausparkhauses wegen Instandhaltungsmaßnahmen wurde nicht infrage gestellt. Der Bereich um das Hilton und die Weinstube Wilhelmi, in der die Herz-Lesung stattfinden sollte, war inzwischen unauffällig gesichert.

Die Stadt war bereit.

Reinhold Herz ließ auf seiner Website und bei Facebook verlauten, dass er an einem weiteren Roman mit seiner Ermittlerin Eveline Savarin schrieb, der den Titel „Delikate Tode“ trug. Auf der Lesung wollte er einen kurzen Auszug präsentieren, um seinen treuen Lesern einen Vorgeschmack zu geben und Vorfreude zu wecken. Zeitungen und Radio überschlugen sich mit der Berichterstattung über die schnelle Rückkehr des Autors nach dem Mordanschlag und nannten ihn den mutigsten Mann des deutschen Krimis.

Der Köder war ausgelegt.

Zwei

Hass beherrschte seine Gedanken. Er war von der Vorstellung besessen, es Herz endlich heimzuzahlen. Als er auf einen Artikel stieß, in dem der Autor großspurig erklärte, nur wenige Meter von dem Anschlagsort entfernt eine Lesung machen zu wollen, hätte er kotzen können. Er überlegte kurz, ob das vielleicht ein Publicity-Fake sein könnte, damit Herz wieder in die Schlagzeilen kam, aber der Vorverkauf für die Veranstaltung lief bereits und auch sein Buch dominierte inzwischen die Bestsellerliste, wie er dem Artikel noch entnehmen konnte.

Dass Herz den Anschlag überlebt hatte, war schon bitter genug. Aber dass er es wagte, tatsächlich weiterhin so zu tun, als sei er sich keiner Schuld bewusst, brachte ihn zum Kochen. In dem Interview behauptete Herz doch glatt, die Eingebung zu seinem Gourmet-Krimi um die Ermittlerin Savarin sei ihm während eines Urlaubs in Frankreich gekommen. Das war glatt gelogen! Er war es gewesen, der bei einer ausschweifenden Weinprobe in seinem Weingut im Ahrtal diese Idee aufgebracht hatte. Herz hatte sie dreist für sich annektiert.

Er erinnerte sich noch an den ungefähren Wortlaut des Gesprächs: „Die Kombination aus Wein, gutem Essen und Krimi funktioniert! Die Leute wollen genießen und dabei unterhalten werden. Es braucht nur einen ungewöhnlichen Ermittler, eine reizvolle Region und saftige Verbrechen – schon ist die Mischung perfekt. Wir wäre es mal mit einem Sommelier als Detektiv?“, hatte er damals vorgeschlagen.

Herz hatte nur darüber gelacht und den Vorschlag mit der Begründung abgetan, als Autor von Actionthrillern läge ihm nichts ferner als beschauliche Morde bei einem Glas Wein. Kaum ein Jahr später erschien „Essen und gefressen werden“ und wurde ein Riesenerfolg. Herz machte mit seiner Idee Kohle, während er hart schuften musste, um sein Weingut auf Erfolgskurs zu halten.

Aber der Autor setzte noch einen drauf, indem er den Attentäter als verwirrten Einzeltäter abtat, der in einem kurzen Anfall geistiger Umnachtung jedwede Verhältnismäßigkeiten verloren hatte, inzwischen jedoch zur Besinnung gekommen sein dürfte, da jegliche Drohungen gegen ihn ausblieben. Er glaubte nicht, dass der Mann ihn ernsthaft hatte töten wollen und ihm weiterhin gefährlich war.

Das war eine Kampfansage nicht nur an ihn, sondern an sie alle vier! Keiner von ihnen war verwirrt oder geistig umnachtet, geschweige denn ein Einzeltäter. Lutz Claasen war durch seine Hand gestorben, er hatte den Teil seiner Abmachung erfüllt, für die ihm allerdings die entsprechende Gegenleistung verwehrt wurde. Ihr Plan, die Opfer zu tauschen, war perfekt. Und die Umstände der Morde ebenso. Meyerbrincks Fischphobie, Sonnentaus Angst, lebendig begraben zu werden, Claasens närrische Verliebtheit in sein Auto und Herz' Vorliebe für exklusive Speisen waren Steilvorlagen gewesen, was inzwischen sogar selbst die Bullen kapiert haben dürften.

Nur bei Herz hatte es nicht geklappt. Die Schüsse durch das Fenster waren natürlich sehr dramatisch, aber auch meilenweit von der Ironie der anderen Morde entfernt. Außerdem war die Ausführung schief gegangen, denn ‚Dr. Mabuse' verfehlte sein Ziel und brachte ihn somit um seine Genugtuung. Ihre Abmachung sah vor, dass auf einen missglückten Anschlag kein zweiter folgen sollte. Er würde den Fehler also selbst ausbügeln müssen.

Seine Wut verrauchte langsam und machte seiner Neugier Platz. Er setzte sich wieder hin, um den Bericht zu Ende zu lesen. Herz gab sich betont cool und erklärte entschlossen, dass die Lesung im Weinhaus Wilhelmi in Mainz der erste Schritt zurück in sein Leben vor dem Anschlag werden sollte. Er wollte dort weitermachen, wo ihn der Attentäter unterbrochen hatte und Passagen aus „Essen und gefressen werden“ lesen, aber auch seinen neuesten Krimi „Delikate Tode“ vorstellen.

Der Journalist beschloss den Artikel mit einer Lobeshymne auf Herz. „Nur wenige Tage nach dem Anschlag auf den berühmten Krimiautor begibt sich seine Sommelière Eveline Savarin auf eine neuerliche Mission zur Rettung der Esskultur im schönen Frankreich. Dabei führt sie die Leser an ungewöhnliche Orte mit teils skurrilen Begegnungen und scheut selbst vor kleinen Verbrechen nicht zurück. Die Fans von Herz' erfrischend anderer Ermittlerin dürfen also gespannt sein!“

Diese Beweihräucherung schürte seinen Hass. Er prägte sich deshalb Datum, Uhrzeit und Ort ein. Dieses Mal würde er nicht auf einen Dritten vertrauen, sondern alles selbst in die Hand nehmen. Herz forderte sein Schicksal heraus, und er war bereit, seine Nemesis zu sein.

FREITAG, 2. NOVEMBER 20..

Eins

Er hatte nie nachvollziehen können, warum heutzutage jeder alles Mögliche vom Sonnenbrand bis hin zum kleinsten Furz in Facebook öffentlich machen musste. Aber in diesem speziellen Fall war es für ihn von Vorteil. Herz teilte auf der Plattform mit, dass er während seines Aufenthaltes in Mainz im Hilton übernachten würde.

Nun wusste er, wo er zuschlagen konnte.

Zwei

Reinhold Herz reiste ohne Wachhund und Bodyguard, aber mit äußerst mulmigem Gefühl in Mainz an. Daran änderte auch das Zivilfahrzeug der Polizei nichts, das ihn während der Fahrt eskortierte. Die Stadt lag unter einer Hochnebeldecke, als er im Hilton-Parkhaus sein Auto abstellte. In der Lobby schaute er sich prüfend um, fand aber alles völlig normal. In seinem Zimmer erwarteten ihn bereits Beamte des LKA, die ihn verkabelten und ihm eine Schutzweste gaben, die er später unter seinem Pullover tragen sollte.

„Muss das Mikro wirklich sein?“, fragte Herz. „Da bekommen Sie doch alles mit, was ich tue.“

„Das ist ja der Sinn der Sache. Es befindet sich zwar immer jemand von uns in Ihrer Nähe, aber es kann vorkommen, dass wir Sie aus den Augen verlieren, und wir wollen nichts riskieren. Mit dem Mikro stehen wir in dauerndem Kontakt mit Ihnen und hören, wenn Sie in Schwierigkeiten geraten sollten.“

„Was ist, wenn ich aufs Klo muss?“

„Dann können wir es kurz ausschalten."

„Ich hoffe, Sie tun das auch!", forderte er vehement.

Der Beamte nickte.

„Diese Weste schränkt mich ein. Wie soll ich da entspannt lesen?", beschwerte Herz sich weiter.

„Ist aber Vorschrift!", belehrte ihn der Mann. „Während der Lesung befinden sich mehrere Kollegen in Zivil unter den Zuhörern. Außerdem sitzt an der Treppe ein Hundeführer mit seinem Waffenspürhund. Sollte jemand eine Pistole oder einen Revolver einschmuggeln wollen, schlägt der Hund an."

Herz schien dem Frieden nicht zu trauen. „Funktioniert das auch?"

„Bisher immer", versicherte ihm der Beamte. „Der Hund kann selbst nach Tagen noch ein abgefeuertes Projektil finden. Da erspürt er erst recht eine Schusswaffe."

„Na, dann brauche ich doch während der Veranstaltung dieses Ding nicht."

„Herr Herz, bitte, ich habe mir das nicht ausgedacht und es ist doch zu Ihrer Sicherheit!"

Herz seufzte. „Gut, dann wollen wir mal hoffen, dass Sie recht behalten."

„Die gefährlichsten Minuten sind die auf der Straße. Wir halten die Strecke möglichst kurz. Sie werden durch die Rheingoldhalle nach draußen begleitet. Bleiben Sie, wenn möglich, nicht stehen, sondern gehen Sie zügig weiter. Die kritischste Phase dürfte die Überquerung der Fahrbahn sein", instruierte ihn der Beamte.

„Beschützen Sie mich nur nicht zu gut, der Mörder soll schließlich seine Gelegenheit bekommen, mich umzubringen", scherzte Herz, was bei dem Polizisten nur für ein müdes Lächeln sorgte.

„Ab dann sind Sie auf sich gestellt. Leider wurden uns keine Scharfschützen bewilligt, aber es geht auch ohne."

Von nun an hieß es warten. Herz überbrückte die Zeit, indem er sich lustlos durchs nachmittägliche TV-Programm zappte. Beim privaten Prekariatsfernsehen blieb er hängen. Grottenschlechte Schauspieler mimten Personen aus dem wahren Leben. Ihre unflätigen Schimpftiraden, ihr fragmentarischer Wortschatz und das unangemessene Entblößen bestimmter Körperteile, die besser bedeckt geblieben wären, regten ihn so auf, dass er für kurze Zeit seine Furcht vergaß und nicht an den Zeitpunkt dachte, an dem er seine sichere Herberge verlassen musste.

Karin Weber und die übrigen Mitglieder der SoKo hielten sich in der näheren Umgebung der Weinstube und des Hiltons auf. Sie selbst befand sich auf der Fußgängerbrücke, die vom Brand zum Jockel-Fuchs-Platz führte, und hatte freien Blick auf das Wilhelmi. Sie hoffte, dass es später keinen Nebel gab, der ihnen die Sicht nehmen würde. Aber im Augenblick sah es nicht danach aus. Samir stand an der Bushaltestelle vor dem Eisenturm, Marco an der in der Quintinstraße, Urs und Marlene spielten ein Paar und liefen händchenhaltend die Rheinstraße erst auf der einen Seite hoch und dann auf der anderen wieder hinunter. Martin und Christina saßen mit Groß in einem Wagen der Stadtwerke, der auf dem Seitenstreifen parkte, und verfolgten per Videoüberwachung und Funk, was draußen vor sich ging.

Gut eine halbe Stunde vor Lesungsbeginn machte Herz sich fertig. Seine Bewacher vom LKA kontrollierten, ob das Mikro auch funktionierte, und schärften ihm ein, nicht von dem festgelegten Ablauf abzuweichen, egal was auch passierte. Er nahm seine Tasche und verließ verkabelt und mit mulmigem Gefühl im Bauch sein Zimmer. Ein Beamter in der Livree des Hiltons gab ihm bis zum unteren Ausgang der Rheingoldhalle Geleitschutz. „Für die nächsten Meter sind Sie auf sich gestellt", sagte er noch und schloss die Tür hinter Herz. Wie war er nur jemals auf diesen Hirnriss gekommen? Aber nun war es zu spät und die Mission lief. Er hoffte nur, dass es für ihn keine „Mission impossible" wurde.

Edgar Frentz betrat gerade die obere Etage des Weinhauses und ging an einem Mann vorbei, der direkt neben der Treppe saß und einen belgischen Schäferhund an der Leine hatte. Er erschien Edgar wie ein Türhüter und er lag, ohne es zu ahnen, mit dieser Einschätzung sogar richtig. Der Malinois gab keinen Laut von sich, streckte aber die Schnauze in die Luft und inhalierte den Geruch jedes Neuankömmlings. Edgar ging unbehelligt an ihm vorbei und suchte sich einen Platz am Kopfende eines Tisches, von dem aus er den Autor sehen konnte, sich aber außerhalb der Gefahrenzone befand. Von hier waren es außerdem nur ein paar Schritte bis zur rettenden Treppe.

Er hatte lange mit sich gerungen, ob er kommen sollte oder nicht, denn die Aussicht, möglicherweise erneut Zeuge eines Attentats zu werden, behagte ihm nicht. Auch wenn ihn deswegen keine Alpträume plagten, saß ihm der Schreck vom letzten Mal noch immer in den Knochen. Den heutigen Besuch sah er als Konfrontation mit seiner Angst, von der er sich nicht unterkriegen lassen wollte. Und außerdem war er Polizeireporter! Karin fand seine Idee weniger gut, aber sie hatte ihn nicht davon abbringen können.

Die Lesung war schnell ausverkauft gewesen und die Zuschauer warteten geduldig auf den Autor. Manche hatte es hierher gezogen, weil sie Fans waren, andere lockte der Nervenkitzel. Herz‘ tollkühner Schritt fachte den Verkauf seiner Bücher noch mehr an. Sein letzter Roman ging auf die siebte Auflage zu und für „Delikate Tode“ gab es bereits Vorbestellungen. Es war nicht zu leugnen, dass er von dem Mordversuch profitierte, was genau entgegengesetzt der Absicht des Attentäters sein musste. Edgar bestellte eine Rieslingschorle und Hering mit Pellkartoffeln. Als ihm der Teller mit dem Essen gebracht wurde, musste er an Paul Meyerbrincks feuchten Abgang im Fischtorbrunnen denken, und ihm verging kurz der Appetit. Schließlich überwand er seine Bedenken und nahm einen Bissen.

Die Dämmerung hatte eingesetzt. Herz schaute sich noch einmal um, atmete tief durch und lief dann los. Er versuchte, möglichst unbefangen zu wirken, verhielt sich aber wie ein Laienschauspieler, dem es nicht gelang, Gelassenheit vorzutäuschen. Er überlegte bei jedem Passanten, ob er ein Beschützer war oder nicht. Gehörte der Mann von der Stadtreinigung, der gerade den Mülleimer leerte, dazu? Oder die Taxifahrer, die vor der Rheingoldhalle auf Kundschaft warteten? Was war mit der Mutter, die einen Kinderwagen vor sich herschob, an dem ein roter Luftballon befestigt war? Oder vielleicht kam auch der durchtrainierte Jogger in Betracht, der über seine Kopfhörer womöglich Anweisungen erhielt? Befand sich vielleicht sogar sein Mörder unter ihnen? Dieser Gedanke trieb ihn an, und er beschleunigte seine Schritte.

Die rote Fußgängerampel zwang ihn zum Warten. Er drückte den Knopf, damit es Grün wurde. Ein Mann stellte sich neben ihn und warf ihm einen kurzen Blick zu. Die Mutter mit dem Kinderwagen gesellte sich auch noch hinzu, sodass sich Herz in der Mitte der kleinen Gruppe befand. Weitere Personen kamen, Autos brausten vorbei. Das erste Mal in seinem Leben fühlte er sich in einer kleinen Menschenmenge nicht wohl. Welch leichtes Ziel er bot! Sein Magen krampfte sich vor Angst zusammen, in seinen Ohren hörte er das Blut rauschen. Er begann zu schwitzen. Beschwörend starrte er auf die Ampel, die sich weigerte, den Überweg freizugeben. Ein gleichmäßiges Signal begleitete die Rotphase. Tok, tok, tok ertönte es über seinem Kopf. Sein Herz schien sich diesem Rhythmus anzupassen, und bald klopften beide im Takt. Nervös wippte er auf der Stelle, während seine Augen die Umgebung inspizierten.

Ein Knall neben seinem Ohr klang wie ein Schuss. Er erschrak, schrie auf, machte einen Satz zur Seite, rempelte seinen Nachbarn an und brachte das Baby im Kinderwagen zum Brüllen. Die Mutter schaute ihn vorwurfsvoll an, als sei er daran schuld, dass der Luftballon geplatzt war, und der Mann gab einen bissigen Kommentar ab.

Karin hatte die Szene von ihrem Beobachtungsposten aus verfolgt. Sie konnte Herz‘ Nervosität nachvollziehen. Wäre sie an seiner Stelle, erginge es ihr nicht anders. Mit ihren Kollegen stand sie in regelmäßigem Funkkontakt. An allen Fronten schien es ruhig zu sein und es gab keine Auffälligkeiten zu vermelden. Herz hatte sich inzwischen wieder gefasst und steuerte auf das Wilhelmi zu. Als er im Eingang verschwand, atmete Karin erleichtert auf. Für die nächsten eineinhalb bis zwei Stunden befand er sich in Sicherheit. Um keine unnötige Aufmerksamkeit zu erregen, löste sie Samir ab, der mit Marco tauschte, der wiederum auf ihren Posten rückte.

Da er öfter Restaurants mit seinem Wein belieferte, kannte er sich in der Landeshauptstadt aus. Vom Hilton bis zum Weinhaus war es nur ein Katzensprung. Er wollte in dem Moment zuschlagen, wenn Herz die fünfspurige Fahrbahn überquerte.

Seine Rallyemaschine war schnell und wendig und er hatte sie inzwischen entsprechend präpariert. Die ursprüngliche Lackierung war mit roter Folie überklebt und ein gestohlenes Nummernschild angebracht. Für den Transport hatte er seinen Kastenwagen so umgebaut, dass er das Motorrad mit wenigen Handgriffen hineinschaffen und fixieren konnte.

Nachdem er Herz getötet hätte, wollte er die Rheinstraße unter der Eisenbahnbrücke hindurch am Römischen Theater vorbei in die Zitadelle fahren, wo sein Fluchtfahrzeug neben dem Kommandantenbau bereitstand. Innerhalb kürzester Zeit wäre das Motorrad in den Laderaum verfrachtet und somit von der Straße verschwunden. Diese Route verschaffte ihm einen ausreichend großen Vorsprung vor den Streifenwagen, falls ihm überhaupt welche folgen sollten. Für Autos gab es an der antiken Ausgrabungsstelle nämlich kein Vorbeikommen. Bis die Bullen die Zitadelle erreichten, befanden er und seine Maschine sich längst auf dem Weg zur Autobahn. Er hatte alles bis in kleinste Detail durchdacht und war von seinem Plan überzeugt.

Um schnellen Zugriff auf seine Maschine zu haben, hatte er das Motorrad im ersten Untergeschoss des Parkhauses untergestellt. Somit war sie vor neugierigen Blicken geschützt und aus den Augen der Polizei, die er in der Umgebung vermutete. Zu Fuß verschaffte er sich einen Überblick über die Situation. Dabei registrierte er die Streifenwagen, die in den Seitenstraßen standen, mit einem höhnischen Lächeln. Sie würden nachher keine echte Bedrohung für ihn darstellen.

Er hatte befürchtet, Scharfschützen könnten an prägnanten Stellen positioniert sein, erkannte aber bald, dass wohl auf sie verzichtet worden war. Wahrscheinlich fehlte dem Innenminister das Geld.

Zuversichtlich kehrte er zu seinem Warteplatz vor dem Parkhaus zurück und sah Herz mit grimmiger Miene aus dem unteren Eingang der Rheingoldhalle treten. Er wandte ihm rasch den Rücken zu, damit er ihn nicht erkannte. Als der Autor sich in Bewegung setzte, folgte er ihm ein paar Schritte, um sich zu vergewissern, dass er auch an seiner ursprünglichen Absicht festhielt und hinüber ins Weinhaus ging. Herz hatte Angst, er konnte sie beinah riechen. Der Zwischenfall mit dem Luftballon und Herz' überzogene Reaktion darauf bestätigten seine Annahme. Egal wie abgebrüht der Autor sich im Vorfeld gegeben hatte: Jetzt hatte er die Hosen gestrichen voll.

Als Reinhold Herz auf der Bildfläche erschien, schwächten sich die Gespräche zu einem anerkennenden Raunen ab. Rund fünfzig Augenpaare richteten sich auf ihn und er hielt der aufmerksamen Musterung wacker stand.

Er entdeckte Edgar und ging erfreut auf ihn zu. Nachdem sie sich die Hände geschüttelt hatten, bedankte er sich für die Artikel in der Tagespresse und im Internet. „Falls nichts dazwischenkommt und Sie im Anschluss Zeit haben, könnten wir im Hotel doch zusammen etwas trinken? Ich brauche dringend Ablenkung, sonst drehe ich noch durch", bat er den Journalisten leise.

Nichts hätte Edgar weniger gern getan. Er legte keinen Wert darauf, sich freiwillig in die Gesellschaft eines potenziellen Mordopfers zu begeben. Aber er wollte Herz nicht enttäuschen und stimmte nach kurzem Zögern zu.

Herz nahm Platz, schlug das Buch auf, strich über die Seiten, rückte das Mikrofon zurecht und trank einen Schluck des stillen Wassers, das er vorsorglich selbst mitgebracht hatte. Im Freien war die Schutzweste einigermaßen erträglich gewesen, hier drinnen glaubte er wegzuschwimmen. Hinzu kam, dass er sich so aufgeplustert wie das Michelin-Männchen fühlte.

Edgar fiel auf, wie Herz' Finger zitterten und er nervös immer wieder mit der Zunge seine Lippen benetzte. Eine Geste, die ihm bei der Lesung im Hintz und Kuntz nicht aufgefallen war. Heute wirkte der Autor unsicher und stellenweise schlug sich das auch in seinem Vortrag nieder. Anfangs ließ er seine gewohnte Eloquenz vermissen, doch mit jeder Zeile gewann er an Selbstsicherheit.

Das Publikum lauschte aufmerksam. Aus der kleinen Küche drang kein Geräusch und auch das Lachen der Zecher im Erdgeschoss bahnte sich keinen Weg die Wendeltreppe hinauf in den ersten Stock. Nach fünfundzwanzig Minuten neigte sich der erste Teil der Lesung dem Ende entgegen. Herz wirkte nun deutlich lockerer, während er die letzten Seiten des Kapitels las. Er wollte mit einem Mord als Cliffhanger enden, damit die Zuhörer auch nach der Pause bei der Stange blieben. In der Küche wurde jetzt leise hantiert. Eine Kühlschranktür wurde geöffnet, Gläser klirrten. Herz beschrieb gerade, wie ein Jäger auf einen Rehbock anlegte, dann aber die Waffe mit dem Finger am Abzug auf seinen Widersacher richtete. Die Luft knisterte vor Spannung. Er zog die Worte in die Länge, damit sie ihre volle Wirkung entfalteten. Drückte der Mann nun ab oder ließ er es bleiben?

In diesem Moment knallte in der Küche ein Sektkorken. Herz zuckte zusammen, unterdrückte nur mühsam einen

Schrei, ließ aber das Buch fallen und riss den Kopf herum. Jemand begann leise zu kichern und nahm der Situation die Anspannung. Der Autor überspielte die Unterbrechung mit einer witzigen Andeutung. „Nicht jeder Knall ist gleich ein Schuss, und auch mein Waidmann verfehlt sein Ziel", beendete er den ersten Teil und sorgte für weitere Lacher.

Die Pause nutzten einige Fans, um sich ein Buch signieren zu lassen und ein paar kurze Worte mit ihm zu wechseln. Herz war anzumerken, dass er gern auf diese engen Kontakte verzichtet hätte, es aber nicht konnte, wenn er sich nicht unglaubwürdig machen wollte. Nach zwanzig Minuten setzte er die Lesung fort und stellte Auszüge aus seinem nächsten Roman vor. Die Zuhörer amüsierten sich köstlich über seine Beschreibung der Seelenqualen, die seine Heldin Eveline Savarin durchlitt. Verstöße gegen die Tischetikette kamen für sie einem Verbrechen gleich und lösten Mordgedanken in ihr aus. Etwa wenn ein Gast sein Essen gierig in sich hineinschaufelte und mit offenem Mund kaute, sein Taschentuch als Serviette missbrauchte oder die Arme um den Teller legte, um mit vornübergebeugtem Kopf den Weg zwischen Gabel und Mund auf die kürzestmögliche Distanz zu verringern. Am härtesten schmerzte es sie aber, wenn ein Gourmand exzellenten Wein ohne entsprechende Würdigung hinunterkippte und ihm mit einem ungebührlichen Rülpser zweifelhaften Respekt zollte.

Herz kam zu einer Passage, in der ein Winzer in seinem Gärkeller an Kohlenmonoxidvergiftung starb, weil ein Kontrahent ihn dort eingeschlossen hatte. Auf einmal geriet er ins Stocken. Seine Augen lösten sich vom Text und starrten auf das gegenüberliegende Fenster. Er schien völlig abwesend. Einige Zuschauer begannen unruhig auf ihren Stühlen hin und her zu rutschen. Das laute Husten eines Mannes riss Herz aus seiner Betrachtung. Er nickte wie zur Selbstbestätigung und bat für die Verzögerung um Verzeihung. Auf einmal erschien er Edgar deutlich gelöster, als sei eine Last von ihm abgefallen, und er brachte die Lesung mit einer beschwingten Anekdote zu Ende. Applaus brandete auf und der Autor lehnte sich mit zufriedenem Gesichtsausdruck zurück.

Karin Weber wartete darauf, dass Reinhold Herz das Weinhaus verließ. Dabei galt ihre Aufmerksamkeit der Straße. Nervös wippte sie auf ihren Fußspitzen auf und ab. Noch immer war alles ruhig und ihr kamen Zweifel, ob die Operation überhaupt den gewünschten Erfolg brachte. Die ersten Zuhörer strömten ins Freie. Edgar war nicht darunter und auch Herz ließ auf sich warten.

Er hatte inzwischen seine Maschine nach oben geholt und vor der Rheingoldhalle abgestellt. Als die ersten Zuhörer das Wilhelmi verließen, saß er auf und brachte sich in Position. Außer einem wartenden Taxifahrer schenkte ihm niemand Beachtung.

Das Obergeschoss hatte sich weitestgehend geleert und die Bedienung begann die Tische abzuräumen. Während Edgar wartete, signierte Herz die letzten Bücher. Dann packte er seine Sachen, bedankte sich bei der Wirtin für deren Gastfreundschaft, schenkte ihr ein Exemplar von „Essen und gefressen werden“ und ging zu Edgar.

„Das wäre geschafft. Die erste Hürde ist genommen!“

„Und bisher ist alles gutgegangen“, ergänzte der Journalist.

„Beschwören Sie es nicht. Ich will so schnell wie möglich zurück ins Hotel“, sagte der Autor, während sie die enge Wendeltreppe hinunterstiegen.

Als seine Hand den Türgriff berührte, zögerte er, atmete mehrmals durch und öffnete die Tür dann mit Schwung. Inzwischen war es dunkel, und die Straßenlaternen warfen ihr gelbliches Licht auf den Asphalt. Der Autor war in Gedanken versunken und entsprechend wortkarg. Edgar lief einen Schritt hinter ihm und fragte sich, weshalb er vorhin seine Lesung unterbrochen hatte. An der Straßenquerung blieben sie nebeneinander stehen.

Edgar stand rechts von Herz, der gerade den Ampelknopf betätigte. „Ich halte diese Dinger für reine Attrappen."

„Geht mir genauso. Es wird keine Sekunde früher Grün", bestätigte Edgar und tippelte unruhig auf der Stelle.

Ein Mann trat neben Herz und gab sich durch kurzes Kopfnicken als ein Bewacher zu erkennen.

Der Autor nickte zurück, wandte sich dann aber wieder Edgar zu. „Mein Zögern vorhin dürfte keinem entgangen sein. Ihnen doch bestimmt auch nicht."

„Was war der Grund?"

Das schnelle Klopfen der Ampel verkündete, dass es Grün war. Herz' Beschützer lief los. Doch der Autor machte keine Anstalten, ihm zu folgen. Er hielt Edgar am Mantelärmel fest und trat einen Schritt zurück. Der Polizeibeamte bemerkte es, ging aber nach kurzem Zögern weiter. Wäre er umgekehrt, hätte er sich nur verraten. Auf der anderen Straßenseite blieb er stehen und begann zu telefonieren. Dabei ließ er Herz nicht aus den Augen. Der Autor schien nach den richtigen Worten zu suchen, denn er setzte mehrmals an. Die Ampel sprang auf Rot.

Als Karin Edgar in Begleitung des Autors entdeckte, fing ihr Herz wild an zu pochen. „Ist er von allen guten Geistern verlassen, sich mit Herz sehen zu lassen? Und wieso zum

Teufel blieben die bei Grün stehen? Denkt denn keiner von ihnen nach?“, entfuhr es ihr.

Da nicht jeder Kollege Edgar kannte, gab sie über Funk durch, um wen es sich handelte. Trotz ihrer Sorge ärgerte sie sich über das eigenmächtige Verhalten der beiden. Herz hielt sich nicht an die Vorgaben und Edgars Anwesenheit könnte womöglich den Einsatz gefährden. Außerdem mussten sie nun zwei Personen schützen statt einer. Karin verließ ihre Deckung und trat aus dem Wartehäuschen an den Rand des Bürgersteiges. Ihre Finger waren klamm, als sie nach ihrer Dienstwaffe im Holster unter ihrer Jacke tastete. Nur am Rande nahm sie wahr, wie sich unter den Verkehrslärm das Aufheulen eines Motorrades mischte.

Edgar und Herz standen immer noch am Straßenrand und vergaßen über ihrem Gespräch völlig die Gefahr, in der sie beide schwebten. Der Autor setzte zu einer Erklärung an: „Vorhin, als ich die Stelle mit dem ermordeten Winzer las, erinnerte ich mich an eine Weinprobe bei meinem Haus-und-Hof-Winzer im Ahrtal. Wir hatten ziemlich gebechert und kamen vom Hundertsten ins Tausendste. Dabei redeten wir auch über Krimis und dass die Kombination Wein, Crime und gutes Essen eine super Paarung sei. Genau kann ich mich zwar nicht mehr erinnern, aber es wäre möglich, dass ich an diesem Abend auf den Gedanken kam, das literarisch umzusetzen. Der Winzer heißt Werner Völckers. Er könnte der Attentäter sein.“

„Das ist doch fantastisch! Sie müssen das sofort der Polizei sagen.“

„Ich denke, das erübrigt sich, sie hat alles mitgehört“, grinste Herz und deutete auf seinen Brustkorb, an dem das Mikro befestigt war.

Karin verfolgte aus der Distanz, wie Edgar und Herz sorglos plauderten. Als die Ampel erneut auf Grün sprang und die beiden Männer sich diesmal endlich in Bewegung setzten, atmete sie erleichtert auf. Der Kollege auf der anderen Seite ging langsam Richtung Hilton vor. Wieder heulte ein Motorrad auf, diesmal lauter. Karin registrierte das Geräusch und die Richtung, aus der es kam, und schaute zur Ausfahrt des Parkhauses. Linksabbieger, die es verließen, hatten zeitgleich mit den Fußgängern Grün. Zwei Pkw stoppten vor dem Überweg und gewährten den Passanten den Vortritt. Edgar und Herz hatten gerade die Fahrbahn betreten und steuerten auf deren Mitte zu.

Das Geheul des Motorrades steigerte sich zu einem Dröhnen. Sein Fahrer drehte den Gashebel bis zum Anschlag auf. Karin konnte ihn noch nicht sehen, aber plötzlich bretterte ein schwarzgekleideter Biker mit quietschenden Reifen aus der Einfahrt hervor. In einem waghalsigen Manöver umrundete er die wartenden Autos.

Karin zögerte keine Sekunde. Sie riss die Waffe aus dem Holster und brüllte reflexartig „Polizei!“. Ihr Ruf ging im Lärm unter. Das Motorrad hatte Herz und Edgar fast erreicht. Endlich erkannten sie, was da vor sich ging. Karin legte auf den Fahrer an. Für einen Warnschuss blieb ihr keine Zeit. Sie krümmte den Finger, betätigte den Abzug und feuerte in schneller Folge mehrere Schüsse auf die Beine des Bikers. Was folgte, war der laute Knall eines platzenden Reifens. Die Maschine geriet ins Trudeln und der Fahrer verlor die Kontrolle. Er stürzte und wurde von seinem Gefährt geschleudert. Das Bike machte sich selbständig und schlitterte mit enormer Geschwindigkeit auf Herz und Edgar zu. Funken stoben, als das Metall über den Asphalt schabte. Edgar reagierte blitzschnell und riss den Autor zurück. Beide fielen nach hinten um. Er versuchte noch, sich wegzurollen, doch das Motorrad prallte erst gegen den Autor, schob sich dann über ihn und landete schließlich auf Edgar.

Für den Bruchteil einer Sekunde stand für Karin die Erde still. Ihr Arm hing schlaff herab. Ihre Hand umklammerte noch immer die Waffe, während sie auf die beiden reglosen Körper starrte, die seltsam verrenkt wenige Meter von ihr entfernt lagen. Blut färbte den Asphalt dunkel.

Der Motorradfahrer schien glimpflich davongekommen zu sein. Inzwischen war er von Polizisten umringt, die ihre Dienstwaffen auf ihn richteten. Er rappelte sich auf und ergab sich mit erhobenen Armen.

Sanitäter, die in der Nähe positioniert worden waren, rannten herbei, und kümmerten sich um Edgar und Herz. Sie verdeckten Karin die Sicht, die nicht die Energie aufbrachte nachzusehen, ob Edgar lebte. Eine eiserne Zwinge presste ihr Herz zusammen und drosselte den Schlag. Muskelfasern schienen unter diesem Druck zu explodieren. Schmerzvoll und unerbittlich. Die Enge raubte ihr die Luft. Die Geräusche klangen gedämpft, die Zeit verlor ihre Geschwindigkeit, sie erstarrte. Eine Träne löste sich aus ihrem Augenwinkel und lief ihre Wange hinunter.

Auf einmal nahm eine Hand ihr vorsichtig die Waffe ab. Jemand redete beruhigend auf sie ein. Die Worte drangen langsam in ihr Bewusstsein und endlich verstand sie, was Samir sagte: „Er lebt.“

Sie sträubte sich nicht, als er den Arm um sie legte.

SAMSTAG, 3. NOVEMBER 20..

Eins

„Sind Sie Bonnie?“, fragte Karin Weber, als Suzann Bartholomä die Tür öffnete, und hielt ihr ein aufgeschlagenes Exemplar von „Die Spurenleser“ vors Gesicht.

Der jungen Frau verschlug es die Sprache. Sie erkannte die Doppelseite mit den Illustrationen sofort.

Die Kommissarin senkte das Buch. „Wir verhaften Sie wegen des dringenden Tatverdachts, Paul Meyerbrinck am frühen Morgen des 18. Oktober ermordet zu haben“, erklärte sie und belehrte sie über ihre Rechte.

Kurz zuvor war Sven Janson festgenommen worden. Er wehrte sich heftig und zerlegte einen Teil seiner Wohnungseinrichtung. Erst als die Handschellen klickten, gab er auf.

Hubertus Kron hatte den Haftbefehl für Steve Cohen in der Tasche und wartete darauf, dass die Mainzer ihm das Signal gaben. Der Schauspieler wurde wenig später im Bett seiner Frankfurter Wohnung von der hessischen Polizei verhaftet. Bevor er richtig wach war, befand er sich in ihrem Gewahrsam. Auf dem Weg zum Einsatzwagen beschimpfte er die Kommissare als Handlanger staatlicher Willkür. Sie ließen ihn sich austoben. Erst als sie Mainz erreichten, wurde er ruhiger.

Alex Groß und Hubertus Kron trafen sich im Mainzer Polizeipräsidium. Sie standen hinter einer verspiegelten Scheibe, die ihnen Sicht auf den angrenzenden Verhörraum gewährte. Vier Stühle standen sich in Form eines Quadrates gegenüber. Ansonsten war der Raum kahl. Sie hatten sich auf die Strategie geeinigt, alle Tatverdächtigen gleichzeitig mit ihrer Verhaftung zu konfrontieren.

„Ich will ihre Gesichter sehen, wenn sie merken, dass sie

aufgeflogen sind!“, sagte Groß zu seinem Kollegen, während sie warteten.

„Es könnte tatsächlich sehr aufschlussreich für uns sein. Womöglich verraten sie sich“, bestätigte ihm Kron, wobei leichter Zweifel aus seiner Stimme zu hören war.

Die Tür öffnete sich und die Kollegen der SoKo „Krimi“ gesellten sich zu ihnen. Karin Weber sah mitgenommen aus. Ihr Gesicht wirkte eingefallen und um den Mund hatte sich ein harter Zug eingegraben. Sie war ungewöhnlich still, beinah apathisch. Groß hatte sie nach Hause schicken wollen, damit sie sich ausschlief, aber sie lehnte ab. Sie wollte unbedingt bei dieser Konfrontation dabei sein.

Werner Völckers war nach einer ärztlichen Untersuchung, die ihm keine schwerwiegenden Verletzungen attestierte, verhaftet worden und hatte die Nacht im Untersuchungsgefängnis verbracht. Er wurde als Erster hereingebracht, dann folgten Sven Janson, Suzann Bartholomä und Steve Cohen.

Alle vier versuchten einander zu ignorieren, indem sie auf den Boden und die Wand starrten oder Löcher in die Luft schauten. Lediglich Janson und Bartholomä hatten sich kurz gegrüßt, da sie sich aus der Villa Viola kannten.

„Wir lassen sie noch etwas schmoren“, bestimmte Groß, als er die Unruhe unter seinen Kollegen wahrnahm.

„Ich glaube nicht, dass sich an ihrem Verhalten etwas ändert“, stellte Kron fest. „Sie sind total abgebrüht. Wahrscheinlich gehört das mit zu ihrem Plan.“

„Warten zermürbt. Lassen wir es drauf ankommen“, äußerte Groß.

Karin hielt dieses Schweigen nicht länger aus und verließ den Raum, um mit Dr. van den Krachten zu telefonieren. Vielleicht wusste er Rat.

Seine Stimme übte auf Karin eine beruhigende Wirkung

aus und ihr ging es gleich besser, auch wenn noch immer die dumpfe Leere des gestrigen Einsatzes auf ihr lastete.

„Ich habe gehört, was passiert ist. Wie geht es Ihnen?“, fragte er ohne Umschweife.

„Eigentlich ganz gut. Wahrscheinlich habe ich das noch nicht richtig realisiert. Edgar Frentz ist nur leicht verletzt und auch Herz hat bis auf ein paar kleinere Blessuren alles gut überstanden. Die Schutzweste hat das Schlimmste verhindert. Wahrscheinlich werde ich mich damit abfinden müssen, dass meine Einsätze immer mit dem Gebrauch meiner Dienstwaffe enden.“

„Ihnen bleibt wohl nichts anderes übrig, obwohl ich nicht davon ausgehe, dass es die Regel ist. Sie stehen noch zu sehr unter dem Eindruck des Erlebten. Mit gewissem Abstand sehen Sie das anders.“

„Das wäre gut“, meinte sie mit müder Stimme.

„Wenn Sie wollen, können wir das bei Ihrem nächsten Besuch aufarbeiten.“

„Gern, aber deshalb rufe ich nicht an. Ich brauche Ihre Einschätzung als Psychotherapeut.“

„Schießen Sie los“, erwiderte er und ärgerte sich gleichzeitig über seine ungeschickte Wortwahl.

Aber Karin Weber schien das nicht zu stören, sie schilderte ihm ohne sichtliche Erregung die Sachlage. „Wir haben alle vier Verdächtigen in einen Raum gesperrt, um ihre Reaktion aufeinander zu testen. Sie ignorieren sich komplett. Lediglich Suzann Bartholomä und Sven Janson grüßten sich kurz, da sie sich von der Arbeit kennen. Ansonsten meiden sie jeden Blickkontakt.“

„Das war zu erwarten. Beschreiben Sie mir bitte das Verhalten jedes Einzelnen.“

„Suzann Bartholomä erscheint sehr introvertiert. Werner

Völckers kann seinen Hass kaum verbergen, Steve Cohen und Sven Janson sind äußerst aggressiv, haben sich aber unter Kontrolle."

„Gibt es genügend Beweise, um sie zu überführen?"

Karin zögerte. Die existierten zwar, aber womöglich reichten sie nicht für eine Mordanklage aus. Bei geschickter Argumentation ließe sich die Motorradattacke von Werner Völckers auf Reinhold Herz als fahrlässige Körperverletzung interpretieren. Überhaupt hatten sie nur Indizien und keine Tatzeugen. Doch das verschwieg sie.

„Natürlich, sonst gäbe es keine Haftbefehle. Aber Geständnisse wären uns natürlich bedeutend lieber, als uns bei der Gerichtsverhandlung nur auf eine Indizienkette verlassen zu müssen."

Dr. van den Krachten überlegte eine Weile. „Die Methode ist zwar schon älter und stammt aus der freudianischen Epoche und wird deshalb nur noch bedingt angewandt, aber im Fall von Cohen, Völckers und Janson einen Versuch wert. Probieren Sie es mit Projektion. Dabei setzen Sie Ihre Verdächtigen verstärkt unter Druck, indem Sie ihr Motiv immer wieder in Frage stellen, es bewusst ins Lächerliche ziehen. Der Grund, warum sie zu Mördern wurden, ist mit starken Emotionen verbunden. Legen Sie diese frei, indem Sie sie wütend machen. Schüren Sie ihren Hass auf die Plagiatoren und stellen Sie diese gleichzeitig als Unschuldslämmer und die Vorwürfe als haltlos hin. Das bringt vielleicht einen von ihnen in Rage bis zum Verlust der Selbstkontrolle. Bei Frau Bartholomä dürfte es etwas schwieriger sein, sie aus der Reserve zu locken, wenn sie tatsächlich so gefasst ist, wie Sie sagen. Auf alle Fälle schlage ich vor, sie durch eine Frau vernehmen zu lassen. Und Ihnen rate ich dazu, auf keinen Fall Werner Völckers zu befragen. Ich will Ihre berufliche Professionalität nicht anzweifeln. Aber Sie sind nach dem gestrigen Vorfall emotional zu sehr eingebunden und könnten deshalb nicht die gebührende Distanz zu ihm aufbauen."

Karin hatte das auch nicht vorgehabt. Nachdem sie gestern den ersten Schock überwunden und erkannt hatte, dass der dunkle Fleck auf dem Asphalt kein Blut, sondern Motoröl war, wäre sie am liebsten auf den Winzer losgegangen. Samir hatte sie nur mit Mühe zurückhalten können.

„Um ihn mache ich im Augenblick und auch in Zukunft einen Bogen."

„Generell schlage ich vor, einen Keil zwischen die vier zu treiben. Ihre Stärke liegt in ihrer Geschlossenheit. Sie haben sich zwar gemeinsam zu den Morden verabredet, aber wohl nicht ernsthaft befürchtet, überführt zu werden. Jetzt sind sie einer völlig neuen Situation ausgeliefert. Im Augenblick bilden sie noch eine Gemeinschaft, doch wenn einer von ihnen umfällt, bröckelt der Zusammenhalt und dieses Konstrukt dürfte kollabieren."

„Genau das hatten wir beabsichtigt. Wir geben ihnen noch ein bisschen Zeit, sich darüber klar zu werden, dass wir Bescheid wissen, bevor wir mit den Verhören beginnen."

„Das ist ein guter Ansatz und ich wünsche Ihnen viel Erfolg."

„Den werde ich hoffentlich haben."

Karin gesellte sich wieder zu den Kollegen. „Irgendwelche Auffälligkeiten?"

„Alles wie gehabt. Das große Schweigen", sagte Samir.

Die Kommissarin wiederholte kurz, was Dr. van den Krachten geraten hatte.

Groß nickte zustimmend. „Gut, dann wollen wir mal. Karin, du befragst Suzann Bartholomä respektive Bonnie.

Ich halte es für besser, wenn du es alleine tust. Falls du Hilfe brauchst, melde dich. Samir und Marco nehmen Werner Völckers alias Clyde in die Zange. Urs und Marlene, Sie haben ja bereits Bekanntschaft mit Steve Cohen gemacht. Al Capone ist Ihr Kandidat. Herr Kron und ich versuchen, Sven Janson zu knacken. Mal sehen, ob er tatsächlich Dr. Mabuse und Professor Moriarty in einer Person ist."

Zwei

Werner Völckers gab zunächst das Unschuldslamm. Doch Samir und Marco ließen sich nicht davon beirren.

„Ich hatte nicht die Absicht, die Männer zu überfahren. Mir war nicht klar, dass die Fußgänger gleichzeitig Grün hatten", verteidigte er sich gegen den Mordvorwurf.

„Aber die Verkehrsregeln kennen Sie schon und Schilder lesen können Sie auch, oder?", fragte Samir.

„Natürlich, aber ich bin immerhin fremd in der Stadt."

„Das ist die erste Lüge. Sie liefern regelmäßig Wein hierher."

„Da parke ich aber nicht im Parkhaus, sondern in der Ladezone vor den Restaurants."

„Warum hatten Sie Ihr Motorrad unkenntlich gemacht und mit einem falschen Nummernschild versehen? Und wieso stand Ihr Lieferwagen fluchtbereit auf der Zitadelle und war so umgebaut, dass er Ihr Bike transportieren konnte?"

Völckers zuckte nur mit den Achseln. „Für den Anschlag auf Herz im Hintz und Kuntz habe ich ein Alibi und das gestern Abend war schlicht ein unglücklicher Zufall."

„Ihr Alibi für Samstag, den 20. Oktober, mag stimmen,

aber was ist mit Donnerstagmorgen, dem 18. Oktober?“, beharrte Marco.

Völckers ließ eine Spur Unsicherheit erkennen. „Was soll damit sein?“

„Da gab es auch einen Unfall, der aber nicht zufällig geschah, sondern mit Absicht herbeigeführt wurde, weil die Bremsen manipuliert wurden. Und zwar mit dieser Zange“, stellte Marco fest und legte eine durchsichtige Plastiktüte auf den Tisch. „Sie gehört Ihnen und deren Abdrücke stimmen mit den Marken an den Bremsleitungen überein. Und das ist doch Ihr Blaumann? Auf ihm befindet sich etwas Bremsflüssigkeit, die identisch mit der aus dem Unfallwagen ist. Was hat Ihnen Lutz Claasen getan, dass Sie ihn ermordeten?“

„Ich bin dem Mann nie begegnet.“

„Das stimmt wahrscheinlich sogar. Aber das hinderte Sie nicht daran, ihn zu töten. Sie taten Steve Cohen den Gefallen, den Sie unter dem Pseudonym Al Capone kennen.“

„Sie reden Müll! Beweisen Sie‘s.“

„Das werden wir“, erwiderte Marco gelassen.

„Würde mich interessieren, wie.“

„Warten Sie‘s ab! Sie waren Zeuge des Unfalls und riefen als Clyde auf dem Nachhauseweg von der A 61 an. Diese Autobahn müssen Sie nehmen, wenn Sie ins Ahrtal wollen. Sie wollten sichergehen, dass wir seine Leiche finden, damit uns der Zusammenhang der Morde klar wird. Denn Claasen fuhr nicht wie erwartet nach Mainz, sondern wollte nach Köln. Ihre Stimme wurde aufgezeichnet und unser Experte kann bestimmt nachweisen, dass Sie es waren.“

„Auch das ist Blödsinn!“

„Wieso wollten Sie Reinhold Herz töten?“

Völckers kreuzte die Arme vor der Brust und starrte schweigend vor sich hin.

„Da Sie nicht antworten wollen, tue ich es: Sie halten ihn für einen Ideendieb halten. Sie beide kennen sich, da er Ihr Kunde ist. Er erinnerte sich wieder an einen Abend, an dem es bei einer Weinverkostung hoch herging und dabei wohl der Gedanke des Gourmetkrimis aufkam, den Herz wenig später literarisch umsetzte. Es muss Sie doch unglaublich wurmen, dass er einen Riesenerfolg damit hatte, vor allem da Sie der festen Überzeugung, der gedankliche Vater der schrulligen Ermittlerin zu sein. Nur hat er das für sich vereinnahmt und würdigt das nicht entsprechend. Das muss Sie bei Ihrem Geltungsbedürfnis geradezu wahnsinnig machen."

„Das ist eine Unterstellung und absoluter Quatsch."

Nachdem Völckers immer noch bockte, änderten sie ihre Strategie und hielten sich an Dr. van den Krachtens Rat, indem sie den emotionalen Druck auf ihn erhöhten. Die besten Erfolgsaussichten versprachen sie sich, indem sie Völckers zunächst außen vor ließen und sich gegenseitig die Bälle zuwarfen.

Samir begann. „Also, ich finde Gourmetkrimis generell ziemlich langweilig. Ich bevorzuge Action und kein gemütliches Ermitteln bei einem Fünfgänge-Menu. Da schlaf ich immer ein."

„Geht mir ähnlich", schlug Marco in die gleiche Kerbe. „Ich finde so was auch total langweilig, richtig Opa-mäßig. Diese ganzen langatmigen Beschreibungen über Wein, Essen, Landschaft ermüden nur."

„Du wirst sehen, dieser Gourmet-Krimi-Mist läuft sich bald tot. Und etwas wirklich Neues ist es auch nicht. Da hatten schon etliche Autoren die gleiche Idee und es gibt inzwischen eine ganz schöne Schwemme", reckte Samir sich gähnend.

Völckers rutschte unruhig hin und her. Sein Kopf rötete sich. Er fühlte sich angegriffen.

„Korrekt! Auch wenn er im Augenblick obenauf schwimmt, kann Herz diese Reihe bestimmt bald begraben! Wer will auf Dauer immer dasselbe lesen? Und besonders spannend ist das für echte Krimifans auch nicht. Immer nur Weintrinken, Essen und schöngeistiges Philosophieren, bäh!", pflichtete Marco ihm bei.

„Wer kommt überhaupt auf eine so lahme Idee?", provozierte Samir weiter.

„Ich!", brüllte Völckers dazwischen. „Und es ist kein Mist! Die Idee ist und bleibt klasse! Sie ist nämlich anders!"

Die Kommissare schauten ihn an. Endlich hatten sie ihn am Haken.

Samir schüttelte den Kopf und lächelte feist. „Überschätzen Sie sich damit nicht ganz schön? Vom Wein mögen Sie vielleicht etwas verstehen, aber vom Schreiben ganz sicher nicht. Da ist Herz Ihnen weit voraus. Und er ist auch ganz bestimmt kein Plagiator! Das ist üble Nachrede, was Sie da machen! Der Mann hat Fantasie und richtig gute Konzepte. Allein seine Actionthriller sind klasse, dagegen wirkt dieser Pillepalle-Gourmetkram doch richtig dilettantisch."

Nun explodierte Völckers und spuckte Gift und Galle. „Der Scheißkerl ist ein dreister Dieb und hat den Tod verdient. Genau wie all die anderen, die waren keinen Deut besser! Ihm gehört nicht ‚die bronzene' sondern höchstens ‚die fremde Feder' verliehen, weil er sich zu Unrecht damit schmückt. Er scheffelt mit meinem Entwurf Geld, während ich maloche. Und ‚Dr. Mabuse' ist ein unfähiger Trottel, der mich um meine verdiente Rache gebracht hat."

Schlagartig verstummte er.

So schnell hatten sie nicht mit einem Geständnis gerechnet, sondern vorgehabt, ihn über Sonntag in seiner Zelle schmoren zu lassen. Dass er so schnell einbrach, hatten sie seinem aufbrausendem Temperament und Dr. van den Krachtens Vorschlag zu verdanken.

Marco blieb absolut gelassen. „So, nun mal schön der Reihe nach. Wir wissen längst, dass Sie vier Bäumchen wechsel dich spielten und die Opfer tauschten. Uns fehlte nur noch Mörder Nummer vier, also Sie, und Sie sind ja auch prompt in unsere Falle getappt. Sie ermordeten für Al Capone alias Steve Cohen Lutz Claasen und Sven Janson sollte als Dr. Mabuse Reinhold Herz für Sie töten. Dank Ihres Geständnisses haben wir nun den endgültigen Beweis und werden unsere Theorie in der Gerichtsverhandlung auch schlüssig belegen."

Das war für Völckers zu viel. Er brach schluchzend zusammen.

MONTAG, 5. NOVEMBER 20..

Steve Cohen und Suzann Bartholomä leugneten ebenso beharrlich wie Sven Janson trotz erdrückender Beweise jede Tatbeteiligung.

Am Montagmorgen kamen die Zeugen ins Präsidium. Bei der Gegenüberstellung erkannte die Inhaberin der Reinigung sowie die Mitarbeiter des Clubs und der Passant, der Meyerbrinck um Feuer gebeten hatte, Suzann Bartholomä als Kundin beziehungsweise Begleitung des Autors. Nach Rücksprache mit ihrem Anwalt plädierte sie auf Notwehr, da Meyerbrinck sie sexuell genötigt und sie sich nur mit ihrer Nagelfeile gegen eine Vergewaltigung gewehrt habe. Dabei war es unbeabsichtigt zu der tödlichen Verletzung gekommen. Da der Ruf des Autors als Weiberheld hinlänglich bekannt war, erhielt diese Aussage eine gewisse Brisanz.

Cohen wurde vom Besitzer des Klassikerverleihs und der Servicekraft im Hilton identifiziert. Er stritt nicht ab, Sieglinde Sonnentau dort getroffen zu haben, da er sich einen Spaß mit ihr machen wollte, behauptete aber, sich nach dem Treffen von ihr getrennt zu haben. Seine Argumente erwiesen sich als genauso dünn wie die Jansons.

In dessen Rucksack fanden sich Rückstände einer Waffe sowie feinste Glassplitter, die zu der Kopfwunde Falk Bodenheims passten. Er gab an, die volle Flasche Wein zufällig gefunden und mitgenommen zu haben. Die Rückstände erklärte er damit, dass er den Rucksack verliehen hatte, konnte sich aber nicht mehr erinnern an wen.

Werner Völckers ließ sich schließlich auf einen Deal ein und lieferte seine Spießgesellen ans Messer.

DIENSTAG, 6. NOVEMBER 20..

Die Ermittlungen waren weitgehend abgeschlossen und die Verdächtigen saßen in Untersuchungshaft. Staatsanwalt Schreyer zeigte sich mit den Ergebnissen einigermaßen zufrieden. Er hielt die Beweise für ausreichend und verfasste die Anklageschrift. Trotz gewisser Unwägbarkeiten entschied er sich für einen gemeinsamen Prozess statt vier getrennter Verfahren. Darin sah er bessere Chancen, die Argumentationskette der getauschten Morde plausibel darzulegen.

Die SoKo „Krimi" löste sich auf und die Beamten kehrten wieder in ihre Kommissariate zurück.

Samir kannte inzwischen den Namen seiner Unbekannten und hatte sich bereits einige Male mit ihr getroffen, aber er war sich nicht sicher, ob er mehr von ihr wollte.

Karin Weber reichte Urlaub ein, der ihr umgehend gewährt wurde. Bevor sie mit Edgar auf die Kanaren flog, führte sie ein letztes Telefonat mit Reinhold Herz.

Der Autor bedauerte, Edgar in Gefahr gebracht zu haben. „Ich habe ein schlechtes Gewissen, dass ich Ihren Freund überredete, noch im Hotel etwas mit mir zu trinken. Das war absolut unverantwortlich, egoistisch und fahrlässig. Ich habe in meiner Anspannung einfach nicht daran gedacht, dass ihm etwas passieren könnte. Es tut mir ehrlich leid."

„Schon gut", erwiderte sie ohne Vorwurf.

„Sind Ihre Ermittlungen abgeschlossen?"

„Ja, alle vier werden des Mordes angeklagt. Sie haben also von Völckers nichts mehr zu befürchten."

„Zumindest nicht die nächsten Jahre. Wie stehen die Chancen, dass es zu Verurteilungen kommt?"

„Durchwachsen. Suzann Bartholomä könnte mit Totschlag im Affekt oder fahrlässiger Tötung oder sogar Notwehr davonkommen. Bei den anderen werden wir sehen. Es ist an der Justiz, für die Bestrafung zu sorgen."

„Dann wollen wir mal hoffen, dass es auch gelingt."

„Darf ich fragen, was Sie als nächstes planen?"

„Ein Buch über das alles zu schreiben", meinte er und Karin hätte schwören können, dass er lächelte.

„Das habe ich mir fast gedacht. Dann wünsche ich Ihnen viel Erfolg, aber sorgen Sie dafür, dass es keine allzu große Ähnlichkeiten mit lebenden Personen gibt – schon wegen der Persönlichkeitsrechte!"

DIE AUTORIN

Geboren wurde ich in Ludwigshafen am Rhein und habe meine Kindheit in Mainz und in der Pfalz bei meiner zahlreichen Donnersberger Verwandtschaft verbracht. Auf das Abitur folgte eine Ausbildung zur MTA an der Mainzer Uniklinik, dann ein Studium der Anthropologie, Philosophie und Ethnologie. Nach meinem Magister Artium arbeitete ich im Bereich der Sportförderung für Kinder und Jugendliche. Seit 2001 bin ich als freie Autorin tätig, wobei ich rein zufällig zum Schreiben kam. Mein erster Verleger machte mich zur literarischen „Auftragsmörderin" und seitdem bin ich dem „Mord auf dem Papier" treu geblieben. Die Vorliebe für literarische Verbrechen wurde mir von meinem

Vater in die Wiege gelegt, denn er war lange Kripobeamter.

Inzwischen haben sich zu den Krimis noch zwei historische Romane hinzugesellt, deren Handlungen auf geschichtlichen Überlieferungen beruhen.

Ich gehöre den Autorenvereinigungen „Syndikat“ und „Mörderische Schwestern“ sowie „Mörderisches Rheinhessen“ an. Einmal im Jahr bricht bei mir meine närrische Seite durch und da ich Fan der Mainzer Fastnacht und der Schwellköpp bin, stehe ich beim SKTC in Mainz auf der Bühne. Ich bin verheiratet, habe drei Kinder und lebe in Gau-Bischofsheim.